却寻残梦

——纸媒时代的文化记忆

张邦卫 著
张家桥 整理

浙江工商大学出版社

·杭州·

图书在版编目(CIP)数据

却寻残梦：纸媒时代的文化记忆 / 张邦卫著. —
杭州：浙江工商大学出版社，2024.1
ISBN 978-7-5178-5630-6

Ⅰ．①却… Ⅱ．①张… Ⅲ．①中国文学－当代文学－
作品综合集 Ⅳ．①I217.2

中国国家版本馆 CIP 数据核字(2023)第 147449 号

却寻残梦——纸媒时代的文化记忆
QUE XUN CANMENG——ZHIMEI SHIDAI DE WENHUA JIYI

张邦卫 著　　张家桥 整理

策划编辑	任晓燕
责任编辑	熊静文
责任校对	林莉燕
封面设计	朱嘉怡
责任印制	包建辉
出版发行	浙江工商大学出版社
	(杭州市教工路 198 号　邮政编码 310012)
	(E-mail:zjgsupress@163.com)
	(网址:http://www.zjgsupress.com)
	电话:0571 - 88904980,88831806(传真)
排　　版	杭州朝曦图文设计有限公司
印　　刷	杭州宏雅印刷有限公司
开　　本	710mm×1000mm　1/16
印　　张	25.5
字　　数	418 千
版 印 次	2024 年 1 月第 1 版　2024 年 1 月第 1 次印刷
书　　号	ISBN 978-7-5178-5630-6
定　　价	98.00 元

序一　纸媒时代的诗性遗存

　　传播活动是人类的基本生存方式之一,它无处不在。一切物质与非物质,只要被传播,都会受传播载体的制约。物质的传播且撇开不论,非物质如语言、文字等的传播,无不受到媒介的制约。在中国几千年的非物质历时性的传播史上,文字的传播一直占据主流地位。而文字传播的载体主要是纸。纸作为传播载体又分好几个阶段:由汉迄唐的纸质传媒手写阶段;由宋迄清道咸间的纸质包背装和线装书阶段;由清道咸间迄今的纸质报刊和平装书阶段。传播载体或技术手段的变更,对其所传播的文体自会产生相应的影响,或引起新文体的产生,或引起旧文体的消亡、变异,或在语体和风格上产生与时代、传媒相应的变化,但其中所蕴含的人文精神与文化关切是永远也不会消亡的。① 中国几千年的传播史充分证明了这一点。

　　我们现在所处的自媒体时代,文字的传播载体与技术手段已经发生了空前的大变更,纸媒时代已然悄悄落幕。那些产生于纸媒时代的作品,是否还要借鉴、传承呢? 答案无疑是肯定的。

　　摆在我们面前的这部著作《却寻残梦——纸媒时代的文化记忆》,是张邦卫教授的个人作品集,是其从事新闻记者期间,在《湖南日报》《长沙晚报》《湖南科技报》《三湘都市报》《深圳法制报》等主流媒体上公开发表的新闻作品、文学作品及部分序跋短文,全都成文于纸媒时代。

　　时代在发展,传媒在变更,不变的是文化基因。

　　作品中无处不在的是对新闻事业的人文情怀与文化烙印,对新闻职业

---

　　① 　参见谌东飚:《传播决定文体论——以中国古代散文文体为例》,《中国文学研究》2008 年第1 期。

的执着与坚守,是璀璨夺目的难得的宝贵财富,无疑能对当下自媒体时代的新闻从业人员提升职业操守和敬业精神,对非专业的新闻传播爱好者涵养性情,起到助推作用;同时,在传媒教育走向大众化与普及化的今天,进一步研究传媒教育,对大众媒介素养的习成,能产生良好的促进作用。

书中的新闻作品在文体上表现出对规范的新闻文体的崇尚与恪守;在文字上,不枝不蔓、简洁凝练而不失清新灵动,表现出对文字的高度敬畏。这一点,对自媒体时代下专业的或非专业的新闻生产者尤为重要。当下由于传播媒介和技术手段的便捷、传播成本(包括人力、物力、财力)的低廉,不少新闻作品篇幅结构杂乱、语言枝枝蔓蔓,大有粗制滥造、敷衍塞责之嫌;更有甚者,病句频出,错字连篇,下笔千言,离题万里,不堪卒读。中国历史上无论是纸媒时代,还是纸媒之前的以甲骨、金石、缣帛、简牍为传播载体的时代,人们一直有着对文字的敬畏,对作品总是精雕细刻,反复锤炼,惜墨如金。这种传统应该保持下去,《却寻残梦——纸媒时代的文化记忆》不失为一个很好的范本。

《却寻残梦——纸媒时代的文化记忆》中每篇的篇幅不算很长,但整体内容涵盖面广,书写文体至少涵括了文学评论、散文、小说、杂文、科技新闻、法制新闻、艺术新闻、影视新闻、文化新闻、考古新闻、新闻时评、人物专访等。全书共分8辑:第一辑是"评书品文",计14篇;第二辑是"残章断简",计22篇;第三辑是"科技博览",计9篇;第四辑是"法制故事",计5篇;第五辑是"艺苑风景",计46篇;第六辑是"影视镜像",计14篇;第七辑是"文化纵横",计45篇;第八辑是"人物写真",计10篇。本书共有165篇精品佳作,总字数40多万字,诚不失为一部有示范性的个人作品集。《却寻残梦——纸媒时代的文化记忆》除了保留所辑录作品的原风原貌、原汁原味之外,又在每篇文章的后面增写了形态各异、内涵不同、风格不一的"按语"。这真如司马迁《史记》每篇传记后的论赞,有叙事、有议论、有抒情,文字活泼、简洁,具有画龙点睛之妙。这种"作品+按语"的形式,从本质上涵括了"新闻写作+新闻评论"的要素,其形式上的开创性、内容上的厚重性、识见上的深刻性也都是值得借鉴、传承的。

概言之,张邦卫的个人作品集《却寻残梦——纸媒时代的文化记忆》,既是个人的文化记忆也是时代的文化记忆,既是个人的文化遗存也是时代的文化遗存,书中所蕴含的文化立场、诗性情怀以及"湖湘情结",无论是在纸媒时代还是电媒时代、网媒时代甚至是数媒时代、融媒时代,都是弥足珍贵的。

是为序。

谌东飚

长沙理工大学文学与新闻学院资深教授

（原长沙电力学院中文系系主任）

2022 年 12 月于长沙金盆岭

序二　新书与旧梦

　　邦卫的新书即将付梓,他嘱我写个序。他是知名的文化学者和评论家,在"传媒与文学"这一课题上的研究浸淫既久,造诣也深,已有不少相关的书稿问世,我的书柜里便摆着他的《媒介诗学——传媒视野下的文学与文学理论》《朱湘论稿》《大众媒介与审美嬗变——传媒语境中新世纪文学的转型研究》《网络时代的文学书写》《媒体化语境下新世纪文学的转型研究》《智能包装广告》,以及他参与主编的《文学批评实践教程》《文学理论导引》等著作,皇皇阵列,风雷激荡,沉甸甸颇有分量。这本《却寻残梦——纸媒时代的文化记忆》,乃是其过去在媒体工作时发表的作品选集,体裁有新闻、文学、评论等。用他的话说,这本书是为了敬岁月,给当年做一总结,让那些远去的足迹、汗水,以及爱与梦想定格,留些雪泥鸿爪以作怀念。他让我作序,我想并不是因为我有多高的水平和名望,而是因为我是他的同学甚至同事,互相知根知底,且在这一路上我大体见证了他这本书中的作品的面世。

　　20世纪80年代中期,因缘际会,我和邦卫在湘潭的一所大学中文系读书。两人不但同班还同住一室,论年龄我要大他一两岁,我排老三,他排老八。这所崭新的大学立于城市的北郊,一眼望不到边的红壤之上见不到几棵树,却耸起一幢幢新房,那是学校的宿舍、食堂、教学楼和阅览室等。路是泥路,一下雨就是黄汤,泥泞一片。进城很不易,一小时一趟的公交车还经常晚点。条件够艰苦的了,但我们不以为苦,再怎么都觉得比自己贫瘠枯燥的乡下老家要好上许多,因此是没有任何理由可以不去好好读书和写作的。80年代是伟大的时代,万物复苏,风华正茂,一切皆有可能。它常被人拿来与五四时期相比,因为这个时代的人们在思想、文化、教育等领域敢于突破禁区,并大胆创新。在此大背景下,我们无不解放自我,放飞自我。作为中文系的学生，我们时而沉醉于中国古典文学之美，与庄周、李太白、苏东坡、张岱等神会，在天地间做逍遥游；时而又潜心涉猎西方的哲学和文学，读笛卡儿、康德、黑格尔、海德格尔、萨特、弗洛伊德、卢梭、茨威格、马尔克斯、博尔赫斯等。当然，我们也热爱写朦胧诗，亦步亦趋，向北岛、顾城、海子、舒婷等人学习，一会儿梦呓，一会儿癫狂。邦卫除了作诗外还喜欢写文学评论，嘴上常挂着黑格尔说的一句话："一个深刻的灵魂，即使痛苦也是美的。"但他有什么痛苦呢？如果有，那大概是在面对大师们时的渺小和无奈，可望而不可及吧。这期间他开始在报刊上频繁发表习作，有次在《台港文学选刊》举办的全国征文大赛上得了一等奖，而且奖金还不菲，相当于我们师范大学公费生半年的生活费，同宿舍"八大金刚"因此得以猛撮了一顿。

人在年轻时所形成的阅读和写作的习惯会伴随一生。邦卫大学毕业后归去来兮，回到他的老家芷江侗族自治县的一所中学教书。大概是1992年秋季的一天，他去岳阳参加全省的一个教学比武活动，路过长沙便来我这里投宿了一晚。其时我在湖南省教育厅工作，一个人住中山路旁的省少儿图书馆招待所。一见面他就跟我说：现在已不怎么读书和写作，人真的很痛苦；每天教学任务很重，业余时间又都扑到考研上。他说已下了决心，他是一定要飞出来的，这辈子是一定要与文字为伍的。我后来喊老七（建武）等人过来，陪他打了一通宵麻将，算是招待他了。第二天早上大家买了好几个硕大的馒头、包子，狼吞虎咽，边啃边走，将他送到了火车站。

两年之后，我离开机关，到《长沙晚报》的文艺副刊做编辑。又两年后，邦卫考研成功，去春城昆明、彩云之南的云南大学深造。毕业后他被分到长沙电力学院中文系（后更名为长沙理工大学文学院）执教，这下我们就可以经常见面和聚会了。那时他骑一台半旧不新、响声很古怪的摩托车，从金盆岭骑到《长沙晚报》社要半个多小时，如果碰到下雨，他就会湿一身，有时还会摔跤，他的高度近视眼镜总因此而破裂并变形，让他几乎成了个瞎子。但他不管这些，为了与朋友见面，为了酒和美食，为了手谈，为了风月，等等，都是值得的，其他就大可忽略不计了。不久后他去《湖南科技报》社应聘做兼职的采编，这样一来他便既能投自己所好，又可以补贴一些家用，真是两全其美。大概到了1999年，《长沙晚报》社招人，邦卫赶过来，轻轻松松地考上了，后来就在我隔壁办公，从此便在副刊部、文体部当值。

从投身《湖南科技报》社到 2002 年离开《长沙晚报》社，邦卫在媒体工作有五六年时间。他为之用心用情用力地前行，尽管是兼职，但他的良知、博学、敬业、勤奋、素养等使他很快成为一名优秀的媒体人。他在《长沙晚报》社先后做副刊编辑和文体记者，写过许多有影响力的新闻和副刊作品。他还应邀为《湖南日报》《三湘都市报》《深圳法制报》等媒体撰文和开专栏，达数年之久。《却寻残梦——纸媒时代的文化记忆》一书中的绝大部分篇什即由此而来，一字一句中透出时代烙印、情思寄托和青春遗梦。这本书会让人强烈感觉到一种新闻从业者难得的人文情怀，一种对文字的敬畏与膜拜，一种对新闻职业的执着与坚守。当一切远去，过往皆成幻影，不禁让人追忆、伤逝和凭吊。博尔赫斯曾说，一朵玫瑰正马不停蹄地成为另一朵玫瑰，你是云，是海，是忘却，你也是你曾失去的每一个自己。如此看来，邦卫不就是那朵玫瑰吗？而当他开始回忆，他多半就已陷入衰老，但他的回忆一定是自己最珍视的年华和情感。这是注定的，不可更改也无须改变的。我想当下的邦卫，他的心境大抵应是如此吧。

邦卫离开《长沙晚报》社后即去浙江大学攻读博士学位，毕业后被长沙理工大学破格晋升为教授，第二年即调往浙江传媒学院，先后担任文学院院长、学科建设与研究生管理处处长，并为浙江传媒学院成功获批硕士学位授予单位及新闻与传播硕士点、艺术硕士点、汉语国际教育硕士点立下汗马功劳，可谓"专业与管理齐飞"的学者。一直以来，我对邦卫的传媒观和文学主张多有赞同，并引为知音。我们经常讨论文学和文章，无论对错都能坚持原则和个性，做到和而不同。我们也认同文以载道，文章合为时而作，但认为文章归根结底是属于作者的，应为自己而写，应有自己的脾性和命运，这才是真正的道、真正的时运。21 世纪肇始，以网络和移动终端为代表的新媒体奔袭而来。当微博和微信出现后，大家对它们更多是从信息传播的角度加以审视和解读的，但它们难道不是一种全新的文学形式，或者说不是一种新的文学吗？对，难道就不能称之为微信文学吗？回顾中国文学史，从先秦到明清，文学的主流始终呈现短而美的样式，而长篇大论只是偶尔可见。直到白话文产生以后，语言和文字日趋统一，许多人误以为只要把口语翻成文字，无须修饰就是好文章。于是随意、粗糙、臃肿的口语白话将文字化成简单、直白、生硬的符号，而之前典雅、精致的美感自此消弭于无形。如今无数的网络写手正纷纷上阵，磨刀霍霍，一夜之间便找到了宣泄的端口和平台，文字垃圾遂倾巢而出，无处不在。但这班高产的写手们，从未得文字的真味,着实是既可惜又可怜。

从如何有效管控文章字数和篇幅大小而言,微博和微信能立不世之功。它们姓微,天生可以最大限度地减少文字垃圾的排量。用有限的文字去精当而充分表达真情实感,这需要作者有长期的思维历练和过硬的文字功底。无数事实已经证明,舍此而不可抵达。我们不妨看看有两三千年历史的古文,它一直以精短简约为美,千字文大行其道,美不可言。《古文观止》中十有八九是千字文,这些永恒的经典,让人高山仰止,追踵不已。即使到了现代,白话文兴起之时,鲁迅、周作人等大家也深怀旧学,终生喜爱精短之作,陶然其中而不能自拔。反观当代文学,几十年来作家多如牛毛,作品堆积如山,但良莠不齐,竟几乎无大师也无经典出现,不由得让人感到悲从中来。邦卫以为当代文学的振兴道阻且长,倘以古人前贤为圭臬,以外域大家为追随,彻底摒除冗长无趣之文风,改以求精、尚美、务实,从小做起,删繁就简,久久为功,则定然会创造文学的新气象。所以从这一角度而论,具有大众性、普遍性、实操性的微信文学,是可以大有作为的。

邦卫对当下浮夸空洞的文风感到忧虑。他以为有话则长,无话则短,言简意赅,精益求精,不造生词,不发妄语,这些都是作文应有之常识,但目前流行无病呻吟,好高骛远,竟以文字之多少作为优劣之标杆,岂不荒谬! 一篇散文本可在几百字内作结,却偏要花数千字甚至上万字去铺陈堆砌,费尽笔墨又不知所云,想想这还能寄望读者来读吗? 在生活节奏不断加快的今天,人们从手机上很容易获取自己所需的信息。简短信息因费时费力不多而为广大用户所接受,虽然有不少所谓大咖将这些短信视为碎片而痛加挞伐,但他们并不曾真正了解用户,他们不知道用户的所需和所喜。网络文学作品也一样,它如果不能直面用户的这一特点,只顾长篇累牍地刷页面,玩深沉,絮絮叨叨不着边际,那结果便是被无情抛弃,直至尸骨不存。作者在自娱自乐,而读者弃之敝屣,互为反动,文学因此变得更"茕茕孑立",陷入绝境。此一行径不可不防,不可不戒。

时移世易,当代传媒早已进入移动互联网时代,文学在这一传媒语境之下如何创造,如何赢得读者,是需要一代代媒体人、文字工作者和教育学家一起努力的。眼下,像邦卫这样穷一己之力,费时二十余载,孜孜不倦而取得可观成果的人还为数不多,不得不说,他的研究和实践十分不易,具有难能可贵的镜鉴意义。"明星惨澹月参差,万窍含风各自悲。人散庙门灯火尽,却寻残梦独多时。"半山老人的诗句让人同感共情,悲欣交加。也许人人都会走一条向死而生之路，也时时会大梦不觉，梦里不知身是客，但最后还是会归于大荒。因此我们即便羁旅旧梦，也当乐观以对，自然而然地，无声无息地，成为岁月中自由飞扬的尘埃。

傅舒斌

知名作家、长沙晚报报业集团资深编辑、资深记者

2022 年 12 月于长沙雍景园

Contents

目 录

第一辑

评 书 品 文

第二辑

残章断简

第三辑

科 技 博 览

第四辑

法 制 故 事

第五辑

艺苑风景

第六辑

影视镜像

第七辑

文化纵横

第八辑

人物写真

评书品文

第一辑

现代意识的失落

——评《窗口的女人》的"三角人物"的悲剧意蕴

中国人好怀旧和保守。对旧有观念有"地久天长"的眷恋,对现代意识却具有"条件反射"的抵触本能。上帝没有死,现代意识却失落了。

台湾虽然有"太平洋的狂飙"和"大西洋的飓风"的冲击荡涤,却不能摆脱传统文化意识的纠缠和侵袭。传统观念根深蒂固,像一株枝繁叶茂的大树,在风暴来临时偶尔摇曳放出几声稀里哗啦的"呜咽"。

传统文化意识紧紧地束缚着人们。人们在它的无形控制下麻木地自毁着,在中外意识的交汇中,在新旧观念的夹缝中,演绎了一幕幕催人泪下的悲剧。台湾作家廖辉英的《窗口的女人》为我们淋漓尽致地展现了这幕悲剧。

小说的"三角人物"——朱庭月、何翰平、叶芳容,都是传统文化意识的殉葬品。他们的悲剧从不同角度说明了悲剧的真谛在于落后的传统文化意识。

乍看起来,朱庭月敢于不顾世俗的嘲弄和非议,似乎具有现代女性的味道,能对自己的生活道路做出独立的选择,这的确是一种现代女性所应具有的性格禀赋。"然而通过她那貌似坚强的外表,我们感触到的是一个浸染着浓厚传统文化意识的灵魂","她那带有突发性的主动进攻,实为一种无奈的心理挣扎",是沉默后的亢奋和失恋后的疯狂滑坡。朱庭月有强烈的依赖感。她是为寻求一种长久的情感及人生的依托而接近何翰平的。"我得为以后的日子想一想,我总得有个依靠,一个不会变卦的依靠,可以让我死皮赖脸地依靠着,不会把我推开。"对男人的强烈依附感,表明了她并未摆脱传统女性意识的纠葛,在"朱庭月痴迷不悟的爱恋中,我们隐约感到从一而终的传统观念的巨大阴影"。所以,朱庭月一切的抗争,都不过是一种传统文化意识重压下灵魂的本能悸动和下意识挣扎。她文化性格的主导方面是根植于传统的,不过这种传统文化意识为一种华而不实的现代意识所掩盖着罢了。

而对于何翰平来说,"家花不如野花香,野花不如家花长",他的婚外恋与其说是现代意识中"开放"的"裸露",不如说是传统历史文化意识中一夫多妻制的陈腐观念在他头脑中的"反刍"。他说不清楚是否真心爱妻子和情人。妻子的存在只是为完成一个男子汉做丈夫的义务。情人只是他苦闷落寞时寻欢作乐的工具,所以"他们之间只是上床做爱,绝大部分时间都是在床上度过的"。女人只是他的奴隶,这是他的大男子主义在他灵魂里投下的阴影。他曾殚精竭虑地维持"三角关系"的平稳。朱庭月想要一个儿子的过分要求触动了他内心深处那酸楚的弦——传宗接代。朱庭月的一句话形象地显露了他的传统意识,"男人,那种传续香火的观念仍然那么强烈,不管时代如何演变,有自己的孩子、孙子,传承香火,竟然那么重要"。由于这种念头的萌发并付诸行动,似乎平静的"三角关系"掀起了狂风巨澜,悲剧自然地进入了分崩离析的高潮。所以,"他直不起腰来",为那灵魂里潜滋暗长的传承观。

叶芳容的悲剧表面看来仿佛是不堪现代意识的打击,而实际是贤妻良母的传统观念把她推向死亡的深渊。她的撞车自杀,是她想竭力保住贤妻良母的形象却又最终失去而做的无可奈何的抗议,体现了一种无力的挣扎和自我人格的崩溃。由于朱庭月在暗地里撕裂着丈夫对她的爱恋,这激怒了她作为贤妻良母的自尊,也"玷污"了她作为传统女人化身的自傲,她有报复欲。另外,她还有不能传承香火的自卑,那种"不孝有三,无后为大"的负罪感。这几种因素交织着,把她推进了"绝域"。所以,这个典型的贤妻良母式的人物面临的只有自毁的厄运了。

总之,《窗口的女人》鲜明生动、细致入微地表现了小说中"三角人物"的悲剧意蕴。作品为那些站在现代的时空却又禁不住传统文化意识的诱惑,而走进自毁的"黑潭"的可怜虫唱出了一曲无尽的挽歌。小说在针砭的同时也剖析了传统文化意识对现代人的毒害,这是难能可贵的。

按 语

　　文章刊于《台港文学选刊》1989 年第 7 期，署名张邦卫，通信地址为湖南省湘潭师范学院北院中文系 8614 班。该文是我在大学正式发表的第一篇"豆腐块"文章，还记得当时得了 50 元的稿费，这差不多是我读大学时 2 个月的生活费了，欣喜之情诚然难以言表，收到稿费后我就豪气地请了同宿舍 8 个兄弟猛撮了一顿。后来该文还获得了第一届"选刊之友"征文一等奖，有证书，还有奖金 150 元，这又是一次喜出望外，我再次邀同宿舍 8 个兄弟在我生日之际豪饮了一顿。在 20 世纪 80 年代，作为中文系的大学生，似乎每个人都有这样的梦想——一是发文章，二是谈恋爱。之所以如此，就在于文章难发、恋爱被禁。我的大学生涯，谈恋爱不行也不成，只有发文章还可实践。在一次又一次收到退稿信之后，我终于在《台港文学选刊》上发了这篇文章，这在同学之中确实是少数。记得在 1990 年 7 月湘潭师范学院中文系的毕业典礼上，当时我们的系主任范进军先生还专门提到了我发表的这篇文章，在中文系毕业作品展览上也进行了重点展出，这确实给我贴金不少，我也收到了许多同学诧异和艳羡的目光。岁月匆匆，转眼已是 30 多年了，现在看来，文章难免稚嫩、粗糙、浅薄，但是那种美好的记忆、窃喜的骄傲依然挥之难去。

《台港文学选刊》
1990 年第 4 期封面印象散记

仔细欣赏《台港文学选刊》（以下简称《选刊》）1990 年第 4 期的封面，顿然有一种淡淡的美款款而来，如三月之春风，幽幽的，柔柔的。顷刻间，这纤纤的风指抚摸得人无比舒畅。在这里，我想谈谈《选刊》1990 年第 4 期的封面艺术。

《选刊》1990 年第 4 期的封面，犹如出水之芙蓉，清新自然，朴实宁静，整个封面耐人寻味而又引人深思。难得！难得！

纵观整幅画面，虚实相间，质朴沉郁，浑然一体。细细品玩，似乎有一种虚无缥缈的轻盈从画面上袅袅升起，浪漫、脱俗，酽酽的，醇醇的，令人心醉，如一缕清风拂过，荡涤人的心灵。

粉红的底色，孕育了无穷尽的遐思，任读者的想象潇洒地驰骋。一轮金黄的太阳，冉冉升起，点燃了读者求知的圣火，唤醒美丽的缪斯女神。维纳斯般的倩影，恍如太虚中的仙姬，娉娉婷婷，轻轻盈盈；如流云般自由自在，轻轻地来去。更叫人难忘的是那似飞欲飞时瞬间的美，就好像在引导人叩启艺术宫殿的门扉，在轻吟浅唱和生机盎然的画面中，狂饮那份"悠然见南山"的闲适与幽静。

这是难得的真实，这是真实的美，这是实实在在的享受。

空间艺术的三个基本要素是线条、颜色和构图。封面的线条简洁明了，"可意会而不可言传"的美妙意境使暗香浮动，涌上心头了。封面的颜色单调，却蕴藏着无尽的情趣。红与黑交错排列，对比鲜明，仿佛在提醒人们沉思法国著名作家司汤达《红与黑》的壮美。封面的构图自然朴实，不雕饰，不做作，不刻意求新，却在平平淡淡、从从容容中流泻一种亲切的"新"来。封面的线条、颜色和构图浑然一体，相得益彰，不由叫人细细地品味那溢彩的丰满和淳朴。

封面上端的"台港文学选刊"刊名，晶莹透彻，在粉红色的烘托下，更惹人心欢。字与画面水乳交融，成为一个有机的整体，化作一道美丽的风景。"台港文学选刊"六个字纯洁似北国的雪，纷纷扬扬地洒进心灵的角隅，让人们于无声处体验《选刊》的真诚、坦率和博大，情不自禁地呢喃出一声呼唤——急不可耐地想欣赏封面内蕴藏的珠玑。

读着封面那清澈的美，要倾诉的实在太多太多，只有把说不完的"悄悄话"寄托在古人的四句诗上——"问渠那得清如许，为有源头活水来""清水出芙蓉，天然去雕饰"。至于希望，那就是希望《选刊》在封面艺术上有继承有赓续，依然有发展有创新。

✎ 按 语

　　文章刊于《台港文学选刊》1990年第8期，署名张邦卫，通信地址为湖南省芷江县梨溪口乡梨溪口村李家垅组。写作此文时，恰是我大学即将毕业之际，多数同学差不多心思早已不在读书求知上了，慌兮兮者有之，急匆匆者有之，离愁别绪者有之，酗酒高歌者有之，而我在当时也是闲着没事可做，受到1989年在《台港文学选刊》发表小文章的鼓励，就信手涂鸦而成此文。由于1990年毕业的大学生分配形势不容乐观，原则上是从哪来到哪去，具体工作单位在哪不到最后一刻谁都不知道，故而投稿时所留的通信地址是农村老家。文章能够发表，确实是运气，当时不过是抱着试试的心态投稿的，也许是文章所选的角度——"封面印象"打动了编辑老师吧。客观地说，这篇文章既散又浅还糙，但写作、投稿该文的求学语境、时代语境、文化语境、政治语境，却给我留下了最独特的记忆，毕竟像我们这样在1990年走出校园、步入社会的大学生又如何会忘记"80年代"给我们的书生意气、喜乐哀愁呢？大学是一个熔炉，经历是一种财富，就我个人而言，"重返80年代"已不可能，"忽略80年代"也是不可能。好在天道酬勤，一分耕耘一分收获，文章《〈台湾文学选刊〉1990年第4期封面印象散记》是我1990年唯一值得言说的收获。

建构艺术的殿堂　阐释生活的真谛

——简述《白天黑夜》的意涵价值和艺术魅力

"蓬莱文章建安骨,白天黑夜竞逐施。"由此可见文学的魅力是永恒的、持久的;文学是花,是草,是树,是木,是营造人类精神家园的要件与依凭。文学艺术是使用语言这个媒介对社会生活的形象反映,因而读一本好书,实质上是在品悟一段人生,洞察一种思想,欣赏一幅好画,甚至是在感受一次人生。

被誉为"文学新湘军"主力干将的青年作家傅舒斌的散文集《白天黑夜》是笔者近年来已很少读到的文化品位、艺术品位均高的一本好书,无论是从思想上还是艺术上都有可圈可点、可品可鉴之处。

《白天黑夜》系作者精选近 10 年来公开发表的散文作品整理而成的。全书 125 篇,23 万字,分"性灵放飞""率我性真""心的天空""与你有缘"4 辑。全书不仅是对真实人生的审视,而且是作家艺术人生的真实写照。

作为一个创作主体,傅舒斌个性层次独特,理性层次丰富,艺术层次更是非同一般,他以其独出机枢、丰富才情、传神笔调写下了篇篇感人华章。作品集《白天黑夜》虽是散文集,却融合了诸如散文、杂文、诗歌、小小说、小品文等文体,文本多有创新,自成路数,独成格调,作品中的"散文小品化"和"散文杂文化"尤其明显。此外,文章语言生动,字字珠玑,句句灵动,一字一言,读来颇有"如水随地,行于之所以当行,止于之所以当止"及"嬉笑怒骂皆成文章"的滋味。例如《岳麓秋登高》,能跳出唐人李商隐和伟人毛泽东的旧窠,独辟蹊径,笔下秋景如诗如画,辞藻秀丽;再如《小小一条教育街》,文笔朴实,写尽长沙老街旧巷的民风民俗与风貌,加之结构严谨,叙述清晰,该文曾被列为 1994 年湖南省数十万电大中文系的写作专业课范文考试内容;此外,《湘女》《白天不懂夜的黑》《苔的杂记》《呼唤勇气》等篇亦各具特色;其中《湘女》为《闻香识女人》一书的"点睛"之章,该书反映全国各地女子风情风貌,极具可读性,是 1996 年、1997 年全国最畅销的书之一。除此之外,《白天黑夜》的湖湘文化色彩浓郁醇厚,表现了作者深厚的湖湘文化功底及其在文本中的自然积淀。

《白天黑夜》问世不久,有人曾这样评价:"亲情、友情、爱情,真情动人,一部感人之作;视角独到,才气过人,一部发人深省之作;语言洗练,多彩多姿,一部玉树临风之书。"此言不差,于我心有戚戚焉。一部建构艺术的殿堂、阐释生活真谛的好书,相信一定会经得起艺术长河之潮起潮涌的淘洗。

按 语

文章刊于《长沙电力学院学报·文艺副刊》1999 年 10 月 15 日,是对傅舒斌的散文集《白天黑夜》的简短书评。 傅舒斌是一位才气过人、意气袭人的作家,我与他多有交集:一是湘潭师范学院的同专业同班级同宿舍的同学,他绰号"老三",乃是湘潭师范学院中文系 1986 级第一才子,文笔好到可以让一众女生为他省下饭票菜票馒头票买烟买酒买书,让绰号"老八"的我也分享了不少物质与精神的食粮;二是《长沙晚报》社的同事,他先入副刊部再转战周刊部、广告部,我后入副刊部,再转战文体新闻部,三年同事,始知傅舒斌被"纸媒江湖"称为"长晚第一名编"与"长晚第一名记",他绝非浪得虚名,其采编业务、经营管理等真才实绩让所谓"八弟"获益良多;三是雪峰山下、邵怀高速边的同乡,他在山之东的洞口,我在山之西的芷江,但我每次从现在工作的杭州回老家探亲,总会在他工作的长沙或他的故乡洞口盘桓,经常是不醉不归、不欢不散,始知兄弟真义可抗任何风吹雨打,可承所有时光洗礼。 时至今日,知其人,读其书,研旧评,犹忆当年曾将傅舒斌的《白天黑夜》作为我所任教的长沙电力学院中文系本科生课程"文学概论""写作""散文创作"的课外参考书隆重推荐。 推荐此书,虽有私谊在,但绝对秉持文学正义,诚如古人所言:"奇文共欣赏,疑义相与析。"我想说的是:爱读书,就一起读好书!

感受蒯高毅

——阅读《求实斋杂俎》有感

感受蒯高毅是从释读《求实斋杂俎》开始的。从此,记忆里便留下了《求实斋杂俎》和蒯高毅的名字。

求实斋主蒯高毅凭借自学和对文艺女神缪斯死去活来般的孜孜追求而跻身"新湘军"行列,试想如果没有"三板斧"又怎能在"强人"辈出的文学之路上安营扎寨?

蒯高毅从小便"酷"书"痴"书。太多的世事沧桑、太多的风云变幻、太多的悲欢离合、太多的人生体验,积淀成对生命的感悟,成了他创作中篇小说《崩溃》《一个诗人的手稿》和《父亲》等的"活水"。特别是《崩溃》,用第一人称略带自传色彩的叙述反思了中华民族那段苦难的岁月,是一部抨击极左路线的佳作;"崩溃"寓意深刻,不仅是小说人物中某几个人的崩溃,而且是一代人在那个特定年代希望的崩溃,激愤之情、忧患之心宛然可触。作品真实感强,人物个性鲜明,细节灵动,语言生活化,叙述灵泛自由,有浓得化不开的湖湘之韵,是20世纪80年代"反思文学"中的佳作。

《求实斋杂俎》中还值得一读的是作者率性而作的散文:品味生活,感悟生命;真情流露,一物一事;坦率真诚,使人如饮清泉,沁人心脾。此外,其中的旧体诗词也抒怀明志,短小精悍,且佳句迭出。

蒯高毅斯文厚道,却渴慕李白的"斗酒诗百篇",任侠、狂狷,吟"大江东去";兴趣广泛,学拳、学刀、学剑、学书、学画、学摄影,却更崇舞文弄墨、钟情文学,在小说、诗词和散文方面三栖而皆有收获。

求实斋主好读书,并以读书为乐。这点,其作中随处跳动的名家名言名著可以佐证。持之以恒读书作文,并视之为人生最大的享受,恬恬然、舒舒然,在功利气泛滥的商品社会里独守清贫与书趣,能有几人?难怪李立、曾玉衡、杨炳南三位老人都不约而同地欣然赐他"求实斋"匾额了。

 按 语

　　文章刊于《三湘都市报》2000年2月5日,是对蒯高毅的作品集《求实斋杂俎》的简短书评。蒯高毅是一位跻身于"新湘军"行列的作家,号称"求实斋主",在小说、诗词、散文方面均有深耕。认识蒯高毅是缘于同是"新湘军"的作家、我的同学同事傅舒斌的引荐。当时我在《长沙晚报》副刊部做编辑,他在长沙东塘的中国电信公司工作,本是在两条战线上讨生活,却在文学与酒及消夜的召唤下相识,倒也难得。现在回想,虽然我俩交往不多,但我被他的博闻强识、狂狷侠气、文墨功夫折服,常称他为"高毅兄"。当时他赠我《求实斋杂俎》,我竟情不自禁写下《感受蒯高毅》一文,后在《三湘都市报》上发表,并获赞不少。其实,《感受蒯高毅》一文难说是真正意义上的书评,准确地说是关于蒯高毅其人其文的印象散记,也就是说,感性认知远远多于理性思辨。时至今日,我因辗转多个单位、多个城市,最终入职浙江传媒学院并蛰居杭州,与"高毅兄"之联系早已因时空转换、友圈更迭而断绝,但对其人其文的印象犹存。这也许就是人生吧,一路前行,总会有新的收获,也总会有旧的遗忘,旧朋新知总是难以抵挡岁月与距离的销蚀。但好在文字的寿命、文学的生命是悠长恒久的,不死不灭、不离不弃!

提倡善意的批评

社会转型期,文艺批评也俗化,这已是不争的事实了。文艺批评离开了它最初安身立命的根本,而蜕化成不伦不类的"四不像":其一为以"二王之争""张刘之争"为代表的意气用事、偏狭、情绪化的批评;其二为金汝平对《诗刊》所谓"堕落"的恶意中伤、横加指责式批评;其三为余杰对余秋雨的"求全之毁"式批评;其四为以王朔为肇始者、《十作家批判书》推波助澜的"骂"术。当然还有其他文化批评的"变种",可谓怪招迭出,怪圈连连。

时下的文艺批评,并非冷静正常的,而是躁动畸形的。除了"捧式""吹式""赶场式"外,最令人难受的是那种把人批得体无完肤、"臭粪"一堆的"骂式"。从相轻进而相贱相骂,文人之悲莫胜于此了。事实上,一个人挑剔别人及其作品的缺点与不足是最容易不过的。俗话说"人无完人,金无足赤",文艺作品当然也难有十全十美之作。鲁迅先生也曾坦言自己满意的作品不多。揪住他人作品中的瑕疵与不足,而且死揪不放,大做文章,给人的感觉,就是彰个人一己之"私名"罢了。

唐人魏徵曾云:"求木之长者,必固其根本;欲流之远者,必浚其泉源;思国之安者,必积其德义。"比照文艺批评,同样需要"固根本""浚泉源""积德义",坚决摒弃那些骂街式、拿名人开刀以彰私名式、横加指责式、求全之毁式、拉帮结派式等拙劣的批评方式。

鉴于此,在全国政协九届三次会议上,文艺界的一些委员一致呼吁提倡说理的、善意的批评。魏明伦认为:"现在一些所谓的文化批评就是骂,你骂我,我骂你,把个人的好恶与社会、文化的是非观混淆在一起。王朔批金庸的观点有可取之处,但批评的手段、骂人这种手法不可取。现在被骂最多的是余秋雨,有的甚至说他是'文革余孽',论据不足。现在的某些批评不正常，一批评就是你死我活的关系，是人身攻击。"谢晋在谈及王朔批金庸、《十作家批判书》时也指出："这种怪现象只有在中国才有。本来你写你的调侃小说，我写我的武侠小说，不是谁要打倒谁的问题。余秋雨被上纲上线，说明文人相轻由来已久。"那么，如何来医治文艺批评因袭的"怪疾"呢？陈祖芬认为，每位作家、艺术家都可以批评，但另一方面，我们应该学会欣赏别人，因为每个人都有每个人的亮点。张锲还语重心长地指出，善于发现别人的优点是优秀的品质、崇高的品德。看来，转换视点，端正态度，摆正心态，从挑剔别人的缺点到发现别人的优点，并加以善意的批评，应该是我们时下最需要的文艺批评。

 按 语

　　文章刊于《长沙晚报》2000年3月23日"橘洲"专栏，署名张邦卫。　彼时，我入职《长沙晚报》副刊部做编辑不久，而且《长沙晚报》社已开始实行绩效制，作为副刊部编辑不仅有编辑任务，还有写作任务，只有把"工分"挣足了，才有可能拿到相应的薪酬。《长沙晚报》的"橘洲"专栏，在市域内很有影响，可以说是一个品牌栏目。　虽然稿源丰富，但有时因为选题、主题的需要，我们编辑要自己"操刀作文"，从而形成较统一的话语体系和版面风格。　所以，从某种角度说，《提倡善意的批评》其实是一篇"急就章"，现在看来确实有许多不如意的地方。《提倡善意的批评》是一篇有感于当代文艺批评怪现状的文艺杂谈。　文艺批评要想健康发展，那些不伦不类"四不像"的批评，如骂式、捧式、吹式、赶场式等，必然要摈弃，而提倡中肯、善意的批评。　一句话，善意的批评，应该是我们时下最需要的文艺批评。　值得一提的是，《提倡善意的批评》的批评观，后来在我的相关学术论文、博士论文以及专著中均有呈现，特别是对"传媒文艺批评"的剖析、评论与其更是有着密切勾连。　这也许算是"无心插柳""种豆得瓜"吧，毕竟我依然相信：人生任何一次经历都不会是白费，它会以另一种方式予以馈赠。

有感于当代文学的"另类命名"

——从毕淑敏的《拯救乳房》说起

任何文本的写作,都隐藏着写作者对意义的追踪;任何文本的出版,都裹挟着出版者对价值的追逐。意义有高下之分,价值有形而上、形而下之分,形而上的价值即为精神价值,形而下的价值即为商业利益。当代文学的"另类命名"亦然。

据报道,著名作家毕淑敏的新作《拯救乳房》(人民文学出版社)于2003年6月12日在北京首发,然后在各地书城、书市和书店一路铺开,销量、码洋一路飙升。撇开《拯救乳房》的思想与艺术的质地、品位不谈,本文仅讨论一下作为文化现象的书名的另类性,以及受"眼球经济"蛊惑的迷误和偏至。

原名《癌症小姐》的书被改成《拯救乳房》走进大众的阅读视野,那么,这到底是谁之"另类命名"? 谁才是这种"另类命名"的幕后书写者与终极掌控者呢?

当有人以"哗众取宠"批评毕淑敏的《拯救乳房》时,一向以"严肃作家"立足文坛的毕淑敏是这样辩解的:"'拯救乳房'这四个字,'乳房'是个中性词,它指的是身体的一部分。如果我写'拯救脑膜炎',那么大家对大脑这个词还有没有意见呢。所以看到我写乳房就联想到黄色的、色情的,那是不健康的。"果然不愧为作家! 对汉语的字、词的把握也是丝丝入扣、一清二楚。但假如我们依循毕淑敏的语言逻辑与话语思维往下推移、推演的话,"乳房"是个中性词,难道"阴道""子宫"就不是中性词? "阴茎""睾丸"就不是中性词? 窃以为这些词不仅是中性词,而且都是科学词汇、医学专业术语。在理性主义、科学主义大行其道的现代科技社会,谁还敢对"赛先生"说三道四呢？它们可也都是身体的一部分呀！也有疾病侵袭呀！那么我们是否也需要"拯救"呢？

从"躯体写作"到"写作身体"，在市场经济面前，在文化产业的"绝对控制"下，纯文学与雅文学终于守不住自己的"精神家园"而向世俗低头了，"媚俗"成为文学作品走进市场、参与大众狂欢的"通行证"。套用著名诗人北岛的诗句"卑鄙是卑鄙者的通行证"，那就是"媚俗是媚俗者的通行证"。诚然"我们的读者最在乎的并不是作品的题目本身，而是作品，以及这个作家是否为他所喜欢"（赵玫语），但是不管承认与否，当代文学的写作已使"文本的题目"成为文本的有机组成部分之一，甚至还成为一种"有意味的形式"。读者最在乎的虽不是作品的题目本身，但首先关注的是作品的题目，这是当代"快餐文化"所积淀的阅读习惯使然。当代文坛的写手洞悉此中玄妙，"娱你所欲"，挖空心思在"另类书名"上下功夫，"语不惊人死不休"。当作家一边数着白花花的票子，一边像语言专家一样说着"乳房是个中性词""拯救是个严肃词"的时候，这是一种什么样的悖论与吊诡呀？这难道不是一种黑色幽默？不是一种白色滑稽？

确实，"乳房"应该"拯救"，人文关怀也应下达，生命意义更应叩问，但"拯救乳房"的写作模式能否如所谓的"美男作家"葛红兵所说的那样——"培养未来的精神"，我的心中有着大大的疑问！也许对《拯救乳房》所开掘的"拯救□□"的写作模式的"拯救"，才是我们文艺工作者的当务之急。我们静候着，对"拯救□□"的"拯救"到底是一种什么样的文化景观。

 按 语

　　文章刊于《长沙晚报》2003 年 6 月 25 日之"橘洲·读书"专栏，署名张邦卫。写作此文时，我已离开《长沙晚报》社文体部，正在浙江大学徐岱先生门下攻读文艺学博士学位。在徐岱先生的引导和授意下，我的博士学位论文选题为"媒介诗学"，事实上我们几个师兄弟的选题均定在徐岱先生的研究专长——诗学领域内，如王建刚的"狂欢诗学"、孟刚的"身体诗学"、段吉方的"意识形态诗学"、傅守祥的"消费诗学"、钟丽茜的"回忆诗学"、陈文钢的"新感觉诗学"、翟恒兴的"故事诗学"等，确实形成了"徐门之学"的多维风采。正是因为要撰写"媒介诗学"的博士学位论文，所以我特别关注当代文坛层出不穷的媒介文学事件。事实上，知名的严肃作家毕淑敏的

按　语

《拯救乳房》出版后，引发了文坛与媒体的广泛关注而成为一时蜂起的媒介文学事件——"另类命名"。对此，在《长沙晚报》"橘洲·读书"专栏做责任编辑的夏瑞虹女士邀请我写一篇有一定理论深度的热点文章时，我欣然允诺，遂有了这篇《有感于当代文学的"另类命名"——从毕淑敏的〈拯救乳房〉说起》。

瓦片下的空间

——阅读江堤散文集《瓦片》

对瓦片这样的文化事物加以珍视，对瓦片这样的文化物质加以叙述，并演化为人生绝唱和生命洪钟的，是已故湖南知名诗人、散文家江堤。

弗朗茨·布伦塔诺（Franz Brentano，德国哲学家）曾认为，空间大致可分为物理空间与意识空间两大范畴，它们分别对应物理现象与心理现象，物理空间有二维和三维之分，而意识空间却是多维的，因为意识空间的品格依凭于"内在性"（inwardness）和"不确定性"。如以这样的审美视角来阅读江堤与他的散文集《瓦片》，我们会感觉到作家江堤不愧是一个"灵魂有形的人"，在体验瓦片下空间的同时也不能不佩服瓦片下空间的广延性。

在《〈瓦片〉自序》中，江堤认为："瓦片，成了我对文化忆旧的载体和进行思考的载体。诉说瓦片，实际上是在诉说灵魂——文化物质的灵魂与文化人的灵魂。"这是一种自剖，一种"江堤式"的智性自剖。在江堤的笔下，作为文化载体的瓦片，作为文化媒介的瓦片，作为神思玄机的瓦片，在经过作家诗性的陶冶和洗礼后已不再是实存性的瓦片，而成为类似于"秦砖汉瓦式"的文化符码。

我们知道，散文写作应该更多地落实到一个基点上，这个基点是实的，是真真切切的存在。瓦片，是江堤写作的基点。但他的写作并不仅限于此，而是进行一种诗意的转换，从有形的瓦片向无形的瓦片滑行。准确地说，《瓦片》的写作似乎在关注文化事物的生存状态，关注人与物的关系，关注人与文化物质碰撞之后心灵和灵魂的变化，并进而还原昔日的文化形态与文化语境，梳理文化的源与流，建构理想中的"文化潇湘"与"文化中国"。这样的空间，是无法以度量衡来检测的，只能体验与体悟。

　　江堤的散文写作,特别强调一种写作的现场感与历史感。《山间庭院》几乎可与余秋雨的《千年庭院》相提并论,是当代文坛书写"千年学府"——岳麓书院的"双子星座"。著名作家唐浩明更是认为江堤的书写是"理性与诗性化的结合,达到了完美的境界"。《瓦片》中的许多文章浓重的现场感与历史感跃然纸上。这些文章追怀古代的书院、古代的文化遗址,关注书院与遗址在现实时空中的状态,关注现代人在这些废墟、遗址、书院中所融注的人文精神与面临的文化生态。所以就有一大堆废墟、遗址、书院以文学话语的方式进入读者的阅读视野,如湘西草堂、拱极楼、荷花池、朱张渡、长沙驿、碧湘门、定王台、道林寺、白沙井、天心阁、岳麓书院、岳阳楼、道南书院、濂溪书院、白鹿洞书院、船山书院、城南书院、石鼓书院、松林书院、时务学堂……都以不同方式诉说着历史的沧桑。《散文选刊》主编王剑冰说得好:"江堤善于对历史、社会、人文与时代进行不同视角的探寻。他是一位学者型与智慧型作家;他的语言充满诗性特质,透彻而鲜活、哲理而生动。"

　　作为一种阐释代码和阅读策略的文化散文,《瓦片》超越了现实时空的限制与拘役,在对文化物质进行搜索、检阅、介绍、传道、输知的同时,有着清晰的主导叙事与空间主题,那就是"强调灵魂有形。灵魂是可以烧制的,烧制成瓦片那样的形状"。因为江堤认为,"物质世界是在不断毁灭的悲剧中运转,要让活着的人看清自己跟过去时代的联系,需要无数灵魂有形的人给远逝的事物以超常的礼遇",他还主张"让人性、让传统回到现代生活"。正是这份艺术家的执着与使命感,我们才有机会体验瓦片下宏大的精神空间。

　　从整体上说,江堤的《瓦片》有一种感性与理性、当下性与历史性、诗人化与学者化、世俗化与学院化相交融的独特品质。但诗意的张扬依然掩不住理性的厚重,当下性的追寻难挡历史性的缅怀,诗人的延宕难抵学者的专注,在对文化物质"导向通俗"的同时更有"导向典雅"的冲动。这是江堤文物文化散文的个性化标志,也是江堤文物文化散文的品位所在。阅读江堤及《瓦片》,在穿越外在的"玻璃墙"后,或是一种"诗意的栖居",或是一次灵魂的洗礼,或是一路苍凉的文化苦旅……都需慢慢咀嚼、细细品味。

　　当然,作为知识分子写作,江堤的《瓦片》也有诸如把文化散文模拟性(mimicry)操用、空间转换突兀、意象模糊、话语稍隔略涩、学究时尚等缺陷,但这些都无法掩盖《瓦片》独特的文学品格与文学魅力。对江堤及《瓦片》的阅读,不仅可以使我们克服文化障碍,变成具有参与意识的观察者和建设者,也可以把我们送进另一种文化语境中去,远离尘世的喧嚣,独享文化与文学的怡然趣味。

"孰谓公死,凛凛犹生。"尚飨!

 按　语

　　文章刊于《长沙晚报》2003年10月20日,署名张邦卫。 这是一篇关于知名作家江堤散文集《瓦片》的书评。 文章是应《长沙晚报》"橘洲"专栏编辑奉荣梅女士所邀而写的,同版还刊有著名诗人李元洛先生的专文——《"彩云易散琉璃脆"——读江堤遗著〈瓦片〉》。 江堤,知名诗人、散文家,有《诗说岳麓山》《山间庭院》《书院中国》《瓦片》等散文著作,其中《瓦片》是在其英年早逝后由友人奉荣梅女士等结集,由北岳文艺出版社2003年10月出版,卷首有"一部蕴藏久远历史的文化精品""废墟上的吟唱""一位学者的绝笔"等语,可以说《瓦片》是一种永恒的纪念与追忆。 从整体上说,江堤的散文,是专题散文,是文化专题散文,是大文化中偏于地域性文物领域的专题散文。 他将学者的专识、智者的沉思与诗者的浪漫三合为一,写出了不与他人雷同而色香味、神情气独具一格的文化散文。

生命在吟唱中张扬

——阅读杨全武及散文集《那柿果熟了》

这是一个商业浮华的年代,也是一个文学浮躁的年代,在文学商品与市场化的进程中,文学边缘化似乎已成了一种揪心的事实。于是,众多的文人耻于文人的雅号,急欲摆脱边缘的桎梏与尴尬,重新抢占中心的喧嚣与繁华,但世纪转型期的当代文学不可避免地负载了喧嚣背后的冷寂与繁华背后的凄凉,以及底层意识匮乏的苛责。其实,文坛本来像一个人来人往的集市,有出去的,就必然有进来的,在进来的人当中,有看风景的,有构造风景的。也许,杨全武先生就是我所认识的"走进文坛构造风景的人"之一,他所构造的风景就是他的散文集《那柿果熟了》。

在此,我使用了"阅读杨全武"这个略显怪兀却不失庄重的话语组合。因为,"阅读"一词通常是与文类作品搭配的,而用人名作其宾语,除非是一个修辞手段。使用"阅读杨全武"这个短语恰如其分,其中的关键在于杨全武其人与其文是融为一体的。换言之,阅读其人实质上就是阅读其文。杨全武是一位智性与诗性兼容的作者,也是一位在勤奋中不失才识的作者,具备文化人与政府官员的双重性,拥有独立观察事物和思考事物的立场与方法,有性灵飘逸的创造性品格,有浓得化不开的文人风度与作家情怀,有对汉语诗性格调天生的通透颖悟。其作品对社会和时代有一种和风细雨的暗示作用,对生活与工作有一种深厚的寄托与醇酽的渴望。

阅读杨全武及散文集《那柿果熟了》,最大的印象就是他对文学的那份执着与坚忍,而这正是文学的命脉得以延续的生命基因。在文学的群体时代,强调文学的社会功用价值已使文学的本体建构变得面目全非,如"诗可以兴,可以观,可以群,可以怨""修身齐家治国平天下",至于像司马迁"究天人之际，通古今之变，成一家之言"与司马光的《资治通鉴》，又不能不说是一种名副其实的宏大叙事。而在文学的个体时代与"准个体时代"，文本的书写似乎也摆脱不了功用的阴影，如王朔，如何顿，如形形色色的"宝贝"之流，或赤裸裸，或"犹抱琵琶半遮面"，或九曲十八弯，虽有五花八门、林林总总的修饰与美容，却总也掩盖不了对文学之外的东西的谋求，或名利双收，或权钱并重，文学竟然破天荒地成为文学的"他者"。那么，有没有让文学成为文学自身的书写呢？搜索文学史与文坛内外，这样的孤独者还是大有人在的，这也是我们对缪斯女神依然钟情、对诗意的栖居依然向往的原因。不可否认，杨全武的散文集《那柿果熟了》有一种久违了的"文学的诱惑"，而形成这种诱惑的关键是杨全武对文学的孜孜以求和一如既往。正如《题记》中所说："工作之余，写点散文或散文诗，并不是想图个什么。要想自己充实些，不要去计较得失，图一个精神充实、舒畅，陶冶性情，感情宣泄，多想些身边的美好，多一些情趣、雅致与宽容，让这个世界充满爱心和真诚。"所谓"言为心声"，这种心灵的表白不正活脱了一个真实的杨全武吗？

杨全武的散文写作，并非单纯的描形状物，而是更倚重对物外之情与思的抒发和寄寓。古人所谓"以小见大""尺水兴波""一切景语皆情语"，都可以从他灵动的话语中触摸得到。一般而言，散文写作应该落实到一个基点上，这个基点是真真切切的存在，但仅有这一点还不行，因为散文又最忌讳实，毕竟散文的品格是在形神之间、虚实之间所孕育的模糊与不确定性中，一般所谓"形神兼备、虚实相生"，那才是优秀散文的境界，恰如王国维在《人间词话》中标榜的"有境界则自成高格"。我不敢断言杨全武的作品都是有境界的，毕竟阅读与接受的个体性、主观性使"仁者见仁，智者见智""一千个读者有一千个哈姆雷特"成为必然，但《那柿果熟了》的许多文章给我留下了极其深刻的印象倒是真的。

比如，《紫薇情语》从一个独特的视角活画了"诗中的紫薇""梦中的紫薇"以及"现实的紫薇"，而且还展示了战争的风云、历史的沧桑、人情的冷暖、世态的炎凉以及"受降圣地"沐浴在和平的阳光下的勃然生气。文中的紫薇，似乎成了一种寄托与支撑，文章最后把那一株遭人摧折的紫薇带回家呵护的情景更是温婉动人的，因为这呵护的已不是生物学意义上的紫薇了，而是一种心理意义上的怡然记忆。语言清新而透彻，有形的快乐与无尽的情语无不跃然纸上；话语变幻，有明有暗，有轻有重，如水如山，读之有一种时隐时现的哲理催人颖悟。如《那柿果熟了》以鲜红的柿果为介质，把"山里女人"和"山里男人"的郎情妾意丝丝入扣地勾画出来,在朴实无华中给读者一种"乡村发现式"的新奇和田园山水诗般的亲切。如文中"丈夫终于随着农村女人升起的炊烟,满身的泥土跟在黄牛的后面回来了。看到心爱的女人渴望吃到红柿的样子,还没等妻开口就灵巧地爬到树上,摘下柿果满足了妻的企盼和渴望……"这里没有甜言蜜语,只有实实在在的动作,也许正是因此,才使"山里人"对情爱的表达显得如此真实、厚实;文中的情景勾画,令人不禁想起了陶渊明的"暖暖远人村,依依墟里烟"和茅盾的《风景谈》中那幅动人心扉的"高原晚归"的剪影,也许只有用心体验"山里人"生活并将其化为生命的港湾的人才会写出这样优美的句子吧。当然对"山里人"的关注还体现在《背影》一文中。《背影》记述了一次山村夫妇俩给"我"让路的情景,一举一动,相貌与背影,淳朴与善良,用一个词来归纳就是"感动":首先是"我"的"感动",如"此时我的心不由得一阵酸楚,一股湿湿的暖流涌上眼眶……那远去的背影在我的视野中越来越小,而在我的脑海中,那背影却不断延伸,是那样的崇高和伟大!"作者在"背影的感动"下以沉重的笔触,给读者写意出"感动的背影",你说能不感动吗?

杨全武是一个"用心去写作"的人,正如他在《题记》中所宣言的:"最重要的是要用心去创作,灵魂要用心去点燃,情感要用心去触发,意境要用心去勾画,韵味要用心去炮制,语句要用心去打磨。"也正因如此,他才会为情所动,然后缀文织彩以所动之情去感动他人,这样,散文集《那柿果熟了》便成了一种喧哗年代的精神食粮与情感慰藉。唐代诗人白居易在《与元九书》中曾精辟地说:"感人心者,莫先乎情,莫始乎言,莫切乎声,莫深乎义。诗者:根情,苗言,华声,实义。上自圣贤,下到愚骏,微及豚鱼,幽及鬼神,群分而气同,形异而情一,未有声入而不应,情交而不感者。"由此可见"情交而感"的重要性。通览散文集《那柿果熟了》,许多文章都是情景互相触发、妙合无垠而又最终情致悠远的佳作。如《过年》《喜雨》《君子兰祭》《春天》《新春》《蒙蒙的烟雨》《夜幕黄昏》《琴声》《竹韵》《难舍您的那份情》《那真诚拾回的爱》等无不是以"身之所历,目之所见"的真实体验融情入景,情景相生,并且以"写景之心理言情",从而使七彩生活的情态纷呈、情致宛然。

台湾著名作家余光中曾认为:"一位真正的散文家,必须兼有心肠与头脑,笔下才能兼容感性与知性,才能'软硬兼施'。"(《散文的知性与感性》)停留在景观描写和知识堆砌的层面,散文不仅流俗,而且落于乏味,这就使得散文在景观与知识之上的提升与提炼尤显重要。王国维所说的"立意则灵"

就是这个道理。散文集《那柿果熟了》那灵巧的立意还表现在以一个个单篇共同构成了一幅"黔楚名城""受降圣地"——古城芷江的水墨山水写意画，如《情牵芷江城》《老龙井在呼唤》《机场畅想》《我去看鹤乡》《陪你去看蟒湖》《风雨桥恋歌》《那樱桃花开了》《㵲水》等，无不把芷江的古城之姿、吊脚楼之态、山水之秀、风雨之意勾勒出来。品之，竟有一种如沐春风的感觉；观之，亦有一种如入明清小品、江南仕画的怦然心动。也正因如此，读杨全武的散文集《那柿果熟了》，竟油然而生出一种还乡的冲动，那远山的呼唤、那流水的潺潺、那芷江机场与受降名城的历史烟云、那吊脚楼的温馨、那天后宫的巧夺天工、那芷草萋萋的婉约……这是一种个体的心灵建设，却也是一种共同的文化关怀。

杨全武的散文写作，还特别强调一种写作的现场感与历史感。他追忆沅州古代的名士名宦，放飞龙津风雨桥的恋歌，寻找古城景物背后那种没有凝结成实体的精神，在灰烬堆中感受历史远去的余温，于是散文集中的《王守仁赋诗出沅州》《侗乡娘美》《风雨桥恋歌》《情牵芷江城》《机场畅想》似乎又有了一种所谓文化散文的另类韵味。好的文化散文，能把人带入一种文化的迷幻境界，能改写人心中那些陈旧而顽固的文化结论，更能形塑一方水土的文化精神。因此，文化是一种"意"，心灵也是一种"意"，只有以心灵叙述故事、充实历史、建构文化的文化散文才是读者们所喜闻乐见的，这也许就是散文集《那柿果熟了》的一种魅力吧。

当然，散文集《那柿果熟了》，还有那散文诗，短则短矣，却是"别有风味的"，虽不能说篇篇都开卷有益，但让人在不经意中受一次心灵的洗礼、在短暂中来一次"诗意的栖居"却是绰绰有余的。此外，散文集《那柿果熟了》每篇文章前面的"赠言"，也是很有意味的文化形式，值得用心阅读、用心体悟。

总之，杨全武先生的散文写作，是一种"熟了的柿果"，有一种绵绵的回味。阅读杨全武及散文集《那柿果熟了》，在穿越外在的"玻璃墙"后，或是一种"诗意的栖居"，或是一次灵魂的洗礼，或是一路轻盈的湘西"踏莎行"，或是一路苍凉的文化苦旅，或是一次生命的张扬，在慢慢咀嚼与细细品味之中，相信读者会远离尘世的喧嚣、独享文学的怡然趣味。

以上所言，或蜻蜓点水，或一孔之见，或小家刍议，但抛砖引玉，惟博方家一哂而已。

按 语

　　文章写于 2004 年 2 月 24 日，后作为杨全武散文精品集《那柿果熟了》的"代序"刊发，该书由民族出版社于 2004 年 6 月正式出版。该文后来在略加精简之后，又以《阅读杨全武与芷江映像》为题发表于《长沙理工大学报》2004 年 12 月 15 日的"文艺副刊"专栏上。杨全武，时任湖南省芷江侗族自治县委常委、常务副县长，在繁重的行政工作之余依然笔耕不辍，作品屡见于《湖南作家》《长沙晚报》《深圳商报》《怀化日报》《边城晚报》等上，电视散文《风雨桥恋歌》曾被湖南省广电局评为 2003 年度文艺二等奖。与杨全武相识相知，缘于以下几点：一是我们有着共同的"芷江乡缘"；二是我们有着共同的"文学清梦"；三是我们有着共同的"挚友田勇"；四是我们有着共同的"湘西书写情结"。在他的散文精品集《那柿果熟了》出版之际，他嘱我写一些阅读感受与品评文字，没想到竟被他作为"代序"，实在是惶恐至今，好在彼时我轻狂不羁并不以为过，毕竟"代序"虽陋纵浅，却总是我们的友谊见证、文学桥梁。所以，时至今日，重读此文，仍有缕缕暖意掠过，确属难得。

新文旧梦　孤怀清香

——杨全武及散文集《杯饮人生》印象

　　曾几何时,散文是报界书市的宠儿,在各种媒体上,在不少的出版社,有如当红走俏的歌星,受人追捧,也如透红赶场的影星,忙不迭地出场亮相,几近泛滥之势,但凡舞文弄墨者无不争相涂鸦并一吐为快,也就有了所谓大散文、文化散文、试验散文、性别散文等种种归类和界说。一时间,散文如同北京的冬藏大白菜,成了满大街都是的促销货,在大小刊物、大小报纸,以至广播电视里,都有所谓的散文显山露水、显身留影,成为某些栏目与时段的主角。然而这种看似繁花似锦、姹紫嫣红、人才兴旺的景象并不长久,文坛的风雨潮汐,使散文从过去的受宠而热闹,变成现在的平实而沉静。对一个有着"真正艺术家勇气"的作家来说,可贵的不是在"文章天下"的风风火火、熙熙攘攘中凑热闹,而是在"文学失去了轰动效应之后"(王蒙语)的薪传文脉、独守清贫,那份对文学精神的执着与坚毅,以及对"诗意的栖居之所"的不懈追求。

　　在"散文热"冷却之后,杨全武却逆"文流文风"而上,相继推出了散文集《那柿果熟了》与《杯饮人生》,确实是厚积"勃"发。撇开作品的质量先不谈,单是这份身处商业社会的浮华却葆有内心的沉静、身处物质社会的繁华却葆有精神的清静、身处俗世社会的喧哗却葆有诗意的平静、身处官场社会的铅华却葆有信念的安静,就十分难能可贵。这种守候,这种孤独的前行,这种对文学女神缪斯的痴恋,这种建构属于自己的文学圣殿的孜孜不倦,恰如秋天蹈空而过、凌风而御的大雁,也如逐日的夸父,尽管形影相吊,却有一种高傲而孤独的另类的美。著名文学评论家雷达说得好:"散文的魅力说到底,乃是一种人格魅力的直呈。主体的境界决定着散文的境界。"(《我心目中的好散文》)那么,反过来也可以说,散文的境界表现的是作者(主体)的文化人格境界。在此,"文如其人"的说法便显得特别有说服力。散文的特征之一则是"去蔽",它剥夺了文学的"伪装",最大限度地呈现作者的个人性情和文学修养,不经意间成为作者内外表里的全貌写真,暴露了作者的本真,或者说,散文是作者的影子。所以,散文集《杯饮人生》确实是杨全武文化人格与文化境界的最为诚信的写真展览。

杨全武为人朴实却不乏灵气,为官清实却不乏灵活,为文平实却不乏灵韵。作为一方父母官,能踏实做事、执政为民,胸中自有天地;作为一介官吏,能诚实处世、淡泊名利,胸中自有正气;作为一位作家,能真实叙事、安于清贫,胸中自有文章。恰如杨全武自己所说:"静夜,我常独自在笔下寻找我的灵魂、培育我的灵魂。"这种寻找的方式就是他的散文写作——"陶冶了躁动的心,而使之渐趋平静,存贮一种日趋平常的淡泊"(《生命的六月》)。而杨全武的散文写作,又是他抖落官场流风的铁扫帚,是他涤除官场流弊的清洗剂。少了一些迎来送往,却多了一份陋室自乐;少了一些钻营,却多了一份憨厚;少了一些现实的功利,却多了一份精神的慰藉。这诚如他自己所说:"乐此不疲地做着儿时的文学梦,在散文和诗歌的天空里苦苦寻觅,那份执着,犹如沙漠中前行的人对绿洲的渴望。"(《杯饮人生》)这种寻觅的方式,事实上就是他对生命终极价值的叩问,尽管"路漫漫其修远兮",但还是"吾将上下而求索","路是自己选择的,既然选择了,就只能义无反顾地走下去"(《杯饮人生》)。在寻梦中写作,在行走中收获,在付出中成熟,散文集《杯饮人生》便是一种光闪闪的结晶与沉甸甸的硕果。

从散文集《那柿果熟了》到散文集《杯饮人生》,杨全武的散文写作在寂寞文坛的平淡中臻于成熟。从整体上说,以真切的感受叙写生活的真实情状,特别是表现对生活的敏锐,抒写变动不居的生活现实,记录一个时代的生活面貌,描绘一方乡土的风土人情,是《杯饮人生》所有作品的共同品性。散文写实纪事,描摹人生,不求其人,但求其真,不求其长,但求其味(韵味),不求其全,但求其亲(亲和力)。真情实意,深思熟虑,韵味绵绵,亲力拳拳,如品上等毛尖,越泡越浓,越品越醇。

阅读杨全武的散文集《杯饮人生》,最大的感受就是在字里行间跳动的哲理与感悟,所谓"文轻理重",在轻松的阅读中自然而然地领悟了生活的真谛与生命的价值,如禅宗偈语,慧根开窍,总有恍然大悟、豁然开朗的莫名惊喜与顿悟。这样的文章,以轻松阅读为表征,传播的却是消费社会久违的诗情与画意,那种不经意的撒播似乎远比那些高头大章的刻意灌输更让人过目难忘。如《杯饮人生》寓意深远,"杯饮"虽小,却足以"尺水兴波"、映照人生,诚有"别有一番天地""别有一番滋味在心头"的绵长与悠远。文章以"清茶"为烛照对象,以"饮茶"为人生之旅的喻指,品茶、品世、品人生,从容淡然,但在那份大器、从容的气象下,内在的睿智更能在读者的心头萦绕。文中的许多哲理话语,表现了对生活的真实抒写,对人文精神的敏锐关注,在轻轻叩开读者的心扉之后,把真知、灼见和心的交流进行交融,如空谷足音、拈花微笑。"一边品茶,一边在书房中静读,茶汁慢慢地融入我的血液,以其碱性的严厉摒弃尘世的纷扰",这是一种王国维式的"独上西楼"的境界。"或许我们在做的时候,并不在意它的过程,但是过后才知道这过程的重要。正如这杯中的浓茶一样,喝的时候只在意它的味道,却不在意从苦涩到醇香的过程",这是一种王国维式的"回头蓦见,那人正在灯火阑珊处"的沉思。当然,类似这样的作品还有很多,如《人在旅途》《人生五月看芳菲》《女人和男人》《人生》《那杯淡淡的茶》《梦的蝴蝶》《当流星划过夜空》等,无不引证丰富,立论高远,怀理通透,而且结构匀称,落笔大方,舒卷之间灵性飞溅,既有博雅的文化内涵,又有别样的生活体验,笔端饱蘸关怀,洞见深刻,文风平实而不乏诗情,亦不失为散文精品。

阅读杨全武的散文集《杯饮人生》,最深的感动就是在字里行间所流溢的真情与实意。一般而言,散文写作最忌搔首弄姿、故作姿态和做无病之呻吟,散文写作重在抒真意、写实意。唐代诗人白居易在《与元九书》中曾精辟地说:"感人心者,莫先乎情,莫始乎言,莫切乎声,莫深乎义。诗者:根情,苗言,华声,实义。上自圣贤,下到愚骏,微及豚鱼,幽及鬼神,群分而气同,形异而情一,未有声入而不应,情交而不感者。"由此可见"情交而感"的重要性。清代王国维强调"一切景语皆情语",强调"情景交融"。然而,没有生活体验与生活积淀的虚情假意,肯定是散文写作的拒斥对象。景由心生,真情必须由真心中自然生成、自然流动。杨全武是一个"用心在写作"的人,正如他在《那柿果熟了·题记》中所宣言的:"最重要的是要用心去创作,灵魂要用心去点燃,情感要用心去触发,意境要用心去勾画,韵味要用心去炮制,语句要用心去打磨。"也正因如此,加之文化视野的拓展、生活沧桑的蕴积、社会阅历的丰富、人生情感的孕育,杨全武开始在原有的风格里加入了更多抒情篇章和柔性的经营,来增加文章里的时间稳定性和情感空间。

通览散文集《杯饮人生》,许多文章都是情景互相触发、妙合无垠而又最终情致宛然的佳作,成为启动读者感动的阀门与枢纽。尽管枝繁叶茂,但散文集《杯饮人生》关涉写情抒情的作品不外乎亲情、乡情、世情与山水情等。相比较而言,我喜欢有关亲情的文章,如《家》《儿时的南瓜》《母亲的红辣椒》《儿时的红薯》等,写得不仅扣人心扉,而且令人怦然心动。作家以远去的农村记忆作为情感放飞的空间,以旧时农村的物什如南瓜、红辣椒、红薯等作为情感滑翔的触媒点,语言朴实,叙述平稳,行于所当行,止于所当止,不矫饰,不虚作,但字里行间无不跃动着对慈母的怀念与感恩,也生动地塑造了一位农村母亲可敬的形象。唐代诗人孟郊有诗云:"慈母手中线,游子身上衣。临行密密缝,意恐迟迟归。谁言寸草心,报得三春晖。"如三春晖般的母爱,对每个人来说,都是生命中永恒的回响。所以,杨全武的这些回忆之文可称为"母亲忆"系列,不失华光珠彩与怡人温馨。

除了这些"拥抱亲情"的作品之外,杨全武的那些"拥抱生活"的文章也颇惹人情思。"拥抱生活",可以说是杨全武散文创作的一种最为强大的内驱力。作为一位比较出色的散文作家,杨全武在为官之余的"非职业化写作"却写出了为数不少的散文作品,但他完全避免了在"职业化写作"中经常看到的那种"为写而写"的毫无生命力、缺乏人生激情、丧失个性风采的无病呻吟现象。还是著名文学评论家、散文家雷达说得好:"散文不是写出来的,而是流出来的。"(《〈雷达散文〉后记》)生活之源成就创作之流,对生活源泉的投入与拥抱,既构成了杨全武的实际人生流程,也相应地成为他的散文创作流程。这一特点在他的诸如《静夜》《秋收的季节》《春》《梅雨季节》《红焰似火花石榴》《秋夜》《晚秋的雨》《秋韵》等一系列作品中表现得尤为突出。

另外,杨全武的那些"拥抱乡土"的作品也颇招人怜爱。纵观20世纪的中国文学,乡土叙事仍是经典叙事,如鲁迅、周作人笔下的故乡绍兴,茅盾笔下的浙江乌镇,沈从文笔下的湘西与边城凤凰,都是这个世界共同性的文学风景。乡土,对每一位作家来说,都是挥之不去的情结。拥抱乡土,对每一位作家来说,就是关于家园的寻思。而作家的乡土书写,则肯定是对乡土文化的精心哺育与积极建设,当然,这种成效在当代的语境中是不明显的,但是"文章千古事",奇文佳作对一方乡土文化的传播往往是最深入人心的。回顾历史,又有谁能预料当初沈从文的"乡下人书写"对今日湘西凤凰的贡献呢?当然,我并不是说杨全武的散文一定会如此,但是我敢肯定地说,杨全武的"乡土书写"在多少年之后则必然是"乡土芷江"的文化建构中不可或缺的柱石,这些作品有《美丽的芷江,我的家》《漂泊在蟒塘里的乌篷》《侗乡的芦笙》《侗乡的唢呐》《潕水河》《寻梦三道坑》等，描摹状物中流露着对乡情、山水情的真挚抒发，肯定会成为后人解读"文化芷江"时不可迂绕、不可忽略的阅读对象。

阅读杨全武及其散文集《杯饮人生》，最深的印象就是其字里行间所浮现的"芷江映象"。这一点，如果结合他的散文集《那柿果熟了》做整体透视的话，则更加完整鲜明。散文集《那柿果熟了》以一个个单篇共同构成了一幅"黔楚名城""受降圣地"——古城芷江的水墨山水写意画，如《情牵芷江城》《老龙井在呼唤》《机场畅想》《我去看鹤乡》《陪你去看蟒湖》《风雨桥恋歌》等，无不把芷江的古城之姿、吊脚楼之态、山水之秀、风雨之意勾勒了出来。在散文集《杯饮人生》中，杨全武又进一步拓展了"芷江映像"的书写空间，如《潕水河》《美丽的芷江，我的家》《漂泊在蟒塘的乌篷》《寻梦三道坑》等，此外，杨全武还在散文集《杯饮人生》中浓墨记录、书写侗乡的文化意识与文化精神，从而使"芷江映像"更有底蕴与内涵。这是一种个体的心灵建设，却也是一种共同的文化记忆与文化建构。所以，从一定角度上说，杨全武的写作既是芷江的也是侗乡的，既是个体的也是集体的，既是私人的也是社会的。

披阅散文集《杯饮人生》，尽管作家已按照主题相近的原则归类，即"人生感悟篇""抒情电视散文篇""季节演绎篇"和"旅游休闲篇"，但我们还是可以细分为怀思故人、抒写生活、游历观光、生发感怀、读书问典以及寻求心得等。这种写人于寄怀、状物于寓情、游历见闻于生发联想，成为眼下散文的几大门类。我们可以看到，无论是以"传"的形式写故人故事，还是以"记"的形式写生活感受，抑或是以"思"的形式写游历见闻，或者是谈读书心得写书人书事，都在平实的笔调中注重史实，注重生活的质感，也强化主体感受，力求真切而自然。怀想故人，叙写既往，游历观光，读思相谐，唯有具备真实的感觉、诚实而切近的思索、浓浓的尘世风情和人间情味的作品，才值得我们阅读。从作者的心灵感受、精神追问和理性的求索中，我们看到了散文集《杯饮人生》的总体面貌和别样风景。

总之，杨全武的散文文字愈来愈舒缓，话语愈来愈成熟，结构愈来愈圆满，映象愈来愈鲜明，主题愈来愈古醇，思想愈来愈深邃。新文旧梦，孤怀清香，既现实又深远，既有抒情又有哲思，不失为文坛百花园里的闹春红杏、争夏雨荷、竞秋丹桂、傲冬蜡梅，也不失为当代具有一定高度的艺术价值和一定深度的审美价值的知性散文。然而从作品的发展演变上看，杨全武绝非一个定型定性的作家,他的淡泊宁静,他对缪斯女神的挚爱与钟情,对文学之梦的苦苦追踪,在当代文学产业化、商品化、消费化、边缘化的语境下那种难得的对文学圣殿的孜孜营构,以及他傲人的语言把握能力和艺术建构能力,等等,都无法用一种类型涵括之。我们有充分理由相信,杨全武一定会在文学这个相对寂静、苍凉的王国里再耕出一个新的玫瑰园来。

以上所言,乃个人一孔之见、一家之言,管窥蠡测,难免有纰漏谬误之处,惟冀抛砖引玉、方家一哂,如有反馈,则吾愿足矣。

是为之记。

 按 语

文章写于 2005 年 3 月 18 日,后作为杨全武抒情散文精品集《杯饮人生》的"代序"刊发,该书由民族出版社于 2005 年 8 月正式出版。写作此文时,正值我写作博士学位论文的关键时刻。虽然忙碌,但应杨全武之邀,我依然通读了《杯饮人生》的全部书稿,并欣然写下了《新文旧梦 孤怀清香——杨全武及散文集〈杯饮人生〉印象》这篇小文。之所以如此,就在于古人所谓"奇文共赏析",精美文章带给人的是一种难得的审美享受和审美愉悦,可以说这是一次记忆犹新的"换笔"。之所以"换笔",不为别的,只为杨全武为人让我敬重,为文让我心动。所谓"文如其人",从《那柿果熟了》到《杯饮人生》,杨全武给我留下了极为深刻的印象。如果说《那柿果熟了》传达的是一种"收获"与"成就"的话,那么,《杯饮人生》传达的则是一种"睿智"和"智慧"。换言之,人生如茂林,一枝一叶总关情;人生如大海,一点一滴总意思。

不信秋来叶不红

——评杨全武的抒情散文精品集《又是一年秋叶红》

有人说,过程,是一道灿烂的风景。有时候很深刻,有时候很平朴,但不管深刻也好平朴也好,这道风景都会在自己的记忆中迎风绽放。也有人说,过程是一个绚丽的舞台。有时候很精彩,有时候很平实,但不管精彩也好平实也好,这个舞台都是生命的演绎与人生的写照。一个个普通的过程,实际上都是极富生命力与感染力的。从《那柿果熟了》到《杯饮人生》,从《杯饮人生》到《又是一年秋叶红》,杨全武将一个个普通的过程,变成了一道道绚丽的风景。在文学越来越边缘化、去神圣化的当代社会,这样的风景不是很多,而是很少。特别是对于像杨全武这样的能在纷纭的宦海苦旅中不忘笔墨耕耘的作家来说,在短短的几年内捧出三部沉甸甸的散文集,不能不令人叹服。正是这种弥足珍贵的诗性实存,让我再次与杨全武的散文续缘,惺惺相惜,我很想为《又是一年秋叶红》写点读后感之类的文字。

秋天是一个成熟的季节,也是一个收获的季节。唐代诗人杜牧的"停车坐爱枫林晚,霜叶红于二月花",那是一种美丽;毛泽东的"层林尽染,漫江碧透,百舸争流",那是一种壮观。而阅读杨全武的《又是一年秋叶红》,最触动的就是那字里行间所汩汩流淌的久违的成熟与沉思。假如说《那柿果熟了》更多的是对"芷江映像"与"湘西书写"的知性话语的话,《杯饮人生》已打开多维视窗、尝试着对人生进行多角度的阐释与解读,而《又是一年秋叶红》似乎走得更远,以"知天命"的创作主体进行着逻辑性的多重叙述,让人不得不信服:"不信秋来叶不红。"

阅读杨全武的《又是一年秋叶红》,总会生出感动,或如长江大河,或如一石投湖,或如潺潺清泉,这是因为类似于杨全武这样的对文学十分执着的人，也是因为类似于《又是一年秋叶红》这样的作品，更是因为对文学的这种别样的薪火相传。我知道，即使在当今这种不断市场化、经济化、传媒化与功利化的生活世界，文学也不会消失。针对不断功利化的生活世界，文学要提供超越现实的想象空间；而面对不断虚拟化的电子世界，文学肩负着还原"真实"的重任。正是在这个夹缝中，文学为我们提供了人性的黏合剂和生存的平衡器。当幻觉将真假的界限混淆时，文学应重新展示真诚和信仰的力量。杨全武对他所钟爱的文学有一种真诚的信仰与虔诚的皈依。在《我自己这块贫瘠的土地》一文中，他把自己的抒情散文视为自己至亲的土地。为什么我的双眼噙满泪水，因为我对这土地爱得深沉？"在这块土地上，我捡回了一双残缺的翅膀，捡回了属于真实的我……"文学的感召不仅让杨全武淡泊、雅致与宽容，也让杨全武在物欲横流的社会拒绝那份诱惑、守住那份淡泊。

所以，从某种角度来说，杨全武的《又是一年秋叶红》有一种难得的自觉意识。作品的自觉首先来自作家的生活体验。杨全武的文学自觉意识，不仅来自他内心深处对文学崇高化的仰视与敬重，也来自他在文学边缘化时代对缪斯女神的依旧如故与独守清香。另外，强烈的社会责任感和使命感直接造就了作品的自觉意识。从作品中不难看出，杨全武的写作是真正的有感而发、有备而发、有为而发。在他看来，写作不是消遣、不是娱乐、不是宣泄，而是要实实在在有益于社会发展，有益于世道人心。他认为，把自己对社会问题的认识与思考形象化地展示出来，以引起社会的关注，把自己对基层群众的喜怒哀乐、对湘西世界的多样解读摆出来，以引起各界的重视，是一个有良知的公民、有责任感的知识分子义不容辞的责任。他在提笔写这些作品的时候，想到的不是市场、不是读者挑剔的眼光、不是别人的闲言碎语，这种艺术家的勇气，在今天，仍是十分可贵的。

当然，可贵的还不止于此。杨全武的散文质朴、清新、没有矫情，有着感人至深的沉重，有一种朴素的、自然的美，其中蕴含着看似浅显却隽永的哲理。特别是他的抒情散文，着眼于自然的描绘，着力于人生的反思，通过大自然的神秘启示，提示人生之爱、生命的律动与爱情的萌动。这里有如山之重，有如水之轻，有愉悦、狂欢、悲愁，也有痛苦，揭示了人性的方方面面，敞开了心灵的大门，把灵魂赤裸裸地袒露出来了。因此，杨全武的《又是一年秋叶红》让我感动，毕竟这是一片片迎风飞舞的精彩华章。"当你静听音乐或观看一幅画时，你可以自由自在地想象，而当你读一本书时，你却成了作者思想的奴隶。"这是绘画大师高更诉说的阅读体验,也是我对《又是一年秋叶红》的阅读体验。

　　散文集的第一辑为"感悟生活",全方位地彰显了生活的原生态与大湘西农村的原生态魅力,活脱出了作家的底层意识与新农村建设的担当意识。作家因感而悟,因悟而催人感动,恰如一路丁香与幽涧,邀人进入一个个令人恍然大悟的禅境,如当头棒喝,如醍醐灌顶。《秋叶》以知性的语言,讴歌"三秋叶"随遇而安的心态,不执不耽,不急不躁,不疾不徐,从从容容,随春风生,同秋风落,与世无争却又乐于"化作春泥更护花"。《守住那份淡泊》《诱惑》《我自己的这块贫瘠的土地》《无题》则更像是一种沧桑风雨后的夫子自道。比如,"我知道,我很渺小,对于这个物欲横流、充满诱惑的世界更是微不足道,对于眼前这个物欲、金钱的世界,膨胀越大的世俗欲望,我也无法像一湖静水波澜不兴,但我依然与你孤独相守,守住一份契约,守住一份淡泊,守住一份宁静",这种剖白,不仅真诚,而且真实。再如,"或许在梦中,我可以回到曾经藏匿的诗情画意的年代里头去,执一盏琉璃灯,寻找一只小舟,然后撑入藕花深处,看满天的星光洒落,浊酒尽余欢",这种忆旧,这种憧憬,不仅有诗情,而且有画意。至于像《童年的狗与今年狗年》《心涯》《想起你是谁了吗》《心雨》《感悟人生》《平淡的每一天》《昨天・今天・明天》,也无不是有感而发的佳作。古人写文章,一曰以情动人,二曰以理服人,唐代山水田园诗讲究以禅入诗,至宋诗讲究以理入诗,都无不强调诗歌的内蕴与厚实。好的文章,绝不仅仅是风花雪月,也不仅仅是文学的拼贴与游戏,更不仅仅是无病之呻吟。好的文章,必须是有补于时政,有补于人生敏悟。墨子强调"言有三表",曹丕主张"盖文章者,经国之大业,不朽之盛事",虽有"文学至上"与"文学救世"的阴影与情结,但在当代社会,完全忽视文学的价值内涵也许是不明智的。仔细阅读杨全武这些哲理性十足的散文,时有怦然心动的感觉涌上心头,这在文学商业化、产业化的今天已属不易。

　　散文集的第二辑为"四季如歌",第三辑为"山川风景"。作家用饱含深情的笔触,传神地描摹他生于斯、长于斯的侗乡大地,一山一水,一枝一叶,既关乎情,也涉乎义,这也是杨全武创作的一个母题——"故土与家园"。这个母题一直贯穿于《那柿果熟了》《杯饮人生》《又是一年秋叶红》这三部散文集,成为当代文坛中"芷江映像"与"湘西书写"的灿烂风景,也成为作家杨全武的文化标牌与文学标识。当然,这些文章并非单纯的描形状物,而更倚重对物外之情与思想的抒发与寄寓。古人所谓"以小见大""尺水兴波""一切景语皆情语"，都可以从他灵动的话语中清晰地触摸得到。在 20 世纪中国文学史上，涌现了无数的乡土叙事作家，如写绍兴的鲁迅、写边城茶峒的沈从文、写关中的贾平凹、写高密东北乡的莫言，文学的"乡土中国"因为他们的奉献而多彩多姿。当然，对比上述诸人来说，杨全武的"芷江映像"还稍稍有点稚嫩与质朴，但我坚信，凭着杨全武对文学的那份执着与坚忍、对故园的那份痴恋与深情，他的"芷江映像"一定会越来越丰满、越来越丰富、越来越诱人。也正因如此，我就格外喜欢《西晃情思》《青石伞巷》《西晃深处》《哦，乡愁里的那条小河》《大山深处的畅想》《山韵》这些有着明显地域色彩的佳作。当然，像《槐花的飘香》《山村油菜花》，则更像一首首诗意盎然的田园山水诗，一幅幅情意逼真的水墨山水画。观之，有一种五柳先生的遗风扑面；品之，竟有一种如沐春风的感觉；读之，亦有一种如入明清小品、江南仕画的怦然心动。如"花香如故，这一路的槐树仍旧散出一身的花香"，再如"'草籽花开满天星，油菜花开满地金'，童年的歌谣并不比李白、杜甫、陆游的诗逊色多少"，所有的这些句子，都令人过目难忘。

　　散文集的第四辑为"情义无价"，第五辑为"欧游札记"。既有儿女私情，也有民族大义；既有本土风情，也有异域风情。一部好的作品，一是要感于物，二是要能动乎情。这正如唐代诗人白居易在《与元九书》中所说："感人心者，莫先乎情，莫始乎言，莫切乎声，莫深乎义。诗者：根情，苗言，华声，实义。"一个作家，首先必须是一个多情之人，一个善感之人，一个感性远胜于理性的人。晋人陆机在《文赋》中就说过，作家不仅要感于人，也要感于事，还要感于时，他说："遵四时以叹逝，瞻万物而思纷，悲落叶于劲秋，喜柔条于芳春。"一位作家就是要有情，这正如鲁迅先生所说："无情未必真豪杰，怜子如何不丈夫。"事实上，母子之情，夫妇之情，儿女之情，朋友之情，对读者来说，都是耳熟能详的，但是能将这些情感形象地传达出来，却是不易的。这一点，杨全武的散文有一种别样的美丽与催人泪下的感动，比如《牵手》。虽然情是一个难以琢磨的字眼，但《牵手》却能捕捉住夫妇之间一个十分日常的动作——牵手，来传达夫妇之间那种相濡以沫、相敬如宾、凤凰于飞的款款情、缕缕意。文字简洁，却内蕴极深，如嚼橄榄令人回味无穷，恰如一幅剪影，有着明清小品的写意技法。对此，我的记忆深处总是情不自禁地跃动着李密的《陈情表》、袁枚的《祭妹文》、归有光的《项脊轩志》这些抒情美文，毕竟从杨全武的《牵手》中我们似乎触摸到一种真性情、真美文的复活与回归。当然，在全球化越来越现实的今天，杨全武的那些抒写域外风情的作品也是难得一读的好作品,如《初次印象的巴黎》《巴黎唐人街》《巴黎书店》《美丽的塞纳河和凡尔赛宫》《法国的红磨坊》《美在兰斯》等,把那些异域的风情美书写得活灵活现、栩栩如生。毋庸讳言,也许是对异域风情的不甚了解或融会不够,文章或多或少有一种知识堆积之感。但我认为,这恰恰是作家杨全武跳出"湘西本土"走向世界的一种新尝试、新气象、新风标。

　　散文集的第六辑为"门外风景"。这一辑中的文章主题似乎有点含混,很难进行概括,毕竟"门外风景"很是缤纷。如《门外看诗》,主要是作家的创作谈,表现对诗歌、对散文的一种知性认识,"诗即生活,诗即历史,诗即人性",看似简单,实则深奥。如《七月颂》,更是声情并茂地展示了一位长期工作在民族地区的共产党员的赤子情怀与担当意识,那种自然流露与水到渠成的纪事与抒怀,让每位读者都能真切地感受到作家那股火一般的热血。事实上,文贵载道,忌空文,一位优秀的作家不仅要与时代同步,还要有强烈的政治意识与使命感,党的作家更应如此。所以,读杨全武的《七月颂》,伴随着跳跃的字符,有一种激情在血管里澎湃,久久难以释怀。

　　总之,读杨全武的散文就像走在洞穴中,在将要走出洞口的刹那间,迎面一缕阳光照亮了整个洞穴,那平淡无奇的过程突起波澜并惊心动魄,这就是绵里藏针、不动声色。当然,杨全武的散文少有宏大叙事,多的是真情实感的"小叙事",多的是拈花一笑的沟通与契合。因此,杨全武的作品虽短小,却很精悍,亦颇有意味,这在当代文学休闲化的转型中不能不说是一道十分亮丽的风景线。当然,杨全武不是那种暴得大名的作家,他是靠着自己的韧性,以坚韧不拔的努力和探索获取对散文的理解和成就的。他生于芷江,扎根芷江,服务芷江,在继《那柿果熟了》《杯饮人生》之后,再次捧出《又是一年秋叶红》,不仅使"芷江映像"惹人神往,而且使受降名城——芷江的文化名片恰如秋叶成堆、片片诱人。作为一位县级领导,写作并非他的专业,但"无心插柳柳成荫",这种非功利化的写作态度恰是喧哗的当代文坛所独缺的创作心态与境界。人有境界,那么,文章就自然有境界了,有境界者自成高格,这就是我对杨全武及其散文集《又是一年秋叶红》的最终印象。

　　是为序。

按　语

　　文章写于 2006 年 8 月 22 日，后作为杨全武抒情散文精品集《又是一年秋叶红》的"代序"刊发，该书由中央民族大学出版社于 2006 年 11 月正式出版。《又是一年秋叶红》是杨全武的第三本散文集，短短的三年多时间，杨全武先后出版了三部散文集，其勤奋与敏捷确实让人敬佩。杨全武生于芷江，扎根芷江，服务芷江，书写芷江，是"芷江书写"甚至是"湘西书写"中不可迂绕的诗性存在。从《那柿果熟了》到《杯饮人生》再到《又是一年秋叶红》，我与杨全武"以书为媒"，一次又一次亲密接触、深度结缘，得以深知一位真正的作家是如何炼成的。全武亦全文，是乡贤，是公仆，更是作家。

平民视角中的基层春秋

——阅读杨峥嵘《乡镇干部手记》有感

当窗外的秋风、秋雨与秋叶慢慢飘过,寒潮渐渐来临之际,摆在我案头的峥嵘的个人作品集《乡镇干部手记》仿佛是这冬日里最温暖怡人的阳光。不为别的,只为杨峥嵘是我最关注最看好的学生之一。我曾经是一名高中的语文教师,现在又是大学里的一名文学教授,在时空的转换中,过往的"桃李"不知几许,但记忆的照壁总叫人惦念。这中间,就有峥嵘与他的《乡镇干部手记》。

这是一个弥漫着焦虑与浮躁的年代,也是一个物质化与商业化的社会。随波逐流者有之,独善其身者少之,"出淤泥而不染"者更少之。尽管如此,我依然充满着期冀与渴望,毕竟我知道还有许多我所敬重的人在穿越物质追求精神的乐土。虽然诗意的栖居离他们还很远,但毕竟他们走在路上,峥嵘便是其中一位,一位有思想、有作为的基层干部,一位以笔为生、以文为侣的青年才俊。读了峥嵘的《乡镇干部手记》,我更确信这一点:一个有精神、有文化、有思考的青年干部是充实的,他不会为外在的浮华与喧嚣所诱惑。

《乡镇干部手记》凝结着峥嵘在基层工作的经验与思想,这不是一本应景之作,而有着厚重的内容与实实在在的思考,因此,能引起读者很多思考。这本书最重要的一个特点是作者将自己定位在一个观察者的位置上,定位在一个消弭了干部身份的人生坐标上,从而能以一种平和的心态去看待基层中的一切,正如峥嵘在序言中用"农民的孩子"来介绍自己,这不是刻意套近乎,而是对自己身份有意的一种回溯,赋予了作者一种平民的视角与心态。可以说,那些基层生活工作的点点滴滴已然融入了峥嵘的思路血脉当中，因此，这样的文章虽然是官样的，却少有穿靴戴帽的套话与空话，全书脉络分明，思路通衢，文笔老练，是值得当下基层干部一读的好书。

任何一个文本都有作者的生活经验与个体记忆，这在《乡镇干部手记》中得到了很好的呈现，布封说"风格即人"，要谈一本书最好的方法是将人与书相提并论，对此我想将峥嵘的为人与书中的内容并置在一起，这样或许能给大家一个比较直观的印象。

峥嵘是个率真的人。峥嵘的率真表现在他的为人与处事上，表现在他对民生问题较一般人有着更为深刻的感触上，表现在他在文章中敢于直言，而不遮遮掩掩上，如在《日出"东方"党旗红》一文中，他对东方红镇在过去拆迁工作中的不足直言不讳："是因为没有人想出来，更没有人站出来讲真话、讲实话、讲直话……关键之时却很少有觉悟的党员和群众主动站出来制止这一行为。"一语道破了过去东方红镇拆迁工作中存在的问题，说这番话是需要勇气的，尤其是在基层工作，稍不注意，就会触及极少数人的权威与利益，使自己"身陷泥淖"。多数人选择了躲避，一味息事宁人，而恰恰相反，峥嵘没有。

峥嵘是个有思想的人。峥嵘的思想体现在日积月累写成的文章上，体现在文章中一些敏锐而又独到的看法上，如在《抓基层强基础　抓特色树品牌》一文中，他提到东方红镇党委在创先争优活动中的难题及应对策略，使人获益匪浅。我们的干部如果能像东方红镇的干部一样，尤其是像杨峥嵘那样，将平时牢骚满腹的怨气转换成工作中求新求巧的动力，何愁工作不能突破，何愁不能取得应有之效。又如在《夯实思想道德基础　促进又好又快发展》一文中，峥嵘对当前机关中道德问题产生的原因细细缕陈，文章这样写道："……是道德规范的内容过于笼统。对机关干部的道德要求缺乏层次区分，内容过于划一，没有根据不同工作岗位、不同工作性质，有针对性地制定明确具体的道德规范。"虽寥寥数语，却有的放矢，掷地有声。它迥异于那些空谈道德建设的文章，对当前机关干部的道德失范给出了十分有效的良方。峥嵘这番话犹如黄钟大吕之音，对机关干部的道德建设具有深远而警醒的意义。正是因为对工作问题有切身的感悟，所以文章的阐述才显得有思想有深度，使人读后有醍醐灌顶之感。

虽在基层锻炼多年，烦琐的事务并没消磨掉峥嵘心中理想的热度。读书中的一些文章，我能感受到他心中汩汩滔滔激荡起来的理想浪花。文章中对一些老干部在工作中身先士卒的表率和勇于担当表现出由衷的赞美。

在《突破"高原现象"瓶颈　推动党建工作再创辉煌》一文中,峥嵘这样写道:"老党员、老干部徐德进在华龙家园项目拆迁中,冒着 50 年来最大的一场风雪,走三华里羊肠小道来到指挥部,签下第一份协议……'我不带头谁带头',党员的铮铮誓言在实践中得到升华。"正因为工作中有这样奉献意识的党员干部,所以东方红镇的各项工作才能顺利开展,蔚为壮观。凭借着对事业的热情与对党员干部在工作中有目共睹的业绩,峥嵘对东方红镇的前景充满憧憬,在《摒弃过去转作风　立足现在树形象》一文中,他意气风发地写道:"东方红镇正处在继往开来的重要历史时期。历史的目光注视着我们,人民的期盼鞭策着我们。我们一定牢记群众观念,坚持走群众路线,以更加开阔的眼光,更加非凡的气魄,更加昂扬的精神,更加扎实的工作,团结和带领全镇人民,在这块充满希望的热土上,创造更加美好的生活,开辟光辉灿烂的明天!"这是一段振奋人心的文字,绝非空中楼阁,它建立在对现实工作的领悟与体会之上,我们也有理由相信,工作中有一群这样挥斥方遒、胸怀豪情的干部,东方红镇的崛起与壮大指日可待。

　　《乡镇干部手记》共收录了峥嵘自 1997 年参加工作以来至 2011 年近 15 年公开发表的作品、理论文章和一些讲话稿。从行文到编目,从内容到形式,似乎少了一种时下流行的制作与策划,感觉有一种浓得化不开的原生态情结。质朴、琐碎、芜杂,头绪多,事务多,小事多,群众的事更多,这也许就是一个充满理想、充满追求、充满渴望的青年人的真实写照。对于这种写照,那些有着唯美主义与宏大叙事情怀的人可能会嗤之以鼻,但我依然想说,这恰恰是那些"问政于民、问需于民、问计于民"的基层干部的可爱之处。可爱,是因为他执着与艰辛;可爱,是因为他真诚与坦率。这需要一种勇气,一种境界。《乡镇干部手记》似乎开启了一扇尘封千年的乡土大门,以一种独特的视角在思考着未来。在反复阅读《乡镇干部手记》之后,我终于明白了:这是一本充满睿智与思想的书!

　　是为序。

按 语

　　文章写于 2011 年 12 月 9 日，后作为杨峥嵘文集《乡镇干部手记》的"序言"之一刊发，该书由湖南人民出版社于 2011 年 12 月正式出版，另有一篇序言为中共湖南省委原常委、组织部部长罗海藩先生所写的《直笔写基层　胸中有丘壑——读〈乡镇干部手记〉》。杨峥嵘，是我在湖南省芷江侗族自治县民族中学当高中语文老师时的学生，因语文优秀、作文灵秀、爱心毓秀而给我留下了极为深刻的印象。后来他入学怀化师专，而我也远赴云南大学读研，从而天涯羁旅，直到我在长沙理工大学工作，他也升调到长沙市高新区工作，才有师生的再次重聚。这时，我才知他从乡里、县里到市里再到省城不断升迁，也重新认识了他的才气业绩与勤恳务实。"长江后浪推前浪"，"是故弟子不必不如师，师不必贤于弟子，闻道有先后，术业有专攻"，有生如此，夫复何求？在我们师生共居长沙期间，我还参加了他的婚礼，喝了他的喜酒，这也是我人生第一次参加学生的红喜，彼时情景与陈年轶事，至今宛然在目、记忆犹新。后来我辞别长沙调到杭州工作，与他虽有阻隔，但仍有联系、常有交流，知他工作顺遂、成绩突出甚是欣慰。他送我《乡镇干部手记》嘱我写序，我欣然应允，不为别的，只为他是我这个当老师的骄傲。

媒体生活的诗意表达

——阅读吴剑林及作品集《此情可待》有感

人生的追求是无止境的，也是其乐无穷的。追求其实是一个永远在路上的跋涉之旅，所以并非每个人都能在追求中做到持之以恒、层层攀升、步步登高，也并非每个人皆可体验到走向成功的兴奋与收获成功的喜悦。事实上，只有那些勤奋聪颖、埋头苦干的人在孜孜不倦地探索与耕耘中，方能从自己所付出的艰辛、心血与智慧中获得那种不为他者所知的酸甜苦辣，如果能有所发现、有所突进、有所建树的话，那必将是生命的"狂欢"与人生的"大幸"。诚如此，他就是一个既无愧于自己也无愧于社会的"大写的人"。

其实，我所知道的剑林兄就是这样一个"大写的人"。早就听说剑林兄的作品集《此情可待》要出版了，但当厚厚的书稿摆在我的案头时，我仍不禁为之一震。不仅为书之本身的厚重所震，也为书中所记之事、所写之人及所抒之情所震。记忆与思绪恰在这种久违的震动中打开了被岁月尘封的阀门，曾经与吴剑林兄交往的点点滴滴、交游的桩桩件件便刹那间清晰起来、灵动起来。

我与剑林兄相识于 1994 年"春城无处不飞花"的昆明。那一年，我们有幸考中了云南大学中文系文艺学专业的硕士研究生，并一起师从时任云南大学中文系主任的杨振昆先生。杨先生博雅敦厚、谦逊和蔼、识广见深而又经世致用，能成为"杨门"的第一届"弟子"，剑林兄与我均十分珍惜这难得的机缘。剑林兄因为年纪比我稍大，自然是我当之无愧的师兄。然而认他为师兄，并非仅仅因为他年龄大，而是因为他的大哥风范让人倾心倚重，他的学问人品令人真心效法。师兄，不仅仅是一种口头上的称谓，更体现出一种内心深处对所称之人的尊敬。他的豪气、大气与才气，我虽不及，但多少有着气味相投与同气连枝的温馨。三年的同窗生活，有着无数的美好，也有着无数的美丽，让我们能够彼此在他乡中抱团取暖，度过了一千多个日日夜夜。真是有兄如此，夫复何求？时至今日，当年在昆明读书的许多往事，似乎有点模糊了，但剑林兄的言行举止、音容笑貌以及对我的呵护关爱，却没有淹没在时间的河流之中，反而经岁月的积淀，一次次扩大、一次次发酵，既清明又高大。当然天下没有不散的筵席，同窗亦是如此。1997 年 7 月，剑林兄因为才识出众、表现优秀，被分配到当时改革开放的前沿阵地深圳，这在当时是无数年轻人心向往之的地方，而我却被分配到长沙一所大学工作。从此两地相隔，聚少离多，依稀之中还记得他挈妇偕儿来过寒舍，我亦挈妇偕女住过他的华庐，兄弟情深由此可见一斑。从此，他在媒体冲锋陷阵，先后在《街道》《深圳法制报》《深圳特区报》《深圳商报》等媒体打拼且有累累硕果，一条条佳讯与一个个捷报传来，我既为之喜又为之乐，并且它们成为鞭策我前行的鼓点。这样相知相望，时间总是匆匆地在指尖滑过，也总是在剑林兄的如花妙笔中掠过，一个颇有名气的记者、编辑在自己的媒体生活与文字王国中得到了极佳的诠释与建构。十五年过去了，剑林兄从事了多少文字工程、发表了多少新闻报道、刊发了多少诗性文章，我自是难以精确统计也无法妄断的，但仅就案头上的《此情可待》窥测，我知道，笔耕不止、书写不辍的剑林兄一定有着无数的鸿篇巨制，《此情可待》只是很小的一部分而已。

正因如此，我使用了"阅读吴剑林"这样略显突兀却不失庄重的话语组合来表达我的感受。"阅读"一词通常是与文学类作品搭配的，而用人名作其宾语，通常是一种修辞手段。其实一个人就是一本书，一本书就是一个人的生活写照与生命吟唱。使用"阅读吴剑林"这个短语是恰如其分的，其中的关键在于吴剑林其人与其文是融为一体的，换言之，阅读其人实质上就是阅读其文。吴剑林是一个有故事的人，《此情可待》是一部有故事的书，所谓有故事则自成格调，言之有物则自成品位，斯言之谓也。

阅读吴剑林及作品集《此情可待》，最大的印象就是他的那份流淌在字里行间的坚毅执着与精益求精。剑林兄是一个对文学表达有着敬畏感的文化人，也是一个对新闻报道有着责任感的媒体人。世间万象，各色人等，家事国事天下事，大事小事寻常事，笔端处既有情也有义，既有宏大叙事也有日常叙事，他始终没有搁置一个文化人的责任与一个媒体人的职责。仅就这一点说，剑林兄是值得尊敬的，《此情可待》也是值得品鉴的。事实上，一个为了自己的梦想与追求不惜用二十多年的时间去精心书写、打磨一部作品集的人,不能不令人油然而生敬意。古人说,"十年磨一剑",敬佩的是那种持之以恒、锲而不舍、精益求精的精神;剑林兄却是"二十年磨一剑",尤其令人敬重。当然,在当今商业出版越来越常态化的环境下,出书似乎成了一种司空见惯的文化现象,然而我们知道凡事不能一概而论,总会有许多个别的书令我们感动。如果将出书作为商品生产语境下谋名获利的策略,那是令人鄙视的;如果将出书作为一辈子的愿景来守候与营造,那是令人仰视的。所以,剑林兄是一个令人仰视的人,《此情可待》是一部值得精读的好书。

作品集名之为《此情可待》,语出自唐代著名诗人李商隐《锦瑟》一诗,诗曰:"锦瑟无端五十弦,一弦一柱思华年。庄生晓梦迷蝴蝶,望帝春心托杜鹃。沧海月明珠有泪,蓝田日暖玉生烟。此情可待成追忆,只是当时已惘然。"《锦瑟》一诗本是李商隐的晚年回忆之作,有着鲜明的"思华年"与"成追忆"的呼应式主旨。剑林兄独引"此情可待"四字作为书名,也许不仅有着"思华年"与"成追忆"的题旨,还别有一番滋味。联想剑林兄即将步入"知天命"之年,可忆之人、可看之事以及可待之情自然是很多,也许那种"待"才是他真正的心声。我知道,剑林兄一直是一个有梦的人,不管是过去还是现在甚至是将来。事实上,在当今物质化的商业社会里,一个有精神守望与文学梦的人是值得钦佩的。剑林兄一直在媒体工作,做过记者、当过编辑、下过基层、到过现场、见过黑暗、识过阳光,是一个地道的"与媒体共舞"的媒体人。不可否认,媒体生活是一种特别强调真实化、功利化、产业化的生活,而剑林兄虽在其中摸爬滚打十五载,却能不为世俗现实所同化,依然葆有自己内心深处的诗性天空与审美王国。单是这种高蹈与超脱,就远比那些独守书斋的诗性追求者要弥足珍贵得多。纵然红尘滚滚,依旧清者自清;纵是黑幕重重,依然白者自白。这不禁令我想起周敦颐的《爱莲说》中的名句:"出淤泥而不染,濯清涟而不妖,中通外直,不蔓不枝,香远益清,亭亭净植,可远观而不可亵玩焉。"结合剑林兄的媒体生活,以及《此情可待》的叙事抒情,我可以郑重地说:他是一个有着诗性情怀的君子。正是如此,剑林兄及其作品集《此情可待》是值得一读的。

作品集《此情可待》是剑林兄二十多年的作品选集,全书共分三个部分,分别是"悠悠我心""传奇深圳""春城试剑",文体包括专访、散文、通讯、消息、论文、言论等。透过这些众态纷呈的"文本墙"与"话语流",我们可以清晰地感觉到一个有担当的记者、有责任的编辑、有激情的才俊、有孝心的儿子、有爱心的男人、有义气的朋友,在文本背后与话语深处坚定地站着,站着,其实这就是一道灿烂而绚丽的"风景"。在《此情可待》中,我们还能读出人生百态、人物群像与社会风云,还能读出传奇深圳的发展史以及中国的改革开放史,还有深圳梦与中国梦。所有这些,既有微言大义也有新闻实录,既有真实呈现也有审美想象。读一本书而知一座城市,读一本书而晓一个时代,读一本书而悉百样故事,读一本书而明百态人生,诚《此情可待》之谓也。在反复阅读《此情可待》之后,我终于明白了:这是一本素描着人物、播撒着故事、充满着思想、流淌着情感、深蕴着梦想的书!"此情可待",此书亦可待也!

是为序。

 按　语

文章写于 2014 年 5 月 18 日,后作为吴剑林作品集《此情可待》的"序言"之一得以刊发,该书由深圳报业集团出版社正式出版,另有知名学者杨振昆先生的序。吴剑林,是我在云南大学读硕士研究生时的师兄,我们均师从杨振昆先生。三载同窗,三年同门,一世情谊。毕业后,他分配到当时改革开放的前沿阵地深圳,一路打拼,终成《深圳特区报》的知名记者、编辑,留下了许多精彩华章、深圳故事。《此情可待》既是吴剑林的作品结集,也是他的生活记录、工作印迹、文学故事。可以说,《此情可待》不仅是他媒体生活的诗意表达,是他云南映象、深圳故事的审美建构,是他媒体生涯的阶段性总结,更是纸媒时代良心记者、责任编辑的形象榜样。在媒介技术不断升级换代的当下,纸媒的繁华似乎早已不再,但是作为同对文字心存敬畏、怀抱文学情怀的"云大同门",我依然与吴剑林一样坚信:此情可待,此义永存。

文学消费主义的阐释与批判

——阅读李胜清著作《消费诗学的历史表意：新时期文学消费主义公共性身份与价值功能变迁研究》

　　秋天，终究是一个收获的季节。在 2016 年的金秋十月，我意外地接到了远在湘潭的李胜清教授的电话，谈及他所主持的国家社科基金项目"新时期文学消费主义公共性身份与价值功能变迁研究"已经高质量结题，即将以题名为《消费诗学的历史表意：新时期文学消费主义公共性身份与价值功能变迁研究》的书的形式在中国社会科学出版社公开出版，还嘱我为之写序。我虽再三推辞，但终究拗不过李胜清教授的坚持而以诚惶诚恐的心态答应勉强为之。我知道，李胜清邀我为他的著作写序，从根本上早已摈弃了时下那些"以大家之序以抬著作之价"的俗套，选我这个籍籍无名的挚友作序，无非是因为我们相识甚久、交游颇深，也许更主要的，是因为我们曾经在浙江大学有过"同门同窗同学同房"的情谊，虽是时光荏苒、白云苍狗、天各一方，纵使不联系、不相聚，但那份情谊仍在。所以，从知根知底、知心知性、知人知文的角度来说，也许我是为他的著作写点儿读后感的最合适的人选之一。多年来，我身处杭州却心系潭州，默默地关注着李胜清教授的学术人生，为他的每一次进阶与成功而窃喜。这一次，当厚厚的书稿摆上我的案头时，我禁不住有一种想写点儿什么的冲动，来表达我对他的尊重与敬仰。

　　《消费诗学的历史表意：新时期文学消费主义公共性身份与价值功能变迁研究》是李胜清教授的第二本专著。相比他的第一本专著《意识形态诗学的主体性向度——文艺的实践论研究》来说，似乎表面上有一种学术重心的迁移，但仔细观之，依然有着内在的关联。从"意识形态诗学"到"文学消费主义"，既是一种转进，也是一种延伸；既是一种分流，也是一种深化；既是一种深耕,也是一种细作;既是一种公共性表达,也是一种独创性倡导。从整体上说,李胜清教授的这两部专著有着鲜明的问题意识与责任意识,那种俯首可拾的济世精神和人文情怀始终跳跃在字里行间与话语深处。从理论上说,文学艺术既是人类诗意的栖居之所,也是人类精神世界的"乌托邦",但是文学艺术绝对不能以"乌托邦"式的虚妄与偏执漠视鲜活的社会现实与生动的文学现象,否则那就是空洞的无病呻吟与抽象的一叶障目。这样,李胜清教授对"文艺实践论"的关注与探究显得尤其重要,因为他彰显了文学艺术的生活之维,也彰显了文学艺术的实践性。所以,从这个角度来说,李胜清教授的新著《消费诗学的历史表意:新时期文学消费主义公共性身份与价值功能变迁研究》是他的"文艺实践论"的再建构与再进化。

在《消费诗学的历史表意:新时期文学消费主义公共性身份与价值功能变迁研究》中,李胜清教授对诸如新时期、文学消费主义、公共性等几个关键词进行了精到的阐释与界定,显示了他扎实的学术功底与独到的思辨。相比于当下大量以"研究"的名义,用花言巧语掩饰言之无物的"学术文章",李胜清教授的这本著作至少有着属于他自己的第一手文献资料、研究心得和理论思考。这对于在学术之路上阔步前行的学者而言,是值得点赞与给予掌声鼓励的。特别是他对文学消费主义的辩证思维,尤其令人信服,让人在"眼前一亮"之中"恍然大悟"。事实上,作为一种社会存在的话语表征与叙事模式之一,文学消费主义在新时期以来的商品经济社会以至消费社会中日益彰显自己的文化影响。不管持论迎候抑或拒斥的态度,人们对于当代社会的判断似乎很难规避这样一个事实,即当下中国已经或正在生成某种具有鲜明消费主义倾向的社会形态,而在文学审美与文化生活领域,人们也正遭遇着文学消费主义的价值形塑与身份建构。正是在这种思想的导引之下,李胜清教授对文学消费主义做出了最为妥帖的阐明与勘定,即"作为消费社会的一种意识形态形式,文学消费主义表征了消费社会语境中审美观与人生观的新的价值取向与精神内涵的生成,它是消费主义价值观念与生活方式在文学审美领域内的一种观念反映与理论表述。……文学消费主义则指的是通过文学的商品化生产与消费所张扬的一种文化思潮与意义逻辑,它鼓励大力发展物质财富的生产以满足人们的世俗需要与感官满足,鼓吹物质主义、享乐主义的生活态度、审美心理与价值信仰。在消费社会语境中,文学消费主义在很大程度上业已重构了或正在日益深刻地建构着人们的日常生活与社会关系新的逻辑框架与提问方式"。当然,对于文学消费主义,李胜清教授既不宗奉也不遮蔽,而是一分为二地剖析,所以他特别强调不能仅仅执于静态的文学消费主义,强调文学消费主义的动态性、历史性与开放性,并且还主张将通俗文学或文化、商品文学与休闲文化、大众文化或流行文化、大众审美文化或大众消费文化等纳入文学消费主义的范畴,以普遍联系的观点和系统论的方法,全面鸟瞰文学消费主义作为一种公共文化事件的身份迁延与功能流变。单从这一点来看,李胜清教授作为一个成熟学者的睿智品格得到了最大化的呈现。

当然,作为一个成熟的学者,在自己的著作中既要创新拓进,又要持论公允。对于这一点,李胜清教授的学术立场是值得高度赞扬的。我特别认同李胜清教授在著作中关于文学消费主义的主旨立论。诚如李胜清教授所说:"在某种意义上,新时期语境中的文学消费主义既是一个最具共识的话题,又是一个最具争议的话题。就前者而言,由于消费现象或消费主义作为一种事实存在,已然撒播到了社会生活的各个层面,人们很容易就能从各个方面并以各种方式感受到这一点,因此,不管乐意与否,人们都必须承认,文学的消费化叙事以及文学消费主义的理念已经在很大程度上建构了当下人们的精神氛围与文化心理,成为人们无法规避的周遭世界,对此,处身其中的人们或以宣示或以默认的方式,都做出了基本一致的判断。就后者而言,文学消费主义作为一种价值存在,却又呈现出了言人人殊、歧义丛生的状态,基于立意初衷与论述目的的不同,文学消费主义及其所指涉的问题领域却又被各种互相撕裂的话语言说着,呈现出一种形同冰炭的张力模式与复调状态,概其大端,无非赞成者与反对者。应该说,关于这个问题的任何言说都有其自身某种限度的合理性,而且对于一个本身具有争议的理论命题所进行的学术争鸣也是正常而必需的,这是问题的一个方面。问题的另一个方面则在于,不管是以上所说的哪种情况,其实质都是关于这个问题的某种有限性言说,它们在彰显部分真理的同时也遮蔽了真理。"类似于前述之理性话语与辩证剖析,在《消费诗学的历史表意:新时期文学消费主义公共性身份与价值功能变迁研究》中随处可见,这也许就是这部著作的张力所在与价值所在吧。

事实上,《消费诗学的历史表意:新时期文学消费主义公共性身份与价值功能变迁研究》是一部颇有内涵的学术专著。其一,它对文学消费主义的三种研究范式进行了精要的梳理与精到的评述,这三种范式包括"现代化论""审美与道德批判论""历史语境批判论"。其二,它厘清了文学消费主义的历史生成。其三,它剖析了文学消费主义的建构之维。其四,它分析了文学消费主义的解构之维。其五,它指出了文学消费主义的合法化危机。其六,它阐述了文学消费主义的文化批判。所有这些,假如我们不抱有任何的傲慢与偏见的话,无论从哪个角度来看,都是货真价实的学术开垦,既是厚实之语,也是厚重之论。当然,任何读者总是可以从中见仁见智的,但有一点是毋庸置疑的,即这是一部凝聚着李胜清教授心血的严肃认真的契合于当下历史文化语境的言之有据、言之成理的学术专著。或者说,它给了我们一种明示与指引,那就是:"消费社会语境下文学诗意之维与道德之维的重构思考,通过对文学消费主义话语霸权的批判及其日趋庸俗化的原因剖析,思考文学审美活动重构诗意之维与道德之维的可能性及其具体思维进路。"我们不能不盼望这样的思考在李胜清未来的学术之旅中催生出更多的硕果。

是为序。

按　语

文章写于 2016 年 10 月 28 日,后作为李胜清专著《消费诗学的历史表意:新时期文学消费主义公共性身份与价值功能变迁研究》的"序言"得以刊发,该书由中国社会科学出版社 2017 年 9 月正式出版。李胜清,湖南科技大学人文学院教授、硕士研究生导师,湘潭大学文学与新闻学院兼职博士生导师。李胜清为人任侠豪气,常为朋友两肋插刀、江湖救急;求学聪慧敏捷,本硕博均是同学翘楚;治学才气过人、才华横溢、浸淫颇深,当为学界才俊;做事认真细致、中规中矩,也是难得的管理高手。与李胜清相识相知,缘于我们均在浙江大学攻读文艺学博士学位,他师从王元骧先生,我师从徐岱先生,最难得的是我们还"同居"陋室,除朝夕相处之外,还经常一起研学研讨,留下了一段人生中最难忘的"西溪记忆"。概言之,我们彼此有着"同门同窗同学同居"的深厚情谊,纵使他在潭州我在杭州,聚也罢散也罢,那份别样的牵挂总是不曾淡化。此次在他的大作即将付梓之际,李胜清嘱我写篇读后感,我竟也不揣浅陋,秉笔直书,照实书写,既是抚慰久别之后的渴望,也是一种新形态的"围炉夜话""青梅煮酒"。

呼之欲出的"浙传诗群"

——《江南风度：浙江传媒学院诗群档案》序

大雅今朝，潮立钱塘，凤凰涅槃，琴鸣桐乡。中华民族伟大复兴的脚步，近了！伴随着喷薄而出的黎明，《江南风度：浙江传媒学院诗群档案》面世了！

这是浙江传媒学院师生醇美诗意的一次集束绽放！它激荡着园丁们气势磅礴的大雅之音，又跃动着学子青春长河的生命浪花。新诗与古风辉映，诗情与学理交融，构成了雏声与老凤和鸣的协奏曲。在阅读这本书的时候，我内心一直有一个想法——"浙传诗群"的概念呼之欲出了！

《江南风度：浙江传媒学院诗群档案》分为四辑：第一辑"大雅"收录教师的新诗、旧体诗和译诗；第二辑"长河"收录学生的新诗作品；第三辑"古风"收录学生的旧体诗词；第四辑"论衡"收录最具前沿性的诗学文献。本书共收录18位教师、60多位学子的优秀诗作。教师诗人群体既有擅长新诗创作的沈苇、南野、赵思运、濮波、陈洪标、萧楚天、韩德星、杨向荣、俞春放、刘燕、郭文成、李俊杰等，也有擅长旧体诗词创作的罗仲鼎、郑小军、刘志宏、施洪波等。近年培养的一些学生诗人如赵俊、叶蓝、陈雨吟、袁梦颖、刘楠、徐小舟、潘越、何玲玲、黄燕霞等，开始在诗坛崭露头角。《江南风度：浙江传媒学院诗群档案》的作者，主要是文学类专业的师生，同时，还有新闻学、电视编导、播音与主持艺术、会展经济与管理、文化产业管理、广告学、舞蹈编导、艺术与科技等专业的师生，辐射面很广。可以说，诗意与所有的人相伴！

新诗构成了本书的主体。"浙传诗群"既有成熟的诗人，又有崭露头角的新秀，还有浙传之河生生不息的后浪。沈苇西域归来，重写江南，融现实与历史、自然与社会、情感与理趣等诸种元素于一炉，气韵丰沛，为江南诗歌美学注入了刚健之风。南野讲究诗意的繁复与反讽、生活流的碎片化、多层象征的建构与解构，营造出恍惚迷离而又诱人入胜的镜像。濮波执着地抒写个人精神史，同时又在广阔的时空中折射出关于社会的、历史的、世界的思考。杨向荣在话语的深渊中，撷取形而上的获救之源，以理性取胜。陈洪标、俞春放、刘燕、郭文成的抒情诗，质朴自然，洗尽铅华，而动人甚深。萧楚天的诗以知识、玄学、个人体验营构出迷人的知性空间。许淑芳与林晓筱的译诗，在不同语言的映照与转换之中唤醒了汉语的诗意，彰显出汉语诗性智慧的魅力。值得注意的是，除了抒情诗和意象诗的范式，"浙传诗群"还有一个口语诗的传统。赵思运、韩德星、李俊杰、马驰骋、段森旺、林浩、胡浩洋等，构成了口语诗人谱系。他们讲究口语诗的难度写作，在貌似平淡实则醇厚的口语之中，贴地气，传真情，触及本真，叩击灵魂。赵思运致力于口语诗体的建构，追求语言的质地、内涵的丰富与生命的充盈，且从口语与意象的交融、潜沉意象的营造、后现代拼贴等多种路向进行了探索，拓展了口语诗体的表现力。

青年学子的作品洋溢着蓬勃的朝气，他们内心敏锐而广袤，审美触角丰富而延展。借用穆旦《春》的诗句，那就是："如果你是醒了，推开窗子，/看这满园的欲望多么美丽。/蓝天下，为永远的谜蛊惑着的/是我们二十岁的紧闭的肉体，/一如那泥土做成的鸟的歌，/你们被点燃，卷曲又卷曲，却无处归依。/呵，光，影，声，色，都已经赤裸，/痛苦着，等待伸入新的组合。"虽然有些作品还显得幼稚，但是他们闪亮的眸子是清澈的，真诚的心扉是敞开的，他们的诗思是昂扬的！他们讴歌伟大祖国，颂扬红船精神，热爱家乡，赞美亲情，把满腔的挚爱洒向桐乡这个第二故乡！他们仰望星空，又脚踏实地；他们追求真理、渴求善良、追逐梦想；他们勇敢地去发现并确证自我，破译生命的秘密，探索人生的哲理，洞察人性的复杂与幽暗，烛照历史隧道的曲折与前途！

旧体诗词，也颇有创见。虽为旧制，其命维新，大大拓展了旧体诗词的生活空间和艺术空间。举凡人生感怀、忧思怀古、吟咏自然、探究哲理，皆可入诗。罗仲鼎先生的旧体诗，颇得子美遗风，同时亦是传统文人世界与自己精神的双向激活。郑小军多年从事宋词研究，积淀深厚，其作品思接千载，视通万里，境界沉着典雅，时有劲健高古之风。刘志宏诗词曲赋兼善，多年来沉浸于昆曲的创作、演奏与研究中，将昆曲精髓与诗词创作有机汇合，达成深情绵邈之韵味。施洪波从日常生活中撷取诗思，俯拾即是，自成格调。

学子作品中虽有部分作品尚存模仿痕迹，但是难能可贵的是，他们以饱满的热情，通过旧体诗词形式，表达了崭新的时代内容。《渔家傲·沪上重访中共一大会址》（蔡荣秋）、《清平乐·南湖》（陈蕊伟）、《鹊桥仙·百年华诞访南湖红船》（李辰睿）、《南湖红船颂》（肖杰）、《百载荣耀颂》（黄燕霞）等作品，讴歌了中国共产党百年华诞，以及南湖精神的巨大意义。《过雨花台（新韵）》（叶子欣）、《古风·遥谒钱壮飞烈士墓》（郭天佑）、《游学东瀛访岚山周恩来诗碑》（何玲玲）、《贺浙江传媒学院四十周年华诞》（黄燕霞）、《观橇李园有感》（王海燕）等作品，或表达爱国主义精神，或表达地方文化和风土人情，也赋予了旧体艺术形式以新的时代内涵。

第四辑"论衡"选录了沈苇和赵思运分别于近年发表的两篇诗学论文，都是从自己丰富的创作实践中提取出来的智慧结晶，同时，又具有重要的前沿性和丰富的启发性。沈苇的《诗学：一个生态文学视角》高屋建瓴，视野宏阔，同时又结合自己的生态文学实践与生命轨迹，在古今中外的视野中定位生态文学，辨析、厘清了"生态""自然""山水""风景"等与"生态诗歌"相关的概念的内涵与外延，阐释了生态与当代性、自然与"无边现实主义"的关系问题。近年的口语诗是诗坛争议较大的话题，赵思运的《从"白话"到"口语"：百年新诗反思的一个路径》从学理上廓清了百年新诗发展史上从"白话"到"口语"的演化辙迹，以鲜明的问题意识，反思了"白话诗"的先天不足与后天失衡，警惕"口语暴力"，并且呼吁"口语诗作为富有原初生命感和本土性的诗歌实践和理论倡导，可以建立起一种以现代口语为基础的具有综合性的'口语诗体'"。他认为，口语诗应该以敞开的态度和胸襟，开拓出一条具有现代汉语普适性的诗学路径。中国新诗何去何从？如果说，沈苇的声音代表着一种诗歌精神，那么，赵思运的声音代表着一种文体取向。从某种程度上讲，二者都拓展了富有生命活力和汉语诗性智慧的本土性路径。

《江南风度：浙江传媒学院诗群档案》的诞生具有其必然性。作为浙江省人民政府和国家广播电视总局共建高校，浙江传媒学院多年来始终秉承习近平总书记"紧跟时代，突出特色"的指示，坚持立德树人，坚持特色发展，综合实力稳居全国传媒院校第二。近年来积极探索教学、科研、创作、社会服务"四轮驱动""四维齐辉"，强调学科专业一体，践行科研创作并举，尤其注重创作队伍的打造和创作人才的培养，涌现了以沈苇（诗人，鲁迅文学奖获得者）、叶炜（茅盾文学新人奖获得者）、倪学礼（编剧，多次荣获"飞天奖"

"金鹰奖""白玉兰奖")、鲁引弓(《小别离》《小舍得》《小欢喜》等热播剧原创作者)、南野(诗人)、赵思运(诗人)等为代表的浙江传媒学院作家群。之所以称之为"浙江传媒学院作家群",不仅是因为知名作家多、优秀作品多,更是因为作家作品均有着鲜明的"浙传"特色。

在"浙江传媒学院作家群"中,最富实力、最有业绩的当数文学院。作为浙江传媒学院设立最早、办学历史最久的二级学院,文学院拥有戏剧影视文学、汉语言文学、汉语国际教育、秘书学四个本科专业及汉语言文学(网络文学与创意写作)、戏剧影视文学(编剧与策划)、汉语言文学(涉外文秘)三个本科专业方向,其中戏剧影视文学为国家一流专业;拥有浙江省"十三五"一流学科A类"戏剧与影视学"之"戏剧戏曲学""影视文化与批评"两个学科方向;拥有艺术硕士(编剧)、汉语国际教育硕士(视听化汉语国际教育)两个硕士学位授权点;形成了"文学与艺术共生共融"的专业生态和学科布局,以及本硕贯通的培养体系。多年来,文学院除深耕教学、科研之外,更是深耕创作不辍,尤其是剧本创作、诗歌创作、小说创作、影视创作、创意写作等。如编创了《明月前身》《盖世武生》《平凡岁月》《小麦进城》《山羊坡》《有泪尽情流》《浴火书魂》《孝女曹娥》《长生殿》《梦寻》《七把枪》《风来风去》等影视作品;创作出版了诗歌、小说、散文等文学作品二十余部。学生近年来在柏林华语电影节、威尼斯电影节"青年电影人培养计划"、北京大学生电影节、全球华语大学生短诗大赛等国际赛事以及全国大学生文学大赛等国家级、省部级大赛中获奖三十多项,公开发表作品和论文一百余篇。

《江南风度:浙江传媒学院诗群档案》的诞生,为我们展示出一枚枚镌刻着历史辙迹和青春色泽的果实。这是一次对"浙传诗群"的庄重吁请,也是一次对"浙传诗群"的全面检阅。"浙传诗群"的出场,必将为新时代中国文学奉献"浙传样板";"浙传诗群"的崛起,必将为新时代中国文学贡献"浙传力量"。当然,一个诗群的面世,必然会有见仁见智之议,毕竟古人有所谓"诗无达诂"之说,或者说,没有最好的诗,只有更好的诗。尽管如此,我们依然希望"浙传诗群"继续打造属于自己的传统与谱系,创作出更多的精品与佳作,从而真正让"浙传诗群"实至名归、诗坛瞩目。

按 语

　　文章写于 2022 年 6 月，后作为赵思运教授主编的《江南风度：浙江传媒学院诗群档案》的"序言"得以刊发，该书于 2022 年 11 月由北岳文艺出版社正式出版。后该文又于 2023 年 3 月 15 日被陈洪标主编的《浙江传媒学院报》全文刊发，其后多家网站、公众号进行了转发。有句话说得好，"生活不止眼前的苟且，还有诗和远方"。赵思运教授与我有同事之缘、搭档之情、朋友之义、邻居之福。他既是一个学者，也是一个诗人。他爱诗、写诗、编诗，这是他教书育人、科学研究之外的最大爱好与追求，他是一个在众声喧哗的诗坛中始终拥有诗性情怀、不落俗套的"纯粹诗人"。我想，这样的诗人是难得的，也是值得敬佩的。当然最值得敬佩的是，赵思运教授不仅诗作丰盈，更在团结同事诗人、奖掖后学诗人上不遗余力、甘为人梯。一个诗人自己的诗多诗好当然是值得敬佩的，但我想更值得敬佩的是他的教诗传学编诗，那种不计得失与回报的奉献。"浙传诗群"得以集聚亮相，《江南风度：浙江传媒学院诗群档案》得以重磅推出，赵思运教授功不可没。我不写诗，但我依然对诗和诗人有着天生的膜拜，为赵思运教授主编的《江南风度：浙江传媒学院诗群档案》点赞，为"浙传诗群"喝彩！

残章断简

第二辑

"羽扇纶巾"指谁

一般人总认为"羽扇纶巾"专指诸葛亮,就连某电视台节目主持人将苏轼词《念奴娇·赤壁怀古》中的"羽扇纶巾"当作问题问某歌手时,也不假思索地同意了歌手的答案——指"诸葛亮"。歌手答错尚可理解,然主持人对错答的认可加分就难以原谅了。

其实,就一般而论,"羽扇纶巾"只是魏晋时人的装束,而非专指某人。不过在苏轼的《念奴娇·赤壁怀古》中又确系专指,只是指的并非诸葛亮,而是周瑜。首先,该词是作者凭吊赤壁之战的主角周瑜并借以抒怀的,词的上阕明白写着"人道是,三国周郎赤壁"。其次,词中上下文语境也都明示了,前有"遥想公瑾当年",中有"小乔初嫁了,雄姿英发",后有"羽扇纶巾,谈笑间,樯橹灰飞烟灭"相应,熟悉该词的人,定然明白"羽扇纶巾"指周瑜。再次,朱东润主编的《中国历代文学作品选》中亦有明白的解释。

 按 语

文章刊于《长沙晚报·副刊》1998年7月15日。写作此文缘于当年湖南卫视旗下湖南经济电视台《幸运1998》的一个知识性错误——把周瑜当诸葛亮。当时我从云南大学中文系硕士研究生毕业就职于长沙电力学院中文系不到一年,虽曰青葱嫩绿但确有书生意气,眼里容不得错误知识经由湖南当时最火爆的综艺节目《幸运1998》以讹传讹,同时亦感叹电视台从业人员的文学素养堪忧,故草就此章投稿《长沙晚报·副刊》以正视听。文章刊发后,我也收到了一些反馈和反响,从此与《长沙晚报》结下了不解情缘。

电话的联想

随着私宅电话的普及，它给大家的生活确实带来了方便。而男人们的"势力范围"也随之被女主人围剿得所剩无几。何解？昔日无电话时，有人要找你，须亲临家门，眼皮子底下能犯出什么事来？因此倒也相安无事，落得个天下太平。

如今，一个电话打来，或男或女，或老或少，或公或私都云有事，让你耳根不得清静。真是"我很烦，我很烦"，有的男人也确实在夫人不胜其烦之时，趁机浑水摸鱼逸出夫人的势力范围。所以，女人们吃一堑长一智，为了把握丈夫的最新动态，为了维护自己所谓的"配偶权"，为了防患于未然，便只有千方百计、想方设法控制电话。在她们的想象中：似乎男人皆是好色之徒，逮着机会便拈花惹草，似乎全世界的女人都想夺别人的老公。丈夫花心，打电话之女偷心，而自己伤心。故而一旦铃响，就会陡然冒出十二分的敏感和戒意，总会想到"第三者插足"。所以，抓住话筒，第一句话一般都是："你是哪个？"此查户口也。接着，为"找他有什么事"刨根问底，不问出个子丑寅卯不罢休。随后，为"他不在"故弄玄虚，四两拨千斤也。纵然最后把话筒交给丈夫，却也是按兵不动，此醉翁之意也。完了总是反复详尽询问，不把五个 W 弄清楚不放手。更有甚者，每日电话追踪到单位，看你往哪里跑？

其实，女主人们如此亦无可厚非，只是那种守门老头和值班门卫似的态度和语气，会使朋友、亲戚莫名产生一种做贼心虚之感（虽然不是贼），以致男人因"无颜见江东父老"而心生不满与不快，从而夫妻不和，甚至家庭破裂。如此事与愿违，大概是那些有心病的女主人始料未及的吧。

虽曰"女人以男人为财"，倘若女人成为守财奴，岂不让人敬而远之。男人们云"女主内"，一则指女人主家庭内务，二则指女人应注重内在修养。女人形体上的美是外在的,短暂的;而内在的美,才是永恒的。只有心形端正,才能得到别人(包括丈夫)的敬爱,才算是真正的端正。

凤姐儿虽有"世事洞察皆学问,人情练达即文章",但切不可痴迷于怎样管老公之一隅,否则画地为牢,闭心为狱。

处事为人,随意为先,有时学学郑板桥先生之"难得糊涂",未尝不可?否则,夫妻之间表面融融,内里心眼不断、心计层出,何异于戴着镣铐跳舞?再说并不是所有的男人都"不是好东西"。男人们养家糊口,挣面子活得已经很累,在家里就让他们轻松点吧。

 按　语

　　文章刊于《长沙晚报·文化周刊》1999 年 9 月 15 日。写作此文缘于当时《长沙晚报·文化周刊》的编辑彭海英女史的约稿。彭海英女史是我的大学同班同学,才貌双全、勤奋有加,大学毕业后曾在电台做主持,以"红梅"之名主持长沙广播电台的《午夜悄悄话》节目而名动三湘、风靡四水,尤其在湖南高校年轻大学生中更是名噪一时而被誉为"青年情感婚恋专家"。后从电台隐退,转战纸媒,主编《长沙晚报·文化周刊》,因注重抓社会情感热点做专题报道而备受推崇。我因研究生毕业初到长沙教书,朋友不多,唯有几个同学,加之经济拮据便想靠写文章赚点稿费贴补家用,而当时《长沙晚报》的稿费还是不错的。事实上,在 20 世纪 90 年代,赚稿费或许是许多"写手"在文化勃兴时期最大的动力和最现实的目标,故如约命题作文。《电话的联想》虽是应景之作,但确实也是有感而发,其中的生活百态、情感体验、家庭微澜至今依然令人回味。

血红雪白双色俏

新千年到来了，今年长沙又是一个暖冬，但和煦的日光下仍有寒意，况且冬天才刚刚开始。冬日时光为广大的时装爱好者，特别是广大的女性朋友，提供了一个广阔的展示美的舞台。今年冬天的主题色彩当仁不让地给了红色和白色。

中央电视台1999年12月31日"相逢2000"的晚会上，两位青春靓丽的青年歌手陈媛媛和谢雨欣高歌了一曲《大中华你好》，表达了亿万华夏儿女在新世纪到来之际对祖国母亲的祝愿。其中颇耐人寻味的是两人的着装艺术，陈媛媛着一袭红，谢雨欣裹一身素，一红一白，红白相间，打造了一片血红雪白的时装苑，也预示着这个冬季女性着装的最新走向。

鲜红似乎是冬天里的一把火，是醉人的酒，是血，是时髦女孩最倾心的色彩，最心动的感觉。红在衣裳间，红在小帽上，红在饰品里，红在屐鞋处。醉心红色，红红火火，潇潇洒洒。

红与紫、红与褐在搭配上是相斥的。红与黑搭配固然稳妥，但穿起来过于尖锐、扎眼。红与白是最年轻最有朝气的组合，鲜艳而又亮丽，怎么配怎么好看。红与灰是最柔和高超的搭配，沉稳而又亲切，怎么配怎么知性。红色相较其他颜色，有一个比较独特的搭配忌讳，其他色在搭配的过程中，只要在原色系中或深或浅地渐变，总是既和谐又稳妥，但红色不行。红色在自己的色系中渐变并不好看，红色只能去找相去甚远的其他色搭配才好。于是我们便获得了这样两条关于红色的搭配定律：要么红一色，要么配异色。

在雪花飘扬的银冬，为什么还要着素装白裳，冷上加冷呢？更为奇怪的是，似乎冬天着素装白裳较之其他三季更显漂亮。这里面有一条极为重要的搭配定律：那便是广泛意义上的同趣相融性。因为白色可以透出女性生命的青春,极具自然魅力,加之另有一种和谐美与超然美,它是在冬的底蕴中升腾起来的一股青春和生命的渴望。

　　要将白色的衣服穿得好看,你必须记住两个窍门:一个是尽量全部素白,如果肤色偏黑的话,就在肤色与白色的连接处,例如脖子上、手腕上加上一点彩色的饰品,效果非凡,白里一透,分外妖娆;另一个是着白色服装时,金属饰品最好选纯银色,它的寒光与白色的冷艳共融,美丽异常,魅力四射。

 按　语

　　文章刊于《长沙晚报·副刊》2000年1月7日。关于服装美,我并没有深入研究,虽然研究生时期读了许多美学的书籍,但终是纸上谈兵,也没有沉浸到实用美学的领域。只是后来在《长沙晚报》做副刊编辑,有时需要写一些相关文章来填补版面的空白,于是乎,报社所订的《世界时装之苑》也就成了"临时抱佛脚"时最好的老师。现学现写、现炒现卖,我虽然没有谈到精髓、抓住要点,但总是能蹭到些许皮毛、沾点边边。文章《血红雪白双色俏》,不过就是一家之言,不足为专家道也。

漫谈"酷"

流行语、时髦话恰如匆匆过客,走马灯似的换了一茬又一茬。如今长沙街头流行"酷",许多俊男靓女张口"酷",闭口"酷","酷"不离嘴,说人谈事、评头品足,一个"酷"字便了,"惜墨如金"以至如此,真妙不可言;而且满街扮酷族从容过市,"酷"语萦耳,不禁令人感慨丛生。

"酷"几乎算得上一种国际流行的口头禅,国外对史泰龙、罗马里奥、李昌镐、泰森等以"酷"名之。但自从"酷"舶来中国后,仿佛就降价不少。酷在外表,酷在皮毛,拾人牙慧:染着五彩头发,穿着紧身玄衣,在街头流浪;或是穿件风衣午夜独行;或是夏穿棉袄冬穿单衣在人群中狂呼,满口国骂,故作深沉,不可一世,趾高气扬……

笔者曾无意中读到两首关于"酷"的打油诗。其一:"人前骂鸟女儿步,摆胸扭臀黄牙露;素身只亮肚脐眼,一丝不挂才叫酷。"其二:"只穿三点是时髦,花脸染发是大潮;鸟骂十足是个性,吓死人来是人妖。"文虽尖刻,却也绘出了部分扮酷族的画像。

首肯"酷",追求"酷",进而扮酷不辍,本也无可厚非。但假如说"酷"只等于新奇怪异、标新立异、袒胸露脐、狂妄混世、冷若冰霜、索群独居、故作超然甚至痞气十足的话,则"酷"完了。准确地说,"酷"应是一种心态,一种内在气质,一种人格魅力,是不汲汲于功名利禄的洒脱与高超,例如已故的大师钱锺书、著名画家黄永玉等皆然。

奉劝那些唯"酷"是崇的俊男靓女,不知道"酷"就千万别扮酷。跟着别人的尾巴跑,捕风捉影,自以为得"酷"真义,却不知早已"谬之千里"了。拒绝平淡其实早成了平淡之平淡,头顶泡沫的人是实现不了梦想的。莎士比亚曾说:"人不是因为美丽而可爱,而是因为可爱而美丽。"当你"酷"

得面目狰狞时,别人就只能敬而远之和望而却步了,那么,"酷"又有何用呢?

 按 语

　　文章刊于《长沙晚报·副刊》2000 年 1 月 14 日,署名维邦,即张邦卫的笔名。这是一篇谈"酷"的文化锐评。年轻人追"酷"、扮"酷",以"酷"为美、为时髦,本无可厚非,但如果是"酷"在外表、"酷"在粗鄙、"酷"在流俗,这不过是有其形而无其实,这样的"酷"似乎是可以商榷的,或者说不要也罢。毕竟"酷"应是一种心态,一种内在气质,一种人格魅力,是不汲汲于功名利禄的洒脱与高超。真正的"酷",应该是钱锺书的"酷"、黄永玉的"酷"。

"愚人节"到底在"愚"谁

细细数来，又是一年一度的"愚人节"了。不知道为什么，每年一到 4 月 1 日西方的"愚人节"，总有一种说不清的战战兢兢、如履薄冰的恐慌，害怕被亲戚朋友、同事、同学、老乡甚至是学生给莫名其妙地"愚"一下，或者调侃一下，甚或"幽"一下"黑色之默"，而自己傻了吧唧地不幸上了老当，吃了闷亏，还得赔着笑脸搭讪，被别人讥为"愚人"还须强颜欢笑打脱牙齿往肚内吞，真是成了地地道道的"April Fool"（四月愚人）。

中国本来没有"愚人节"这把戏，只是随着欧风美雨的东渐，它和圣诞节、情人节等一样成为许多年轻人青睐的对象及追求的时尚。我第一次体验与感受"愚人节"，是在读大学一年级的时候。那时学校因条件简陋，地处偏郊，被学友们一致称为"黄土高坡"。"黄土高坡"当时没有电影看，要看电影，须到两公里外的邻校去，还须自己带凳子。那年 4 月 1 日下午，忽见宿舍楼边贴着一张海报，说有电影看，我们宿舍八个光棍吃完晚饭后便搬着凳子前往了。谁知到了那放电影的操场上，却空空如也。回校后，我们气愤地把海报给撕了，本想写一张海报驳斥此辈无聊行径，但怕同学笑自己为"April Fool"，又不敢造次。从那以后，我内心便萌生了对"愚人节"异乎寻常的不满与不屑，对 4 月 1 日也有了一种刻骨铭心的警惕。对这种靠愚弄别人、作践别人、嘲讽别人的娱乐形式有点儿深恶痛绝。

其实，西方人的东西确实有许多值得我们学习，然而最忌一股脑儿全搬过来，照单全收；或捡芝麻弃西瓜，或取糟粕遗精华，或邯郸学步，或妄自菲薄。否则，除了能证明咱们自己没有眼光、没有鲁迅先生所倡导的"拿来主义"的勇气与本事外，还能证明什么呢？一个民族有一个民族的文化传统，有它固有的风俗习惯。把西方人搞恶作剧、搞笑、嘲讽别人来图自个儿开心的"愚人节"引进国门并恣意模仿,只能说明某些人潜意识中或多或少地崇洋媚外。有人说,一个丧失了民族个性的民族是一个没有生命力的民族,然也。

"愚人节",到底在"愚"谁呢?

 按　语

　　文章刊于《长沙晚报》2000 年 3 月 31 日"橘洲周末",署名维邦,即张邦卫的笔名。这是一篇关于国人过"愚人节"的文化锐评。国人过洋节,如愚人节、情人节、圣诞节等,似乎成了一种时髦与时尚。但若以过洋节为荣,似乎体现出国人内心深处的一种文化不自信,以及崇洋媚外的心理。这是不足取的。说到底,愚人节到底在"愚"谁呢?其实"愚"的是我们自己,作践的是我们自己的传统节日。我在 2000 年就明确反对过洋节,并著文在主流报纸上刊发,这不能不说是一种所谓的先见之明、明智之举,诚然是值得炫示和窃喜的吧。

莫让电视拴住孩子的心

寒假已临。在一阵阵"减负"的倡导下,广大中小学生似乎可以理所当然地丢下课本、撇下作业,做自己想做的事了。打电游、玩电脑、看电视、逛街、走亲访友、蹦迪、唱卡拉 OK……可以尽情放飞青春的活力和压抑了一个学期的"顽皮"。

然而在中国现有的实际情况下,独自在家守着电视机是孩子们最当然的选择,例如动画片、少儿娱乐节目、警匪片、枪战片、言情片等。许多中小学生如醉如痴。当然,适当地看看电视,可以张弛结合、拓宽知识面,但许多中小学生自制力不强,常常沉溺于电视而难以自拔。

美国凯泽家庭基金会最近公布的一项报告集中体现了沉溺于电视的隐忧。这项对 3155 个 2—18 岁的儿童和青少年的调查表明,2—7 岁的儿童每天用 3 小时 9 分钟看电视;在他们当中,32％的人房间里有电视。在 8—18 岁的青少年中,65％的人房间里有电视。61％的人说父母对他们看电视不加限制。几乎 1/4 的人每天看电视的时间超过 5 小时。

有关专家指出:"孩子们过着远比过去孤立得多的生活。他们把自己关在房间里,整天和电视为伴。"不可否认,在当前的社会中,家长多为上班族,同学之间又不可能整天呼朋引伴聚在一"坨",所以孩子们视电视这个会说话的"朋友"为"知音",度过了许多孤独寂寞的时光。但是现今电视节目中有许多肤浅的、庸俗的、不健康的甚至荒谬的东西,孩子们缺乏分辨力,加之电视呈现的是一种强迫式诉说而不是双向交流,所以孩子们接受了许多错误的东西而不自知。

有关人士指出,电视不应取代与他人共度的时光,不应取代读书的乐趣,不应取代体育活动与外出游玩的价值。那么,家长们应如何让孩子们远离电视呢？控制孩子们在家看电视的时间，每天看一小时电视已经足矣；鼓励孩子和其他孩子一起参加活动；并适当布置孩子们阅读一些有利于提高综合素质的课外书籍；适当安排孩子们做点家务活。也许只有如此，广大中小学生才不会虚度新千年第一个最喜庆的寒假。

 按 语

　　文章刊于《长沙晚报·副刊》2000 年 1 月 28 日，署名维邦，即张邦卫的笔名。 这是一篇有感于青少年学生沉溺于电视的社会评论。 在快节奏的社会里，家长忙于自己的工作，而放了假的孩子极有可能就是一个孤独的存在，他们过着远比过去孤立得多的生活，所以电视就成了孩子们最好的陪伴与玩伴。 "减负"是让孩子们走出课堂，走向课外，走向自然，走向生活。 如果说"减负"是把孩子们从课堂、课本驱赶到客厅、电视的话，那么这样的"减负"也只是表面的形式。 别让电视拴住孩子的心，不要让电视成为孩子们的控制性存在，不管是过去还是将来，这都是值得认真思考的问题。 依此类推，不要让网络成为孩子们的控制性存在，不要让手机成为孩子们的控制性存在，同样是值得时刻警醒的问题。

空灵心逐空灵居

据笔者观察,时下许多家庭的装饰存在着几种弊端:其一是拥挤,厅室小、家具大;其二是累赘,装饰品重叠堆砌;其三是凌乱,西洋的、民族的、精神审美的、物化世俗的混杂,没有形成整体个性化风格。因而,笔者认为,从精神愉悦和审美快乐的角度来说,家庭装饰,应主要追求一种恬然、舒适、自然、轻松、愉悦、宁静的"空灵美"。

追求居室整体韵味的"空灵美",应注意以下几点:首先,要比例适度。居室的摆设如长度、宽度、高度、大小、回环、曲折、遮蔽等,不仅应注重比例和谐,更应注重黄金分割的法则。其次,要轻松、自然、一致。狄罗德认为,美是一种关系。在居室装饰中更应注重物与物、人与物的关系,切忌假充斯文、浮华、堆砌、反差过于强烈。再次,要整齐、规范。购置家具或添置物品应有整体谋划和统一布置,切忌流行什么就随意添置什么,如果这样,家里便成了一个"大杂烩"。最后,要有一种平和、愉悦的心态与心境。就一个家庭而言,装饰更是追求一种精神的惬意,而非物欲的满足和可怜的虚荣心的炫耀,心灵世界的装饰才是根本所在。美与不美,不仅是物质对象,更主要的是一种心境、一种情绪。不同的心情,产生不同的氛围;不同的氛围,产生不同的美感;平和空灵之心衍生出家居的"空灵美"。

居室装饰逐渐超脱功利实用的层次,追求一种"空灵美"的境界,应是一种趋势和时尚。愿"空灵美"走进寻常百姓家。

按 语

　　文章刊于《长沙晚报·副刊》2000年1月28日，署名老八，即张邦卫的笔名。这是一篇关于装修"空灵美"的随感。装修，成家立业的都经历过，那是一种累并快乐着的活儿。文章提倡"空灵居"与"空灵美"，其实也只是一家之言；并且提出了"空灵美"的四个注意事项；也强调了"空灵美"应是一种趋势与时尚，愿"空灵美"走进寻常百姓家。其实，我想说的是，在过度物质化的社会语境下，年轻人的家装不可盲目追求奢华与浮华，这也可能会有"难以承受的经济之重"。总之，与其拥挤不堪，不如简洁宽敞；与其奢华浮华，不如质朴空灵。还有值得一提的是，这是我在《长沙晚报》社从事编辑记者期间，唯一一次用"老八"这个笔名，因为"老八"是我在湘潭师范学院读大学时同宿舍的排行，是大学最难得的记忆。最巧的是，同宿舍的"老三"也在《长沙晚报》社做编辑记者，他也偶尔使用"老三"的笔名。天地很大，世界很小，走着走着，"老三""老八"又走到了一起，缘分非比寻常，情谊更非一般。

乐中找苦装修事

装修千秋事,得失寸心知。只有经过炼狱般装修的过来人,才能体悟到装修并非"诗意的栖居",而是一个爱不起恨不得、玩着心伤放下心痒的"烫洋芋",弄不好更是你"一生的痛"。

沐浴着最后一次福利房的东风,我意外地分到了一套三室二厅的旧房。由单间而套房,心里总有一种"刘姥姥进大观园"的惊奇,还有那一夜之间"连升三级"的乐,我这湘西吊脚楼的后裔有点儿得意而忘形了。于是,妻子便不时嘀咕着房子装修的事,而房子装修也一下飙升为家里的热点话题。

不可否认,装修是一件具体而复杂的系统工程。对于吾等靠工资过活的人来说,不可能做个地道的"甩手掌柜",什么事都得自己操心。搞设计,参观别人的房子,取经,摸行情,购木料,买五金,选涂料,择油漆,请"游击队",一件接一件,抽得人恰如旋转的"陀螺"。

动工才三天,便惊闻几位邻居在购材料时被"游击队长"和店老板串通"带笼子"的事。我不敢在妻子面前宣传,因为我也是由"热心"的"游击队长"带到某材料店的。然而纸包不住火,妻子在高桥、南湖、马王堆、新开铺四地做了为期四天的实地"调研"后,终于向我这个"冤大头"开炮了。一向温顺的妻子大骂我是"书呆子",我不敢顶撞,怕更多的"唠叨雨",只能故作大度地解释要"放心装修"。

然而这心又如何放得下呢?我虽嘴硬,但心里十分清楚,于是便辞退了第一拨"游击队",另请了一拨"游击队",但好景不长,才红火了四天,几位师傅便告假回老家搞"双抢"去了。冷冷清清而乱七八糟的场地,除了我们干瞪眼外,便是妻子如夏日一般火辣辣的数落了。

半月之后,几位"尊神"重新集结,然而才干了两天,便又只剩下一位师傅为我的房子装修,其他几位被"游击队长"抽调到别处开辟"新战场"。经几番交涉,又来了几位新面孔。这样,几次暂停,几次拖拉,最后在两个半月之后完了工。完工的那天,我早已没有任何的激动与欣喜了,只是长长地出了一口气,心想:总算"了难"了!

 按 语

　　文章刊于《新报》2000 年 11 月 10 日,署名张邦卫。 这是一篇关于家居装修的生活随笔。 装修,每个人都有话说。 装修是一个苦差事,但由于为自己为家庭而装修,则似乎又是一个高兴事。 是乐中找苦,苦在其中;是苦中求乐,乐在其中。 总之,一句话,甘苦自知,得失自知。 有道是,装修水深,难免被淹;装修坑多,难免被坑。 人生有许多经历与体验,窃以为一个人未经装修的折磨与烘烤,其人生极有可能是一个不完整的、有缺失的人生。毕竟吃一堑长一智,人生的每一次经历都会以另一种方式给予馈赠。

移月楼里菜飘香

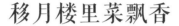

　　长沙人越来越爱吃了，而且吃得讲究。湘菜一脉能风起云涌，各地特色菜能在古城宴桌上你才吃罢我登桌，也许是得益于这种"吃风"的推波助澜吧。我虽不是地地道道的长沙人，但风之所熏、气之所染，朵颐之欲也难免潜滋暗长，一旦有机会，也会呼朋引伴随"风"醉一回。

　　早就风闻地处曙光中路的移月楼邵阳风味菜，最近则颇有"嘴缘"。那天，夕阳西下，落霞熔红，我们一行八人乘车沿曙光路南下，来到一处十分古朴的都市静处，那便是移月楼了。

　　移月楼外，几棵法国梧桐在暮色中沙沙作响，偶尔你还能体验到都市乡村的气息。楼外，一溜儿的香车宝马，一排的轻骑摩托，我不禁暗忖：古人云"酒香不怕巷子深"，果不其然也。步入楼内，早已是宾客满座，杯盏往来、喧声笑语中不时送来大厅里播放的柔柔的轻音乐，恰如雪峰山下淙淙的山泉。举头四望，移月楼标致的女服务员穿花拂柳般往来穿梭，无异于一道流动的风景。

　　据说，移月楼乃取邵阳市双清公园内双清屏驰名楹联——"云带钟声穿林去，月移塔影过江来"的真味；从"月移"到"移月"，似乎灵动着移月楼主的某种意志力；品其内涵，从中能读出无数唐诗宋词元曲的诗意长空和月华流水。

　　我们来到二楼的雅座。雅座洗尽一般酒家的铅华，淡静简洁，雅致淳朴，单是墙上的字画便扑面有种浓郁的文化味。我们点了移月楼的招牌菜"串烧辣子虾""珍珠小龙汤""清蒸水鱼""酸辣仔土鸡""宝庆腊月红""武冈血浆鸭"等。那口味的确了得——辣！香！而且是辣中有香、香中有辣。品尝满桌佳肴，在色、形、香、味上，既有高贵典雅、华彩富丽，也有清新淡雅、香逸素丽,还有质朴古雅、精致壮丽,亦有浓郁浑厚的山乡风味,更有唇齿留香、余香绕肠之惬意。所谓"麻辣子鸡汤泡肚,令人常忆移月楼",是耶?非耶?

移月楼,一个风味忒浓的佳处,一个禅意十足的地方。

 按 语

文章刊于《长沙晚报》2000 年 8 月 11 日"橘洲周末",署名卫子夫,即张邦卫的笔名。 彼时,在《长沙晚报》副刊部的"橘洲周末"有一个特有名的栏目——"闻香止步"。"闻香止步"由我的同学傅舒斌先生创设、经营、打点,一步步做特做优做美,在星城长沙的餐饮业里可以说是无人不知、无人不晓。 整体上说,"闻香止步"的所有文章以最精美的文字、最优美的笔触达到了一般"硬广告"所无法比拟的"软广告"宣传效应,深受读者喜欢,也备受商家青睐。 移月楼,是一个可以"闻香止步"的佳处。

享受节日的快乐

　　走过春的柔媚、夏的热烈、秋的沉静,我们终于走进了澄澈的冬季。总以为季节的尽头是扰人情思的冷风冷雨与蛰居不出的烦躁,然而季节尽头,其实也有一片春天——对我们现代的都市人来说,今年世纪之交各种节日的接踵而至,似乎给了我们一个有更大享受空间的"另一个春天"。

　　"年年岁岁花相似,岁岁年年人不同。"张若虚所吟叹的是时光流逝、时不我待,到李白处便有了"世间行乐亦如此,古来万事东流水"的华章,假如我们涤除了诗中那种及时行乐的消极内容,诗里也能透出李白的放达乐观,以及充分享受生活的人生态度。不是吗?现代社会的纷繁与喧哗,不安与骚动,忙忙碌碌,匆匆来去,竟使无数的现代人异化成"人本身"的"陌生他者"和"物的奴隶"……当我们在为"身外之物"孜孜不倦奉献出过多的时间与精力时,是否该给我们早已疲惫的心一次诗意的栖居呢?骑鹿访山,驾鹤出游,驾龙戏水,放马草原,那是古人的浪漫与放纵;而今即使我们不能如此,也可走出蜗居的钢筋水泥筑成的"铁笼子",乐山乐水,吟风弄月,甚至可以来一次精心打造的艺术之行和音乐洗礼。休闲,尤其是艺术与音乐的休闲,难道不是市场化、商品化与物质化下的一帧精美的风景和"另类时空"吗?

　　马克思最早把人的需要分为生存的需要、发展的需要和享受的需要;马斯洛的需求五层次理论中亦有"自我发展与完善的需要"的论述。所以站在世纪之交的现代都市人,作为一个完整的人,你何苦牺牲自己享受的需要与权利呢?古人云"偷得浮生半日闲",在这辞旧迎新的世纪之交,笔者想说:善待自己,好好地享受节日吧!

按 语

　　文章刊于《长沙晚报》2000 年 12 月 18 日 "说长论短" 专栏，署名张邦卫。 从整体上说，《享受节日的快乐》似乎是在倡导一种节日文化、快乐哲学与休闲美学。 在物质化、市场化、商品化以及职场化的现代社会，如何给疲惫的心放一次假，确实是每个人都需思考的问题。 正所谓 "生活不止眼前的苟且，还有诗和远方"。 纵使诗意难觅、远方难抵，但我们依然可以停下匆匆脚步欣赏眼前的风景，依然可以静下心来看花开花落、望云卷云舒，依然可以放下俗务来一次知足常乐。 总之，生活不易，正是因为这种不易，我们更应该善待自己，放飞自己，好好地享受节日的快乐。 快乐中国，幸福生活，不仅仅是一种口号，它们需要我们的精心打造与倾心营造。

长沙散记三章

山水之间的历史感

素有"楚汉名城"之誉的古城长沙乃三湘之都会,倚"南岳七十二峰"之一的岳麓山,"漫江碧透"的湘江穿城而过,江中静伫一洲名曰橘子洲,于是便又有了"山水洲城"之称。而如今,文化古城长沙不仅以山水美、风物长取胜,而且以它那卓尔不群的、浓得化不开的厚重历史感诱惑海内外人士前来旅游。

钟灵毓秀,人杰地灵,古城长沙绝胜之处甚多。比如唐代诗人杜牧曾咏唱的爱晚亭,"远上寒山石径斜,白云生处有人家。停车坐爱枫林晚,霜叶红于二月花",那诗里行间所汩汩流淌的禅意更是为后人所津津乐道。以"惟楚有材,于斯为盛"而名重中华的岳麓书院,乃中国"四大书院"之一,作家余秋雨称之为"千年庭院"。金橘飘香的橘子洲头,四季佳处尽蕴山水之中,这在毛泽东的《沁园春·长沙》华章里成为一幅美丽的山水画。还有无数历史的馈赠,例如长沙马王堆汉墓、三国吴简、天心阁,以及偶然散见于世的断壁残垣。除此之外,古城中随处可瞻仰的革命历史文物古迹与伟人故居、名人故居等,在全国来说,也是不可多得的"文化胜景"。

白沙古井的断想

白沙古井位于古城城南的迴龙岭下,与天心阁相去不远,是"楚汉名城"仅存的硕果之一。在许多"老长沙人"的心目中,到白沙古井汲水依然是乐此不疲的事,就好像聆听麓山古寺的晨钟暮鼓,追踪湘水长年不息的波浪一样,成为"必修课"。这在古城城南一带特别盛行。更为有趣的是,在炎炎夏日，手提肩挑，车载车运，熙熙攘攘，颇为热闹，不失为一道绝佳风景。

据说白沙古井之所以出名是因为"一人一联"。一人者，即毛泽东也。想当年毛泽东求学于湖南省立第一师范，常来此井啜饮井中清泉，并经此过朱张渡口，上岳麓山，坐爱晚亭，指点江山，激扬文字，畅想天下大事……新中国成立后，毛泽东重返长沙，依然难忘故园之水，宿长沙时还叫人取白沙古井之甘醴，于是在毛泽东那篇脍炙人口的《水调歌头·游泳》中便有"才饮长沙水，又食武昌鱼"的豪情大气，并使一方古井"井因人名"。一联者，即民间流传的关于三湘地名的"绝对"——"常德德山山有德，长沙沙水水无沙"。这里的"长沙水"与"长沙沙水"即指白沙古井之水。就这样，长沙人内心深处便有了扯不开、剪不断的"白沙古井情结"。情结之深，均已赓续在如白沙烟、白沙液酒以及"鹤舞白沙，我心飞翔"的湖南卫视等知名文化品牌之中。

两年前，长沙某单位打算在迴龙岭上建宿舍楼，遭到广大市民的普遍抗议，一时沸沸扬扬，那建楼之事便也胎死腹中。现如今，长沙人自动捐款，将在这古老而长清的白沙井旁修一座清幽、静谧、休闲、乡村式的白沙公园。届时，这里将会有碧绿的菜畦，有古朴的麻石栏杆，有清澈的如饴醴泉，有乡居茶楼，有都市人梦想的乡野之乐……

重读贾谊故居

汉代著名的文人贾谊，凭一句"贾生才调更无伦"而名垂文学星空。当年的贾谊，壮志难酬而客死南蛮之地，真是"诗家不幸"。但"古城幸"，古城长沙借之而葆有历史风范的痕迹——为长沙留下了一座两千年来为历代文人墨客所凭吊不已的贾谊故居。

贾谊故居为"长沙最古的古迹"，两千两百多年来，在中国名人故居保护史上，贾谊故居因历史悠久而名载青史，古城长沙便又有了"屈贾之乡"的美誉。贾谊故居又叫贾太傅祠。它有许多令人忧思冥想的历史古迹，如门楼、贾太傅祠、太傅殿、贾谊井、碑廊、贾谊生平事迹陈列馆等，孕育出凝重的历史文化气息和浑厚的湖湘文化韵味。但遗憾的是，贾宅门联依然空悬，似乎总让人觉得少了传神点睛的韵味……

按　语

　　文章刊于《深圳法制报》2001 年 1 月 14 日，署名张邦卫。 这是我应吴剑林兄《文化名城》的约稿而写的小散文，虽说有些急就章式的粗糙，但也有着我自己对长沙的真情实感和深度感悟。 事实上，写一座城市，是有不同视角、不同维度、不同写法的，每个作者笔下的长沙肯定是形态各异、风貌不同的，这也许就是所谓"一百个作者有一百个长沙"吧，或者说每个人都有着属于自己心中、眼中的主体化、审美化的长沙。 事实上，我走进长沙、触摸长沙只有短短的三年，对古城长沙的认知难免肤浅偏至。 文章题为《长沙散记三章》，是以散记的方式写长沙，但如果仔细透视"山水之间的历史感""白沙古井的断想""重读贾谊故居"这"三章"的话，似乎又有一根内在的红线关联彼此，那就是古城长沙的历史与文化。 从这个角度讲，《长沙散记三章》有着当时十分勃兴的文化散文的味道与印记，虽说稚气轻浅，却依然是我至今欣慰不已的絮语。

古老汉的竹筒

这可是去年发生在湘西某村的一个真实故事。为了方便,笔者隐去了真实姓名和地址。

古老汉病倒了。

这消息不胫而走,不久便闹得全村人沸沸扬扬。左邻右舍百思不得其解:平素连喷嚏都不见打一个的古老汉,患的是什么病?

古老汉软绵绵地躺在床上,茶不思饭不想,眼神呆滞地看着布满蜘蛛网的黝黑天花板,似乎在竭力回忆什么。

医生看了一个又一个,或中医或西医,或吃药或打针或挂盐水,然而古老汉的病似乎恶化了。古老汉愈来愈瘦削,愈来愈憔悴了,像秋天凋零的枯叶委颓无力,像空空的风箱架一样单薄,像冬天池塘畔蔫了的茅蒿一样孱弱。

老伴、儿子、媳妇和女儿看在眼里,急在心头,要是这位当家真的倒下了,全家十几口人可怎么办呀?!

偏僻的村庄沉浸在漆黑的万籁之中,凄凉的北风扑打着破旧的窗棂。古老汉的房里,煤油灯抖落出昏黄的灯光,撕扯着古大妈忧郁的身影。

古大妈静静地坐在床沿发呆,突然听到古老汉迷迷糊糊的呓语:"竹筒……竹筒……我的竹筒。"

"竹筒?是装着四千元钱的竹筒吗?"古大妈有点不相信自己的耳朵。

然而,她清楚地看到了老汉痛苦地点着头。

古大妈终于明白了老汉患病的缘故。

原来,家里的钱都由老汉管理,五年多来,共积攒了四千元钱,为了保密,老汉每次都把钱装入一个又长又大的竹筒,这虽然是全家有目共睹的,

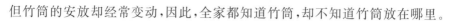

但竹筒的安放却经常变动,因此,全家都知道竹筒,却不知道竹筒放在哪里。

"莫非这回放在哪里连老汉自己也记不清了?"古大妈思忖着。

"放在哪你还记得吗?"她急切地问。

老汉苦苦地摇摇头。

"四千元钱,这是古家的命根子呀!"古大妈暗想,"两个儿子娶媳妇的钱和三个女儿的嫁妆钱呀!"老伴想到这里,禁不住颤抖了几下。

过了一会儿,古大妈恨恨地埋怨道:"哎!你呀!早听儿子天福的话把钱全部存进银行去,保险又生利息,如今瞎操心半辈子都白搭了。哎,你呀!"古大妈像是在怨天尤人,又像在责怪自己。

古家终于全体出动,细致地搜查吊脚楼里的每个旮旯。费了九牛二虎之力,最后二儿子天禄总算在地板下找到了那只发亮的黝黑竹筒。

当天禄把竹筒递给古老汉时,老汉长长地嘘了一口气,皱纹丛生的老脸上出现了欣慰的笑容,眼睛一下子也亮了许多。他迫不及待地拧开竹筒塞子,当他那粗糙如地图册似的手伸进竹筒时,他的脸唰地白了。

古大妈看着老汉懵懂的样子,猛地夺过老汉手中的竹筒,一摸也扑通跌坐在地上,竹筒啪地掉在脚边。

天禄走过来,犹豫了一下,小心地捡起竹筒,陡地倒转过来,抖落许多纸屑,犹如纷飞的雪花。

"我的四千块血汗钱呐!"古老汉爆发出一声歇斯底里的叫喊,双手捂着被岁月风雨雕蚀的老脸呜呜地痛哭起来。那是只有硬汉子才有的悲天撼地的哭。

竹筒由于潮湿,四千块人民币全部腐烂为纸碴碴、钱糊糊了。一阵强劲的北风刮起来了,纸屑纷纷扬扬,霎时跌落满地;老汉、老伴的哭声也刮走了许多;只有那个空荡的竹筒,躺在地上晃荡。

按　语

　　文章刊于《雁城银讯》1990年第1期，署名张邦卫、谢蕾芬。《雁城银讯》是湖南省衡阳市人民银行一家内部刊物。雁城者，衡阳也，因宋代范仲淹《渔家傲·秋思》"衡阳雁去无留意"以及"北雁南飞，至此歇翅停回"的回雁峰得名。写作此文之时，恰逢我大学本科最后一个学期，学业较为轻松，故有闲情逸致舞文弄墨，以发表"豆腐块"为乐事。《古老汉的竹筒》正是缘于《雁城银讯》的刊物定位以及有感于边远山区老百姓对银行储蓄的不了解、不信任、不方便的生活体验而创作的一篇小小说。小小说虽然是创作，但其中所折射的社会生态却是真实的。事实上，在当时中国许多边远山区的农村，农民存取钱不方便，加之对银行或多或少的不理解，总觉得钱装在自己口袋里才是最放心的。小说中写到古老汉宁愿把辛苦钱藏在竹筒里也不愿存到银行去，却因藏地潮湿，辛苦钱化为烂纸。从某种角度说，古老汉既有一位老农民的质朴与聪明，又有一位老农民的愚昧与悲哀。这也许不是古老汉一个人的悲剧，而是一代人的悲剧，也是银行服务没有深入乡镇村庄的失职，毕竟20世纪90年代不是我们当下的移动支付时代。时至今日，重读此文依然是五味杂陈，个中辛酸与悲楚唯有像我这样出生于湘西大山深处的农村娃方能体会。值得一提的是，《古老汉的竹筒》在写作之际得到了"文友"谢蕾芬的指点，可以说，她既是本文的第一个修改者，也是本文的第一个品评者，故署两人之名发表，也算是一种青春故事的见证吧。谢蕾芬，湘潭师范学院政教系1988级高才生，既敏于思，也长于行，亦文亦武，确实是我的"文友剑朋"，更是我的潭州"小芳"。然而校园的美好，总是难抵时代政策和地理距离的无情，毕业棒打，从此各自分飞，许多记忆只能深埋。如今，重新检阅《古老汉的竹筒》，共同署名难免会激起无尽思绪，但音信已无，唯有怆然涕下。往事虽然如烟，但记忆深处总是时时重现"相识相知相望"的情景。在此，我想说的是，一篇文章，内有故事，外有故事，青葱往事又岂可成烟？一段情谊，聚也依依，散也依依，湘潭师院最是难忘青春！

演讲的最高境界：
"神·情·气·文"四位一体

纵观古今中外经典的演讲词,无一不是"神·情·气·文"四者的共振和有机结合,缺一不可。"神·情·气·文"四位一体的结构律是演讲词"美的符号和生命的形式",也是演讲词四个要点,主宰着演讲词的生命力。唐代诗人陈子昂认为"骨气端翔,言情顿挫,光英朗练,有金石声"是作诗的最高境界,同样"神·情·气·文"四位一体也是演讲的最高境界。

神

所谓"神",指精神、主题或骨气。"神"乃演讲词主脑,古人作文讲究"立脑",说明了"神"乃作文之本。"神"也指为社会服务,突显时代风云、人民疾苦、社会波澜,例如宋代王安石强调"文须以适用为本",演讲词亦然。

我们敬仰屈原,不仅因其"路漫漫其修远兮,吾将上下而求索"的生命意志,更因他"长太息以掩涕兮,哀民生之多艰"的忧患意识和爱国精神。所以"为时为事"也应作为演讲词的"最终目的因"和"第一动力因"。关心社会、关心人民疾苦,为人民群众鼓与呼,而不是空洞无物、无病呻吟和华而不实。这才是演讲词的"神"。

例如《我有一个梦想》抨击了美国社会的种族歧视和不平等自由的社会黑暗现实,敢于为黑人的真正自由平等鼓与呼。该文立意高远、立神高尚,故能在美国和全世界广为流传。

清代刘大櫆认为:"行文之道,神为主,气辅之,神者气之主,气者神之用。""神"即我们熟悉的"义理",与"中心思想""主题思想"乃异曲同工。演讲词以"神"为本,紧扣社会的脉搏,展现时代的波澜和风云,敢于做普罗米修斯式偷火给人类的殉道者和圣者的猛士,这才是演讲词能激起千层浪的"石子"——"神"。

情

所谓"情",就是指感情,须意切情真。演讲词讲究"晓之以理",更讲究"动之以情"。白居易认为:"感人心者,莫先乎情,莫始乎言,莫切乎声,莫深乎义。诗者:根情,苗言,华声,实义。"白居易认为"情"是作品之根,这是很有道理的。因为任何空洞干瘪形式化的作品,人人都会敬而远之,八股文就早被扫进了历史的垃圾桶,我们无法想象没有感情的演讲会吸引听众而获取期望值。

我们可以从《我有一个梦想》观照出作者马丁·路德·金对黑人醇烈的爱和人道主义精神。当有人问他道:"你们这些搞民权运动的人什么时候才能满意呢?"他在演讲中做出了铮铮的凛然的回答,他说:"只要黑人还在遭受极度恐怖的警察暴力的迫害,我们就永远不会满意……不,不,我们不满意,而且永远不会满意,直到公平如大水滚滚,正义如江河滔滔之时。"作者用了一连串的排比句"我们永远不会满意",强烈地表达了为黑人的自由平等奋不顾身、殉身不恤的精神;掷地有声的铿锵誓言,流泻的是一泓爱的长河,博大的爱心伸手可触、跃然纸上,其拳拳赤子之心如皓月高悬。真情真意真爱,恰似滔滔不尽的密西西比河,浩浩荡荡地流过每个黑人的心田。

所以清代王国维认为:"故能写真景物,真感情者,谓之有境界。""情"应是"真感情",而绝非矫情虚情,也不是滥情。情发自然,"发于所当发,止于所当止",情应有度也是写演讲词需要注意的问题。"大家之作,其言情也必沁人心脾,其写景也必豁人耳目,其词脱口而出,无矫揉妆束之态,以其所见者真,所知者深也。"以此来阐释演讲词的"情"真可谓恰如其分了。

气

所谓"气",是指气势、气魄,即演讲词须做到大气磅礴,以气动人,有气势美。

"文非气不立",况且演讲是一个整体的流动过程,而它的气势美就蕴含于此流动过程之中并自然地体现出来。"气"可分柔浊之气和清刚之气。整个建安文学高扬的是"建安风骨",所以时人多慷慨悲壮高歌之士,时文多慷慨激昂气韵飞动之歌,一个"气"字辉煌了建安文学。

演讲的气势美表现形态就是一种崇高美。演讲的崇高美是指演讲过程中显示出的一种刚毅、强劲、雄浑、激昂甚至悲壮的美,显现出磅礴的气势和战斗的风采,它给予听众的是信念,是力量。所以"吟咏之间,吐纳珠玉之声,眉睫之前,卷舒风云之色",此"珠玉之声"和"风云之色"便有机地酝酿出了演讲词的气势美。例如《我有一个梦想》的浩然劲气,《最后一次演讲》的凛然正气。

韩愈在《答李翊书》中认为:"气,水也;言,浮物也。水大而物之浮者大小毕浮。气之与言者犹是也,气盛则言之短长与声之高下者皆宜。"在这里,韩愈充分地强调了"气"在文中的地位和作用,也道出了作文之道在于"气盛",同样演讲词尤其应注重"气盛"和"气势美"。

文

所谓"文",就是指语言。语言是"神""情""气"的载体,没有语言的能指性和所指性,那么,"神""情""气"只是空中楼阁,最终会陷入尘埃之中。所以古人认为"文"是"流"和"波",观众和读者只有借助"文"才能"沿波以溯源",而"源"是指"神""情""气"等。

古人强调"言之无文,行而不远"和"情欲信,辞欲巧","文"即文采,"巧"即美好。那么就演讲词而言,"言之文"和"辞之巧"应注意哪几个方面呢?

其一,语言须形象化。清代袁枚认为:"一切诗文,总须字立纸上,不可字卧纸上。人活而立,人死则卧;用笔亦然。"所谓"字立纸上",也就是要求语言生动、形象的意思。所以演讲词的"文"应能使听众如历其境,如见其人,如触其物,如闻其声。

其二,凝练含蓄。古人讲究语言的精练,"文贵精,不贵多",强调"片言以明百意"。鲁迅先生也主张"竭力将可有可无的字、句、段删去"。所以演讲词不能是"懒婆娘的裹脚布,又臭又长",否则会使听众萌生抗拒心理。另外,演讲词的"文"须注意"言近而旨远,辞浅而义深"的准则。

其三,富有音乐性。即音调和谐、节奏鲜明,读得流畅、听得明白,具有听觉上的美感。对于演讲词来说,须注重节奏美和韵律美。

其四,短句的运用。长句舒缓,短句顿挫、铿锵、急促,语短气刚,所以在演讲词中大量运用短句不仅言简意赅,而且能铺排灵动,气势磅礴,遒劲有力,有动人心魄的雄健语势,能淋漓尽致地表达作者的演讲主题。

其五,辞格语的巧妙运用。例如《我有一个梦想》就运用了多种辞格:反复、对比、比喻、排比、设问等,特别是比喻、排比、反复的大量运用。所以在演讲词中辞格语的运用能使演讲顿然生色,例如对比明辨差异,排比气韵流畅、激情澎湃,设问能引起悬念,引用能增强可信度,反复能起强调作用,比喻形象生动通晓明白。

综上所述,一篇优秀的演讲词必须是"神·情·气·文"四位一体,也就是说演讲词的美包括精神美、感情美、气势美和语言美四种美的形式。所以我们无论是写演讲词还是搞演讲都应注意这四个"形式因"的完美结合。

 按　语

　　文章刊于《演讲与口才》1995 年第 10 期。 写作此文时,恰是我在云南大学中文系攻读文艺学硕士研究生的第二年。 彩云之南的春城很美,确实是"四处飞花""四季如春",然而远离家乡千里之遥的学子唯一可以陪伴消解孤独的无非就是读书与写作。 彼时虽是硕士研究生,但对于自己到底要做什么研究或者说研究什么依然是处于游移和不确定状态,所以也就是什么书都读,什么样的文章都写,包括学术的、半学术的、非学术的,也许这就是所谓"积书"和"练笔"吧。 彼时经常"泡图书馆",或者"泡图书馆"就是必修课,在疲惫之余也翻阅一些报纸杂志,像《演讲与口才》《知音》《读者》《杂文报》《春城晚报》等。 这些报纸杂志的文章虽短,但精悍隽永,总是能够擦燃思想的火花、引人深思。 文章《演讲的最高境界:"神·情·气·文"四位一体》应该是我在春城三年、云大三年的一种见证、一种收获、一种记忆吧。

相声艺术不能迷失自我，舍本逐末

相声在相对沉寂之后，目前推出了一些较好的作品，但欣喜之余又难免有些忧虑。尤其是时下相声界出现的"迷失自我，舍本逐末"的时髦风，诸如相声小品化、道具化、表演化、演唱化、媚俗化、方言化等，令有识之士痛心疾首。

相声是我国传统曲艺的一种，讲究说、学、逗、唱，即运用说笑话、滑稽问答、说唱等引起观众（听众）发笑，使人在发笑之余深思，从而获得美的享受。相声艺术中的笑料、噱头、"包袱"，是相声艺术家艺术创作中机敏和幽默的反映，是相声艺术的文化特质。值得注意的是，相声"这一个"的文化特质是由语言这个物质材料负载并体现的，语言是相声安身立命的根本。相声是语言的艺术，是话语的艺术，不是表演的艺术，更不是哗众取宠地唱流行歌曲——以其模仿"名角""大腕"的某歌某曲、某腔某调的惟妙惟肖而博取观众（听众）走样了的掌声。虽然现代相声已经与前辈们的传统相声大不一样了，由于跨学科艺术的发展、电视艺术的主流化和社会化，相声不可避免地吸收其他艺术的好技巧和美形式，故而大大丰富了相声的"语汇"与"词汇"，大大拓宽了相声的表现时空、表达空间。但它怎么丰富也不能压过语言这个根本，不能以表演、道具、唱歌为主。墨子有"有本之者，有原之者，有用之者"之说，拿此比照，不是一样的道理吗？相声艺术的发展不能以迁移语言或牺牲语言为代价，而应充分强调"语言是相声的根本"。

面对时下相声界的种种弊端，著名相声艺术家马季直陈："我反对目前的这种电视相声。就拿每年春节晚会来说，冯巩拉着洋车来表演，中央电视台认为这是优秀节目，给了奖，我认为那不是相声。"马季老师的这段直陈是很有道理的，时下相声与小品相提并论者不乏其人，相声与小品没有质别与艺界。相声往小品靠,拾小品之牙慧,是因为小品市场火爆,却不知摈弃了语言这个根本的相声,无异于迷失了方向的羔羊还要装腔作势地邯郸学步,最终只会导致真正相声艺术的湮没!

瑞士的海因里希·沃尔夫林在《艺术风格学》中认为:"每一件艺术品都有形式,都是一个有机体,其最基本的特点是无可更改性——没有一样可以从原来位置上改变或移开,一切都应该是它本来的样子。"同样,每一种艺术都有它质的意义上的形式或苏珊·朗格所谓"有意味的形式"。如果单从形式范畴上分,可将之区分为"封闭的形式"和"开放的形式"。所谓"封闭的形式"是构造的、严谨的、规则的、不能迷失的,例如相声艺术的根本形式——语言;所谓"开放的形式"是非构造的、自由的、不规则的、可选择的,例如作为相声艺术辅助手段的表演、道具、歌唱等。所以廓清这点,就在于想给相声艺术的工作者提个醒:切勿喧宾夺主、自毁长城,如果扔掉相声语言的魅力而一味小品化、戏剧化、道具化、歌唱化,只会把相声这个传统的艺苑奇葩置换得面目全非、不伦不类。

所以,从根本上说,相声是语言的艺术,是"时间—空间性想象艺术"或"想象性时空艺术"。它同文学的区别在于:文学为无声语言,而相声却是有声语言。其传达审美经验、审美情趣的手段——声音,在很大程度上依赖于相声的物质材料——文字,从本质上讲,只有作为精神性的可借接受者的审美想象向心灵呈现的内在符号——词义、语义才是真正有意味的形式。马克思曾说:"语言是思想的直接现实。"黑格尔认为:"语言艺术的内容是由丰富想象所造成的全部观念(思想)的领域……但是当这种精神性的东西表现于一种外在的东西上面时,它也只把外在的东西当作一种与内容本身有别的符号。"就相声而言,"外在的东西"是指有声语言,"内在的内容"是指有声语言所依存的全部精神思想。这实质上基本概括了相声艺术的真谛。

按 语

　　文章刊于《文艺报》1999 年 3 月 13 日。 大概是 1999 年 2 月初，我虽在长沙电力学院任教，但仍想再谋一份兼职工作以充实自己的空闲时间和提高自己的专业素养。 于是我选择了长沙电视台初创的政法频道，这是当时全国第一个专业化的政法频道，当时恰是电视主流化与电视频道专业化的开创期，长沙电视台政法频道可以说是走在前列、干在实处的。 在面试候场的间隙，我在长沙电视台的走廊上转悠，在他们的报纸专窗中看到《中国广播报》有一篇文章，谈的就是"相声小品化"的问题。 受那篇文章的启发，我遂撰写了这篇《相声艺术不能迷失自我，舍本逐末》的短文。 尽管当时长沙电视台政法频道的面试我如愿通过了，并在长沙电视台政法频道工作了将近两周，但后来又接到《长沙晚报》社副刊部的录用通知，在权衡利弊之后，我深知自己可能更适合纸媒工作，与文字为伍、编锦绣文章，便毅然从长沙电视台政法频道辞职。 可以说，长沙电视台政法频道，诚然是我人生中一个有故事的驿站，时间很短，来去匆匆，这篇文章能够写出并能在《文艺报》刊出，不能不说是一种机缘与见证。 从这个角度讲，我对长沙电视台政法频道还是心存感激的。

燃情音乐好过冬

俗话说"妙音解心,妙曲怡情",音乐的魅力是无穷的。音乐可以承受一切,悲欢离合尽可在音乐中得到消融,这就是音乐所谓的可以承受生命之重的价值。

事实上,在文化长河中,摹音拟声品乐的精彩华章屡见不鲜。孔子听《韶》乐而有"尽善尽美"的品评和"三月不知肉味"的赞叹。韩愈在《听颖师弹琴》中用一连串的比喻描绘了音乐的形象,有儿女情长,有英雄气盛,有百鸟啁啾,有孤凤孤凰,有浮云柳絮,有天地阔远,有千丈一落……白居易在《琵琶行》中对那"同是天涯沦落人"的琵琶女的琵琶妙律更是写得空前绝后,其中"大弦嘈嘈如急雨,小弦切切如私语。嘈嘈切切错杂弹,大珠小珠落玉盘……"等连珠妙语更是为后人所津津乐道。

今年的星城,音乐会十分热闹。剔除小型的音乐会不说,单是由田汉大剧院和湖南大剧院举行的大型音乐会就令人目不暇接。各种"风雅颂"赶场子似的,你方唱罢我登场,声逗乐挑,古城长沙人在仙乐飘飘中沉醉不知归去。有趣的是,聆听音乐似乎成了长沙人的一种消费时尚,也成了一种精心打造的精神大餐,更印证了"音乐声中一岁除"的绝妙风景。

世界经典电影大型音乐会、2001年长沙新世纪新年音乐会……也许今年的冬季正因为有了这些燃情的音乐,把这个本该凛冽的季节渲染得更加和煦,"此间乐,不思蜀",姑且让音乐醉一回又如何,要知道燃情音乐好过冬!

按 语

　　文章刊于《长沙晚报》2000 年 12 月 27 日。 这是一篇有感于长沙市音乐盛况的文化评论。 在新旧世纪交界之际，星城长沙的音乐会热闹非凡，田汉大剧院有之，湖南大剧院有之，还有如世界经典电影大型音乐会、2001 年长沙新世纪新年音乐会等，可以说是"你方唱罢我登场"。 事实上，在当时的文化古城长沙，聆听音乐、欣赏音乐已然成为一种文化时尚、消费风景。 彼时，长沙的"歌厅文化"早已成为一道亮丽的风景，并且成为古城长沙的文化标牌与经典名片，让全国各地的粉丝们竞相追逐。 假如说，长沙的"歌厅文化"还只能算是一种大众文化、通俗文化、消费文化的话，那么像田汉大剧院、湖南大剧院的音乐会则是专业文化、精英文化、艺术文化。 音乐是共通的语言，它可以治愈听众的心灵，抚慰听众的创伤，涤除听众的焦虑，激发听众的激情，雅乐如此，俗乐亦如此。 总之，在浮华的商业社会中，静下心来好好地听一曲音乐，在音乐中醉一回，未尝不是一种人生的修为与造化。

畅想新世纪

　　长沙市举办"万民同乐走进新世纪"大型群众文化活动,并把这本世纪最后一个晚会的会场搬到了修整一新、宽敞整洁的五一大道上,以万人气势、欢庆气氛为长沙古城谱写一曲世纪的经典回忆与畅想新世纪的序曲。

　　这让笔者情不自禁地想起《孟子》中的"庄暴见孟子"里那段颇有哲理性的对话——一是"独乐乐,与人乐乐,孰乐?""不若与人",二是"与少乐乐,与众乐乐,孰乐?""不若与众"。孟子以此循循善诱地使齐宣王说出并首肯了"与民同乐"的思想,该思想亦成为中国儒家传统文化重要内核之一。事实上,在封建社会里,"与民同乐"永远是文人们的梦想,似海市蜃楼般成了古人一个遥遥难及的政治寄托和文化愿景,而只有在我们这样的新时代,"与民同乐"才有梦圆之时。

　　眼下长沙市"万民同乐走进新世纪"大型群众文化活动也许又让我们产生"同喜同乐"的体验。百万长沙人民将以同样的心情在世纪之交目送"世纪归鸿"的渐渐远去,重温本世纪一缕香过一缕的瓣瓣馨香,并翘首以待新世纪的第一缕阳光。

　　万民欢腾,世纪同乐,如诗如画的百年盛典,将描绘楚汉名城的辉煌。走进新世纪,让历史与心灵承诺:21世纪属于我们自己!

按　语

　　文章刊于《长沙晚报》2000 年 12 月 31 日。这是一篇有感于长沙市"万民同乐走进新世纪"大型群众文化活动的新闻评论。文章以在长沙市五一大道上举行的"万民同乐走进新世纪"大型群众文化活动为契机，以"万民同乐"作为切入点，畅想新世纪，抒发美好愿景。漫漫岁月，人类文明的发展迈入一个崭新的世纪。在这世纪的临界点上，长沙市"万民同乐走进新世纪"大型群众文化活动在五一大道拉开了帷幕。此次活动于 2000 年 12 月 31 日晚上开始，其规模之大，令人惊叹！五一广场人如潮，花似锦，流光溢彩，华灯高照。可以说，无论气势、气场、气派，还是车流、人潮、光影，都是古城长沙跨越世纪的经典记忆。

怀疑格莱美　三种新解读

第 43 届格莱美音乐奖颁奖礼已经尘埃落定,100 个奖项也颁发完毕。那么,在这喧哗之后的时刻,我们应如何来对待格莱美呢?

格莱美只是一种娱乐

回首格莱美的"走红史",我们就能透视格莱美"神圣光圈"下的"真面目"。格莱美起初本未引起人们的注意。1971 年,电视台开始转播颁奖会,格莱美的名气才一点一点地大起来。到 1985 年麦克尔格林上任之后,通过几项改革,格莱美奖变得越来越专业,商业效果马上就显出来。到 1997、1998 年的时候,格莱美奖已经变成一个全球性的奖项了。据说每年都会有 170 多个国家转播格莱美奖颁奖会,约有 15 亿观众观看。但在这当中,格莱美的评选结果始终是受到争议的,它的"最佳"总是不够有说服力。

但是麦克尔格林是一个特别精明的商人,他知道格莱美奖对大众来说重要在什么地方,那就是娱乐,他就把这个东西做得漂漂亮亮的,他转移人们对格莱美的关注点,以前人家只是关注谁获得什么奖,现在关注这个颁奖会好不好玩,这在广告收益上也会有很大的好处。现在大家对格莱美奖的争议越来越少了,但不是说它没有问题。正是因为它越来越好看了,越来越好玩了,所以许多人在得到耳目之娱后,便忽视了格莱美真正的分量。

反过来,中国人面对这个大奖的时候,有一种特别可怕的潜在危险。人家是把这个当成一种娱乐,我们是把这个当成一种音乐、一种审美。这是两种不同的档次,我们把美国人娱乐的东西当成审美,那我们的审美标准实际上就是人家的娱乐标准。笔者觉得大家把它当成娱乐来看最恰当,没必要

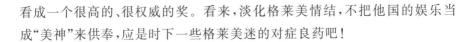

看成一个很高的、很权威的奖。看来，淡化格莱美情结，不把他国的娱乐当成"美神"来供奉，应是时下一些格莱美迷的对症良药吧！

格莱美只是一扇小窗

尽管本届格莱美终于热热闹闹地揭开了它的各项大奖，但其实对我们而言，这是最无所谓悬念和结果的一项评奖，因为除了隔岸观火的热闹，除了知道美国唱片市场上一些新近的陌生名字，那个奖离我们真的很遥远。

就算是最正宗的欧美流行乐迷，可以了解 Radio Head（电台司令）是哪种另类，可以知道"命运之子"是演唱《霹雳娇娃》主题曲的组合，恐怕也不敢说自己听得懂本届格莱美最受关注的人物艾米纳姆在"饶"些什么"舌"，不敢说年过三十的舍尔比·林凭什么成了今年的"最佳新人"，更何况那长串的名单上许多陌生的名字。

人们常说"音乐是最好的国际语言""音乐是无国界的"，然而事实往往在证明，由于音乐具有的文化、经济等背景，音乐尤其是流行音乐的地域局限性是如此之强，所以"饶舌"乐的大市场总是在美国，华语流行乐最具影响力的地区总是华语地区。所以至今没有一个真正称得上世界性的权威流行音乐奖项，不是吗？无论是每年总被舆论炒得沸沸扬扬的美国格莱美奖、MTV 音乐大奖，还是摩纳哥蒙特卡罗的"世界音乐大奖"，那里面的风光、热闹最终是属于欧美歌坛的，或者说是属于英语流行乐的，那些评奖的方式和结果也是属于他们的。而我们，不过是看看热闹罢了，或许格莱美奖和其他音乐奖，是我们欣赏世界文化风景的一扇小窗吧。所以，既然是"小窗"，就不要太在意。

格莱美只是一种商业表演

本届格莱美大奖的争夺空前激烈，为时 3 个小时的颁奖典礼也是精彩纷呈，热闹之至。

惊喜与意外似乎是格莱美的专利。令众多歌迷大跌眼镜的是，为人们所普遍看好的流行歌坛"天后"麦当娜在本届格莱美奖中遭遇滑铁卢。

同样有点出人意料的是，并不为多数人所关注的 U2 乐队成了本届格莱美的大赢家。所以制造意外与惊喜似乎是格莱美一种最具诱惑力的商业玄机。

某些音乐爱好者认为，格莱美总会给人们带来惊喜，并不负责任地认为这正是格莱美音乐奖的精神之所在。其实,格莱美音乐奖数十年来的推陈出新、不拘一格、雅俗共赏等都不过是其商业表演的技巧而已,商业味太浓的格莱美已失去了精神的价值与魅力,它不过是一种商业表演而已。

 按 语

　　文章刊于《长沙晚报》2001 年 2 月 25 日"文娱周刊"。 格莱美音乐奖是一个有着国际影响力的音乐大奖,国内乐坛不仅对它竞相追逐,而且还奉若神明。 文章用比较犀利的笔触透视了格莱美"神圣光圈"的三个真相:一是"格莱美只是一种娱乐",二是"格莱美只是一扇小窗",三是"格莱美只是一种商业表演"。 所以,与其过度膜拜西方的格莱美,还不如以"文化自信"的心态踏实创造属于自己的有中国特色、中国气派的精品力作。

格莱美该退休吗

继年迈的桑塔纳成为去年格莱美大赢家后，保罗·西蒙、耐特·金科尔父女甚至辛纳特拉都轻松进入新一届格莱美候选榜单。于是乎，有人看到了乐坛的常青树之"常青"，而有人却感叹歌坛的"老调子"是如此的"阴魂不散"，新人难以辈出，新歌难以翻身，新乐难以流行；"老字号"当头，"新字号"似乎难有太大的出头空间。有"全球乐坛盛会"之誉、被称为"乐坛奥斯卡"的格莱美音乐奖似乎有意无意地钟情和青睐于"昔日流金"与"昨日旧星"。就这样，不少人便叹曰："格莱美已经过时了！""格莱美该退休了！"

事实上也是如此，就以格莱美为例，随着入围名单的公布，人们不免感叹：格莱美奖又一次落后于时代了。当我听到耐特·金科尔父女合作的专辑《难忘》轻松获得多项提名时，我差点从椅子上跳起来把电视扔出窗外。这首歌的原作已有40多年，流传至今，难道格莱美所标榜的最好的就是这些吗？

除此之外，格莱美奖奖项之多不能不令人咋舌，当然提名就更多了，非专业人士所能"问津"与"记忆"的了。27大类100项林林总总、花样繁多的奖项，总叫人顿生一种"滥奖"的感觉和失去权威的恐慌。精益求精，好中出好，也许应是格莱美该着手解决的事情。自然，有些提名是正确的，一些入围名单也是众望所归的，会提出一些非常棒、值得收藏的专辑或容易被我们忽略的歌曲，例如菲奥娜·艾波的 *When The Pawn ...* 和约翰尼·卡什的《孤独的人》等；有些奖也是正确的，扛住了乐坛的旗帜，握住了唱片业的"令箭"，但是"瑕"就是"瑕"，"疵"就是"疵"，而且是"大瑕大疵"就更不应忽视。

总之，笔者以为格莱美虽未过时，但正走在过时的路上，如此办下去，或许会离"退休"不远了。

按 语

　　文章刊于《长沙晚报》2001 年 2 月 16 日，署名卫子夫，即张邦卫的笔名。 这是一篇关于格莱美音乐奖的文化评论。 格莱美音乐奖，是美国录音界与世界音乐界最重要的奖项之一，被誉为"乐坛奥斯卡"，由录音学院（Recording Academy）负责颁发，目的在于选出过去一年中业界出色的作品，每年 2 月颁发。 首届格莱美音乐颁奖礼在 1959 年举行，至 2001 年，恰是格莱美音乐奖举办第 43 届，虽有许多可圈可点之处，但整体上是守旧重于创新、老人多于新人、旧曲优于新调。 正因如此，由"老人"与"旧曲"霸榜的格莱美音乐奖，极大地扼制了"新人"与"新曲"的发展空间，故有识之士难免有着"格莱美已经过时了""格莱美该退休了"的喟叹与忧虑。

无词的戏剧能挽救高雅的音乐吗

让戏剧走进高雅的音乐会,并且花样翻新地把传统戏剧传送意蕴与魅力的台词与对白删除,这已成为时下一道颇引人注目的文化风景线。例如,知名音乐人自编、自导、作曲并全新演绎的没有一句念白,全用歌唱的戏剧《鲁迅先生》,就是大胆地把音乐与戏剧结合,一切就变得新鲜起来。再如孟京辉与青铜器乐队共同打造的《臭虫》。这种另类形式给正在下滑的音乐会打下一剂强心针,在音乐会低迷的市场激起了些许波澜。

青铜器乐队尝试"摇滚戏剧化"

青铜器乐队的音乐理念是用戏剧化手法来诠释摇滚音乐,日前乐队在孟京辉的《臭虫》剧中便是这样生动演绎的。音乐中有一种强烈的戏剧化情绪与张力,而且青铜器乐队也特意在自己的作品中加重了戏剧化的转折与起伏。在《臭虫》整部戏中,青铜器乐队无疑对摇滚乐与戏剧的有机结合进行了有益的尝试。

姑且不论《臭虫》本身的优劣,但就乐队所试图展示的音乐表达空间来讲,此次青铜器乐队在打造《臭虫》的同时,也在打造着他们自己的音乐理念——"摇滚戏剧化"。

清唱剧《鲁迅先生》让念白走开,与音乐相会

张广天的《鲁迅先生》与其说是"音乐剧",不如说是"剧的音乐"。也就是说,戏剧只是其外在的一个壳而已,而真正全方位、全流程展现给观众的不是情节化的故事,而是时空双存的音乐华章,简言之,就是戏剧的壳、音乐的心。

张广天曾为孟京辉的《臭虫》作曲,已坚定用音乐来阐释故事的艺术理念。"用戏剧来挽救音乐"是他诊治高雅音乐"疲软症"的一剂良方。在谈到为什么选择"戏剧的壳"和"音乐的心",并把《鲁迅先生》弄成"两不像"却"两都像"的"另类"时,张广天认为:"中国自古就有用音乐讲故事的传统,戏曲就是最古老的音乐剧形式,但 20 多年来,中国的歌剧、音乐剧总选择与音乐有关的故事题材来做,这样无形中削弱了音乐的力量,要想让音乐取得完全的胜利,必须证明音乐本身有塑造人物与讲故事的能力,所以这次选择鲁迅就是因为他与音乐没有太直接的关系,如果能做成,再来做其他题材恐怕就简单多了。自己就是想通过戏剧形式从某方面让音乐摆脱污泥浊水,而获得完全的胜利。"

解读"音乐戏剧化"现象

据悉,《鲁迅先生》在北京人艺首演后,有人称这是一部"以音乐为主体的现代史诗剧",并宣称该剧以"全新的革命性形式,将 35 厘米电影、风格迥异的动画、国际民间音乐、本土民间曲艺等多种因素融会贯通,与剧种艺术彻底告别,开创中国观演空间新局面"。

针对这种用"戏剧的壳"来表现"音乐的心"的文化现象,有人认为:"新颖的形式是音乐会票房的一服灵药。"也有观众认为:"其实形式倒无所谓,关键是能否在现场创造出好的效果。一部戏、一曲乐的好坏取决于它有没有自己的'声音',如果有,那它的形式也一定能给人崭新的体验。"

那么无词的戏剧能挽救高雅的音乐吗?作家王安忆说:"一个戏的'招'有多少并不重要,重要的是有没有内涵。"编剧人罗怀臻也不无担忧地说:"好作品的标志应该是技术背后那些原生、原创的东西,而不在于舞台是否出自'能工巧匠'。"看来,高雅的音乐要中兴,除了融入其他艺术的"声音"外,强调本体的内涵与精神是最重要的。

按 语

文章刊于《长沙晚报》2001 年 4 月 29 日。 这是一篇关于张广天音乐剧《鲁迅先生》及"音乐戏剧化"现象的综合报道。 当时,"音乐戏剧化"是一种新兴的音乐现象,像实验作品《鲁迅先生》《臭虫》等曾引起较大的关注,但是作为一种创新性实验,水平如何、效果如何、前景如何,都是一个未知之数。 故而文章标题《无词的戏剧能挽救高雅的音乐吗》明智地使用了疑问句式,从而避免了直接下判断,而是让读者自己去研判,毕竟"萝卜白菜,各有所爱","一千个读者有一千个哈姆雷特"。 仅就音乐而言,有的读者喜欢创新,有的读者喜欢守旧,既没有一成不变的音乐语言,也没有一成不变的审美趣味与审美范式。 所以,文章整体来说不偏不倚、不抑不扬、不媚不贬,在客观的事实性陈述中传达了许多值得关注的东西。 换言之,形式创新固然重要,但内容厚积更是不可缺席。 好作品的标志应该是技术背后那些原生、原创的东西,而不仅仅是外在形式的猎奇取巧。 新奇可以一时取胜,出巧可以一时火爆,但艺术的精美之旅始终应在守旧与创新、坚守与开拓、外壳与内核之间找到最佳的契合点。

"好一个形象代言人"

跳水冠军伏明霞最近屡惹争议,先是前段时间曝出吸毒丑闻,好不容易有机会澄清,又因在新闻发布会上穿了一条让人看不惯的裤子,被媒体大加渲染,连带着民间也为此争吵不休。看来当明星真是不容易,明星做形象代言人更是不容易。

如今,只要是稍有实力的企业或公司,都会慷慨掷出一些票子,找一个或几个在社会上有口碑的名人做自己公司或品牌的形象代言人。其实,在时下的市场经济大环境与大背景之下,在人人都对无形资产的价值认同的情况下,名人拿自己的名气作为砝码与精明的商人共构利益互动关系并出任形象代言人本也无可厚非,但重要的是这个形象代言人不应该以自己以前的形象作为"殉葬品",来为新形象的轰动不择手段,那也许是一种说不清道不明的悲哀了。一旦如此,当昔日的荣光为新的形象宣传淘洗殆尽了的时候,名人的名气也就"莫名其妙"了,甚至是"无名"以及"好名难再在,恶名滚滚来"了,这样于商家于个人不是都没有利用价值了吗?

我们的奥运冠军、跳水皇后伏明霞据说是好不容易争取到做可口可乐公司雪碧饮料形象代言人机会的,却一不小心让人给"套了一个不大不小的笼子",在出席新闻发布会时上演"惊人"一幕,白色裤子上"脏话连篇","Fuck you"清晰可见却不自知;后有人澄清这是伏明霞的"无心之失",她也表现出一脸的无奈。但不知是为了什么,这发生在别人身上的"怪事"却于我有悲哀之感。在悲哀之余,我心中有几个"为什么",却不知向谁诉说,只想说,这样的形象代言人,不做也罢,不看也罢。

按 语

  文章刊于《长沙晚报》2001 年 3 月 4 日。 这是一篇针对明星做形象代言人的新闻评论。 在商品经济潮涌的时代，明星、名气是可以作为象征资本角逐市场的，并且可以借此获得高额的金钱回报。 明星做广告，明星做企业或产品的形象代言人，这本身是无可厚非的事情，他们以一己之名带动企业宣传或产品广告效果的最大化、高效化，于明星于企业于产品于消费者都是利好。 但是，怎样做、做什么、做得如何，却依然是值得我们格外重视的社会敏感问题。 像我们的奥运冠军、跳水皇后伏明霞因为可口可乐公司雪碧饮料做形象代言人，在出席新闻发布会时裤子上出现"Fuck you"等连篇脏话而人设崩塌，不能不说，这既让人惋惜，也让人悲哀。 明星形象代言人，代的应该是正面形象，代的应该是社会正气，代的应该是正能量和高品位。 否则，代得越大，代得越多，曾经拥有的明星形象也会崩得越猛，垮得越快。

"牛县长""猴县长"该不该当

去年底,相声演员牛群受邀任有"牛县"之称的安徽蒙城县副县长,引来众说纷纭;前两天,在《西游记》中演孙悟空的六小龄童却拒绝了有"猴县"之称的河南宜阳县的"猴县长"官职。于是"牛县长""猴县长"该不该当的话题重被提起。

为"猴性"变异喝彩

时下,艺人"从政"似乎成了一道别致的风景,有点儿印证了有些人说的"艺而优则仕"。最出名的莫过于牛群,他撂下相声的行当,先是玩了一阵子《名人》主编,后又乐颠颠地跑到安徽蒙城县去做所谓"牛县"的"牛县长",不能不说这中间有"玩票"的成分,这一点就连我们的"牛县长"也没有否认。近日,又闻《西游记》中孙悟空的扮演者六小龄童婉拒了有"猴县"之称的河南宜阳县的"猴县长"的交椅,并解释说,从政,光靠艺术上的名气是不够的,如果光靠名气去炒作,很可能导致名不副实。两相对比,一出一退,一显一隐,笔者虽则也认同"牛县长"事实上的经济实效,但从更高层次上来说,则更为本来"猴性十足""生性好动"的"孙悟空"能安于寂寞,不去凑那份热闹,不去出那个风头而鼓掌。在变异了的"牛性"与"猴性"之间抉择,笔者更为变异的"猴性"喝彩。

"牛劲"可嘉

牛群有一股热情,一股"牛劲"。一个人干成一件实事,并非一朝一夕、一时小聪明能够得逞的。我觉得牛县长"勤"的味道颇浓,这一点,恰是一些县长需要学习的地方。有这样一种勤劳精神,什么"当县长的程序""从前只是相声演员"等问题相对就不足道了。牛群在"牛县"做"牛县长",虽有炒作之嫌,但邀请者和受邀请者为"牛县"谋利的目的都是有的,这种"炒作"总比某些完全自私的"恶炒"好得多。牛群凭着自己的"牛劲"当上了县长,同时新官上任三把火,为"牛县"人民"烧"出了些好处,还是值得肯定的。这里只想说一句:希望 N 年后的牛县长还是今天的牛县长!

 按　语

　　文章刊于《长沙晚报》2001 年 6 月 24 日"文娱周刊"。牛群、六小龄童,都是演艺圈的名人、名角、大腕。在面临从政的时候,两人的选择截然不同。牛群是欣然接受,六小龄童是毅然婉拒,一出一退,一显一隐,彰显的是两种不同的价值观、艺术观、人生观。"艺而优则仕"的牛群没有错,因为"牛县长"给"牛县"带来了极大的知名度,有利于"养牛经济"的发展;"艺而优还艺"的六小龄童没有错,因为执着于"一生只做一件事"的"猴哥"将会有更深厚的艺术积淀。从政服务人民,艺术服务人民,只要把人民装在心里,做什么都是有意义的。

"南岳中心论"，狂论乎？悖论乎？

近段时间，有关"湖南文化中心"问题的讨论很红火，特别是文化学者李咏先生的"南岳中心论"更是把这种争论与争鸣推到了风口浪尖。作为湖南本土文化人，自信早已跳出狭隘的"长沙中心主义"与"南岳中心主义"的框架，却对李咏先生的高论，不敢全然苟同。

质疑"南岳中心论"

李咏先生的"南岳中心论"，概言之，就是"湖南文化中心是南岳，而非长沙"。他认为，"南岳集全了宗教（佛道）、儒、禅宗文化、历史、革命文化等多种文化形态"，他从公元前2061年舜帝命名南岳开始，沿历史的长河如数家珍般地列举了许多有关南岳的文化史实与事实，言之凿凿、述之有理地证明了南岳在湖湘文化的中心地位。李咏先生还从以下几个方面进行了阐述：一是南岳是湖湘文化的首座重镇；二是南岳在文化的制度层面，体现为主动性、周期性的风俗习惯；三是麓山文化在地缘和血缘上都可归属于南岳文化脉系；四是长沙作为文化中心，在理念层面和制度层面都逊于南岳；五是中国的区域文化未必和政治中心合一；六是呼吁建"南岳文化村庄"。在一环扣一环的推论中，李咏先生就这样不经意地将长沙边缘化，而将南岳中心化。

狂论乎？旧论乎？悖论乎？

仔细推敲，李咏先生的"南岳中心论"还是有许多先天不足和可供商榷的地方。

其一，对湖湘文化界定不清。事实上湖湘文化有广义与狭义之分，也有传统与现代之分,还有湖湘文化与湖湘学派、湖湘文化与湖南文化的异质性存在。窃以为,湖湘文化的所指不同,其文化中心皈依也会不同,又岂是一个"南岳中心"所能概括的呢?

其二,将湖湘文化与湖湘学派混为一谈。湖湘学派起源于北宋,形成于南宋。主要创始人有胡安国、胡宏、张栻。胡安国与其子胡宏虽为福建崇安人,但久居湖南衡山一带,著书立说,并创建了碧泉书院,聚徒讲学,从而开创湖湘学派;张栻主教岳麓书院,造诣极高,在湖南培养了一大批人才,形成了宋代理学中一个独立的学派,人们便将其称为湖湘学派。但是,李咏先生在大作中,却是有意无意地以湖湘学派替代湖湘文化。他认为,南岳的湖湘学派是湖湘文化的肇始,还认为船山学派是湖湘文化的首座高峰。李咏先生的"肇始—首座高峰—首座重镇—文化中心"的推论,不仅是以偏概全,也有附会之嫌。也许我们可以认同南岳是湖湘学派的中心,但难以认同南岳是湖湘文化的中心。

其三,对湖湘文化的宽广性认识不足。湖湘文化是一个区域性的历史文化形态,其起源的时间当然比湖湘学派要早得多,其分布地域也更广。就湖湘学派而言,其中心有一个不断迁移的过程,先是湘潭与南岳,后重心移到长沙。当然,湖湘学派在湖湘文化发展史上具有重要地位,并深刻地影响了湖湘文化的建构与发展。既然李咏先生在他的文章里恣意标举湖湘学派,那为什么又忽视了湖湘学派的中心由南岳向长沙迁移的历史事实呢?这不能不让人心存疑窦。

其四,作为区域性文化,湖湘文化中心的确立是一个动态的过程,也是一种历史的文化现象。任何中心也只是过程中的中心,中心与边缘也总是相互推演的。事实上,纵观中华文化史,"文化南移"是一个普遍共识,地处于长沙之南的南岳果真在历史文化的长河中比长沙先得文化之先吗?

总之,现在断言"湖南文化中心是南岳,而非长沙"似乎为时尚早,我们期待有更多的文化物质与文化遗产(包括物质文化与非物质文化)来验证。

按 语

　　文章刊于《长沙晚报》2007 年 9 月 24 日 "橘洲·综合文艺"。 写作此文的缘起是应《长沙晚报》文艺副刊部彭海英女士的邀请,希望就李咏先生所主张的 "南岳中心论" 进行商榷。 我虽学识浅陋,也非专业从事湖湘文化研究,尽管当时我已是长沙理工大学文学院的一名教授,但转念想到奉献拙文一篇可以助推 "湖湘文化中心" 的讨论深入,百家争鸣方可理越辩越明,于是便抱着学习、商榷的态度欣然草就了此文。 事实上,李咏先生彼时在长沙是一位颇为知名的媒体干将、广告大咖、文化学者,他在电视领域的创意策划及实践堪称一流,湖南经济电视台的《经济环线》节目为其一手带红的,且火爆异常。 他后来转战国内首个专业动画频道 "金鹰卡通频道",成绩突出,受业界瞩目,后又依托湖南省不动产商会转战房地产市场,也做得风生水起。此文刊发后,引起了相当大的反应与反馈,我与李咏先生的联系也从此增多,渐成文友、好友,也算是文章的附带收获与附生价值吧。

科技博览

第三辑

白沙井，能清到下个世纪吗

　　春意阑珊，一个阳光明媚的日子，记者来到位于长沙市白沙路的白沙井。只见白沙井四周垃圾不少，"白沙古井"四个字被熏得模糊难辨，破布、塑料袋、菜叶、饭盒、枯枝、砖头、瓦片等堆于出水道，紧靠白沙井不到五米处是一个生意红火的废品收购站，井正上方是挖土机的轰鸣声和飞扬的尘土……

　　"长沙第一井"还能清到下个世纪吗？

　　白沙井，被誉为"长沙第一泉"，位于天心阁下，白沙街东面。据说此处原为水田，因田中常冒水，凿之为井，长年不竭，原只一眼，后分两股，经过多次修整，扩为四眼，是地道的地下水。传说乾隆皇帝南巡时曾饮此水。千百年来，此水哺育了无数的湖湘儿女。用此水酿成的"白沙液""白沙啤"因此而闻名。

　　白沙古井在1993年10月被列为长沙市文物保护单位，同时也划定了保护范围：古井外围二十米。该区域外，西南、东北两侧五十米为建筑控制地带。事实上，如今已面目全非。古井正上方，在1998年曾成为十多户菜农的临时居地，并有外地来长做豆腐、米粉生意的农民居住，还有捡破烂者杂居，生活垃圾乱扔，加之雨水较多，四处流溢。政府部门为保护白沙井，拆除了棚房，但垃圾的痕迹仍清楚可见。记者采访时，有一处面积约三十平方米的生活垃圾堆散发着臭气。

　　离这眼井不到五米处是一家废品收购站，废弃的酒瓶、药瓶、破铜烂铁、纸箱等就堆在井沿边。其中药瓶和酒瓶已冲洗干净。一位开着摩托车载着两大塑料桶来自开福寺的张先生说："我是老长沙人了，从小到大都喝白沙井水。由于污染严重，地表水大量下漏，如今的井水准确来说就是地表水与地下水的合流。所以现在的白沙井水没有那么纯净了。"

在白沙古井上方四五十米的地方,有一块十分宽阔的黄土坪,还有挖土机、推土机在轰鸣。据说某公司将在此修建九栋住宅楼,并配建七个大型化粪池。毫无疑问,这七个大型化粪池将对白沙古井的水质构成巨大的威胁!

据说白沙井西旁不到五米外还会修建一座茶楼,取古井之水沏上上等佳茗,妙处不用多说,然而市民关心的是,由此而带来的众多生活垃圾、残汤剩饭、废渣废水,都将成为古井的污染源。

其实有关部门每年对白沙井进行两次监测,为了保护白沙井,有关单位修建了围墙。但由于人为破坏、管理不力、污染源多样等,白沙古井的水质仍在不断恶化。

环保专家认为,保护古井,改善白沙井的生态环境,必须分三步走——第一是保护,第二是清理,第三是修整,即保护现有水源不受污染,清理原有脏乱差,修整建立新的白沙公园。不管怎么样,关键还是在于人人必须有一点环保意识,少搞点人为破坏和污染,人人自觉地保护我们的"长沙第一井",白沙古井才会清澈到下个世纪。

　按　语

　　文章刊于《湖南科技报·周末》1999 年 4 月 24 日,笔名维邦,即张邦卫的笔名。 1999 年 3 月我应聘到号称"全国期发量最大的科技报"的《湖南科技报》做特约记者,主要做《湖南科技报·周末》的深度报道工作,劳务报酬直接与发稿量挂钩。《白沙井,能清到下个世纪吗》是我入职后的第一篇新闻作品,主要是围绕被誉为"长沙第一井"的白沙古井的环保现状来写的,并呼吁加大对白沙古井的保护力度。 文章刊发后,引起了相关部门的高度重视,也算是为白沙古井保护尽了绵薄之力。 现如今,经过二十多年持续保护,白沙古井井水清澈,周边树木葱绿,白沙古井公园古朴秀美,饮水者摩肩接踵,取水者络绎不绝,早已是古城长沙的绝胜风景所在,并已升级为湖南省文物保护单位。

彩电再刮降价风　看你心动不心动

进入 4 月,消费者来到商店,不由得大吃一惊:彩电又降价了!

这是继 1988 年和 1996 年、1997 年、1998 年 4 次彩电降价后的又一次大的降价。厂家互相较劲,商家推波助澜,消费者则除了高兴,也不免有些迷惑和彷徨——这次的降价风因何而起? 能刮多久? 记者为此专门进行了一番探访。

长虹点战火,其他彩电被迫应战

这次的彩电降价,首先是长虹点起战火,其他品牌包括进口品牌的彩电都闻风而动,被迫应战。4 月 7 日,长虹率先降价,普遍降价超过一成,个别产品型号高达二成以上。长虹 21 英寸彩电在部分地方售价不到 1200 元,而去年的价格是 1500 元以上。

长虹开了头,其他彩电也不得不跟随降价。4 月 20 日,康佳宣布除个别品种外,其他型号全线降价,降价幅度在 100 至 1500 元左右。4 月 22 日,创维宣布全线产品在全球范围内降价 18%;随后,TCL 也表示跟进。据记者在省会长沙 10 多家大型商场、电器城的了解报道,卷入此次彩电降价风的有 TCL 王牌、海信、创维、金星、熊猫、东芝、夏普、索尼、日立、厦华、乐声、北京、西湖等。据海信电视长沙销售公司的王经理介绍:"在长虹、康佳首先降价之后,海信、夏华、TCL 王牌等也相继调整了价格,以追求整个彩电市场的平衡。"

较之以前的降价,今年降价的品牌多,幅度大。其中国产彩电降价幅度在 120 元到 1500 元之间,而进口彩电的降价却动辄以千元数计,在 2000 元至 6000 元之间。最典型的莫过于日本产的 JVC 彩电,29 英寸的 G29MH

由 8640 元降至 4000 元,29 英寸的 S29Ⅺ由 8700 元降至 3500 元,猛降了四五千元,更令人惊奇的是 29 英寸的 S29F8X 由 10260 元降至 3900 元,其差额竟高达 6360 元。

小屏幕小降价,大屏幕大降价,进口彩电猛降价

此次彩电降价,一个显著的特点是:小屏幕降价幅度小,大屏幕降价幅度大。一般来说,小屏幕彩电降价大多在 120 元至 500 元之间,大屏幕彩电降价则最少千元,高的甚至在四五千元。造成大屏幕大幅度下降的原因,有关人士认为,许多厂家前段时间盲目开发生产大、新、宽的大屏幕彩电,库存量增多,而市场需求量相对较小,况且大屏幕定价过高,令中国绝大多数消费者不敢问津。

国产彩电大降价,洋彩电也稳不住了,纷纷降价抢市场。记者从中山商业大厦调查得知,JVC 彩电、大宇、松下等进口彩电都是"一路狂减"。如 JVC 降价幅度在 1440 至 6360 元之间。

彩电为何再刮降价风?

造成这次彩电市场猛刮降价风的原因是多方面的。国内彩电市场本来就疲软,加之国外市场被封杀,彩电出口受到遏制。中国彩电最大的出口市场——欧盟封杀中国彩电,虽有厦华彩电单枪匹马向欧盟和世界贸易组织应诉,但没有结果。

另外,彩电的销售周期正处于淡季,这是一个诱发因素,以前国内淡季可与国外旺季形成互补,而今却失去了国际市场的消费,致使淡季更淡。

长虹、康佳、厦华等彩电厂家技术更新快、换代产品多、成本相对较低,为了抢占国内市场,打价格战,也很常见。

消费者反应冷淡,彩电市场何去何从

彩电大降价,对于消费者来说自然是一件大快人心的事情。但有意思的是,对于此次的降价,大多数消费者却反应冷淡。长沙阿波罗商业广场彩电柜台营业员介绍:"降价后销量没有大的增加。许多顾客不仅关心价格的高低,而且担心质量问题。相对来说,现在的顾客更看重质量。"

一位经济学教授认为:"在市场竞争中,降价只是一种促销手段,即刺激购买欲和强化消费力。但这只有短期效果,各厂家更应考虑产品的更新换

代,加强技术开发工作,以此增强竞争能力。现在的市场,显然不是单纯靠降价来占有的。"

价格战是最原始的市场竞争手段,随着市场经济的不断完善,必将为技术战、质量战和售后服务战所替代。另外,业内人士分析,此次彩电降价时间不会持续太长,而一些品牌,尤其是小屏幕彩电价位已接近成本价,继续下降的可能性不会太大,大屏幕彩电尚有一定的降价空间。消费者不妨把握时机,当机立断,以期用合适的价格买到称心的彩电。

附:长沙市几大彩电品牌目前的彩电价位(各商场稍有不同)

表1　1999 年长沙市几大彩电品牌的彩电价位

品牌	型号	价格/元
长虹	2112	1350
	2525	2300
	2966	3110
	2965A	3660
	3419PD	9390
康佳	2133	1380
	2530	1990
	2979D2	3120
	3472B	6180
TCL	2129A	1340
	2969A	3080
	3438RR	7080
创维	2108	1380
	2582	2580
	2938	2960
	34GB	9450

(注:型号前两位数字即为彩电大小尺码,如 21 英寸、25 英寸、29 英寸等)

按　语

　　文章刊于《湖南科技报·周末》1999 年 5 月 8 日，笔名维邦，即张邦卫的笔名。 在 20 世纪 90 年代末，彩电市场趋于饱和，在各大品牌去库存以及升级换代之际，彩电市场大打价格战也是在所难免的。《彩电再刮降价风　看你心动不心动》就是基于这样的商业语境而写的一篇深度报道。 文章以翔实的数据、深入的调查、多维的反应聚焦于彩电降价风、市场争夺战，而厂家、商家、买家的真实陈述如在眼前，场景真实，人物真实，事件真实，报道求实，写作平实。 文章整体上着力于市场热点，关注消费诉求，既有实地采访，也有中肯判断。 从某种角度说，商业新闻的味道颇为浓郁。

传书鸿雁飞农家

——隆回县邮政代办见闻纪行

春天,一个希望的季节。5月4日至7日,记者在国定贫困县——隆回县对邮政代办做了实地采访。所到之处,耳闻目睹,让人深感乡驿艰难,隆回局却迎难而上,在观念的转变和体制的改革上取得了可喜的成绩。

开启方便之门,步入成功之路

乡邮代办,隆回局已有近7年的成功经验。1993年8月1日,隆回局开办了第一个全部由农民组成的邮政代办所——长铺代办所。当时,长铺乡政府、人大、政协提议,把办邮政代办所作为乡政府为老百姓办的十件实事之一。由申办者提交申请报告,乡政府进行资格审查,县局进行业务培训、技术指导和管理,县物价局核定村以下的延伸服务费。"一花引来众花开",在此基础上,富有开拓精神的龙庆喜局长、赵合光副局长率全局大刀阔斧转换运行机制,因地制宜,开办了34个邮政代办所。所内工作人员和村邮员,总数近400人。

然而隆回局并非"一刀切"和"一哄而上",在推出代办的同时,仍旧维持邮局61条自办邮路。

乡邮代办是一个好思路。它来源于对市场的认识、探索。思路就是出路,出路在市场,市场更促使隆回局走上了新的台阶。

近年来,隆回局在发展业务、经营管理、挖掘市场潜力,尤其在党报党刊的发行方面做了大量的工作,取得了较大的成绩,如完成发行《人民日报》20份、《湖南日报》4330份、《半月谈》1740份等。隆回局超额完成省市下达的发行任务,是邵阳市唯一全面完成党报党刊发行任务并没有积压的局,荣获全省发行工作先进单位称号。代办工作发展较快,如1999年全县代办网点完成报刊流转额 217 万元,占全局的 36％,邮储代办余额占全局余额的 17％。在全省县邮政局业务收入绝对值排行中,隆回局名列第六。

为民辛苦为民劳,汗水博得农家亲

清晨,我们驱车来到了金石桥镇黄金井代办所。代办所设在黄金井老乡政府院内,所长刘桃红,40 岁上下,是个精明强干、人缘特好的山区妇女。记者在参观了代办所后,邂逅了在黄金井蹲点的金石桥镇分管农业的副镇长陈今祥,记者特意采访了他。

问:你如何看代办所?

答:方便了群众,及时到户,保障了山区的信息通畅。

问:你认为代办所是否应收取一定的延伸服务费?

答:应该收。商品经济讲究有偿服务,收取一定的"辛苦费"和"脚力钱"也是理所当然的。

问:你知道收费的标准吗?

答:知道点。平信到家是 0.2 元,汇票、挂号、包裹单是 0.5 元,电报 1 元,代人取款大概是 2—3 元。

问:听说,有部分群众对此有意见,你如何看?

答:以前计划经济搞久了,有部分群众一下子难以适应也是正常的。邮局应加强宣传,规范收费,公开数额,让群众心知肚明,我想肯定会好些。

问:你认为农户出这点钱值得吗?

答:值得。打个比方吧,从黄金井到金石桥路费要 2 元,来回 4 元,还误工误时,况且还有更远的地方。这样算,还是划得来。

问:你同意撤销代办所吗?

答:那不行。要是没有代办所,邮件只到行政村,肯定会积压,看历史报,读半月信,快件变慢件了。

问:没有代办所前,此地的邮件出过事故吗?

答:出过。听说早几年有一位家住热泉的学生,高考录取通知书积压在村长家,该学生无望外出打工,错失了上学机会。

问:现在有类似的情况吗?

答:没有了。

在离开代办所时,记者又无意碰上了下乡归来的工作人员郑实仁。他不无感慨地告诉记者,代办员进村只有极少数人不领情,大多数还是挺欢迎的。说句不怕见笑的话,投递员进农户能有酒饭吃,比我们还强些。

乡邮代办是否落到实处,是大家最关注的问题。对此,记者走村串户,采访了许多用户。

金石桥镇罗公湾村八组的陈迪梅很兴奋地告诉记者:"订报还是很有好处的,我从《湖南科技报》上知道了辨别真酒、假酒的技巧。去年老伴患风湿病,左脚浮肿,也是从报上看到治病的药方,然后照着吃药、敷药才治好的。"当记者问到有没有人强迫她订报时,她说:"我情愿订的。我愿订就订,不愿订谁也强迫不了,钱是我的啦。"听到此,记者不禁为当代农民的自主自立而叫好。她还告诉记者,有两个儿子在广东打工,经常有汇款寄回。

去年12月,一场惨祸不幸降临金石桥镇大田村罗细姑的身上。她在新化县打工被车轧伤,拍电报回家叫其爱人肖兴美去看护。电报当天晚上8点送到代办所,所长刘桃红急忙送到村邮员贺才纯家中。贺才纯二话没说,叫上自己的儿子,两人打着火把马上就走。寒冬,天黑,路滑,走了好几公里的路,硬是把电报亲手交给肖兴美。时至今日,肖兴美对代办员还心存感激哪。

从苗田中学退休、现住在鸭田乡古同村的谭致祥老师,今年67岁。记者与他进行了交谈。

问:您如何看目前的乡邮代办形式?

答:国家人力、物力困难,加上如今会开得少,实行群众参与的邮政代办和延伸服务,有利于乡邮畅通。

问:您认为代办收费应该吗?

答:应该的。投递员付出了时间、精力和劳力,大老远把邮件送到家中,应该有点表示。

问:您的邮件一般一周几次?

答:一周两次,有时也一周三次,如有特殊邮件,代办所的张安同志会及时送来。

问:对代办所,您个人有什么样的看法?

答:代办所张安同志是个好人,脚也勤快。我老伴患严重的支气管炎,经常邮购药品,都是由张安到金石桥镇汇款取药的,到现在都没有误过事。

告别了谭老师,我们又来到该乡横板村八组谭德文家。谭妻脚有点儿跛,一看便知两人老实巴交又相濡以沫。她见张安如见亲人,马上亲切地握手。当听说我们的来意后,告诉我们:"我们家几乎每个月都有汇款。以前到邮局取钱被扒手扒过2次,小孩在外打工也不放心,来信告诉我们去邮局取钱要2人一起去好有个照应。现在可好了,钱送到家里,2个小孩也落心。"

早出晚归送邮去,跋山涉水为哪般

随着采访的深入,记者越发觉得代办员、村邮员的可贵。正是这些憨厚朴实的农民朋友,凭双脚和汗水保证了乡邮的通达。

在望云山下,我们碰上了一位44岁的村邮员邹美娥。下午5点钟,她刚从望云山上下来,一脸风尘。据她介绍,她主要负责给望云山上一个村送邮件。

望云山,海拔千余米,方圆几十里,人口1000多人,有16个组,组与组之间相距较远。她告诉我们,从山脚出发到山顶送完邮件,走的路至少有30千米,比步行到新化县城来回还远。每周送邮2次,每次要7个小时左右。当记者了解她的收入时,她说:"一个月平均30元,今年春节后差不多3个月了,也只有120元。还没现钱,许多都是挂着的。"对此,记者替她算了一下账,每小时不过0.7元。早出晚归,跋山涉水,其价值不应该是每小时0.7元,而邹美娥却心甘情愿,乐在其中。

也许从三阁司乡长铺代办所钟斌的一席话中,可以找到一点答案。"我们也没什么待遇,只收取那么一点儿服务费,同外出打工的相比,待遇太低了。但高兴的是老百姓特别看得起我们。对我们,群众是生怕没好菜招待。但一拿鸡蛋,我就走。有小菜就要得了。"

另一位投递员邱清乾告诉记者,有次他给儿子在广东打工的苏老汉送挂号信,老汉在收到信后乐呵呵地说:"你们真是修阴了,俗话说家书抵万金,从来只有向人借钱借米,没有向人借平安信的。对我这几十岁的人说,牵肠挂肚是痛事,平安家书是快事。"

众口一词话长铺，独领风骚于书雄

离县城 15 公里的三阁司乡长铺代办所，在所长于书雄的带领下，把邮政代办搞得红红火火。于所长不仅在当地群众中口碑好，更令同行和领导刮目相看。

于所长告诉记者，长铺代办所辖 21 村的邮政业务，有 2 万余人。1993 年 8 月 1 日成立至今，短短几年内，报刊流转额由最初的 36000 元提高到今年的 91000 元，同时还完成了 170 万元的协储。严格收费标准，采取签收制度，分工合作，相互监督。所里财务公开，每月都开碰头会，年终进行总结评比。营业时间长，从早晨 7 点开门直到晚上 9 点关门。于所长还介绍说，所里劳保福利一视同仁，近年每人发了 2 套邮电制服，三四百元一套。每人发了电话机、BP 机。还为所里全体人员投了团体医疗卫生保险、九九洪福险和人身意外险。

听到于所长这席话，目睹代办所业务和有条不紊进进出出的用户，很难相信这是由农民运营的乡邮代办所，但这又是活生生的事实。

采访当天，恰逢长铺赶集。记者未表明身份，随机找几个用户聊代办所。今年 64 岁的龙奎元和 65 岁的龙运保告诉我们，代办所最大的好处是安全、方便、保险、节约路费。以前长铺的邮件都要到县城取，尤其是汇款、包裹，来回还要花 6 元钱，有时还被敲诈和被扒。现在可好了，本乡本土的，取了钱和物不用提心吊胆了。他们说，这个代办所很规矩的，储蓄也是存取自由，并表示对代办所收取一定的服务费可以接受。

记者信步来到集市尽头看到一片刚推平的土坪，原来这里将兴建一栋 3 层楼的邮政代办楼。据介绍，代办楼用地 300 平方米，为长铺村无偿提供，并免费推平，为的是能把代办所留在长铺。村民说，300 平方米的地皮由长铺村三、四、七组平摊，其他各组承担相应的上交任务，各户主都盖了章。代办楼采取所内人员集资形式，预计今年下半年动工，明年投入使用。

于所长兴奋地告诉记者已尽自己的能力，在长铺安装了程控交换机，容量为 512 门。在程控设备运抵长铺时附近群众自发鸣炮欢迎。

这就是于书雄，一位最近调到县局却不敢把日常生活用品带离长铺、怕当地百姓知晓后刻意挽留的"平民所长"。

这就是长铺代办所，一个老百姓千方百计把它留在本土的"便民所"。

瑕不掩瑜，小眚难遮大德

采访中，也发现乡邮代办存在一些问题，但记者以为这是个别情况、少数人的行为。乡邮代办作为一种新生事物，无疑大大方便了群众，应加以肯定、扶持和推广。

事实上，为防微杜渐，县局在 1998 年 11 月 10 日向各支局、代办所下达了关于制止"强行订报、强行揽储"的紧急通知。主管业务的聂中柱主任告诉记者，到今年 6 月份完成对个别代办所的整顿工作。5 月 1 日，县邮政局召开了全县支局长、代办所长专题会议，龙庆喜局长在会上推出了酝酿成熟、耳目一新的乡邮代办理念，提出了十分具体的要求。

隆回，人杰地灵，民风淳朴，系湘楚文化的分支梅山文化的发祥地。著有《海国图志》、主张"睁眼看世界"和"师夷长技以制夷"的近代著名思想家魏源，就是隆回金潭人。也许是一种文化渊源，也许是一种延续，老家与魏源故居一衣带水、一山相依的龙庆喜局长，十分推崇"新"和"师"。有此"领头雁"，我们相信，隆回县的乡邮代办一定会在前进的道路上日臻完善，一定会愈办愈好，更上一层楼。

✎ 按　语

文章刊于《湖南科技报》1999 年 5 月 22 日，署名维邦，即张邦卫的笔名。《传书鸿雁飞农家——隆回县邮政代办见闻纪行》是我深入国家级贫困县隆回县考察邮政代办的专题新闻调查报道。还记得当时同行的有报社的邵福萌、罗金良 2 位同事，我们从长沙驱车 400 多千米，走村串户，蹲点走访 4 天，辛劳在所难免，但欣慰也是时时涌起。在市场经济转型之际，邮政代办主要是乡邮代办，确实是一个新鲜事物，尤其是对于在乡邮代办收取一定的延伸服务费，更是杂语迭出。赞同者有之，反对者有之。在服务收费没有成为大家的共识之前，乡邮代办及其延伸服务确实艰难。文章聚焦于最底层的乡邮代办及乡邮代办从业人员，以及偏远山区的农民。我深知农业农村农民诸事不易，乡邮代办更是不易，一句话就是"人少钱少、活多路远"。故文章着眼于正面宣传报道，但也没有回避问题矛盾，尤其是在行文中呼吁相互理解，实属难得。时过境迁，服务收费早已成为共识，乡邮代办依然有存在的必要。毕竟在"乡村振兴"的大背景下，乡村邮政、农家快递的"最后一公里"依然是值得重视的现实问题。

"白色腐败"困扰医药行业

有病就得求医问诊,就得打针吃药,只有药到才能病除。然而,当人们怀着期待与求助的心情来到医院求医问药时,却发现这个圣洁的地方,竟也受到了不正之风的污染,从医药生产、流通、营销,到门诊、开药、住院等各个环节,存在腐败的踪迹。这种被人们称为"白色腐败"的医药行业不正之风不仅败坏了医药行业的形象,而且严重威胁甚至危害着人民群众的生命与健康。

药品药材市场良莠不齐,假药劣药到处泛滥

有人说"要致富,开药铺",这不仅是许多集体与个人的"发财经验",而且成了一些地方政府的"发展思路",他们把开办药品药材市场当作地方政府开辟财源、增加收入的途径。10多年来,我省许多市县就争先恐后开办了药品药材市场,如邵东的廉桥、双峰的湘中、新化的工农河、株洲的湘东和白关、常德的桥南药市、长沙的望城坡和东大门药材市场等,这些市场在全省甚至全国都小有名气。据有关部门调查,其中有相当一部分市场违法违规经营药品药材,达到了触目惊心的地步。

常德桥南商贸城内的药品市场是未经国家批准的。该市场虽经多次打击和取缔,但屡关屡开,经营者大玩所谓"敌进我关,敌退我开"和"老鼠戏猫"的游击战。5月18日,常德市鼎城区组织有关部门联合执法,将市场关闭,当场将收缴的价值8万元计42个品种的中药材、西成药销毁。但该市场现在仍有非法经营暗度陈仓者。他们都是在店门口摆一张桌子、一部电话,门面内没有放药品药材,但销售卡和调拨单却表明从5月19日至今依然生意兴隆。长沙市望城坡、东大门的药材市场都是非法市场,但竟有不少

人在此公开交易药材。6月9日,记者独自到这两个市场暗访,发现一连十几栋楼房的门面,大部分是做药材生意的,地板上、过道上和走廊上东一块西一块这一晒盘那一晒盘地晒着形形色色的中药材。据介绍,像这样的非法药材集贸市场在我省有14处。邵东县廉桥中药材市场是经国家批准开办的,来自全国各地的近700家药商在此合法经营,但也有些人披着合法的外衣做着不法的勾当,超范围经营中西成药。据了解,有100多户药商在这个市场违规经营中西成药。

由于药材药品的非法交易,假药、劣药、过期药、无效药泛滥成灾,大量充斥市场、药店、诊所、医院等。全省有548家药品批发公司,5970家药品零售药店或企业,其中约20%有不同程度的违法经营勾当,药不治病,也治不好病,严重地损害了群众的利益,造成了极为恶劣的影响。

价高费贵,群众吃不起药,更住不起院

根据国家医药部门有关规定,医院所售药品其进销差率不能超过15%;而现在有的地方达到40%,有的个体诊所甚至高达45%左右。

另外,更严重的是,有的厂家在药品、器械等的销售中,有意抬高出厂价,然后提取一部分差价作为回扣支付给医院或有关人员。据统计,目前一些药械回扣低的也有20%,高的达50%。医院在外地进药时,把药价压得很低很低,但卖给群众时仍按厂家定的虚高价格出售,一低一高,两头得利,吃亏的只是病患者。

在医药行业不正之风中,滥开药、大处方也是一条"顽症"。公费的开药毫不手软,好药、补药、进口药、保健药一应俱全;自费的也大笔乱挥,不管有用无用都"一哄而上";特别是那些住院治疗的病人出院时还得大包小包的药往家提。据了解,医生们开某种药品,厂家都有相应的"开单费",而且许多医院的奖金也来源于此。药价的不断攀高,加之部分医生不负责任地滥开药,使本已感到"吃不起药"的普通群众患病后"雪上加霜"。

医院费多,这也是不容否认的事实。这检查那化验,不管有无必要,都要你掏钱检查一遍,像X光片、脑电图、心电图、肝功能、验血、验尿、微量元素分析等竟成了常规检查。记者有次携小女到某大医院看病(小女常出汗),保健科给开了一系列的检查单,转了一整天才搞完计300元的检查,到下午才给开了2盒药。

此外,大量使用进口药,宁用进口药也不愿用国产药,这并不是说进口

药效果好,只不过是其利润高而已。有媒体报道说,有一老人到省会某著名医院看病后,医院开的药全是进口药,老人无法忍受,愤而到电视台上访,电视台予以曝光后,社会反响十分强烈。老人气愤地说:"难道只有洋药有用,国药就没有用了吗?"

金猴奋起千钧棒,玉宇澄清万里埃

医药行业已到了非整顿不可的地步了。时下,全国、全省范围内都开展了轰轰烈烈的整治医药购销不正之风的活动,而且已初见成效。5月份,省委、省政府召开整顿医药购销不正之风工作会议,坚决要求纠正当前医药购销中的不正之风,对非法药品集贸市场、非法中药材市场给予关闭取缔,对无证经营药品以及生产、销售假冒伪劣药品的行为坚决打击,对违法收受药品回扣的犯罪行为坚决查办;并成立了省整治医药购销不正之风办公室,协同组织省医药管理局、省卫生厅、省工商局等部门,在全省范围内开展清理整顿工作。重点是堵住假药的源头,管好药品流动,规范医疗卫生单位药品采购、使用和管理,控制药品经营的合理差价,加强对医院各种收费项目的监督,加强广大医务工作者的职业道德、医风、医德教育,以此保证老百姓放心吃药、安全用药、无顾虑住院治疗。

有道是"政府决心办实事,百姓放心吃良药",全省整顿医药购销不正之风的工作全面展开,非法市场、腐败现象、假劣药品、不正之风可望得到清理和整顿,老百姓可望吃到好药真药,享受不掺水分的诊治,相信这样的日子不会远了。

按 语

文章刊于《湖南科技报》1999年7月3日,署名维邦,即张邦卫的笔名。文章原来有一个题记,即"患不得病,吃不起药,治不好病,住不起院",可以说是高度概括了当时老百姓对医药行业乱象的认知。曾几何时,医药行业也是乱象丛生、腐败多发,包括医药生产、流通、营销、门诊、开药、住院等各个环节,几乎都有腐败的踪迹。文章重点关注了三个方面的问题:一是药品药材市场良莠不齐,假保劣药到处泛滥;二是价高,群众吃不起药,更住不起院;三是各级政府铁腕开展整顿医药购销不正之风。所谓文以载道、铁肩道义,从某种角度说,新闻也要为老百姓讲真话表诉求,针砭医药

按语

行业的"白色腐败"，表达一种共同心声：老百姓希望吃到好药真药，享受不掺水分的诊治，真正实现"吃得起药，治得好病，住得起院"。不管是过去还是现在，医疗与教育、住房、食品等一样都是最大的民生工程，必须高度重视、常抓不懈，既要抓到位，也要抓出彩。时至今日，医药行业由"乱"而"治"，由"无序"到"有序"，既有深刻的教训也有巨大的代价，但好在整个医药行业经过淬火后浴火重生、凤凰于飞，尤其是 2019 年新冠疫情以来，"白衣战士"作为一种精神符码早已深入人心，深受老百姓信赖和认可。我们始终需要的是医者仁心、药者仁义、救死扶伤、生命至上的纯洁静好的"白色"。

关注洪水,就是关注我们共同的家园——

今年的洪水是啥样

一湖洞庭水　今又起波澜

谈虎色变,洪水这只"虎"又来了。

记者 7 月 12 日从省防汛抗旱指挥部了解到,我省今年共出现了 5 次大洪水,第一次发生在 4 月 23 至 25 日,第二次发生在 5 月 15 至 18 日,第三次发生在 5 月 24 日至 26 日,第四次发生在 6 月 25 日至 7 月 2 日,第五次发生在 7 月 8 日至 7 月 12 日。其中第四次强降雨历时 8 天,雨情水情大,是我省今年迄今为止最大的洪水。第五次虽然降雨强度小,但由于长江上游洪水的顶托和湘、资、沅、澧洪水抵达洞庭湖,城陵矶水位于 7 月 11 日达今年最高水位 34.36 米。

与去年相比,今年的洪水有什么特点呢? 一是今年降雨范围广,持续时间长。从 6 月 25 日开始,强降雨带从西向东笼罩整个湘西北、湘北地区。自治州、怀化、张家界、常德、岳阳等地每日均有不同强度的降雨,大部分地方连续普降大暴雨。暴雨中心在沅水下游,中心点最大雨量沅陵筒车坪站达 434 毫米,其次沅陵牧马溪达 413 毫米。二是强降雨区稳定少变,降雨强度大。这次强降雨区一直稳定在湘西北、湘北一带,暴雨稳定在澧水流域、沅水中下游及洞庭湖区。据水文部门统计,从 6 月 25 日 8 时至 30 日 8 时,澧水流域平均降雨 245 毫米,沅水的支流酉水流域平均降雨 250 毫米。三是洪峰流量大,水位上涨快。由于大幅度的降雨数日持续不断,洪峰迭起,河流、水库水位上涨迅速。据水文部门统计,6 月 25 日至 7 月 5 日,沅水、澧水、资水、湘江、长江总入湖水量 294.7 亿立方米,出湖 161.8 亿立方米,洞庭湖净增水量 132.9 亿立方米。大量洪水滞留在洞庭湖,西、南、东洞庭湖水位迅速上涨,洞庭湖曾一度超过危险水位。四是洪水相互遭遇,抗洪难度大。持续降雨使澧水、沅水连续出现洪峰,沅水与长江洪水相互遭遇,齐注洞庭湖,形成不利组合,进而抬高了东南洞庭湖的水位,增加了洞庭湖区抗洪难度。

今年的洪水同以往相比,均超过警戒水位,但都没有达到历史最高水位。例如,截至 7 月 12 日,长沙最高水位 36.03 米,比警戒水位高 1.03 米,比历史最高水位低 3.15 米。湘阴最高水位 35.19 米,比警戒水位高 2.19 米,比历史最高水位低 1.47 米。桃源最高水位 46.62 米,几乎接近历史最高水位。沅江最高水位 35.85 米,超过警戒水位,但比历史最高水位低 1.14 米。城陵矶最高水位 34.36 米,比警戒水位高 2.36 米,比历史最高水位低 1.58 米。

今年洪水的发生有新的特点,不像去年呈"风雨交加,四水齐注"的态势,而是先集中在湘西北、湘北地区,即澧水流域、沅水流域和资水流域部分地区,包括自治州、怀化、张家界、常德、岳阳、益阳 6 市(州)。后集中在湘江和资水流域,7 月 12 日,湘潭、长沙、桃江、益阳水位都呈上涨势头。

洪灾又一度　梅雨变滂沱

因受强降雨影响,自治州、怀化、张界、常德、岳阳、益阳 6 市(州)不同程度地遭受了洪涝灾害。其中自治州的龙山、保靖、泸溪,怀化市的麻阳、辰溪,张家界市的永定、桑植,常德市的桃源、汉寿、鼎城等县(区)受灾较严重。据统计,到目前为止,全省共有 28 个县(市),574 个乡镇,5537 个村,354.37 万人口受灾,直接经济损失 13.97 亿元,其中 6 月 25 日至 7 月 2 日直接经济损失为 9.40 亿元。

芷江县一个小型水库锅溪水库被洪水冲垮;麻阳县城进水被淹,过半以上街区进水,平均进水 2 米深;辰溪县城 7 月 1 日晚 12 时 30 分通过洪峰,街区低渍地带进水,平均水深 0.8 米,安坪镇街道全部进水,全县 1.6 万人一度被洪水围困;龙山县里耶镇最大淹没深度达 7 米。湖区最大受渍面积达 235.6 万亩,有 54 个堤垸、1544 千米一线防洪大堤进入危险水位,而且湖区共发生较大险情 116 处。

今年梅雨季节,我省湘西北、湘北地区出现了长时间强降雨天气,尤其是沅水、澧水流域,洞庭湖区全面超警戒水位。针对这种"梅雨变滂沱"的现象,中央气象台副台长唐惠芳说,太平洋副热带高压是影响我国夏季气候的重要天气系统,它把南海、孟加拉湾、印度洋的暖湿气流带到中国大陆,而北方冷湿空气和南方暖湿气流在副热带高压边缘交汇并相互作用,从而形成降雨,每年 5 至 7 月形成长江流域长达数月的梅雨天气。唐惠芳还说,今夏副热带高压位置是正常的,维持的时间也是正常的,然而常年的北方冷空气和南方暖湿气流势力弱,或者一方强一方弱,都形不成强降雨,今年这对"冤家"却都强而且势均力敌,强强双方在这一地带长期相持,就形成了少见的长时间暴雨或大暴雨天气。正因如此,才形成了我省湘西北、湘北地区的强降雨和沅水、澧水、资水及洞庭湖的大洪水与内涝。

天有可测风云　专家指点迷津

未来天气走势如何？7 月 12 日,记者采访了国家气候中心和省气象台的专家们。专家告诉记者,7 月 3 日以来,我省受大陆高压控制,天气晴好,太阳辐射强,增温快。2 日长沙市最高气温为 23.3℃,而 3 日急剧上升到 30.8℃,5 日出现高温天气达 35.1℃。在这之后,由于冷空气入侵,大陆高压减弱,湘、资、沅水流域普降小到中雨,部分地区降大雨,局部地区降暴雨,日降雨量超过 50 毫米,气温显著下降。

阴雨天气还将持续多久呢？7 月 13 日参加天气会商的气象专家认为,我省上空云层逐渐变薄,没有强降雨云团,过几日天气有所好转,不会出现大的降雨。7 月中旬末全省有小到中雨,其中湘西、湘北部分地区有中到大雨,但不会出现前段时间那种连续性的、大范围的强降水。7 月下旬湘东南地区要警惕台风影响所造成的暴雨山洪。专家预计除湘北以外,我省大部分地区在 7 月中下旬结束雨季,进入高温少雨期。雨季结束后,一般情况下,不会出现大范围、连续性的降水过程,但局部地区仍会发生大到暴雨,甚至大暴雨。

气象专家指出,夏季我省的天气主要受西太平洋副热带高压(以下简称副高)的影响,7—8 月份副高势力加强,控制江南地区,我省则是晴热、高温、少雨天气。预计今年夏季副高位置较去年偏北,可能长时间控制我省,盛夏会有一段高温酷暑难熬天气。预计 7 月份平均气温湘东比常年偏高 1℃,湘南略偏高,其他地区正常。

国家气候中心短期气候预测室主任、著名气象专家赵振国指出:今年夏季,无论是海洋、大气还是天气气候演变的主要特点都与 1998 年汛期之前有显著的不同,恰恰相反。根据各种物理因子和天气气候特点的分析,预计今年汛期主要雨带位置较去年偏北,长江中下游及江南地区降水偏少,部分地区有夏旱或伏旱发生。

赵振国高工还认为:"今年7月份,长江上游降水仍比较多,可能出现大的洪水,湖南地处长江中游,因受上游的影响,防汛工作不能放松。"中国气科院一位研究员指出:"今年夏季湖南西北部,靠近湖北省的地方,降水偏多,可能会有洪涝发生,要特别警惕。"时下,洞庭湖区全面超警戒水位,湘、资、沅水水位稍有上涨,东洞庭湖仍维持高洪水位,防汛的形势依然十分严峻,决不能掉以轻心。国家气候中心预测,今年影响和登陆我国的热带风暴和台风数接近常年数稍偏多。盛夏(7—8月)我省天气受台风影响较大,湘南、湘东及洞庭湖区因受登陆台风影响,将发生暴雨大风,对洞庭湖堤垸造成很大威胁。省气科所的研究人员指出,今年夏季,我省可能出现中等程度以上的干旱,主要在湘中及其以南地区。因此,专家认为在搞好防汛的同时,部分地区还应做好抗旱工作。

 按　语

　　文章刊于《湖南科技报》1999年7月17日,署名维邦、肖祥、杨石莲。维邦即张邦卫的笔名,肖祥、杨石莲是报社的实习生。1998年的洪水,其势之猛、其水之大至今仍让人心有余悸,但1998年抗洪所形成的精神即所谓的"抗洪精神"却成为共产党精神谱系的应有之义。正是因为有1998年洪灾的前鉴,无论政府还是社会,不管是普通百姓还是媒体人员,都十分关注1999年的洪水,这也就是写作此文的初衷,即所谓"写百姓之所想,应百姓之所呼"吧。文章客观地写出了1999年湖南省洪水的现状,有点有面,有总有分,数据翔实,材料可信,也科学地分析了洪水的趋势及天气的预测。从整体上说,文章从某种角度给焦虑的社会、焦虑的读者一颗定心丸,也为全省从容应对洪水做了理性的铺垫。虽说天有不测风云,水火无情,但只要科学应对,至少我们可以依托科学的预见最大限度地减少洪灾造成的损失。三湘大地,四水之邦,年年有洪水,岁岁须抗洪,作为一个媒体人,写老百姓关注的新闻报道,也许是每一个媒体人所必须要有的职业素养吧!

科学家批驳"法轮大法"系列报道之一

"地球爆炸论"纯属无稽之谈

访湖南大学博士生导师许康教授

在李洪志的歪理邪说中,有一个最蛊惑人心的谬论,那就是"地球爆炸论",胡说什么地球即将爆炸,人类面临毁灭,而他则是操纵地球爆炸的主宰。针对这一胡言乱语,7月28日,记者走访了湖南大学的许康教授。许教授从科学的角度,淋漓尽致地批驳了李洪志的这一无稽之谈,认为这完全是疯人的呓语,"科盲"的胡诌。

许教授说,地球存在的时间大约有46亿年了,其间从未发生过爆炸。今天这个地球面貌,是经过地球内力和地球各层圈相互作用、客观演化而成的。许教授指出,从天文方面来看,有的星体会爆炸,但其爆炸的条件是其质量比太阳大得多。但按今天天文学的理论,太阳不会爆炸,地球更不会爆炸,因为地球本身并没有核燃烧的过程,地球的内部是高温的岩浆,连核燃烧的温度都没有达到,根本谈不上发生爆炸。所谓地球发生过两次爆炸,并即将发生第三次爆炸的说法,完全是骗人的谎言。

至于会不会有小行星来撞地球造成地球爆炸和人类毁灭,许教授自信地说:太阳系里确实有很多小行星,现在已经发现的不下10万个。这些小行星从理论上说有可能走到和地球非常接近,甚至相撞的地步,但这个概率是很小很小的。对记录在案的近地小行星进行观测分析,还没有发现任何一个小行星会在近期内撞击地球,而且这个近期是千年、几千年这个量级,所以这一代人完全不用担心,下一代人也不用担心。如果万一有小行星或彗星将与地球相撞,科学家也会依据现有的科学水平与技术事先预测出来,并进行精确计算,然后发射带核武器的飞船,将它炸到偏离地球的方向上去,不与地球相撞。

　　许教授坚定地说,地球的寿命还长得很。根据现代科学知识,地球所在的太阳系有几十亿年的历史,在宇宙中仍处于非常稳定的状态,怎么会马上爆炸呢? 除了距离很近的极少的流星能被地球吸引成为陨石以外,宇宙中无数的天体离我们远得很。地球上的生命物质由简单到复杂、由低级到高级的进化虽然经历了上十亿年,但人类的产生(从猿到人)还只有几百万年,人类的文明史还只有几千年,比起漫长的天体和地质年龄来说,还只能算刚开头,怎么就到了末日呢? 最后他总结说:"'地球毁灭说'荒谬至极,是没有一点科学依据的,纯属无稽之谈。"

 按　语

　　文章刊于《湖南科技报》1999 年 7 月 31 日。 这是一篇具有科普性的人物专访,是《湖南科技报》"科学家批驳'法轮大法'系列报道之一"。 曾几何时,"法轮功"蛊惑人心、甚嚣尘上,时至今日,虽经党和政府多次整顿,但"法轮功"仍在国外境外死而不僵,犹如跳梁小丑时时作祟。 由此可见,当时党和政府取缔"法轮功"有多英明,全社会批判"法轮功"有多必要。对此,我受《湖南科技报》社周末副刊部委派,专门采访一批有名望的科学家,通过大众化的言传身教,对"法轮功"的歪理邪说进行批驳,另外从《湖南科技报》的定位出发普及科学知识。 在当时,作为一名刚入职新闻行业的"新兵",采访知名的科学家许康教授还是有点惴惴不安的,但许康教授的和蔼可亲,至今依然让我感动。 从许康教授深入浅出的"传道布道"中,我们可以清楚地知道:歪理须用真理批驳,邪说须用真话批驳,谎言须用真言批驳。 在科学的面前,"法轮功"的头子李洪志不过就是一个跳梁小丑,他所炮制的所谓"大法"可以欺骗一些所谓"信众",但绝不可瞒天过海,欺骗所有具备科学常识的有识之士。 而如今,随着社会的进步、科学的普及,李洪志的歪理邪说不过就是一个大大的笑话,"法轮功"也不过就是过眼云烟,如此而已。

科学家批驳"法轮大法"系列报道之二

"生物进化论"不容篡改

访湖南师范大学生命科学院王身立教授

　　李洪志在其歪理邪说中妄谈生命起源,鼓吹人是"神"造出来的,否定了生物进化论,而胡编乱造了一套离奇、荒诞的"神造人"谬论。8月3日,记者采访了省遗传学会副理事长王身立老师。这位曾师从我国著名生物科学家谈家桢教授,在生物科学和遗传学上有一定造诣,出版了《控制论与遗传进化问题》《生物物理遗传学》和《广义进化论》等著作的老教授,对李洪志胡诌"神造人论"欺骗群众感到非常气愤。

　　王教授认为,生物界大量的事实都证实了达尔文等人的进化论学说——高级的、复杂的生物由较低级、较简单的生物进化而来,而较低级、较简单的生物又由更低级、更简单的生物进化而来。那么最低级、最简单的生物又是从何而来的呢? 这就是生命起源的问题。

　　王教授说,生命起源是一个漫长的过程。这个世界最初都是无机物,经过无数年的沧桑变化之后,才出现小分子的有机物,并由小分子的有机物不断聚合成大分子的有机物。在漫长的地质年代,一旦出现了一种具有复制能力又兼有催化活性的有机大分子,最简单的生命形式就出现了。近年来国内外的许多研究表明,具有复制能力和催化活性的 DNA(脱氧核糖核酸)可能是最早出现的生命分子,即起源时的生命形式。

　　在谈到人是如何来的时,王教授进一步解释说:由于生命分子的不断复制和催化,日积月累,形成了有机分子的体系。在这个体系中,衍生出细胞,便有了最早的单细胞生物。这些单细胞生物不停地分离聚合,形成了多细胞生物。而多细胞生物便朝三个不同的分支发展,即植物、动物、微生物。在动物这一支当中,进化趋势是从无脊椎动物向脊椎动物发展,再向两栖动物进化,如蛙类动物。而爬行类又分化为两支,即鸟类、哺乳类,从哺乳类动物中进化出灵长类动物。再经过数百万年的进化,才有了猿、古猿、类人猿、猿人、古人的生命进化,才有了人类的产生和繁衍。

因此,王教授认为,地球上有生命形式和人类出现,是经历了漫长的生物演化和进化过程的,是从无到有,从低级到高级再到更高级,不断演化发展的,其间经历了无数的步骤和年代。他指出,李洪志的"神造人论"是讲不通的。如果说人是"神"造出来的话,那么"神"又是从哪里来的呢? "神"又是谁造出来的呢? 李洪志连生物进化和生命起源是怎么回事都不知道,便妄言生命起源,真是痴人说梦,这纯粹只是一种骗人的把戏和伎俩。王教授坚定地说,科学的"生物进化"和"生命起源"理论是不容歪曲的。

 按　语

　　文章刊于《湖南科技报》1999年8月28日,署名张邦卫、杨石莲,杨石莲是湖南科技报社的实习生。 这是一篇具有科普性质的人物专访,是《湖南科技报》"科学家批驳'法轮大法'系列报道之二"。 当时,李洪志的"法轮功"歪理邪说,如所谓"神造人论"在蛊惑人心、贻害社会,任何一个有担当的媒体都应该站出来发言发声、传播科学。 对此,我受《湖南科技报》周末副刊部的委派,专门采访了湖南师范大学生命科学院的王身立教授。 王身立教授是国内在生命科学领域颇有造诣的专家,而且也是十分乐意在科普领域"燃灯点火发光"的学者。 在采访中,王身立教授认为,李洪志的"神造人论"是讲不通的。 如果说人是"神"造出来的话,那么"神"又是从哪里来的呢? "神"又是谁造出来的呢? 李洪志连生物进化和生命起源是怎么回事都不知道,便妄言生命起源,真是痴人说梦,这纯粹只是一种骗人的把戏和伎俩。 还是王身立教授说得好、说得到位,科学的"生物进化"和"生命起源"理论是不容歪曲的,这既是一针见血的科学立场,又是掷地有声的科学话语,科学的穹隆之下容不得歪理也容不下邪说,更容不得谎言骗术横行。 事实上,"生物进化论"已是常识,一个人想在常识上歪曲和胡言乱语并以此达到不可告人的目的,唯一自证的就是他自己的无知与无畏。 我们尊重科学家王身立,就必然鄙视"法轮功"李洪志。

科学家批驳"法轮大法"系列报道之三

走火入魔害苍生

访湖医附二医院精神卫生研究所刘哲宁博士

李洪志不仅妖言惑众,而且宣扬的"法轮功"由于缺乏科学基础,致使许多"法轮功"练习者出现精神障碍和精神分裂症状,俗称走火入魔或者偏差。我省几家大型精神病院就收治了大量因练"法轮功"而导致出偏的精神病人。为此,记者9月1日走访了湖南医科大学附二医院精神卫生研究所的刘哲宁博士。今年才34岁的刘博士在临床精神病学和临床心理学上有很深的造诣,而且有长期的临床经验,治疗了许多因练"法轮功"导致的精神病患者。

刘博士告诉记者,"法轮功"强调入静练习,即心中无物为虚,念头不起为静。练习者高度集中,意识范围缩小,大脑皮层处于广泛抑制状态,只有局部性兴奋点集中于"法轮功"的邪理歪说,于是就容易出现一些精神病理症状,例如幻觉、妄想、定向障碍、情感障碍和行为异常等。练习者对李洪志的那套深信不疑,并把李洪志奉为神明,痴迷于"法轮",臆想成仙得道和百病不侵,继续发展便成为精神病患者。

刘博士解释说,"法轮功"的练功方法采用了医学上的暗示手法,这实质上是一种类似于催眠术之类的东西。它可使练习者忘性、忘本从而达到被控制的地步。在催眠状态下进行暗示,一般来说,此时的练习者是无法抗拒的,会不知不觉地接受暗示的内容和思想,以李洪志的意志为最高指示,唯"李大师"的"马首"是瞻。对此,刘博士不无忧虑地说:"法轮功"不仅强调暗示,而且利用了感应效应的心理现象来进行集体练功、公开练功,讲究长期静坐、大声诵读、共同交流心得与体会等旁门左道,使他反科学的封建迷信思想被许许多多的"信男善女"广泛接受并奉为"法旨"。刘博士恳切地说:

希望社会各界认清"法轮功"利用催眠、暗示、感应和心理效应迷惑人民群众的鬼蜮伎俩和险恶用心，划清界限，并与之坚决决裂。

作为有丰富行医经验的临床心理学专家，刘博士告诉记者，一般来说，中"法轮功"之流毒较深的精神病患者都会有以下症状：出现错觉和幻觉，在思维方面会出现妄想和思维逻辑障碍，在情感方面会出现亲情丧失和表情失控，而且会执着于"法轮"，并出现行为障碍及做出一些异常的举止，没有自知力，等等。现在医院对这类精神病患者有药物治疗和心理治疗两种方法，例如服用氯丙嗪、奋乃静等，以及进行耐心细致的分析、解释、诱导、说服等科学的心理疗法。

最后刘博士忠告那些"法轮功"练习者，不信歪理，不信邪说，不拜骗子，抛弃"法轮"，那么大部分精神病患者和精神障碍者都会痊愈，否则害人害己害家庭更害国家。

✎ **按　语**

　　文章刊于《湖南科技报》1999 年 9 月 11 日，署名张邦卫、欧阳高飞。欧阳高飞是《湖南科技报》周末副刊部的记者，与我有校友之缘、同事之谊。这是一篇具有科普性质的人物专访，是《湖南科技报》"科学家批驳'法轮大法'系列报道之三"。该报道由欧阳高飞采访，由我改写编辑，故署两人之名，也算是一种合作之谊的见证吧。彼时，"法轮功"害人，一些被"法轮功"迷惑的"法轮功"练习者出现精神障碍和精神分裂症状，这已经成为一个不容小觑的社会痛点。当然，痛点的形成是因为"法轮功"练习者固执地迷信所谓"法轮大法"，这样破除偏执与狂热就显得十分有必要。对此，我们受《湖南科技报》周末副刊部委派，特意采访了湖南医科大学附属二医院精神卫生研究所的刘哲宇博士。在采访中，刘哲宇博士做了很好的病理性解释和科普性启智。可以说，行家出手，一针见血；专家诊断，一语中的。刘哲宇的忠告，即"不信歪理，不信邪说，不拜骗子，抛弃'法轮'"，更是十分难得的金石药方。总之，李洪志的"法轮大法"害人不浅，欺世盗名；刘哲宇的"精神疗法"毁人不倦，医者仁心。

"入世"将给百姓带来什么

1999 年 11 月 15 日,中国与美国就中国加入世界贸易组织(WTO)达成了双边协议,从而为中国"入世"扫清了最大的障碍,使中国加入 WTO 的进程迈出了重大的一步。乐观地估计,1999 年底至明年上半年,中国将成为 WTO 成员。那么,中国"入世"后,会给百姓的生活带来哪些影响呢?

就业:每年可增加 1000 个岗位

据有关部门预算,我国加入 WTO 将使我国的国内生产总值(GDP)增加 2.94 个百分点,这意味着,我国将增加 2000 多亿元的产值;而 GDP 每提高一个百分点,可带来 400 万个就业机会,总计约 1000 万个岗位。显然,WTO 在冲击国内市场的同时,也同样给百姓带来了就业的希望。但由于"入世"后对从业人员的技术水平、文化水平提出了更高的要求,故从业者素质和从业机会呈正相关,有喜有忧,苦乐参半。

农业:鸡鸭鱼肉果贱卖,粮油棉麻茶赚钱

根据已签的农业协议,我国农产品关税将从现在的 45％,至 2004 年降至 17％。仅小麦一项美方每年会增加 300 万吨对华出口,这将使我国麦农损失 54.6 亿元人民币。国外价廉物美的农产品对中国市场构成极大的挑战,尤其是肉类产品、禽类产品和水果产品;另外一类可能是饲料业,国外的饲料会部分代替国产饲料。我国的优势产品如茶叶、棉、麻等,加入世贸组织将会有更大的市场。

电信:垄断经营终结,资费有望再降

允许外资在所有电信行业中占 49％的股份,2 年后可达 50％,这意味着

外资进入中国电信服务业已是必然。届时,电信价格不得不大幅调低,特别是服务费、手机价格、通讯入网费、初装费等,百姓可从中获益。

汽车:私家车,梦可圆

汽车关税到 2006 年降至 25％,汽车行业可能是受冲击最大的行业之一。据测算,目前,我国轿车价格比国际市场轿车价格要高 200％—400％。而车价高低是影响购车的决定性因素。由于国际市场轿车价格只是国产轿车的 1/3 到 1/4,即使加上 25％ 的关税,价格仍大大低于国产车,而且在质量、款式和安全性能方面也有很多优势,加之社会生活水平的提高、交通规费的下调,在不久的将来,轿车进入寻常百姓家将不再是"望梅止渴"了。

纺织:首尝甜果

纺织品是我国最大的出口顺差产品。由于纺织品是劳动密集型产品,我国出口存在不少优势。据估算,一旦中国加入 WTO,2005 年后纺织品出口将获得比现在多出不少的世界市场配额。

服装:名牌洋服,普通行头

"入世"即意味着贸易自由化的到来,这会导致服装进口剧增,从前上万元的名牌洋服,价格也会大大降低,老百姓有了更多的选择,像香奈尔、阿玛尼、拉尔夫·劳伦、皮尔·卡丹等这样高档的名牌洋服,将会为更多的国人所拥有,成为大众化的行头。

家电:进口国产都实惠

近年来,中国的家电行业正逐步收复一度被洋货占领的国内市场。但中国加入 WTO 之后,国产家电品牌的价格优势可能会被削弱。这时,国外产品在质量上的优势就会弥补价格上的劣势,对国内产品重新构成威胁,消费者可从中得到更多的实惠。

电脑:搬进寻常百姓家

在失去关税保护之后,跨国电脑品牌可以迅速改变在人工成本上的不利竞争地位,利用中国低廉的人力资源,在硬件上获得显而易见的综合竞争优势。而对于电脑软件企业来说,更是一个机遇,国内的软件市场会给他们提供巨大的发展空间。同国外软件公司相比,中国公司在人力资源成本的优势是明显的,可以放手与国外企业同行竞争。所以,今后的日子,无论是硬件还是软件,我们都可以用到最好的电脑。

医药:好药易得,新药频出

我国医药产品的弱点是缺乏开发新药的能力,主要优势是成本优势。随着加入 WTO,医药产品的进口关税将降低,并且限制放宽。另外,加入WTO 意味着扩大对知识产权的保护范围,国内医药企业不得不向国外医药公司支付巨额的专利费来获取技术。这样内外竞争激烈,许多新药、好药将频频面世,先进的医疗器械不断更新,而且价格不会太高,老百姓获利多,延年益寿不是奢望。

化工:洋货满神州

近几年来,我国化工产品一直存在贸易逆差,主要的逆差产品有纸制品、化肥、漆料以及橡胶制品等。中国加入 WTO 后,对化工类上市公司的影响是多方面的。一方面,国外的产品将由于关税降低而进一步挤占国内市场,特别是石油化工、纸张等;另一方面,对于主要原材料依赖进口的公司来说,中国加入 WTO 将降低它们的生产成本。

金融保险:兑换外币自由,投保索赔更规范

根据协议,我国将在 2005 年之前,允许外商独资银行经营银行零售业的全方位服务业务,并开办人民币业务,允许外国保险公司拥有 50％的股份,允许外国银行为中国用户提供购车贷款。保险市场的开放,对众多的投保者来说,无疑是多了更广阔的选择,我国的保险业无论从条款设置、从业人员素质、后期索赔等来看,都与世界保险业有不少差距。但是,如果外国公司也加入我国的无序竞争行列,也可能为投保人带来无法预计的损失。

商业:外资零售业抢滩

在中国"入世"后,外资零售业将大幅度抢占国内市场,商品零售的差额利润将会有所下调,这对普通老百姓的日常生活来说,无疑既方便又实惠。

当然,"入世"的影响,不可能是立竿见影的,而是长远、渐进的。换一句话说,中国加入 WTO 对中国百姓的影响可能要到 10 年、20 年之后才能看

得更清楚、更实惠。总的说来，由于中国政府坚持以发展中国家的身份参加WTO，而且对粮食、棉花、油料、糖、化肥等重大的事关国计民生产品的专营权没有放开，中国"入世"对百姓有利有弊，但利大于弊。

 按 语

　　文章刊于《湖南科技报》1999 年 12 月 2 日，署名张邦卫。 这是一篇关于"入世"的深度报道。 毫无疑问，1999 年的"入世"，对中国来说确实是一件大事。 对这样一件大事的报道，《"入世"将给百姓带来什么》摈弃了众多主流报纸的宏大叙事，而是从市场变化、百姓关切的生活叙事来透视"入世"对普通老百姓的影响。 从理论上说，一篇好的深度报道，可以从国家立场出发，也可以从人民立场出发，但无论如何都需要抓住读者的关切和受众的期待。 单从这一点来说的话，《"入世"将给百姓带来什么》诚然是做到了，既抓住了社会热点，又抓住了百姓要点。 文章以"入世"为视点，十分细致地剖析了"入世"将给普通老百姓带来的影响。 既有微观的具体分析，包括就业、农业、电信、汽车、纺织、服装、家电、电脑、医药、化工、金融保险、商业等，预判定论确实理性科学；也有宏观的整体概括，即文章中所说的"中国'入世'对百姓有利有弊，但利大于弊"，预测结论客观中允。"入世"，给中国及老百姓带来了机遇，也给中国及老百姓带来了挑战。 20 多年来，中国以"入世"为契机，快速跃升为世界第二大经济体，老百姓的生活质量蒸蒸日上，不能不说与我们当年苦心孤诣的"入世"密切相关。 所以，"入世"是一种思想，是一种方略，是一种行动，是一种精神遗产，需要我们在从"富起来"到"强起来"的新时代语境中赓续珍重。

法制故事

第四辑

报错密码遭殴打　省长批示给说法

今年 10 月 18 日,长沙电力学院中文系本科生祝某某从系主任谌教授手里接过中国建行长沙市支行金盆岭分理处的 3000 元医疗费时,禁不住泪流满面。至此,一桩持续了几个月未获处理的大学生被银行保安人员殴打事件在学校老师们的多方努力下终于讨回了公道。

今年 5 月 30 日,古城长沙已是热浪袭人。来自湖南耒阳的中文系大四本科生祝某某在一同学的陪同下,到学校大门左侧 10 米左右的建行金盆岭分理处取款。他用的是储蓄龙卡,当银行职员要求他输入密码时,他弄错了密码数字。此时,银行职员十分警惕地询问龙卡户主姓名,他鬼使神差地说是"李某某"。

由此,银行职员便武断地认为祝某某为冒领者,欲没收其龙卡。祝某某马上纠正过来,但与银行职员发生了争执。过了 10 多分钟,从营业厅外走进了 2 名押运运钞车的保安人员,简单地问了一下情况,不分青红皂白,便对祝某某挥拳乱打,并强行拉祝某某,欲将其关进运钞车,祝某某奋力挣扎,身上落下了许多伤口。15 分钟后,学校保卫处的领导在接到同学的报案后赶来出面调停,祝某某才未被押走。半小时后,学校保卫处会同中文系有关老师和同学证实了祝某某的身份,并确证了龙卡密码,2 个打人的保安才骂骂咧咧地扬长而去。

由于祝某某本来就有间歇性精神病,加之受此意外刺激,其旧病复发。当天晚上,他被老师和同学们送到湖南省精神病医院控制治疗。2 天后,情况有所好转,转院到湖南省中医学院附一医院治疗伤口。在 20 余天的住院期间,由班主任王老师、学生干事秦老师陪同请有关部门做了法医鉴定。6 月 10 日,中文系和保卫处有关领导向银行交涉,银行未予理睬,并称不负任何责任。

祝某某在医院住了 28 天才痊愈,花费了很大的一笔医疗费,其家人也从千里外来长沙探视。加之不能参加期末考试,以致 7 门功课不得不申请缓考,给祝某某在物质上、精神上、学业上造成了很大的损失。因此,祝某某本人及其家人、中文系、保卫处都分别以不同的形式、渠道与银行负责人磋商,均未得到圆满答复。

7 月 18 日,中文系和保卫处经学校有关领导同意,上书湖南省高教工委,教委十分重视,并上报省里有关领导。省长就此事做了专门批示,有关新闻媒体也欲报道此事。在这样的外部舆论压力下,2 名打人者才不得不向当事人赔礼道歉,金盆岭分理处才把事先议好的 3000 元医疗费交到中文系主任手里,但这已是 10 月 18 日了。

 按　语

文章刊于《深圳法制报》1998 年 12 月 22 日。 这是一个发生在我身边的新闻故事,当时我正在长沙电力学院中文系当老师,从某种角度说,主要当事人祝某某是我的学生,其他当事人如谌老师、王老师、秦老师均是我的同事。重拾此文,我既备感气愤,也备感亲切。 气愤者,乃是有权任性的银行相关职员;亲切者,乃是护犊情深的学校相关同事。 事实上,曾经一段时间,有些单位确实存在所谓"门难进、脸难看、事难办"的乱象,像银行这样的服务部门不好好搞服务,而是滥用不问青红、不分对错的暴力,确实让人寒心,最让人寒心的是,明明是错了,还死硬到底,既不主动认错,也不主动纠错。试想一想,如果不是省长给了批示,只怕当事银行还是会置之不理、弃之不顾的,甚至可能会以扰乱秩序之名给受害学生安上种种不是的帽子。 当然,值得欣慰的是,学校一方不畏强权,据理力争,多方斡旋,终于守得云开雾散、春暖花开,还了受害人一份迟到的尊严与尊重。 从这一点来说,长沙电力学院中文系的老师是值得尊敬的,因为他们时时刻刻把学生的事放在心上、护在手里,毕竟教育不仅仅是传授知识,它更多的是要传递责任与传承慈爱。

一个大学生的沉沦

去年 12 月份,湖南长沙的高校间传开了一个令人震惊的消息:长沙交通学院本科生李某因持刀抢劫自己的师母被警察抓了!

李某,22 岁,男,山东人。1994 年,家住山东农村的李某,凭着农家人的勤奋跳出了"农门",考入长沙交通学院。初进大学校园,李某挺积极,深得同学和老师的信任。后担任系学生会干部,工作扎实,主动负责,有很好的口碑。

然而好景不长,那种大学校园生活的神秘感和新鲜感消失了,"60 分万岁"和"混文凭"的念头左右了他,他开始放纵自己,开始逃课,即使偶尔去上课,不是睡大觉,就是看小说,一有空便钻入电子游戏室、录像厅、溜冰场,玩得天昏地暗。第一学期结束,李某 4 门功课不及格。第二学期,他不但不警醒,反而依旧我行我素,恶习不改,结果又有 2 门功课补考。1995 年下学期,按有关规定,李某留级,但他仍不重视,照常出入电子游戏室、录像厅、溜冰场,并与同班同学刘某谈起了恋爱。其间还一个人在无聊困惑苦闷至极时去火车站广场企图嫖娼,由于经济因素未遂,回校翻墙时被保卫人员发现,他做了书面检讨。1997 年上学期,他又有 6 门功课要补考,学院通知他再次留级,他萌生了不读书的念头。后其父不远千里来校求情,李某才得以继续跟班试读。

此时的李某眼里只有一个"钱"字,认为读书没有用,在学校里学不到什么知识,与其耗在学校,倒不如去打工实惠。去年 6 月 25 日,他退学回家,谎称已毕业。20 多天后,他决定到长沙找有关老师办身份证和结业证书,并寻找打工机会。他在学院附近某酒店帮工,晚上睡在店内的长椅上过夜,但薪水不高,身上亦没有什么积蓄。8 月初,他 2 次向系领导求情办证被拒绝。8 月 13 日晚,怀恨在心的李某携水果刀来到系领导家。男主人已去西安,只剩妻子汤老师在家。汤老师婉言解释,李某无奈悻悻而归。40 分钟后,李某再次敲开汤家铁门,并顺手把门关紧,向汤提出借钱,汤不肯。借不到钱的李某把平时的怨恨全部发泄出来,凶恶地持刀逼向汤,汤吓得瘫在沙发上,李某在不断的恫吓中贪婪地抢走了汤家中仅有的 250 元现金,并搜出了一张存折和一个金镯子。次日晨,李某又持刀威胁汤取出存折中的 9500 元。从银行出来后,李某又挟持汤,送至涂家冲一条偏僻小路才放汤走。之后,做贼心虚的李某逃往重庆,将金镯送给女友刘某。在渝花天酒地、灯红酒绿 10 多天后,8 月 30 日,李某返回长沙,在下车时,袋中的 5000 元现金全部被扒。他又变得身无分文了,整天东游西荡,并多次打恫吓电话向汤借钱,以致汤一听到电话铃响就害怕。11 月 28 日,忍无可忍的汤和其丈夫向金盆岭派出所报案。派出所经过明察暗访和严密监视,于 29 日下午 6 时,将李某抓获。

一宗持续了几个月的持刀抢劫案终于水落石出。李某也受到应有的惩罚。一个很有前途的大学生沦落为受人唾弃的阶下囚,一个学生把刀架在自己师母的脖子上并抢走教书人含辛茹苦的积蓄,一个为师者却对恶一忍再忍,这一切不能不令人深思。

按　语

文章刊于《深圳法制报》1999 年 1 月 29 日。这是一个真实的故事,确实让人唏嘘不已。写作此文有两个缘由:一是我当时正在长沙电力学院中文系教书,与长沙交通学院毗邻,仅有一道围墙相隔,这也就是后来长沙电力学院与长沙交通学院合并为长沙理工大学的地理便捷优势,当然还有最主要的学科专业互补优势,当时听到李某持刀抢劫的事,心中不免一颤,确有一种心悸的感觉,心里想:现在的学生都怎么了?是一个人的沉沦还是一代人的沉沦?天之骄子何以成为阶下囚?为师者何以对恶一忍再忍?我们的大学教育到底出了什么问题?由于有这样许多的困惑,就有了写一个故事让更多人知晓的冲动。二是我在云南大学中文系的硕士师兄吴剑林先生彼时恰在《深圳法制报》做记者,在纸媒繁荣的 20 世纪 90 年代,高质量稿件的需求量还是蛮大的,在一次电话交谈时,他极力鼓励我把李某持刀抢劫的新闻写出来,他们报纸不仅可以刊发,还有一定的稿酬奉赠,这样也就坚定了我写作此文的决心。值得一提的是,《一个大学生的沉沦》只是一个个案,但这个个案所折射出的大学教育之病与社会之病还是颇让人深思的,包括教育管理、培养模式、师生关系等;《一个大学生的沉沦》的写作也使我再次与《深圳法制报》结缘,后来《深圳法制报》并入《深圳特区报》。时至今日,我仍经常浏览《深圳特区报》,也许就是所谓的情有独钟吧。

凶徒闹市杀人　竟然扬长而去

人们一方面抱怨社会治安的恶化,一方面又不愿或不敢为打击违法犯罪尽一份力,而是用自己的麻木与躲避去容忍甚至怂恿作恶者的猖狂与嚣张——

血溅闹市

在湖南省桂阳县樟市镇,1999 年 1 月 26 日(农历腊月初十),恰逢当地赶集。由于年关逼近,四乡八镇的乡亲前来采购年货,商贩们也特别卖劲地叫卖,整个集市洋溢着一种繁闹、祥和之气。

然而这种祥和之气却被随之而来的血淋淋的杀人场面冲淡了许多。

当天下午,樟市镇市场管理会的工作人员王某某独自向各摊贩收取管理费,才收了六七家,正准备收第八个摊子的摊位费时,一个穿着皮夹克的青年猛地闯进来,和王某某像老友重逢般地抱在一起,并使劲拉着王某某往旁边拽。双方都没有说话,来到菜场一个人相对较少的角落,那青年从夹克内掏出一把尖刀朝王某某的心脏、身上、太阳穴猛刺,王某某大叫几声,顿时倒在血泊之中,不省人事。当时有许多围观群众,竟无一人出来制止和阻拦,歹徒从容逃走。由于刺中要害,并且大量流血,年轻的市场管理员含恨死在现场。

铁拳出击

当看到王某某已死,围观者似乎动了恻隐之心,便拨通了"110"。县公安局局长邓晓辉获悉歹徒闹市持刀杀人,十分愤怒,当即命令主管刑侦工作的副局长邓朝富、刑侦大队长赵德中率领 10 多名民警火速赶赴现场。抵达事故现场后,民警兵分两路,技侦人员进行现场勘查,一队进行调查取证。

在尸检的同时,民警们对市场上所有在场的群众进行了细致调查询问。然而,令人吃惊的是,大多数群众都说不认识凶手,连一些在场目睹了杀人经过的人都说自己不在场,更有甚者对民警们的上门访问避而不见。由于现场群众的不支持,也由于现场未留下有价值的证据,缉凶工作几乎陷入了僵局。

无奈悬赏

深夜,县公安局局长邓晓辉、副局长邓朝富与专案组成员们挑灯研究案情。大家一致认为:案发现场肯定有认识凶手的人,只是慑于凶手的淫威而不敢指证,怕遭报复。而且凶手与死者应是相识的,可能有些过节,属于那种横行乡里的地痞烂仔之流。会议决定,应耐心地做好对群众的说服工作,并对提供线索的人予以奖励和保密。

第二天,专案组成员风尘仆仆赶到樟市镇继续进行调查取证,并发布悬赏通报。也许是重赏之下才有"勇夫",几个小时后,有人向专案组提供了凶手的线索。原来事发当天,有人碰见当地有名的烂仔侯某某,见其裤子沾满了鲜血,搭着另一名烂仔侯某平的摩托车急匆匆地朝樟市乡梅塘村驶去。经过民警们一个上午苦口婆心的说服工作,一些群众也向专案组确证了杀人凶手就是侯某某。

法网恢恢

一切都真相大白了。专案组马上在全县范围内进行了布控,并迅速摸清了侯某某的社会关系和有可能藏匿的地点。1 月 27 日深夜时分,在侯某某的哥哥家将其一举抓获。在大量的证据和无可抵赖的证言面前,侯某某交代了他的犯罪事实。

原来,1998 年 7 月,死者王某某与歹徒侯某某因一小事发生纠葛,继而斗殴。当时王某某曾打断了侯某某一根肋骨,侯某某住院治疗,用去医疗费2000 多元。出院后,侯某某多次找王某某赔偿医疗费用均遭到断然拒绝,遂萌生报复恶念。1 月 26 日上午,侯某某怀揣尖刀冲向正在市场收摊位费的王某某,见王某某不理不睬,便二话不说,掏出尖刀朝王某某刺去并致其死亡。

俗话说:"法网恢恢,疏而不漏。"等待杀人凶手侯某某的将是法律的严惩。然而,围绕这宗杀人案件侦破过程中的曲曲折折,却不能不引起人们的深思。

 按　语

　　文章刊于《深圳法制报》1999 年 5 月 7 日。 这是一个颇耐人寻味的新闻故事,故事很简单,无非杀人、侦破、抓获,但是杀人现场群众的冷漠旁观及侦破调查过程中周围群众的怯弱躲避,特别让人痛心焦虑。 曾经的农村,流氓烂仔嚣张一时,村匪乡霸趾高气扬,一般群众唯有忍气吞声、唯唯诺诺。这就是文章题首所写的“人们一方面抱怨社会治安的恶化,一方面又不愿或不敢为打击违法犯罪尽一份力,而是用自己的麻木与躲避去容忍甚至怂恿作恶者的猖狂与嚣张”。 诚然,作恶者是令人不齿的,也是需要严惩的,但是容忍作恶者的作恶也同样是令人痛心的,也是需要批评的。 任何时代,恶都不会自行退去,唯有人人都能担起除恶的义务,才能共建共享清朗乾坤。 现如今,中央部署的扫黑除恶专项斗争深入推进广大农村地区,流氓烂仔、村匪乡霸等作恶者已无立足之地,旁观者已苏醒,怯弱者已挺直腰杆,相信乡村振兴必将是全方位振兴。

轰隆一声震天响，又有数条生命灰飞烟灭。烟花、爆竹在给业内人员带来就业机会和大把钞票的同时，也让不少家庭付出了惨痛的代价。人们不禁要问——

炸死的冤魂该找谁算账

惨不忍睹　非法生产遭噩运

8月28日，对于全国闻名的"花炮之乡"——浏阳市人民来说，是一个令人心寒的日子。这天下午1时30分，浏阳市荷花街道办事处净溪村村民刘某文家发生了一起特大花炮爆炸事故，炸死7人，炸伤1人，炸毁两层楼房1栋。恐怖的硝烟还没有散去，几个小时后，该市大瑶镇棠花村前屋组又响起了爆炸声，村民邱某纯在家生产花炮时发生爆炸，当场炸死2人，重伤5人（到记者发稿时为止，又有4名重伤者死亡），炸毁房屋3间。

9月2日，记者在浏阳市了解到，2起特大爆炸事故均是非法生产、盲目蛮干造成的。在出事地点，记者向村民打听到悲剧发生的经过。

刘某文自己在外面从事路桥工程承包等，其在家非法生产烟花之事由其父刘某根打点。在事发的前一天，刘某根非法购进花炮原材料亮珠若干。8月28日，他便在自家一栋漂亮的两层楼房里组织生产花炮。刘某根、刘某波（刘某文之弟）父子同雇工们在一起有说有笑，谁也没有意识到一场巨大的灾难就要吞噬他们的生命。下午1时30分，不知是谁不小心，弄出了火花。霎时，堆放在一旁的花炮成品被引爆。在"劈里啪啦"声中整栋房屋成了一个大型的"火药桶"，人员都未来得及逃跑，整栋楼就在"轰隆"声中塌了下来，升起一团浓黑的烟雾。刘某波虽然离门近，反应快，然而被花炮灼伤全身的他还是慢了一脚，被炸飞的水泥预制板活活压住，不能动弹。

待村民们闻讯赶到现场时，除刘某波被压在水泥板下幸存外，其父刘某根及其他6人当场死亡。一栋钢筋混凝土的两层楼房被强烈的爆炸冲击力炸成废墟，炸飞的家具、衣物满地都是。

记者在浏阳市人民医院烧伤科见到受重伤的刘某波时，只见他全身裹满白纱布，正在进行高压氧治疗，露出的头部被烧得炭黑。据该院烧伤科主任刘医生介绍，病人烧伤面积达98％，初步认定为3度烧伤，目前尚未度过危险期。

在棠花村，村民邱某纯、邱某江和坳下棚村黄某求3户合股办起了非法生产亮珠的作坊。8月7日，该户曾被大瑶镇安全办查封，当场倒掉药物40公斤。但邱某纯等人于8月27日又擅自启封进行生产，把国家法令、人民安全等置之脑后。28日上午，由于原材料存在质量问题，在生产过程中出现发热等危险情况，邱某纯等人遂停止作业。可到了下午，邱某纯又心存侥幸，组织生产。谁料下午6时许，邱某纯在操作摇罐时发生爆炸，惨剧终究酿成。药房爆炸产生的火花迅速地飞向10米开外的库房，爆炸声接连不断，3间房屋被炸毁。邱某纯的女婿夏某梅及夏2岁的女儿当场被炸死。从熏黑的事故现场，记者看到周围的水稻全被烘得枯黄，河边的大树也被熏得枝叶枯死。

事故频发　饮鸩止渴太荒唐

逝者长已矣，追悔也难复其生。但记者在棠花村看到，许多非法的花炮生产作坊仍散布在田间陌头。这不禁让我们心情更加沉重。

生产烟花爆竹的基本原料是氧化剂或可燃、易燃、自燃的物质，与其他药物接触，都有可能变成爆炸性混合物。因此，我国对烟花爆竹的生产、运输、经销、使用都有严格的规定。其中首要的就是烟花爆竹行业必须持证生产（爆炸物品安全生产许可证、乡镇企业爆炸物品准产证、工商营业执照），三证缺一不可，否则视为非法，坚决予以取缔。但近年来，在烟花爆竹生产的高额利润刺激下，许多人不惜拿生命当儿戏，大肆非法生产烟花爆竹，以致爆炸事故频繁发生，不仅自己人财两空，而且往往还不同程度地殃及一些无辜者。据有关部门调查，烟花爆竹事故90％源于非法生产。

在浏阳市采访时记者发现，虽然几天前接连发生的2起爆炸事故让10多人命丧黄泉，但许多人并没有从中汲取教训。他们为了钱，为了快速致富，还在继续进行着这种饮鸩止渴的危险游戏。有关部门虽然采取了扫荡式的清理行动，但仍有一些村民我行我素，他们有的就在家里办作坊，一边是孩子做作业，一边却是非法加工烟花爆竹；非法生产者既没有安全措施，也没有安全知识,完全是采用一种原始落后的方法进行加工生产,大有一副"视死如归""死而后已"之势,令人可怜又可怕。

再者,我们的管理还存在着一些不足之处。在浏阳市,爆炸物品原材料经营部门多,销售十分混乱。在某些经销门店,可以不出示任何合法证件即可批量购买生产烟花爆竹的各种原材料。记者从大瑶有关部门了解到,镇里曾多次对邱某纯等非法生产进行打击、查封,这次发生事故是他自己擅自启封造成的,后果只能自负。但在事发现场不远的地方,多处非法生产花炮的个体作坊,依然在进行生产。非法生产而遭查禁者并没有受到从严的处理,仅凭一张封条是无法阻止见利忘"命"者的。

省安全生产委员会委员徐福祥指出,当前我省烟花爆竹行业事故频频,给人民生命财产造成巨大损失,因此,加大安全监督检查力度势在必行,关键是要从源头抓起,控制花炮原材料的合法购销渠道。

在此,我们也奉劝广大农民朋友一声,为了我们最宝贵的生命,停止这种非法生产烟花爆竹的危险行为。

附:近 2 年重大烟花爆竹爆炸事故一览(背景资料)

1998 年 1 月 5 日,浏阳市文家市镇苍前村一鞭炮作坊发生爆炸,19 人死亡,6 人重伤,轻伤 22 人,直接经济损失约 98 万元。

1998 年 8 月 24 日,祁东县洪桥镇刘某福家生产鞭炮时爆炸,死亡 4 人,重伤 1 人,轻伤 6 人。

1998 年 10 月 3 日,新邵县崔塘镇柳塘村曾某祥家称氯酸钾时掉了一块在地上,起火爆炸,业主妻子和 5 名小学生被炸死。

1999 年 1 月 10 日,桃源县剪刀镇岩板滩村涂某军家鞭炮爆炸,炸毁楼房 1 栋,损坏邻居楼房 2 栋,死亡 8 人,伤 4 人。

1999 年 1 月 16 日,临澧县九里乡花炮爆炸,死亡 7 人,伤 2 人,直接经济损失 17.6 万元。

1999 年 2 月 3 日,浏阳市荷花办事处马塘村易某富家花炮爆炸,死亡 5 人,伤 3 人。

1999 年 4 月 3 日,宁乡县双岛铺镇新元村江某斌家发生花炮爆炸事故,死亡 9 人,重伤 2 人,其中有 4 名是在校学生。

按 语

　　文章刊于《湖南科技报》1999 年 9 月 16 日，署名欧阳高飞、张邦卫。这是一篇关于非法生产烟花爆竹而酿成重大伤亡事故的深度报道。烟花爆竹，从某种角度说，是湖南省的一个特色产业，"浏阳烟花"还是驰名海内外的品牌。然而在 20 世纪 90 年代末，利益的驱使以及市场管理的不规范、不到位，让许许多多非法生产烟花爆竹的家庭式作坊遍布农村，这就成了最大的安全隐患。重大伤亡事故屡屡发生，不仅发生在"花炮之乡"浏阳，而且发生在湖南省各地。烟花、爆竹在给业内人员带来就业机会和大把钞票的同时，也让不少家庭付出了惨痛的代价。不能不说，非法生产烟花爆竹，虽然能赚快钱赚大钱，但却是时时与爆炸谋皮、与伤亡共舞。一个没有安全意识、安全措施、安全机制与安全保障的家庭式作坊，随时随地都有可能家毁人亡、人逝楼毁、一无所有。诚如有人说的，钱赚到了，人没有了，一声爆炸又回到了赤贫如洗的解放前，真的是得不偿失、竹篮打水。所以，安全生产刻不容缓，安全监督时不我待。逐利本无可厚非，致富也是情有可原，但烟花爆竹产业不是一般的产业，必须建立在安全生产的强大基石之上，野蛮式生产只会让整个产业蒙上阴影和蒙受损失。死者可怜，但也可悲，但更可怕的是血淋淋的爆炸事故依然难以唤醒后继者的以身试炸。烟花爆竹虽值钱，但生命更可贵，非法生产烟花爆竹必须整顿。整顿之路，既在非法生产者的脚下，也在政府管理者的手中。我们永远不希望听到任何楼毁人亡的爆炸声响，毕竟炸死的冤魂已经太多太多了。我们永远不希望看到绚烂的烟花之下无数血肉模糊的尸体。总而言之，安全之上，绚丽多彩才有价值；安全之上，璀璨怒放才有意义。

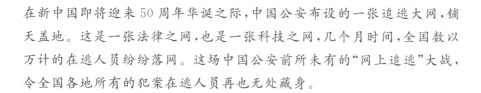

在新中国即将迎来 50 周年华诞之际，中国公安布设的一张追逃大网，铺天盖地。这是一张法律之网，也是一张科技之网，几个月时间，全国数以万计的在逃人员纷纷落网。这场中国公安前所未有的"网上追逃"大战，令全国各地所有的犯案在逃人员再也无处藏身。

逃犯：叫你插翅难飞

电脑＋光盘＋网络＋悬赏：前所未有的追逃行动

9 月 5 日晚，辽宁籍杀人犯罪嫌疑人柳某某怎么也没有想到，自己逍遥法外长达 5 年之久，终究还是在"网上追逃"专项斗争中落网。

当日下午 3 点，柳某某因喝酒过多，为了一点小事与在长沙的同事发生争执并打了起来。而且柳某某还用菜刀向同事连砍数刀。事情发生后，周围群众立即向"110"报了警，"110"巡警很快赶到现场将柳某某当场抓获。

审讯中，巡警们把"柳某某"这个名字输入电脑的"在逃人员信息管理系统"查询，没想到柳某某竟是重大通缉犯。原来此人是 1994 年在辽宁省营口市杀人后潜逃了 5 年的案犯。

这就是"网上追逃"的威力！

所谓"网上追逃"，就是各级公安机关将所在地的在逃人员信息进行采集、整理后填入公安部统一印制的表格中，最后将资料汇总到公安部"在逃人员信息系统"中，由公安部制成数据库，简称"网上追逃"系统，全国任何一地的公安人员通过公安计算机网络就可随时进行查询。同时，公安部还将全国所有在逃人员资料制成了 3.6 万套光盘，下发各地基层派出所、刑警队和监管场所以供核查、比对。这样，在逃人员不管躲到哪里，都"网上有名"，只要被公安部门发现，都能在网上查出他的来龙去脉。

据省公安厅刑侦局介绍，"网上追逃"在国外早就运用了，随着我国电脑、网络的应用和普及，运用联网的电脑辅助追捕犯罪人员有很多传统追逃方式无法比拟的优势。比如，过去在甲地作案的罪犯逃到乙地，待甲地公安干警追到乙地，罪犯可能又逃到了丙地。办案人员追着逃犯跑，不仅花费巨大,而且因不了解当地情况,效果并不理想。开展"网上追逃"以后,各地公安有机地连成一个整体,过去的异地抓捕一下子变成了现在的就地抓捕,从而大大提高了追逃效率。从7月1日至9月7日,我省共抓获各类在逃人员4334名,其中利用电脑联网抓获的逃犯就达2098名。

9月7日下午,记者在省公安厅采访,只见有关办公室的电话和传真机响个不停,不断有全省各地的公安机关发来的追逃捷报。工作人员更是忙得团团转,收发传真、记录和统计数据、上网比对逃犯信息……

网上追逃,疏而不漏

由于网上追逃彻底打破了旧的时空观念,全国布下的是同一张追捕网,钢绳一拉,逃犯尽在网中,插上翅膀也飞不出去。

在7—8月份的2次网上追逃行动中,我省的公安人员对外来人口和暂住人口进行全面清查,对旅店、宾馆、贸易市场、工矿企业等复杂场所的住宿、经商和打工人员组织专人进行了流动查询,使在逃人员无藏身之处。记者在长沙市公安局刑侦办公室了解到,全市仅仅在2次大规模的清查行动中,就抓获在逃人员160多人。湘潭市公安局针对该市高新区宝塔辖区外来人口多、人员复杂的特点,于7月29日晚组织专人对该地区进行了重点清查,对查获的嫌疑对象进行网上查询比对,当场就查出网上逃犯5名。

在长沙市东屯渡派出所,负责同志介绍说,派出所已将管区内的暂住人口身份资料输入电脑。8月9日下午,所里一名民警在对输入的暂住人口信息进行检索时,发现租住在马王堆新合村9组的邓某某系湖北省恩施市公安局批捕在逃的重大案犯。所里随即组织专人对邓某某进行调查和追踪。8月10日晚11时,行踪诡秘的邓某某在民警面前束手就擒。

浏阳籍的越狱在逃人员骆某,也是公安人员从网上追逃系统中网出的一条"大鱼"。骆某过去在当地一直表现不好,自从我省的网上追逃行动发动以来,有民警发现他一连数日躲躲闪闪,不敢露面。这引起了民警的警觉。浏阳市刑侦大队遂将骆某的个人特征信息输入电脑进行网上检索,结果发现,骆某原来竟是一名网上在逃人员。1993年,骆某因抢劫救灾物资被判刑,在广东某监狱服刑期间越狱逃脱。一天中午,10多名公安人员把正躺在家中睡午觉的骆某逮个正着。

最大的"江洋大盗"也落网中

部督在逃犯周某,已在逃6年,算得上在逃人员中的"老大哥"了,逃亡经验丰富,但这一次还是没有躲过。

1993年8月7日,周某伙同另外5人身带斧头和水果刀,搭乘长沙到宁乡的一辆客车,当车子开到319国道养鱼塘地段时,6名歹徒一齐从身上抽出凶器,劫走了一乘客的密码箱,密码箱内有BP机63只,价值4.6万余元。案发后,已有4人被缉拿归案,其中2人判死缓,2人判无期,但抢劫头子周某却逃脱。今年7月底,宁乡县梅家田派出所接到群众举报,周某已潜回老家,当晚睡在自家二楼的房中,便派干警将其抓获。周某万万没有想到的是,6年了,公安人员还没有忘记他。

在7—8月份2次网上追逃大行动中,全省已有12名部级逃犯落网。

在逃人员惶惶不可终日,主动投案才是上策

俗话说得好,"不做亏心事,不怕鬼敲门"。负案在逃人员虽一时逍遥,但时刻提心吊胆,以致警笛一响,就双腿发软。家住长沙东屯渡农场的在逃杀人犯程某就是例子。当公安人员在武汉抓获他时,他的身上还佩带着防身的刀子。被抓的那一刻,他总算说出了自己的感受:"我虽然暂时逃脱了法律的制裁,但每天胆战心惊,现在倒解脱了。"程某1995年6月因赌博纠纷杀人后一直潜逃在外。公安人员抓到他时,他正在武汉承包水面种菱角。

迫于网上追逃的压力,在公安部门和亲属的敦促下,相当一部分在逃人员主动投案自首。

9月3日下午5时,一名部督在逃人员在家属的陪同下主动到常德市德山公安分局投案。逃犯芦某某,绰号"奴才",男,28岁,1999年2月23日下午,芦某某与朋友喝酒时与袁某某等人发生口角,芦某某掏出随身携带的匕首朝袁某某的左太阳穴刺去……

网上追逃已显示出其无比的威力,与传统的追逃方式相比能节省大量的人力、物力和财力,而且效果明显,给犯罪分子强有力的震慑。公安部门再次警告所有在逃人员:中国已布下了一张法律之网和科技之网,任你逃到天涯海角,也要把你捉拿归案。

按 语

　　文章刊于《湖南科技报》1999 年 9 月 23 日，署名黄立新、刘新、张邦卫。 这是一篇关于"网上追逃"的深度报道。 在 20 世纪末，"网上追逃"还真是一个新鲜事，它是在网络技术强劲赋能前提下的新型追逃方式。 整体上说，当时我们国家的社会治理和平安定，但也有一些沉渣泛起。 部分作恶者、犯罪嫌疑人利用改革开放之后户籍管理的松动与漏洞，进行所谓"东躲西藏"式的流窜与规避，往往甲地作案跑乙地，乙地作恶躲丙地。 换言之，"跑路"成为这些犯罪嫌疑人逍遥法外的"护身符"与"救命稻草"。 受客观条件的限制，受害方及公安机关确实陷入"拿他们没办法"的窘境与困境。 随着网络技术的快速发展以及管理水平的不断提高，公安部在全国范围内打造的"网上追逃"系统应运而生，并且在"追逃"上发挥着雷霆之力，让众多逃犯无处遁逃。 文章翔实地报道了湖南省 2 次"网上追逃"行动的重大收获，既可信又可喜。 所以，从这个角度说，"网上追逃"是法律之网，也是科技之网，是一张覆盖全国的无形大网，与传统的追逃方式相比有无可比拟的优势。 惩恶扬善，治乱求和，以及维护法律的尊严，织密社会治理的网络，"网上追逃"在使用中显示出其无比的威力，既可赞又可敬。 一句话，就是：叫你插翅难飞！ 叫你插翅难逃！ 如今，国家稳定、社会安定、人民幸福，从"网上追逃"到"天网"再到"大数据"，技术的迭代升级在全方位全流程地助力我们的公安机关为老百姓保驾护航、打击犯罪、根治毒瘤。 换言之，我们的岁月静好，是因为有着无数的奉献者在负重前行、开拓创新。

第五辑

绘出生命本真

陈和西、莫鸿勋油画展暨研讨会昨日举行

本报讯　昨日下午,我省知名画家陈和西、莫鸿勋的油画展暨研讨会在湖南省书画院隆重举行。一位来自北京的专业人士说:"陈和西、莫鸿勋的作品有浓厚的生命本真内涵。"

在参观了两位画家的精品佳作之后,与会人士认为,陈和西、莫鸿勋的油画作品代表和展示了湖南油画艺术的真正实力,在很大程度上达到了油画作品那种"触目而惊心"的美学效果,例如陈和西的《油菜花》《荒野小路》《乡村》等,莫鸿勋的《封存——无英雄时代》《英雄时代——春秋战国写意》《逃》《音乐的悲伤》等,都备受与会者和参观者的青睐与好评。湖南省美术家协会主席黄铁山还对两位画家的风格进行了精练的归纳,认为陈和西的油画是鲜明、优雅、柔和的,有强烈的视觉冲击,具象中蕴抽象的生命意志;莫鸿勋的油画是雄浑、悲壮、厚重,有视觉上的幽远感,抽象中寓具象的湖湘生活气息。

 按　语

　　文章刊于《长沙晚报》2001年1月10日,署名本报记者张邦卫。这是一篇关于陈和西、莫鸿勋油画展暨研讨会的消息。陈和西、莫鸿勋,均是湖南省知名画家,精于油画,以"触目而惊心"的审美效果成为湖南省油画界的台柱子。文章比较简括地介绍了陈和西、莫鸿勋的代表作,包括陈和西的《油菜花》《荒野小路》《乡村》等、莫鸿勋的《封存——无英雄时代》《英雄时代——春秋战国写意》《逃》《音乐的悲伤》等。从整体上看,陈和西和莫鸿勋的作品虽有着"生命本真"的共同追求,但两人却各有千秋。对此,湖

按 语

南省美术家协会主席黄铁山先生的评点，十分精练精到。可以说，专家之论是一语中的，画家之评是画龙点睛。对于这次画展，我想说的是：在任何时候，艺术都需要展览、交流、切磋，最忌闭门作画、夜郎自大和艺人相轻，唯其如此，才能跳出窠臼、开阔视野、超越自我，在更高的平台上成家成派。

第五届世界和平书画展结束

柯桐枝新作《荷韵》荣获"金桥奖"

　　本报讯　记者从长沙市美术家协会获悉,日前在美国旧金山市世界日报社艺廊举办的"第五届世界和平书画展"上,我市知名画家、长沙市美术家协会主席柯桐枝的新作《荷韵》荣获"千禧和平书画金桥奖"。

　　此次书画展由中国世界和平书画展组委会、中国友协牵头并与美国旧金山世界日报社联手承办,集中了国内15个省区市的一批知名书画家及海外华人书画家的新作,在中国郑州评审并预展后,最终有60位书画家的作品得以展出,柯桐枝的《荷韵》便是其中之一。"金桥奖"是本届展览的最高奖项。展览已于去年岁末在旧金山顺利闭幕。

　　据悉,获奖作品将由纽约《世界日报》总部送往美国东海岸再次展出。

 按　语

　　文章刊于《长沙晚报》2001年1月15日,署名本报记者张邦卫、特约记者殷景阳。　这是一篇关于长沙知名画家柯桐枝新作《荷韵》荣获"千禧和平书画金桥奖"的消息。　柯桐枝,知名画家,时任长沙市美术家协会主席,是一位博学多才、恂恂儒雅的学者型画家,其书香本色在众多的艺术家中显得尤为突出。　柯桐枝精于花鸟画,是长沙市乃至湖南省花鸟画的带头人,作品自成一家:一是细密的构图,使传统疏朗空灵为之一变,画面呈现汪洋恣肆的自然世界;二是明艳浓重的色彩,全然不是传统的清淡和虚隐,一改传统文人的文弱和孤傲,充满激情地走入绚丽缤纷的现实生活。　从整体上说,柯桐枝的花鸟画,以理绘形,以意取神,传神写意,画的是心中之花、意中之鸟,加之风格独特、色彩绚丽、构图饱满,以及极具时代特色的绘画形式、绘画技巧而备受瞩目。　所以,柯桐枝的新作《荷韵》荣获"千禧和平书画金桥奖"也就水到渠成、实至名归了。

把脉当代湖南油画

在新世纪的第一春,湖南省知名油画家陈和西、莫鸿勋的油画展暨研讨会在湖南省书画院举行。在参观品鉴了陈和西、莫鸿勋两位画家的代表作后,十几位专业人士对湖南油画的现状与出路进行了很有见地的研讨,点出了一系列问题,提出了许多有建设性的见解。时隔一个月,记者再次约请了几位油画家在聚龙阁大酒店玫瑰厅叙谈,大家各抒己见,对正处于尴尬现状的湖南油画不失为"醍醐之药"和"金石良方"。

近二十年来,湖南油画的发展可用"一波三折"来概括:70年代和80年代初,相对沉寂;到了1985年、1986年又活跃起来,在全国也很有影响;紧接着又出现断层,直到1996年湖南省油画协会成立并举办了首届油画展,才悄悄有了点起色,接下来又是"也无风雨也无晴"。前不久,陈和西与莫鸿勋举行油画联展,才使湖南油画又有了些许起色。

段江华(湖南省油画协会主席、中国油画协会理事):湖南油画较沉寂,这与画家本身、地区闭塞、地域文化有关,同时作品量也不够,展出少,群众中影响不大,媒体关注不够,缺乏氛围,而且组织不够严密,艺术家缺乏强烈的责任感。

邓平祥(湖南省油画协会名誉主席、中国油画协会理事、美学批评家):人才外流是一个重要原因,很多艺术家南下、出国、经商;省内无美术学院,教师队伍小,难以激活美术人才框架;浓厚的地域色彩不利于信息时代的开放格局,因此要进一步开放艺术观念。

钱海源(湖南省美协副主席、文艺理论家):艺术上眼界不够开阔,文化、审美等方面的素养有待提高。要扩大艺术视野,锤炼艺术技巧,面向观众与时代满足大众的需求。

刘云(湖南省油画协会秘书长):当前的湖南油画处于高度的多元化时

期,艺术家们由热烈转向成熟的思考,以研究者及学者的心态对待油画。这种心态是柄双刃剑,又使艺术家们有点拘泥于个人视野,活动少、交流少;加之市场经济的冲击与制约,部分油画家精力分散,对精美艺术的追求多少有点耗散了;此外,湖南中青年画家较浮躁,缺乏团体精神,不善于利用湖湘画坛的历史来重塑湖南油画的新境地。

陈和西(油画家):搞油画的大多在学校长期从事教育教学工作,虽重写实、重基础,却无法全身心地投入高品位的油画创作。市场经济的冲击与油画创作的效益"空缺",削弱了搞画展的积极性。

吴国新(聚龙阁大酒店总经理、油画收藏者):在湖南油画不景气的情况下,加强画家与企业家的交流与联姻,可望在两个效益上争取上一个台阶,例如餐饮业、娱乐业、宾馆业等都可成为油画家展示艺术才华的舞台。湖南油画要走出去,要培养几个大师级的人物,要有一大批上档次的作品。

大家在会诊了湖南油画的现状与不足后,一致指出,湖南油画虽然这几年处于"边缘地带",但仍是全国中上水平,东山再起不会是遥远的梦。作为湖南省油画协会的秘书长,刘云告诉记者,今年是建党八十周年,湖南省油画界将举行一系列较大的活动,在精品创作与市场拓展上下大力气,他很有信心地说,不出三五年,湖南油画将会是另一番景象,我们可以拭目以待。

按 语

文章刊于《长沙晚报》2001年3月8日,署名本报记者张邦卫、实习生邹怡军。这是一篇关于"陈和西、莫鸿勋油画展暨研讨会"举办后开展的当代湖南油画专题性研讨会的评论性报道。文章标题《把脉当代湖南油画》,事实上已清楚地道出了新闻写作的立场与命意。整个文章采用了新闻实录的方式进行书写,或曰"春秋笔法",将段江华、邓平祥、钱海源、刘云、陈和西、吴国新等六位与会人员的讲话和盘托出,真实呈现,多维度会诊了当代湖南油画的现状与不足,一五一十,原汁原味,对耶非耶不做评判,所有的话语都让读者自己去分析判断。事实上,当代湖南油画确实存在诸如名家不多、精品不多、起色不大、成就不大的困境与尴尬,在全国处于"边缘地带",如何突围,如何蝶变,如何升级,如何拓展,是摆在当代湖南油画界同人面前的当务之急。知耻而后勇,知不足才能知足知进,把脉是为了找到治疗的良方,对症方可下药,药准方可病除,这也许是每一个当代湖南油画人所应该具备的睿智与共识吧。总之,圈内人坦陈油画界圈内事,媒体人实录油画界圈内事,实事求是,不虚饰,不讳疾,不为别的,只是为了当代湖南油画的东山再起和另一番景象,我们有理由相信,这绝对不会是一个遥远的梦。

初春画意浓　"十杰"竞风流

　　本报讯　前天上午,由湖南省美术家协会和湖南书画院共同举办的"湖南美术五十年画集首发式暨湖南省中青年美术家十杰作品展"在湖南省书画院举行。

　　此次荣获湖南省中青年美术家"十杰"称号的有李谟中、张立鼎、李建林、唐开荣、刘兴剑、张奇、蒋烨、周玲子(女)、万长林、何汶块等十位来自全省各地的颇有潜力与冲击力的画家。据湖南省美术家协会主席黄铁山介绍,此次遴选的 2000 年度"十杰中青年美术家"是从全省五十多位画家中层层筛选出来的。他们共同的特点是都来自地、市基层,没有卷入喧哗的商业操作,是一心一意搞创作的真正艺术人,有难得的平静的心态,而且由于长期的生活体验,他们的作品有浓郁的生活气息,格调纯粹、品位高雅。在画展上,"十杰"的代表作受到了与会人士的好评,例如《花卉系列之二》《雾漫后山》《都市风景 2 号》《霜晨》《幽谷三月》《凝寒》《轮》《山乡逢秋》《结构系列之一》《绿水系列之五》等。其中来自"受降胜地"芷江的青年画家刘兴剑,其画朴素淡雅、工笔细致、气韵和谐,有浓浓的湘西边城的无限风情,受到了观众的青睐。

按 语

　　文章刊于《长沙晚报》2001年3月12日，署名本报记者张邦卫。这是一篇关于"湖南美术五十年画集首发式暨湖南省中青年美术家十杰作品展"的消息。文章标题明确标举了所谓"十杰风流"，并在行文中报道了所谓"十杰"就是指李谟中、张立鼎、李建林、唐开荣、刘兴剑、张奇、蒋烨、周玲子(女)、万长林、何汶玦等十位来自全省各地的颇有潜力与冲击力的画家，并且借用湖南省美术家协会主席黄铁山的话，对"十杰"进行了十分到位又十分中肯的评点，如"浓郁的生活气息，格调纯粹、品位高雅"等。在艺术商业化的浮华时代，像"十杰"这样能够潜下心来一心一意搞创作的真正的艺术人，其实已经不多了。先不说其画，光是其人其心其操守，无论何时都令人感佩。值得一提的是，在这个特殊的画展上，我有幸认识了我的老乡画家刘兴剑。当时，他是芷江师范的美术老师，而我出生在芷江、长在芷江，大学毕业后又曾在芷江一中任教高中语文四年，而且芷江师范与芷江一中仅有一墙之隔。如此同乡同情、同根同源、同教同育，我们因画而结缘、因画而相知，便觉得备感熟悉、格外亲切，深知缘分不浅。在画展上，刘兴剑送了我一本有他亲笔签名的画册，我如获至宝，珍惜至今。整体上说，刘兴剑的画朴素淡雅、工笔细致、气韵和谐，有浓浓的湘西边城的无限风情，这确实是我十分喜欢的画风画品，毕竟作为一种文化符号与审美意境的"湘西"诚然是我这个湘西伢子的执念。后来，刘兴剑凭借其美术才华从芷江师范学校上调至我曾经工作过的长沙理工大学，而我却辗转离开了长沙理工大学调到了浙江传媒学院，始终未能第二次握手、把酒言欢，不能不说是一种遗憾。好在画在记忆在，当年的倾心交谈言犹在耳，总是能弥补些许相识之缘、相知之情吧。我相信当年位居"十杰"的青年画家刘兴剑，如今一定是画成名就、驰名画坛了吧。

给中青年画家"十杰"正名

本报讯　3月10日上午,"2000年度湖南省中青年美术家十杰作品展"在湖南省书画院举行。但一个"十杰"称号,却好像"激浪之石",招致了某些圈外人士与个别媒体对评奖公开性、公正性、公平性与权威性的质疑。记者就此采访了湖南省美术家协会的有关专业人士。

湖南省文联副主席、湖南省美术家协会主席黄铁山介绍,此次"十杰"评奖在我省是第六次,以前曾举办过五次,而且每次的"十杰"评审都本着公开、公正的宗旨,也从一定程度上代表了湖南中青年画家的实力,所以从前几届中遴选的佳作送到中国美协评奖时,有获全国级银奖的,有获全国级优秀作品的。他接着说,此次"十杰"的评审是从全省五十多位画家中层层选拔出来的,可用"过五关"形容,到终评时,评委有七人,包括省美术家协会的正、副主席,评审时各评委对各个画家的作品畅所欲言发表意见,然后再举手表决。他也指出,"十杰"之外肯定有"遗珠",这也是在所难免的。

湖南省美术家协会秘书长刘云认为,此次评奖的标准是紧扣艺术性,兼顾生活气息和对社会、时代的关注。他强调,倡导画家关注生活与时代是此次评奖的宗旨。他指出评奖是公正的,也是公开的,这从"十杰"作品大型展览让每个爱好美术的人都来品评与参观便可看出。好与差,优与劣,各人自有一杆秤,而不是关在个人的圈子里孤芳自赏或几个人说了算。当然,对艺术的评价,往往因品画者的爱好、兴趣、文化素质等的不同而不同,所谓"仁者见仁,智者见智"。他还说,如果仅以个人的尺度来否认整个"十杰"评奖的公开性、公正性与权威性,是难以理喻的。他还指出某些人以"莫须有"的所谓"隐情"和"质疑"来混淆视听,这是不正常的炒作。

按 语

　　文章刊于《长沙晚报》2001 年 3 月 13 日，署名本报记者张邦卫。 这是一篇给 2000 年湖南省中青年美术家"十杰"正名的人物访谈。 文章在简要地交代了事件的原委之后，重点报道了湖南省美术家协会主席黄铁山、秘书长刘云对"十杰"的看法。 黄铁山、刘云各有侧重，但都很好地回应了某些圈外人士和个别媒体对评奖的公开性、公正性、公平性与权威性的质疑。 黄铁山强调了评奖的程序正义性，刘云强调了艺术标准的多样性，所谓"仁者见仁，智者见智"也。 两人都不约而同地为"十杰"进行了实实在在的正名。 也就是说，"十杰"之所以能够脱颖而出，绝非浪得虚名，而是实至名归。 我们知道，不论何时，对于文艺界的任何评奖，没有质疑是不可能的。 有质疑并不可怕，可怕的是对所谓质疑不加以正面回应或者回应不及时或者不到位。 也正因如此，文章《给中青年画家"十杰"正名》，将权威人士的权威解释与评述，借助于党报的权威平台刊发出来，三种权威融为一体，于喧哗与偏至中传播一种难能可贵的媒体正义，这既是一种回应，也是一种担当吧。

这幅画 5 万元，谁买

春意渐至，但长沙的画意却浓得让人诧异。日前，在湖南省美术家协会主办的"2000 年度湖南中青年美术家十杰作品展"拉开帷幕的同时，湖南省青年美术家协会主办的"符号·镜象"——刘洵实验艺术展在"巧工司马"画廊举行，因展览的一幅架上绘画——《世纪末的标准镜头》（以下简称《世》）标 5 万元的"天价"，从而引起了各方人士的关注与议论。在众声喧哗之中，有一种别样的声音格外引人注意，那就是以长沙现有的美术消费市场标准，一位小有名气的青年画家，以及还与当下大众的欣赏口味相比多少有点儿前卫意识和抽象范式的架上绘画，是否与 5 万元相符呢？

平价？天价？漫天要价？

对于标价 5 万元的架上绘画《世》，有人认为，这是一种市场操作，以为把价往高处定，就能炫耀画的高品位、高价值，就能说明画家的水平？难道艺术市场也跟某些服装商一样，几十元或几百元的衣服没人买，便灵机一动，标价一千元甚至几千元，转手脱销吗？也有人认为，一幅画竟要卖 5 万元，想都不敢想，那可是工薪者几年的收入总和呀。

也有人认为《世》是值这么多钱的。"巧工司马"画廊的李凤龙说："《世》肯定值 5 万元，这是从画家刘洵个人的艺术发展前景来看的，而且刘洵经过10 多年的磨砺，虽是锋芒小试，却形成了自己的体系，例如架上绘画《红色符号工程系列》《世》《数字化拼盘》等，其绘画的方式、风格、状态等在湖南中青年画家中是突出的。而且正由于他年轻，所以收藏潜力大，增值是自然的，这有点儿类似于炒股中的做长线。"尽管如此，在谈到《世》的市场前景时，李先生坦言："目前，在长沙现有的书画消费状况下，这幅画是没多少人问津,也没有人买的。"他还说:"举办这种类似的实验艺术展,肯定是只赔不赚的,之所以这样,是长远放线,着眼于他日的收获罢了。"

镜像? 抽象? 幕后真相?

事实上,在此次实验艺术展中,刘洵的油画价格都不菲。除了标价 5 万元的《世》外,《黄金时代》标价 1.6 万元,《偶像的崇拜》标价 0.8 万元。

刘洵解释说,《世》共耗时 2 年,有近 60 个形态不同的头像,重视视觉的冲击力;头像都是现实的人的摄影照片,然后再经过艺术的转换,表现一种对世纪末人的生存状态的关注,来完成对现代都市人的人格面具的解读;当然这是一种变了形的解读,或者说是一种具象的抽象符号,并最终向观画者、品画者传送一种世纪末的情绪——混杂着痛苦、无奈、失落、怅然、惊异、癫狂、执着、喜悦、憧憬、欢乐……而《黄金时代》则耗时半年,在绘画语言上有较大的突破,特别是仿出土文物的扇面外形,更有融古今通中外的意味,刘洵指出,《黄金时代》是对商业社会与商业文明的反讽。总之,刘洵的种种解释,无非是要向人证明他的油画是有所求、有所值的,绝非漫天要价与哗众取宠。是耶? 非耶?

在采访中,当问及《世》能否脱手时,刘洵说:"只要有人喜欢,压低价位也在所不惜。"另外,省美术家协会的有关权威人士说:"以刘洵现有的名气与绘画水平来看,5 万元的《世》,免不了有很大的价格空间。"

敢问"市"在何方?

"5 万元一幅画"的风波未了,《世》依然悬在寂静的"巧工司马"画廊里静候"大款买家"的青睐与宠幸。在采访中,记者深深地感到营造一个规范的艺术市场的迫切性。无论是当事人、圈内人,还是局外人,都认为湖南现在还没有真正的艺术市场。有关专业人士指出:"现代商品经济无处不在,使绘画等高雅艺术也不可避免地沦为市场的附庸。艺术市场同样是创作、流通、收藏与消费的同构,它们是连体儿,息息相关。"这位人士还说:"湖南的美术要想走出去,仅有清水塘的'半吊子'陪衬是不够的,它需要一个更规范的艺术市场的辉映。"

按 语

　　文章刊于《长沙晚报》2001 年 3 月 18 日 "文娱周刊" 头版头条，署名本报记者张邦卫，并刊有周柏平所摄照片三张。 刘淘，一位湖南省的青年画家，在其 "符号·镜象——刘淘实验艺术展" 上，因其代表作《世纪末的标准镜头》标 5 万元的 "天价"，从而 "一石激起千层浪"，引发了各方热议。 值还是不值？ 货真价实还是哗众取宠？ 作秀还是炒作？ 它进而引发艺术市场规范化的思考，不能不说是一件有意味的艺术事件。 作为事件的 "一幅画 5 万元" 确实是在短短的时间内达到了轰动效应，但是真正的艺术绝不是昙花一现、炸雷一声，它需要日积月累的恒久磨炼，没有捷径和偏门可走。

去师大领略"西南风情"

本报讯　3月11日下午,由湖南省美术家协会和湖南美术出版社等单位联合举办的"走进大西南——西南风情写生画展"在湖南师范大学艺术学院展厅隆重举行。此次画展共展出了全省50多位中青年画家的作品,这些作品配合了中央西部大开发战略,融注了画家们对西部的关注与热情。

 按　语

文章刊于《长沙晚报》2001年3月14日,署名本报记者维邦,即张邦卫的笔名。这是一篇关于"走进大西南——西南风情写生画展"的短消息。文章十分精简地概述了画展的专业性、行业性与学院性,这是一次由湖南省美术家协会、湖南美术出版社、湖南师范大学艺术学院共同举办的画展。文章也十分简括地概述了画展的主题,即聚焦西部大开发、聚焦西南风情。文章还十分精要地点明了画展的美术风格,即写生。所以说,"走进大西南——西南风情写生画展"既是专业画展,也是专题画展,还是专艺画展,更是集群画展。画展不是作品的简单陈设,而是50多位中青年画家贴近时代、关注现实、服务百姓需求、呼应国家号召的生动诠释和责任担当。任何时候任何时代,艺术都不能仅仅是自娱自乐,更不能是无病呻吟与炫技耀彩。我们需要的是那些思想精深、艺术精湛、制作精良、展演精彩的精品力作。这也许是"走进大西南——西南风情写作画展"值得专门报道、值得我深情回忆的价值所在吧。

尧辉相画展在长举行

本报讯　著名画家尧辉相作品展近日在湖南省书画院举行。尧辉相毕业于兰州艺术学院，现为中国美术家协会、广东省美术家协会、深圳市美术家协会的会员，系国画大师尧文藻先生之子，家学渊源，得乃父真传，还师从常书鸿、刘文清习油画，又师从韩天眷、汪岳云习中国花鸟画，形成了自己高古深厚、气势磅礴、豪放爽峻、细腻生动、形神兼备的独特风格。

按　语

文章刊于《长沙晚报》2001年4月24日，署名本报记者张邦卫。这是一篇关于著名画家尧辉相在湖南省书画院举行个人画展的消息。文章很简短，但却十分精要地报道了尧辉相的家学、师承以及高古深厚、气势磅礴、豪放爽峻、细腻生动、形神兼备的独特风格。说实在话，在《长沙晚报》做记者，而且是负责文化艺术线的记者，最大的福利就是能够经常受邀免费参观一些高水平的画展、美展、音乐会、晚会等。虽说我本是一个门外汉和圈外人，但是长期的耳濡目染、不断的观摩聆听，也总是能让我窥见个中堂奥，加之学文学的我总是相信文学与艺术的相似相近、相通相融，以至于后来在潜移默化中终向耳熟能详进化。毕竟任何人的艺术品鉴力都不是与生俱来的，也不是一蹴而就的，它需要后天的不断研习与不断积淀。时至今日，尽管在《长沙晚报》做文化记者的荣光与骄傲早已褪去，但是那段做文化记者的经验与体验却依然在滋润我的文艺情怀与素养。所以，我想说的是，人生的每一种经历，都是不可多得的财富。

观鲁望湘画中"游"

——小记"山东·湖南八人书画联展"

墨香扑面,画意盈庭,记者昨日早早地来到位于省展览馆内的省国画馆展厅,只见展厅内挂着山东袁晖、黄汝清、王经春、李岩选与湖南杨炳南、李儒光、柯桐枝、李建新的书画作品,成为"五一"一道耐看的"书画风景"。

漫步画廊,一种强烈的印象扑面而来,那就是"齐鲁书画"与"湖湘书画"给人的直觉是不同的。对此,山东画家王经春说:"北画重传统文化的承续,风格粗犷;南画倚现代文化的融化,风格细腻。"

在展出的作品中,山东画家袁晖的画注重现代艺术的笔墨色彩构成,重格调、讲气韵,凝重浑厚、气势恢宏,笔墨粗犷奔放,酣畅淋漓、潇洒自如。袁晖指出:"此次'山东·湖南八人书画联展'首先是一种碰撞,然后才是一种交流,更是一次提高的契机。"

湖南画家柯桐枝的花鸟画有新意、有深度,构图讲究,画面有一种显在的矛盾美和对立味,并有隐隐的版画痕迹。杨炳南的草书老辣奔放、苍劲古朴,有悠长韵味,有绘画遗风,给人书画一体的愉悦感。李建新的画作写意味浓,笔法细致。柯桐枝说:"湘人书画源于传统,但不囿于传统,在超脱传统的前提下形成了湖南书画艺术比较形象、开放的格局,并有秀美与壮美共存的格调。"

按 语

　　文章刊于《长沙晚报》2001 年 5 月 3 日，署名本报记者张邦卫。这是一篇关于"山东·湖南八人书画联展"的消息。在文化古城长沙，只要你是一个有文化情怀的人，几乎每天都会有值得深度关注的文化活动与艺术展览。这一点，记者在从业中是深有感触的。像这样把"山东四大家"与"湖南四大家"的精品力作放在一起联展，这确实是一个有意识的形式，既是一种交流互补，也是一种碰撞切磋，还是一种隐性的竞合，更是一种取长补短、融通融合的契机。文章十分简括地概述了"齐鲁书画"与"湖湘书画"的风格，一曰粗犷、壮美，一曰细腻、秀美。事实上，在参展的湖南四位画家——杨炳南、李儒光、柯桐枝、李建新，都是我比较熟悉的。杨炳南的草书、柯桐枝的花鸟画、李建新的写意画均是卓尔三湘、誉满星城。特别是李建新，还是我的同事，任《长沙晚报》的插图责编、美术责编、版式责编，工作之中多有交集，工作之余偶有交流，他从艺，我从文，我们在文艺的长河中感受到对方的挚爱与执着。

时代的缩影　形象的丰碑

"李琦书画展"昨在长举行

本报讯　昨日,由湖南省委宣传部主办,湖南省美术家协会与湖南省书画院承办的"李琦书画展"在湖南省书画院举行。

著名国画家李琦是中央美术学院教授。1937 年便参加了延安革命文艺工作,到如今已有 60 年的革命文艺生涯。此次共展出他的 130 多幅人物画。其画多以其革命经历为素材,以革命人物为题材,饱蘸激情与挚爱,宣扬革命理想,赞美高尚情操,传神写意。孙中山、李大钊、毛泽东、刘少奇、周恩来、邓小平、彭德怀、贺龙……一幅幅伟人像,一张张英雄图,生动传神。特别是《毛主席走遍全国》,造型逼真,构思新颖,线条简括,内蕴丰富深远,令观众赞不绝口。

按　语

　　文章刊于《长沙晚报》2001 年 5 月 26 日,署名本报记者张邦卫。 这是一篇关于"李琦书画展"在长沙举行的消息。 李琦作为中央美术学院的教授,是著名国画家,素有"中国革命伟人肖像画第一人"之称。 事实上,李琦是一名有着 60 多年革命文艺生涯的资深革命文艺战士。 也正因如此,其画多以自己的革命经历为素材,以革命人物为题材,以饱含革命热情之笔,倾心捕捉一个又一个革命先辈的光辉瞬间,精心绘制一幅又一幅伟人先驱的肖像画。 像《毛主席走遍全国》《永远活在人民心中——周恩来》《我们的总设计师——邓小平》等堪称上乘佳作。 诚如文章标题所说,这是"时代的缩影,形象的丰碑"。 可以说,这是美术经典中的党史、革命史、英雄史。 历史不能遗忘,它需要精美艺术的生动传承与形象宣传,这也许就是"李琦书画展"在英雄辈出、伟人屡现的湖南长沙举行的意义所在吧。

观画缅怀伟人事

杨正午、文选德昨参观"李琦书画展"

本报讯　昨日上午,湖南省委书记、省人大常委会主任杨正午,省委常委、宣传部部长文选德在湖南省书画院兴致勃勃地观看了"李琦书画展"。

在著名国画家、中央美术学院教授李琦的陪同下,杨正午与文选德饶有兴趣地观看了李琦的 130 多幅人物写意画,特别关注那些融历史与情感、风采与神韵于一体的伟人画、英雄像。杨正午说《毛主席走遍全国》妙在逼真精练;《永远活在人民心中——周恩来》好在鲜活的音容笑貌与神态;《彭总》透出了"彭大将军"的刚正不阿与刚毅;《贺龙》画出了"一代名帅"的虎气与耿直;《我们的总设计师——邓小平》最显亲切自然。在看到任弼时的画像时,杨正午还向画家介绍了我省明年将在任弼时故居举办任弼时 100 周年诞辰纪念大会,并说欢迎画家到各地的革命伟人故居参观。

✎ 按　语

　　文章刊于《长沙晚报》2001 年 5 月 30 日,署名本报记者张邦卫。 这是一篇颇有时政要闻特质的消息,故刊于《长沙晚报》的头版头条。 之所以如此,主要考虑以下几点:一是观展之人非同一般,包括湖南省委书记、省人大常委会主任杨正午,省委常委、宣传部部长文选德等;二是画展主人非同一般,李琦是中央美术学院教授、著名国画家,素有"中国革命伟人肖像画第一人"之美誉;三是画展作品及画作所画对象非同一般,包括《毛主席走遍全国》《永远活在人民心中——周恩来》《彭总》《贺龙》《我们的总设计师——邓小平》《任弼时》等。 文章记录了湖南省委书记杨正午在画展现场对

按 语

画展代表作的精彩点评，叙述虽不多，但恰到好处，真不愧是画龙点睛之笔。事实上，"李琦书画展"之所以受人追捧，一是因为其以崇敬之情画伟人，二是因为其以伟人画传递伟人的品格，三是因为其以伟人画催人缅怀伟人事迹、伟人形象、伟人精神。任何时候，我们都不能忘怀伟人们的丰功伟绩与卓越贡献，这既需要赓续传承，更需要发扬光大，在这一点上，李琦书画展也许是最有穿透力、最有感召力、最有滋润力的艺术实践吧。一句话，画展难忘，精神永光。

著名书画家雅集本社报业大楼

丹青含情歌颂党　书墨飘香贺晚报

本报讯　丹青含情，书墨飘香。为庆祝建党80周年，并庆贺《长沙晚报》创刊45年、乔迁新址，湖南省省会书画家5月30日雅集《长沙晚报》报业大楼举行了一次别开生面的笔会。

参加笔会的省会著名书画家有虞逸夫、李立、陈白一、黄铁山、钟增亚、史穆、王超尘、徐芝麟、杨炳南、周旭、柯桐枝、黄定初、谭仁、谭秉炎、袁海潮和陈明大，16人聚集一堂，现场展卷挥毫。他们有的是以画艺见长，有的是以书艺取胜，有的是书画双修，但都在融融情趣中笔走龙飞，把对中国共产党的挚爱、对《长沙晚报》的深情厚谊凝于笔端，化成一幅幅令人称赞的精品力作：湖南省书法家协会主席钟增亚的作品《梅花香自苦寒来》苍劲古朴，浓淡皆宜，刚柔相济，更有一种对《长沙晚报》社创业的回首与鼓励；87岁高龄的虞逸夫则欣然书写"报道真实，讯息灵通，利民利国，宜商宜工"相赠，书艺精湛，让所有在场的人颔首不已；史穆才思敏捷，其所书"铅椠辛劳卌五载，堂堂笔阵矗南天；千红万紫迎新纪，正是辉煌创业年"，神、情、气合一，不失为上乘之作。此外，李立的画与刘开云的《春满图》、袁海潮的《春色凝香》，均有一种喜庆热闹的画意扑面而来。

另据知情人士透露，此次笔会的所有作品经精心装裱后将装点长沙晚报报业大楼，将为《长沙晚报》社的企业文化画龙点睛、增添光彩。

按　语

　　文章刊于《长沙晚报》2001 年 6 月 3 日，署名本报记者张邦卫。 这是一篇关于湖南省会长沙著名书画家雅集《长沙晚报》社报业大楼举行笔会的信息。 16 名著名书画家雅集，一为庆祝建社 80 周年，二为庆贺《长沙晚报》创刊 45 周年，三为《长沙晚报》社乔迁新址。 诚如文章标题所写"丹青含情歌颂党，书墨飘香贺晚报"，可以说是高度凝练、高度概括。 事实上，像虞逸夫、李立、陈白一、黄铁山、钟增亚、史穆、王超尘、徐芝麟、杨炳南、周旭、柯桐枝、黄定初、谭仁、谭秉炎、袁海潮、陈明大等都是在湖南省书画界名气爆棚、技艺超群的人物，我也是第一次目睹他们泼墨挥毫，不能不说这是一种难得的福缘。 在纸媒时代，《长沙晚报》无论在哪个方面都是颇有话语权与影响力的主流报纸。 加之恰逢《长沙晚报》创刊 45 周年和报社乔迁至长沙市晚报大道的新的报业大楼之际，楼宇文化、走廊文化、会议场所文化正亟待锦上添花。 就这样，名人、名书、名画与名社、名报、名楼，恰好相映生辉、互相烘托、互补双赢。 时至今日，这一批书画作品，依然悬挂在《长沙晚报》社的报业大楼，常常让人情不自禁地驻足凝视，既诉说着一种情义，也流溢着一种积淀，从某种角度来说，也表征着《长沙晚报》昔日的辉煌。

刘兴泉举办"墨驴画展"

本报讯 6 月 16 日,自称"平生画驴不画虎"的"淮北画驴人"刘兴泉在湖南省国画馆举行了个人画展。安徽画家刘兴泉从小就与毛驴结下了不解之缘,以画动物和人物而闻名画坛,其笔下的毛驴最为动人,笔墨淋漓、形神俱备。"刘兴泉墨驴画展"将持续到 6 月 20 日。

 按 语

　　文章刊于《长沙晚报》2001 年 6 月 19 日,署名本报记者张邦卫。 这是一篇关于安徽画家刘兴泉在湖南省国画馆举办个人画展的消息。 安徽画家刘兴泉擅长画驴,其画笔墨淋漓、形神兼备。 刘兴泉自称"平生画驴不画虎"的"淮北画驴人",在文化底蕴深厚的安徽省内也颇有名气。 而今,来到文化底蕴同样深厚的湖南长沙举办个人画展,准确来说是"墨驴画展",按长沙话来说,应该是"有两把刷子",而且确实是"有两把刷子"。 这不仅在于刘兴泉的艺高人胆大的跨省画展,更在于标志化的"墨驴"非同一般。 所谓画不在多,而在于精,在于特,在于味。 如果某位画家能够与某种特定的绘画对象相提并论,如郑板桥的竹、齐白石的虾、徐悲鸿的马等,那么他就是一位成功的画家。 当然,成功绝非一蹴而就,而是多年甚至是数十年的漫漫与锤炼,才能达到"又精又专""又独又特"的境界。 在这一点上,绘画是如此,新闻亦是如此。

书画传情　红心献党

长沙市群众美术作品大展举行

　　本报讯　昨日上午,清水塘又迎来了一件颂党的盛事,由长沙市委宣传部、市文联主办,市美协承办的"长沙市群众美术作品大展"在市博物馆展厅举行。

　　此次展览是我市历届美展中规模最大、参展作者和作品数量最多的一次,共展出各种画作 283 件,其中成年人作品 137 件,少儿作品 146 件。参展的作者,不仅有各级美协会员的新作,还有广大市民和离退休美术爱好者以及各少儿活动中心、少年宫推荐的佳作。作者中年龄最大的有 84 岁,最小的只有 4 岁,充分体现了此次美展的群众性。纵览所有参展作品,一笔一画都蕴含着一种浓郁的颂党热情与赤子情怀。市美协负责人告诉记者:"所谓'言为心声',同样'画也为心声'嘛,整个美展彩笔绘就的就是'颂党'这个浓墨重彩的主题。"此次美展有不少质量较高的作品,其中油画有熊建鹏和陈恒桂合作的《清水塘的灯光》、周小愚的《源头活水》,国画有陈来国的《爱国主义教育基地》、李亚辉的《红色故土》、左中灿的《星沙新貌》、田希祖的《乡里妹子进城来》,雕塑有龙跃平和朱世郎合作的《东方之子》、李国清的《新生》等,都给观众留下了深刻的印象。

　　据悉,此次融群众性、思想性、艺术性于一体的群众美术作品大展将持续到 7 月 2 日。

按　语

　　文章刊于《长沙晚报》2001 年 6 月 27 日，署名本报记者张邦卫。 这是一篇报道"长沙市群众美术作品大展"的新闻。 整条新闻中规中矩，点面结合，其示范性、引领性较强。 值得一提的是，清水塘，或者准确地说是清水塘 22 号，这是一个有着红色基因、红色血脉、红色记忆的地方，是毛泽东、杨开慧夫妇昔日的住所，也是中共湘区委员会旧址。 在建党 80 周年之际，将一个融群众性、思想性、艺术性于一体的长沙市群众美术作品大展放在清水塘隆重举行，这本身就是一个十分有意味的形式，即以最广泛的群众性、最多元的艺术性彰显最红色的思想性。《书画传情红心献党》诚然在确证一个共识：任何时候我们都需要有高度、有温度、有广度的新闻。

庆祝中国共产党成立80周年

湖南省美术作品展开展

本报讯 昨日,由省文化厅、省美术家协会主办,省博物馆协办的"纪念中国共产党成立80周年湖南省美术作品展"在省博物馆新陈列楼展厅举行。

此次湖南省美术作品展的131件作品来自全省各地,所有展出作品主题鲜明,或讴歌中国共产党的光辉历程,或彩笔点翠祖国壮丽秀美河山,形式多样,质量上乘,特别是巨幅油画《湖南英烈》《饮马故乡河》《清水塘的灯光》《夜深灯明》《执长矛的人们》《黄河在咆哮》等更是引人关注。值得一提的是,此次展览的展厅与"伟大的旗帜 光辉的历程——纪念中国共产党成立80周年大型展览"的展厅相通相连,观众可以边品画边读党史。

 按　语

　　文章刊于《长沙晚报》2001年6月28日,署名本报记者张邦卫。这是一篇关于"纪念中国共产党成立80周年湖南省美术作品展"的新闻报道。文章虽短,内涵却很丰富,在新闻事件的叙述中彰显了时代的主题、人民的心声。事实上,在中国共产党建党80周年之际,各行各业都在用自己的实际行动来向伟大的中国共产党献礼致敬。在这一点上,湖南省的美术界也不甘落后、循时而进,他们用自己的画笔奉献了一大批质量上乘的精品力作,并将之在湖南省博物馆公开展出。精美的艺术与光辉的党史,个人创作与服务群众,美术展览与党史教育,在此得到了极好的交互融合,是值得鉴赏、值得回味、值得铭记的一道艺术景观。既是画作又是党史,既是艺术传播也是政治传播,像文章所列举的《湖南英烈》《饮马故乡河》《清水塘的灯光》《夜深

按　语

灯明》《执长矛的人们》《黄河在咆哮》等均达到了形式与内容的完美结合。艺术创作不仅仅是精美的手法，还关涉精深的思想。同样，美术展览也还关涉党史资源、红色记忆。用一句话说，这是"美术精品中的党史"。无论何时，像这样的主流化、政治化报道，永远都是党和人民所需要的新闻话语。

鲁湘书画又联展

本报讯 为庆祝中国共产党成立 80 周年,山东省直书画家协会与湖南省直书画家协会携手于昨日在湖南省博物馆新楼展厅联展书技画艺,这也是山东、湖南两地书画艺术家今年内的第二次联展。省领导谢佑卿、周时昌、张树海,湖南省美术家协会主席黄铁山和山东、湖南省直书画家协会的负责人出席了昨天的开幕式。

此次联展分山东展厅和湖南展厅两个相对独立的单元,中间以"伟大的旗帜 光辉的历程"大型展览的展厅相连接,显示了举办者的个中深意。艺术品种分为书法、篆刻、国画等几大类,而参展的书画家是近期省会长沙所有书画展览中最多的。

 按 语

文章刊于《长沙晚报》2001 年 7 月 13 日,署名本报记者张邦卫。 这是一篇关于山东湖南书画联展的消息。 书画联展,确实是一种有意味的形式,一是可以交流,二是可以比较,三是可以互补。 由于联展是山东省直书画协会与湖南省直书画协会的联办联展,因而出席联展开幕式的省领导有谢佑卿、周时昌、张树海以及湖南省美术家协会主席黄铁山,从中所透露的分量绝非一般。 山东展厅与湖南展厅虽然分别陈列,但两个展厅又是用"伟大的旗帜 光辉的历程"大型展览连接,从整体上呈现了一种政治与艺术的融合、北派书画与南派书画交相辉映的独特氛围。 总之,书画艺术需要苦心孤诣,但绝不是闭门造车,它需要交流与碰撞。 书画艺术需要崇尚艺术,但绝不是唯艺术是崇或曰纯美唯美,它需要时代、社会、生活、政治的共同浇灌。 那些能够折射时代、反映社会、浸润生活、联通政治的书画艺术,在建党 80 周年之际同样是不可缺少的。

"巴基斯坦工艺品及绘画展"在长举行

　　本报讯　昨日上午,为庆祝中国、巴基斯坦建交 50 周年,由文化部、省文化厅主办,湖南省京鹰文化传播有限公司、省博物馆具体承办的"巴基斯坦工艺品及绘画展"在省博物馆举行。

　　据悉,"巴基斯坦工艺品及绘画展"是中国、巴基斯坦两国文化交流执行计划之一,8 月 13 日至 19 日已在北京炎黄艺术馆进行了在我国的首次展出。本次在湖南省展览馆的展览共展出了巴基斯坦的 120 多件特色工艺品,它们集中反映了巴基斯坦传统文化的精髓。此外,还展出了 13 位巴基斯坦艺术家精心创作的 36 幅绘画作品。不管是工艺品还是绘画作品,都以其浓郁的巴基斯坦民族文化特色深深地吸引了前来领略异域风情与文明的参观者。

按 语

　　文章刊于《长沙晚报》2001 年 8 月 29 日，署名本报记者张邦卫、田芳。田芳是《长沙晚报》文体部的女记者，与作者一样，是当时《长沙晚报》少数拥有硕士学位的记者之一。 田芳为人朴实低调，做事认真干练，待人真诚和蔼，文字表达能力强，又比我早入职《长沙晚报》几年，经验老到、知识丰富，曾经在工作中给予了我许多无私的帮助。 人生有许多驿站，在《长沙晚报》做编辑记者的经历从某种角度说是我一生中最大的财富，走出象牙塔、接触社会，在识人做事中去除了曾经的书呆气与书卷气，有失有得，有苦有甜，收获的不仅仅是从业经历更是眼界胸襟。 文章《"巴基斯坦工艺品及绘画展"在长举行》，实际上是田芳的现场采访，我因为有其他采访任务而做非现场写作，按当时《长沙晚报》的分线管理机制，文化线、文化口是归我报道的，故而署两人之名。 其实，在新闻采访报道的具体操作中，任何媒体机构确实有"分线分口"的必要，也有"并线融通"的必要，否则"踩线跨线"就会"打乱仗"、浪费人力，"口线分明""森严壁垒"也不过是冠冕堂皇的故步自封而已。

"徐悲鸿画展"将展出

本报讯 湖南省博物馆将在国庆期间举行"徐悲鸿画展""俄罗斯绘画艺术三百年展"等,为高雅艺术在省会长沙的展出再描重彩。据悉,艺术巨匠徐悲鸿先生的画展将于 9 月 18 日至 10 月 8 日在湖南省博物馆新陈列大楼隆重展出。"徐悲鸿画展"由北京徐悲鸿纪念馆、湖南省博物馆主办,这是"一代艺术大师"徐悲鸿的画作首次在湘展出,其价值非同小可。展览作品是从徐悲鸿纪念馆所收藏的徐悲鸿 1200 余件画作中精心挑选的 90 件精品原作,包括国画、油画、素描等,较全面地反映了徐悲鸿的艺术造诣。

✐ 按 语

文章刊于《长沙晚报》2001 年 9 月 17 日,署名本报记者张邦卫。这是一篇关于徐悲鸿画展的预告性消息。徐悲鸿,中国近现代著名画家、艺术巨匠,杰出的艺术教育家。在中国近现代名家中,徐悲鸿的马与齐白石的虾、张大千的泼墨、黄宾虹的山水、李可染的牛、黄胄的驴等都是在各自的绘画领域具有鲜明的特色和风格的,是他们特有的符号和个性化标志,开创了属于自己的"派别"。提起徐悲鸿,人们第一时间想到的往往是他画的马,其次便是他与蒋碧薇、孙多慈以及廖静文三位女士纠缠纠葛的爱情故事,对于他的人生经历和艺术成就却知之甚少。也许正因如此,北京徐悲鸿纪念馆、湖南省博物馆联合主办"徐悲鸿画展"就显得尤其有必要和恰逢其时,它不仅可以广泛地传播徐悲鸿先生的绘画艺术,也可以切实推进高雅艺术走向基层、走进群众,这也许就是举办"徐悲鸿画展"的意义和价值所在吧。事实上,"徐悲鸿画展"的展品是从徐悲鸿纪念馆所收藏的 1200 余件画作中精挑细选出来的,有 90 件精品原作,包括国画、油画、素描等,是徐悲鸿绘画艺术的真实呈现。总之,观其展,可以知其人、抵其心、习其艺、达其境。

湘剧名段：楚曲高腔响京城

9月27日夜晚，首都北京护国寺人民剧场，华灯初上，由文化部举行的"庆祝中华人民共和国成立50周年优秀剧目演出晚会"拉开帷幕，中央电视台做了现场直播。此次直播的全国地方戏只有7台，湖南省湘剧院应邀演出的湘剧名段《马陵道》便是其中之一。改编后的《马陵道》凭借其厚重的历史氛围、对知识分子命运的关注、娴熟而创意迭出的技巧、浓厚的湖湘文化风格而深受广大戏迷朋友的青睐。

作为湖南地方大戏剧种，湘剧至今已有500多年的历史。湘剧艺术不论是在剧目，还是在音乐、表演以及舞台美术设计等方面，都形成了自己完整的艺术形式与独特的艺术风格。该院主管业务的陈飞虹副院长向记者介绍，从1949年至今50年时间里，湘剧推出了一系列精品剧目，例如《琵琶上路》《拜月记》《生死牌》《园丁之歌》等。此次进京演出的《马陵道》便是其中之一。

《马陵道》讲述了战国时期齐人孙膑与魏人庞涓曾同在鬼谷子门下学艺，孙膑因系军事家孙武之后，能记忆失传的《孙子兵法》，加之才华横溢而得到庞涓的引荐并深受魏王的赏识。由于庞涓日益膨胀的妒忌，这一对同窗好友经历了托书、削膑、焚简、装疯、出逃等一系列的变故，最后孙膑以"围魏救赵"之计在马陵道设伏大败魏军，庞涓愤然自刎，孙膑怆然问天……该剧塑造了孙膑、庞涓和车前子3个人物形象，吟唱了一曲知识分子命运的壮歌。整剧气势宏大，唱词优美，情意盎然，舞美古朴，灯光多变，剧情动人，对白略带长沙味，乐曲有湖湘山歌、民歌的气息，仔细倾听，宛然一泓湖湘文化清泉汩汩而来，使人心醉神驰。

该剧的导演王伯安先生告诉记者，《马陵道》以知识分子特别是高级知识分子的抗争、角逐的命运为核心，反映了广阔的战国争雄的历史背景，是一种带有悲剧色彩的正剧，透出了人才竞争的历史回音；并指出自己的导戏理念是"追求声色之美"。声，即音乐，《马陵道》以高腔为主，但进行了创新改革，加大了伴奏、伴唱、和声的渲染效果，并使它们与整体音乐和谐融合；色，即包括舞美设计、服装、道具和灯光等，追求变化中的凝重端庄。他认为只有这样的戏曲才有可视性、可赏性和高品位，才能引起情感的共鸣，吸引广大的观众。

被誉为"湘剧名丑"的孙膑的扮演者唐伯华老师和剧中女主角车前子的扮演者王阳娟老师在与记者的交谈中，都表达了对湘剧这种高雅艺术的酷爱。王阳娟颇富深情地说："搞湘剧艺术是典型的'十年磨一剑'，有时也许十年都不能出什么成绩；我也迷茫、徘徊过，但既然选择了这一条路，我就没有后悔过，因为我们这些'戏疯子'对湘剧艺术爱得太深沉了。"

按　语

文章刊于《湖南科技报》1999 年 9 月 30 日，署名张邦卫、欧阳高飞。欧阳高飞是我湘潭师范学院中文系的师弟，与我一样都是《湖南科技报》的特聘记者，均属于靠挣工分拿工资的体制外媒体人。后来我入职了《长沙晚报》社，他入职了《潇湘晨报》社，虽偶有联系，但走动似乎少了，世事沧桑，鸿雁早已折翅。现在重读此文，倒是让人怀念当时一起在《湖南科技报》社共事的难得的情缘，毕竟文字也许是这个世上最不朽的记忆吧。整体上说，文章报道的是湘剧名段《马陵道》进京演出大获成功的文化新闻。湘剧是湖南的地方剧种，已有 500 多年的历史。然而，曾几何时，尤其是在 20世纪 90 年代市场经济勃兴以及影视艺术的强力冲击之下，像湘剧这样的高雅艺术确实进入了一个十分尴尬的寂静期，纵然有好的剧目、好的导演、好的演员，却难有好的观众和好的票房。湘剧不能不说是在挣扎中前行，在一个又一个酷爱湘剧艺术的艺术家们的坚守中传承。正因如此，文章独拈新编湘剧《马陵道》的导演王伯安、男主角唐伯华、女主角王阳娟，写出了他们的"十年磨一剑"以及对湘剧艺术深沉的爱。也就是说，他们的选择是可贵的，他们的坚守是可敬的，他们的困惑是可怜的。一部戏，一个剧，其实就是一个时代的缩影、一个社会的镜鉴。我们需要好的湘剧，但从某种角度说，我们更需要能容纳湘剧的社会、热爱湘剧的观众。否则，曲高和寡，留给社会的

按 语

不仅仅是另类的清高，也许更多的是别样的悲怆。 像湘剧这样的地方剧种，能产生的经济效益确实有限，但其春风化雨、润物细无声的潜能却是不可限量的。 总的来说，文章以事写势，无非是想借此表达一种愿景与呼吁：推进湘剧艺术的繁荣，亟须国家层面和地方政府的大力扶持。

德艺双馨载誉归

曹汝龙荣获中国文联第三届中青年"德艺双馨"优秀会员称号

　　本报讯　长沙市湘剧院院长、国家一级演员曹汝龙在参加完中国文联于 12 月 12 日至 14 日在京举行的第三次中青年优秀会员"德艺双馨"座谈暨颁奖会后,于昨日载誉归来。据悉,此次全国荣膺"德艺双馨"称号的中国剧协会员 15 人,曹汝龙便是其中之一,同时也是我省戏剧界中青年演员的唯一代表。

　　据介绍,曹汝龙于 1993 年在湘剧《布衣毛润之》中扮演毛泽东而荣获第四届"文华奖",1995 年在湘剧《铸剑悲歌》中扮演诸健而荣获中国第四届戏剧节"优秀表演奖",同年获第十三届"戏剧梅花奖",1997 年在湘剧《人间知己》中扮演毛泽东而获湖南省"田汉大奖"。此外,曹汝龙 1994 年被市委、市政府授予"有突出贡献的专家"称号,1998 年被省委省政府授予"优秀中青年专家"称号。

按 语

　　文章刊于《长沙晚报》2000 年 12 月 17 日,署名本报记者张邦卫、特约记者殷景阳。 这是一篇关于长沙市湘剧院院长、国家一级演员曹汝龙荣获中国文联第三届中青年"德艺双馨"优秀会员称号的消息。 曹汝龙,知名湘剧表演艺术家,业务精湛,荣誉等身,先后荣获"文华奖""优秀表演奖""戏剧梅花奖""田汉大奖""湖南省优秀中青年专家"等省级以上荣誉。 此次荣获中国文联第三届中青年"德艺双馨"优秀会员荣誉称号,可以说是对曹汝龙个人才艺、人品的双重认同,也是湖南湘剧艺术的荣耀。"德艺双馨",一般意指一个从事艺术的人的德行和艺术(技艺)都具有良好的声誉,语出《国语·

按语

周语上》——"其德足以昭其馨香"。 凡艺术工作者，有艺无德不行，否则就是失德艺人；有德无艺不行，否则极有可能是伪德艺人；唯有精于艺而修于德，做到"德艺双馨"，方可称为真正的艺术家。 可以说，"德艺双馨"，既是艺术工作者的基本规范，也是对艺术工作者的最高评价。 所以，崇尚"德艺双馨"，敬重"德艺双馨"，应该是整个社会的共识。

打造湘剧艺术经典品牌

《人间知己》重排

本报讯 日前,记者从市湘剧院了解到,为了纪念杨开慧同志100周年诞辰,同时为参加10月15日在太原举行的全国第六届"映山红"民间戏剧节,市湘剧院的"品牌戏曲"——大型现代湘剧高腔《人间知己》在经过精益求精的修改和二度创作之后再次重排,欲精心打造湘剧艺术的经典品牌。

《人间知己》取意于毛泽东的词《贺新郎·别友》中的名句——"算人间知己吾和汝",并以1982年、1990年在杨开慧烈士故居夹墙中发现的杨开慧自述、日记和诗文手稿等史料为基础,以毛泽东和杨开慧的几首诗词为切入点,从一个新的视角即人的视角来充分展示杨开慧的心路历程和忠贞不渝的"骄杨丽质",再现杨开慧与毛泽东的婚恋经过、共同的革命生涯和感人肺腑的爱情。

据市湘剧院负责人介绍,《人间知己》曾于1997年荣获湖南省的"田汉大奖",此次经二度创作后,将以老年毛泽东的回忆为切入点,情感基调为浓浓的怀念与淡淡的愧疚交织。除此之外,该剧在演员阵容、编舞、结构等方面进行了较大的修改。比较而言,新版《人间知己》将以"百年绝恋"为经,深挖"一代伟人"丰富的人性内涵,肯定更有看头。新版《人间知己》除继续由"文华奖"和"戏剧梅花奖"得主曹汝龙扮演青年毛泽东之外,还力邀我省著名表演艺术家廖炳炎扮演老年毛泽东。

据了解,重排湘剧《人间知己》是从7月下旬开始的,8月份正式进行前期排演,9月份合成,在10月上旬赴太原之前将在长沙公演。

按 语

　　文章刊于《长沙晚报》2001 年 8 月 28 日，署名本报记者张邦卫。 这是一篇关于湘剧《人间知己》重排的消息。 作为长沙湘剧院的"精品湘剧"《人间知己》，其剧名语出毛泽东《贺新郎·别友》——"算人间知己吾和汝"，重点展示的是杨开慧对爱情家庭、理想信念的"骄杨丽质"，曾获湖南省的"田汉大奖"。 文章较为详细地报道了湘剧《人间知己》的重排、为什么重排以及如何创新性地重排，重点报道了视角、主题上的迁移，即从杨开慧的"骄杨丽质"转向毛泽东、杨开慧的"百年绝恋"与毛泽东的"伟人思念"，即如毛泽东《蝶恋花·答李淑一》中所写的"我失骄杨君失柳，杨柳轻飏直上重霄九。 问讯吴刚何所有，吴刚捧出桂花酒。 寂寞嫦娥舒广袖，万里长空且为忠魂舞。 忽报人间曾伏虎，泪飞顿作倾盆雨"的"失杨之痛""忠魂之思""泪飞之悲"，还有就是情感、基调上的转换以及主演人员的强化。所以，艺术创作永无止境，从旧版《人间知己》到新版《人间知己》，这绝对不是一次简单的再次演出，而是不断迈向精品化的淬炼之旅，毕竟唯有精品化才能经典化。 也许时间会证明一切，新版《人间知己》可以是湘剧艺术的戏曲品牌。

小戏、小品、小曲有大魅力

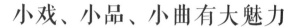

全国第十一届"群星奖"长沙地区选拔赛
暨长沙市第二届小戏、小品、曲艺调演昨晚举行

　　本报讯　昨晚,由中共长沙市委宣传部、市文化局主办,市群众艺术馆具体承办的"全国第十一届'群星奖'长沙地区选拔赛暨长沙市第二届小戏、小品、曲艺调演"在市青少年宫影剧院举行。

　　演出分小戏、小品和曲艺三个板块,尤以小品为重头戏,是一台融朴实的艺术性与鲜明的思想性于一体的综合调演晚会。其中小品《寻找目击者》《大堤上的笑声》《山村打工妹》和《胡传魁重返沙家浜》有挡不住的乡野粗犷美;花鼓小戏《何大爹逛星城》、快板《风流潇洒说长沙》以不同的艺术形式,展示了一个共同的主题——"星城巨变"。此外,古典舞《秦王点兵》、京剧舞蹈《披星戴月下太行》、女声独唱《赶圩归来啊哩哩》、音乐剧《堆雪狮》和苗族舞蹈《扯扯扯》亦给观众留下了深刻的印象。

　　另悉,有关部门将从中选出部分思想性、艺术性、群众性与本土性俱佳的作品参演全国第十一届"群星奖"比赛。

按 语

　　文章刊于《长沙晚报》2001年7月21日"文化新闻"版，署名本报记者张邦卫，原文有配图。文章的主标题凝练简洁而又语意悠长，以"三小"配"一大"，充分显示了调演晚会的水平与魅力；副标题虽然稍显冗长，但不折不扣地秉持了新闻的真实性原则和事实性陈述，也算是中规中矩、无可厚非吧。值得一提的是，文章中提到的所谓"调演"，在当时确实是群艺发展的一种备受欢迎的选拔机制和交流方式，是一个有着历史身份、群艺记忆的文艺活动。通过调演，可以多方参与，可以同台竞演，可以观摩学习，可以披沙砾金，可以口碑传播。作为一名本土的文化记者，我参加的长沙市全市范围的调演晚会并不多，但这一次确实让我印象深刻、久久难忘，包括其人其事、其言其语、其声其曲。小戏小品不死，曲艺民歌不灭，虽然有赖于屈指可数的大师的引领，但更有赖于无数将小戏小品小曲生活化的广大群众的传承。

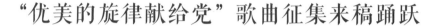

"优美的旋律献给党"歌曲征集来稿踊跃

　　本报讯　为庆祝建党 80 周年,中国音乐家协会创作委员会、《音乐周报》社、中共长沙市委宣传部、市文联及市音协联合举办的"优美的旋律献给党"全国征歌比赛自 3 月 29 日开赛以来,共收到各地的应征歌曲 600 余首,体裁包括独唱、对唱、重唱、齐唱、合唱和少儿歌曲等。这次征歌是为中央电视台和中共长沙市委于 6 月 27 日在清水塘联合举办的"优美的旋律献给党——庆祝中国共产党建党 80 周年大型文艺晚会"推荐一批优秀歌曲。

 按　语

　　文章刊于《长沙晚报》2001 年 4 月 24 日,署名本报记者维邦、通讯员殷景阳,维邦是张邦卫的笔名,殷景阳是长沙市音乐家协会的秘书长,也是《长沙晚报》在音乐线的资深通讯员。　这是一篇关于"优美的旋律献给党"全国征歌比赛的消息。　2001 年,是建党 80 周年,这是大事,也是热点。　各行各业都在搭大事的小便车,蹭热点的小焦点,结合专业为建党 80 周年做一些有意义的事。　在这一点上,文艺界也不例外。　所谓"文章合为时而著,歌诗合为事而作",这也许就是"优美的旋律献给党"全国征歌比赛的价值所在吧。文章十分简括地报道了这次全国征歌比赛的踊跃程度,征歌的数量、成果体裁以及征歌活动的后续活动安排。　客观地说,这则消息对"优美的旋律献给党"全国征歌比赛进行了肯定性中期总结,同时也对"优美的旋律献给党"全国征歌比赛的后期活动起到了很好的持续推进、扩大宣传、打软性广告的作用。　所以,从这个角度来讲,假如说文学艺术是一种非功利性与功利性的审美共同体的话,那么消息也是一种客观性与主观性的新闻共同体,或者说,消息其实也是一种"软广告"。

"优美的旋律献给党"全国征歌揭晓

长沙市有《阳光乐章》等 12 首新歌获奖

本报讯　为庆祝建党 80 周年,由中国音乐家协会创作委员会、《音乐周报》社、中共长沙市委宣传部、长沙市文联和长沙市音乐家协会联合举办的"优美的旋律献给党"全国歌曲征集比赛于 5 月 29 日在北京揭晓。本市共有 12 首新歌分获一、二、三等奖。

由长沙市委副书记、长沙市市长、国家一级作家谭仲池作词,著名作曲家徐沛东作曲的《阳光乐章》荣登一等奖榜首。此外,获二等奖的作品有《党心民心格外亲》(陈楚良作词,殷景阳作曲)、《清水塘的灯光》(陈楚良作词,张云华、蔡廷瑞、阳光作曲)、《小雨点的梦》(李少白作词,刘芳作曲)、《党是领路人》(陈楚良作词,方新作曲)、《韶山情》(郭天柱作词,唐勇强作曲)。获三等奖的作品有《日子富了歌也多》《太阳雨》《毛泽东,共和国之魂》《党的故事》《爱,来自党的胸怀》《我们永远跟党走》。

另据了解,长沙市将于 7 月 1 日晚在田汉大剧院举办"优美的旋律献给党"全国歌曲征集比赛获奖作品演唱会暨颁奖晚会。

按 语

　　文章刊于《长沙晚报》2001 年 5 月 31 日，署名本报记者张邦卫、特约通讯员殷景阳。 这是一篇关于"优美的旋律献给党"全国征歌比赛结果的消息。"优美的旋律献给党"是一个面向全国的征歌比赛活动，长沙市取得了不错的成绩，有《阳光乐章》等 12 首新歌获奖，包括一等奖 1 首、二等奖 5 首、三等奖 6 首。 最值得一提的是，荣获一等奖的《阳光乐章》的作词人是谭仲池，时任长沙市市长，兼国家一级作家。 仅就这一点来说，这也是这篇新闻中最有吸附性、传奇性以及博人眼球的新闻点。 也许人们不禁要问，这是谭仲池的作品吗？ 有没有"捉刀之嫌"？ 谭仲池是"学而优则仕"还是"仕而优则诗"？ 事实上，在当时国内有 2 位颇有名气的"市长诗人"，其中一位便是时任湖南省长沙市市长谭仲池。 所谓"市长诗人"，这本身就充分印证了谭仲池在行政管理与诗歌创作领域的双重跨界与突出成就。 像谭仲池这样能够在纷繁的行政事务中藻有诗性情怀、高尚情操而且笔耕不辍的"市长诗人"，其实是值得尊敬的。 所谓"诗如其人"，《阳光乐章》恰恰抒发的是一位共产党员在建党 80 周年之际的纯正心声吧。

优美的旋律献给党

2001 年星城音乐会 7 月 1 日举行

本报讯　为庆祝中国共产党成立 80 周年，由中国音乐家协会、中共长沙市委宣传部、长沙市广播电视局、市文化局、市文联主办，长沙音乐台承办的"优美的旋律献给党"全国征歌大赛颁奖晚会暨 2001 年星城音乐会，将于 7 月 1 日晚在田汉大剧院隆重举行。

据悉，此次由市音协承办的"优美的旋律献给党"全国征歌大赛共收到各类歌曲作品 2117 首，涵盖了独唱、表演唱、合唱等多种体裁，也包括了艺术歌曲、通俗歌曲、少儿歌曲等多个艺术门类，共评出一等奖 5 首、二等奖 10 首、三等奖 20 首和优秀奖若干首。我市在此次"优美的旋律献给党"全国征歌大赛中成绩斐然，共有《阳光乐章》《党心民心格外亲》《小雨点的梦》等 12 首新歌分获一、二、三等奖。

据晚会组委会有关人士透露，本届音乐会将主要演唱"优美的旋律献给党"全国征歌大赛的获奖作品，特别是一等奖和二等奖的作品，如《阳光乐章》《七月的阳光》《又唱亲爱的妈妈》《农家乐》《信念》等，可以说是"优美的旋律献给党"全国征歌的专题总结颁奖晚会，也可以说是获奖新歌的专场演唱展示会。除此之外，晚会还将演唱《赞歌》《情深谊长》《乌苏里船歌》《我和我的祖国》《又唱浏阳河》等一批人们喜闻乐见的精品力作。

晚会演员阵容强大，将邀请著名歌唱家郭颂、王秀芬、聂建华，湘籍著名青年歌手潘军、雷佳，全国首届"金钟奖"得主、二炮文工团青年歌唱家于丽娜等。值得一提的是，于丽娜将在晚会上倾情演唱中共长沙市委副书记、市长谭仲池作词，著名作曲家徐沛东作曲，荣获"优美的旋律献给党"全国征歌大赛一等奖的歌曲《阳光乐章》。此外，晚会还将融汇美声、民族、通俗等多种演唱技法,真正做到"百花齐放"。同时,少儿歌曲《小雨点的歌》、合唱《三军跟党向前进》和《中国潮》等歌也将在晚会上表演。届时艺术家们将以充满激情的歌声演绎"盛世之音",为建党 80 周年献上一份厚礼。有专家预言,这将会是一场高水平的全新的星城音乐会。

按　语

　　文章刊于《长沙晚报》2001 年 6 月 28 日,署名张邦卫、殷景阳、王士昭。 这是一篇关于 2001 年星城音乐会的预告式、介入式新闻报道。 在当时, 由于作为长沙市委机关报的《长沙晚报》的影响力、传播力和引导力,省会长沙的许多重大活动都会借助《长沙晚报》做宣传或预告。 正因如此,文章刊发于前, 活动举办在后, 故文章采用的是一种将来时的表述方式,以及一种由知情人士透露内情真相的叙事方式,文中较多地使用了诸如 "据悉""据说""据透露""专家预言"等新闻写作的陈言套语, 诚然是一种见怪不怪的模式化写作。 当然这样的文章毫无疑问是一种"软文", 它借助于主流纸媒平台可以达到最大化的传播效应, 由此也可以窥见主流纸媒曾经拥有过的繁盛。 然而,"优美的旋律"依然可以回响,纸媒的荣光却在电视、网络等新兴媒体的冲击下渐次黯淡。

颂歌声声遏行云

"优美的旋律献给党"2001年星城音乐会举行

本报讯　昨晚,由中国音乐家协会创作委员会、中共长沙市委宣传部、市广播电视局、市文化局、市文联共同主办,长沙电台音乐频道具体承办的"'优美的旋律献给党'全国征歌大赛颁奖晚会暨2001年星城音乐会"在田汉大剧院举行。出席晚会的有省相关部门负责人张明泰和市领导谭仲池、欧代明、夏友贵、董学生、谢建辉、张伟玦等以及中国音乐家协会秘书长顾春雨,省文联副主席、省音协主席何纪光和《音乐周报》社总编辑周国安。

晚会在全场齐声高歌《没有共产党就没有新中国》的雄壮歌声中拉开序幕。整台晚会以"优美的旋律献给党"这个红色主题为经,以颁发全国征歌大赛获奖曲目一、二、三等奖为纬,经纬交织,分为相对独立的四个板块,洋溢着欢快向上、情深意浓的气氛。晚会上,不仅一批获奖的新创歌曲得到了高水平的演唱,一些经典的老歌也是魅力依旧。于丽娜演唱的《七月的阳光》《阳光乐章》,郭颂演唱的《乌苏里船歌》《农家乐》,王秀芬演唱的《我和我的祖国》《中国春潮》,潘军演唱的《党心民心格外亲》《又唱浏阳河》,雷佳演唱的《又唱亲爱的妈妈》《我的祖国》,都给观众留下了深刻的印象。

按　语

　　文章刊于《长沙晚报》2001 年 7 月 2 日，署名本报记者张邦卫。"星城音乐会"是湖南长沙音乐界的文化标牌，2001 年恰逢中国共产党成立 80 周年，于是"2001 年星城音乐会"便有了属于它的红色主题，那就是所谓的"优美的旋律献给党"，颂歌声声，掌声阵阵，心曲缕缕，一曲又一曲欢快向上、情深意浓的红色歌曲让所有与会听众情难自禁，既感恩于党，又感动于音，还感触于词，这恰如文章标题所说的"颂歌声声遏行云"，这不仅展现了颂歌艺术的感染力，也展现了颂歌艺术的震撼力。《礼记》有云："治世之音安以乐，其政和；乱世之音怨以怒，其政乖；亡国之音哀以思，其民困：声音之道，与政通矣。"从某种角度上说，"2001 年星城音乐会"非同一般，它是"治世之音"，是与政通、与党通、与时通、与地通的音乐会，是一场不能忘怀的音乐盛宴。

昨夜，"优美旋律"绕星城

记"优美的旋律献给党"全国征歌颁奖晚会暨 2001 年星城音乐会

年年岁岁花相似，岁岁年年"曲"不同。已在古城长沙掀起过 4 次音乐热浪的"星城音乐会"，由于与党的 80 华诞相约，而格外诱人倾听。由中国音乐家协会创作委员会、长沙市委宣传部、长沙市广播电视局、长沙市文化局、长沙市文联主办，长沙电台音乐频道承办的"新怡园之夜——2001 年星城音乐会"昨晚在田汉大剧院隆重举行。

音乐会共演唱了 18 首歌曲，除了少数几首经典老歌之外，其余都是荣获"优美的旋律献给党"全国征歌大赛一等奖和二等奖的作品，这正如有关人士所指出的，从一定角度来说，这是"优美的旋律献给党"全国征歌大赛的专题总结颁奖晚会，也是获奖新歌的专场演唱展示会。音乐会演员阵容强大，如郭颂、王秀芬、于丽娜、聂建华、潘军、雷佳、叶舟、殷浩、刘宁娜等，星光灿烂，星光熠熠，他们的倾情演唱，把音乐会推上了一个又一个高潮。

《小雨点的梦》以欢快跳跃的节奏，天真童稚的音符，唱出了金色童年的梦。一身军装的潘军把《党心民心格外亲》的真谛唱得真真切切，动人心弦，此外作为湖湘儿女，她的《又唱浏阳河》演唱清亮圆润，声情并茂，博得了在场观众的齐声喝彩。今年刚满 70 岁的郭颂，把他 20 世纪 60 年代即已传唱全国的代表作《乌苏里船歌》和在本次征歌比赛中荣获一等奖的新歌《农家乐》唱得气势磅礴、激情飞扬。第三次走进"星城音乐会"的王秀芬，饱含深情地献上了名曲《我和我的祖国》以及获奖新歌《中国春潮》。获奖新歌《七月的阳光》和《阳光乐章》的演唱者是年轻的女歌唱家于丽娜，刚刚在全国首届"金钟奖"评选中荣获金奖的她把两首歌曲中所蕴含的对党的赞美与歌颂的"阳光主题"演唱得淋漓尽致。此外，本土歌手殷浩的《好当家》，亦给观众

留下了非同一般的印象。

　　火红的七月，正因为有了这"优美的旋律"而格外迷人。

 按　语

　　文章刊于《长沙晚报》2001年7月2日，署名本报记者张邦卫。这是一篇关于"'优美的旋律献给党'全国征歌颁奖晚会暨2001年星城音乐会"的深度报道，并刊有周柏平所摄照片两张，一张是于丽娜的演唱照，一张是王秀芬的演唱照。文章《昨夜，"优美的旋律"绕星城》与文章《颂歌声声遏行云》同日发表在《长沙晚报》，只是后者作为消息刊于第一版要闻版，前者作为深度报道刊于第八版文化体育新闻版，两篇文章各有侧重，但却是相互烘托、相得益彰的，从中可见《长沙晚报》对"'优美的旋律献给党'全国征歌大赛颁奖晚会暨2001年星城音乐会"的高度重视和大力支持。所以，党报姓党，绝不仅仅是一句口号，而应该是一种思想理念，一种行动指南，更是一件件、一次次具体的采访、写作、编排、刊发。弘扬主旋律，党报责无旁贷、义无反顾。

群星璀璨颂党恩

"革命人永远年轻"节目单敲定

本报讯　昨日,记者从中共长沙市委与中央电视台联合主办的"革命人永远年轻"文艺晚会组委会获悉,文艺晚会的节目单已经正式敲定,今天晚上将进行彩排。

据悉,文艺晚会以"革命人永远年轻"为主题,除以大合唱《革命人永远是年轻》贯穿首尾外,主要分 5 个板块,即"湖南曲目""京剧选段""歌曲联唱""歌剧选曲""新歌"。著名歌唱家及歌手如王昆、李谷一、宋祖英、郁钧剑、刘斌、甘萍、陈明、满江、屠洪刚、马晓晨、王丽、雷佳、王丽达、易秒樱、白雪、高音、湘女等将一展风采;中国力量、东方秀、梦幻想、风组合也将以联唱的方式演绎老歌新唱的魅力;京剧表演艺术家李维康、于魁智、孟广禄、童祥苓将演唱人们耳熟能详的京剧选段。中央电视台著名主持人周涛、张政担任晚会的主持。

📝 按 语

　　文章刊于《长沙晚报》2001 年 6 月 22 日，署名本报记者张邦卫。 这是一篇关于"革命人永远年轻"文艺晚会节目单敲定的消息。 从本质上说，任何消息都是要向读者讲述或传达一般读者想知道却无从知晓的信息或内幕。正因如此，由中共长沙市委与中央电视台共同打造的"革命人永远年轻"文艺晚会，从某种意义上说，在 2001 年建党 80 周年之际，无论从哪个角度讲，都是广大人民群众关心关注的大事。 文章简要地报道了"革命人永远年轻"文艺晚会的主题、内容、豪华的演员阵容、一流的主持人团队等，特别是透露了像著名歌唱家王昆、李谷一、宋祖英、郁钧剑、著名京剧表演艺术家李维康、于魁智、孟广禄、童祥苓、著名主持人周涛、张政等出席晚会现场，可谓群星璀璨、大咖云集，这无疑大大提升了"革命人永远年轻"文艺晚会的品质与品位。 文章标题凝练、叙述朴实、文字简洁，却在字里行间积蕴着一种巨大的艺术召唤力与政治感召力，无形中为"革命人永远年轻"文艺晚会的隆重亮相起到了抛砖引玉、烘云托月的传播效果。

精益求精迎"七一"　满怀深情颂党恩

"革命人永远年轻"文艺晚会昨晚彩排

本报讯　作为中央电视台"七一"三台大型纪念晚会之一的"革命人永远年轻"文艺晚会昨晚在长进行了彩排。整个彩排在焰火、灯光、音响、走台、背景、道具、场地、氛围、歌曲及串联衔接等方面进行了一次综合的、全面的、系统的会演，无论是舞美、音乐、台词还是主题意蕴，都达到了预期的效果。原定京剧选段《都有一颗红亮的心》由于李维康因故未能来长，改为《杜鹃山》之《家住安源》，由中央戏剧学院的于兰演唱。此外，王昆、甘萍因今天才能抵长而"缺席"了昨晚的彩排。

长沙市委常委、市委宣传部部长谢建辉观看了整个彩排，在对彩排效果进行了肯定之后，提出了改进意见。另据中央电视台执导此台晚会的有关负责人说，整个彩排效果较为理想，但还有一些走台的细节有待进一步完善。

晚会将于今晚正式演出，长沙市广播电视局所属长沙电视台 5 个电视频道，长沙人民广播电台 2 个频道将向全市人民直播这台盛大的文艺晚会，中央电视台也将在"七一"期间向全国观众进行转播。

按 语

　　文章刊于《长沙晚报》2001 年 6 月 23 日，署名本报记者张邦卫。 这是一篇关于大型文艺晚会"革命人永远年轻"彩排的消息。 作为中央电视台"七一"三台大型纪念晚会之一的"革命人永远年轻"文艺晚会，由于恰适建党 80 周年的特殊节点，加之文艺晚会地点又是在中共湘区委员会旧址和毛泽东早年革命的驻地，其重要性和象征意义不言而喻，既来不得半点马虎，也容不得半点差池。 正因如此，"革命人永远年轻"文艺晚会的彩排也非同小可、非比寻常，毕竟高水平的彩排是为了更高水平的闪亮登场。 文章标题中"精益求精迎'七一'"写出了彩排的认真态度和目标指向，"满怀深情颂党恩"写出了彩排的浓浓情愫和政治倾向。 文章简括地报道了彩排的高质量、高水平、高能量、高效度，同时借用长沙市委常委、市委宣传部部长谢建辉和中央电视台知名导演的评点给予了高度的肯定和认同，同时也指出了需要进一步完善与优化的地方，并且还对"革命人永远年轻"文艺晚会的直播、转播方案进行了简要介绍。 从整体上说，文章为"革命人永远年轻"文艺晚会做足了铺垫、蓄足了氛围、弹好了前奏、演好了序章。

清水塘做证

"革命人永远年轻"文艺晚会实况录播

"革命人永远是年轻,他好比大松树冬夏常青。"从刘斌的歌声开始,整个演出地——清水塘便弥漫着革命的激情,由中共长沙市委、中央电视台主办,市委宣传部、市广播电视局、市文化局承办的"革命人永远年轻"大型文艺晚会作为庆祝中国共产党成立 80 周年的重要活动,成为人们关注的焦点。本报派出报道小组从多角度切入,发回了以下的报道——

主镜头
机位:演出现场
地点:清水塘市博物馆展厅前坪
现场记者:张邦卫

金光闪闪的党徽,绚丽的焰火,劲歌曼舞,楚曲湘韵……昨晚在中共湘区委员会的旧址清水塘举行的"革命人永远年轻"文艺晚会奏响了一曲爱党、颂党的辉煌乐章。晚会通过 5 个板块"湖南曲目""京剧选段""歌曲联唱""歌剧选曲"和"新歌",让经历了 80 年风风雨雨的清水塘做证:革命人心里有人民,革命人永远年轻。

"湖南曲目"令湖南观众感到很亲切。王昆倾情演唱的《农友歌》活泼轻快,唱出了农友扬眉吐气、大快人心之感,让人一下子回到了惊天动地的大革命时代;蔡国庆的《送别》,高昂而又不失婉约;满江的《我们共产党人好比种子》,很有亲和力;李谷一的《浏阳河》湘韵十足,让人感觉过瘾;屠洪刚的《天上太阳红彤彤》更是调动了全场的气氛。

晚会精心选取的"京剧选段"都是歌颂共产党员的现代京剧，字正腔圆地唱出了共产党人的伟大。于兰的《家住安源》，唱出了早期共产党人的艰难抗争；李维康的《都有一颗红亮的心》，清亮脆响，掷地有声；于魁智的《党叫儿做一个刚强铁汉》与孟广禄的《党的儿子赵永刚》，刚性十足，铿锵有力，几乎能让人伸手可触摸到革命人钢铁般的脊梁；著名京剧表演艺术家、"杨子荣"的扮演者童祥苓也来到清水塘畔，高歌了一段《共产党员》，旧日风采依旧，"英雄"情怀未变，博得了观众的热烈掌声。

由梦之光、火龙组合、东方秀和风组合等4个组合联手奉献的歌曲联唱，更是把"年轻"两个字诠释得动感逼人。4个小组合构成一个欢快的大组合，节奏明快，用当代年轻人独特的形式表达了对共产党的敬爱。《没有共产党就没有新中国》把联唱推上了一个小高潮，加之焰火的催化，更是生动地点明了晚会的鲜明主题。

由《珊瑚颂》《洪湖水浪打浪》《大红枣儿甜又香》和《红梅赞》组成的"歌剧选曲"给人最深刻的印象是一个"情"字。特别是由歌手白雪演唱《红梅赞》，编导可谓用心良苦，白雪衬红梅，白雪唱红梅，鲜明吻合之至。

由宋祖英演唱的《阳光乐章》和台上台下合唱的《革命人永远是年轻》，把全场的热烈气氛调到了最高点，"党啊，党啊，千秋万代跟着你，奔向前方"，不仅仅是一歌所吟，更是全中国亿万人民共同的心声。那豪迈的气势、优美的旋律久久地回响在清水塘畔，回荡在星城夜空。

分镜头一

机位：观众席

地点：清水塘市博物馆展厅前坪

现场记者：周艺　姚毅

在观众席上，我们看到的是一张张激动、兴奋的脸。

看着这台洋溢着革命豪情的大型晚会，年事已高的原129师老八路赵健伟、原120师的老红军吴国厚激动不已。他俩回忆起当年的烽火岁月，自然感慨良多。当年，他们也喜欢唱很多革命歌曲，喜欢在战斗胜利后扭秧歌，"二月里来是新春……""张老三，我问你，你的家乡在哪里……"，面对记者，赵老和吴老小声唱了起来。"不过,那时候可没个像样的舞台,我们就在街上唱,就在战壕里唱。"二老还解释说,"我们最初唱《没有共产党就没有新中国》,没有这个'新'字,这个'新'字是后来毛主席加的。"二老表示,没想到能在有生之年庆祝党的80岁生日,而且还有这么好看的文艺晚会。

作为一名党员,驻长部队某舟桥团的莫日幸对能参加这样一台建党80周年的大型晚会感到很自豪,看过演出后,他表示经历了一次洗礼,更加坚定了他作为一名军人要听党的话,做好本职工作为建党80周年献礼的信念。年轻的莫日幸对新歌《阳光乐章》《革命人永远年轻》很感兴趣,特别是《革命人永远是年轻》,他觉得这首歌正是当代军人的真实写照。

湖南师大附中的肖叶红老师看完节目后仍余兴未尽,对晚会的评价很高:"晚会选在清水塘举行很有意义。整台晚会可以用'大气磅礴、主题集中'来概括,演出的节目既回顾了党的成长历程,又展望了美好明天;既缅怀了伟大领袖,又歌颂了军民鱼水深情;另外节目表现形式很新颖,许多旋律优美、久唱不衰的老歌经改编加上一些新的音乐元素,给人耳目一新的感觉。"而来自开福区民主西街小学的瑶瑶小朋友认为,看完这台晚会后自己受到了很深刻的教育,对中国共产党有了更深刻的认识。

分镜头二

机位:游机

地点:清水塘

现场记者:周艺

平日里幽静的清水塘在昨晚显得格外的热闹,绚丽的歌舞、五彩的礼花是献给建党80周年的生日贺礼,也是献给曾在中共湘区委员会旧址革命、工作的革命先辈的礼赞。这是毛泽东和杨开慧共同生活、从事革命活动的地方。在颂歌声中,记者徜徉在这片红土地上,踏着革命先辈的足迹,感慨不已。

在夜色和缤纷的灯光的掩映下,耸立在清水塘中央位置的毛泽东塑像更显伟岸,塑像两旁的红缨枪造型路灯也昭示着不同寻常的革命意义。塑像的西侧是毛泽东诗词书法艺术碑廊,隐约间能感觉到"毛体"的遒劲有力,体味当年毛泽东的革命豪情。毛泽东塑像后面是一汪碧水，微澜的池水、摇曳的垂柳，流溢出少有的自然意趣，塘边有一栋建造的房屋格外引人注目，这里就是中共湘区委员会的旧址。80 年前，毛泽东就是在这座房子里创立了中国共产党第一个省级委员会。毛泽东和杨开慧在这里生活，在这里革命，从此，清水塘便因为这一革命家庭和中共湘区委员会载入了党的光辉史册。

在演出现场观众席周围，矗立着近十张大型标语牌——"没有共产党就没有新中国""党的光辉永照神州""天大地大不如党的恩情大""革命人永远挺立在山岭""三个代表深远博大、引吭高歌、破浪进发"等内容，装点着有深刻革命意义的清水塘，更让人豪情满怀。

这里是缅怀、追忆毛泽东和其他革命先辈的地方，这里也是适合纪念我们伟大的中国共产党的地方，尤其在这样一个充满革命激情的夜晚。"咱们的领袖毛泽东，毛泽东……"，不远的演出现场传来熟悉的歌声，歌声穿透夜幕，响彻云霄。

按　语

文章刊于《长沙晚报》2001 年 6 月 24 日，署名本报记者周艺、张邦卫、姚毅，并刊有周柏平所摄现场照片 4 张。"革命人永远年轻"大型文艺晚会，是中共长沙市委、中央电视台重点打造的向建党 80 周年献礼的重大活动。举办地是长沙市清水塘中共湘区委员会旧址以及毛泽东、杨开慧的旧居，这就显得意义非比寻常了。正因如此，《长沙晚报》对此次报道十分重视，派出了文体部 4 名记者来共同完成这次大型文艺晚会的报道工作。每位记者从各自不同的角度来进行深度报道，包括主会场、现场观众、会场周边场景等，层次分明，方位感、主体感十足。诚如文章标题所写的《清水塘做证——"革命人永远年轻"文艺晚会实况录播》，这也是我的记者从业生涯中唯一一次集体报道，并采用了有点类似于电视摄像机的捕捉方式，换言之，就是纸媒采用了视媒的书写方式。

带病高歌《珊瑚颂》

青年歌手陈明在长演出传佳话

本报讯 6月23日晚,在清水塘举行的大型文艺晚会"革命人永远年轻"可以说是"群星璀璨颂党恩",不管是著名歌唱家、著名京剧表演艺术家,还是青年歌手,都怀着一颗炽热的心来到长沙,来到清水塘畔,为党的80华诞高歌,青年歌手陈明的带病登台更令许多知情人士钦佩不已。

陈明是广大观众十分熟悉的歌手,从《寂寞让我如此美丽》《为你》到《快乐老家》《仙乐飘飘》,还有刚刚摘取十大金曲奖的《幸福》,陈明一直保持着自己在流行歌坛上的位置。据此次晚会负责接待工作的魏小姐透露,陈明是6月23日上午抵达长沙并入住佳程酒店的,在没有吃任何食物的情况下,便与组委会联系彩排事宜,在忙碌了一个上午的彩排之后,下午3时陈明便腹胀胃痛不已。最初陈明忍痛不说,实在痛得不行了,才在酒店开了些药吃并进行了股肌注射,病情稍有缓减。由于晚上要参加晚会,她说不能因为自己的胃痛而使晚会受到影响,便强迫自己吃了一些饼干,准时来到演出现场。演出时,陈明深情演唱了《珊瑚颂》。晚会结束后,陈明就被工作人员送到医院里进行了几个小时的静脉滴注,到24日凌晨3时左右才回到住处休息,她已于昨日早晨8时离开佳程酒店前往江西参加另一个庆祝建党80周年的文艺活动。负责接待陈明的魏小姐动情地说:"一个青年歌手有这样好的艺德,真让人佩服。"

按 语

　　文章刊于《长沙晚报》2001 年 6 月 25 日，署名本报记者张邦卫。 这是一篇关于青年歌手陈明带病参演"革命人永远年轻"文艺晚会的专题报道。"革命人永远年轻"文艺晚会是一台献礼建党 80 周年的高品质文艺晚会，整体上说，真的就是所谓"群星璀璨颂党恩"。 正因如此，能够受邀参演的著名歌唱家、著名京剧表演艺术家、青年歌手都是经过严格挑选的。 换言之，唯有德艺双馨，方可登台演唱。 文章报道了青年歌手陈明带病高歌《珊瑚颂》，其赤热之心、颂党之情、敬业精神一时传为佳话，为知情人士所津津乐道。 事实上，曾几何时，在艺术商业化、市场化的大潮中，许多艺人走穴成风、耍大牌成瘾、坐地起价、唯利是图、为一己之私不惜罢演罢唱，此等怪状屡见不鲜。 这些人虽有艺，但无德，包括公德、私德、艺德、政治品德等。更有甚者，纵使有社会各界的诟病与批判，但依然我行我素，让光鲜的演艺圈、娱乐圈、影视圈一次又一次抹黑掉色。 正是在这样的语境下，青年歌手陈明带病参加"革命人永远年轻"文艺晚会并高歌《珊瑚颂》的举动，就显得弥足珍贵了。 从这个角度说，文章报道陈明的事迹却又不止于陈明的事迹，更多的是在呼唤那种"以德为先、德艺双修、德艺双馨"的艺术人格的回归与重构。

同心协力　共襄盛会

市广电局、市文化局为"革命人永远年轻"献力

　　本报讯　长沙市广播电视局与长沙市文化局在庆祝建党 80 周年大型文艺晚会"革命人永远年轻"的组织、协调、演出、播映等方面做了一系列工作,为晚会的成功举办做出了突出的贡献。

　　长沙市广播电视局联系中央电视台,把晚会的各项工作分组落实,协调中央电视台并全程配合,选择场地,严把节目关,确定合唱与伴舞演员,组织排练,还有诸如网络传输、剧务、摄影灯光音响设备的安装调试、接待等事务性工作亦是做得有板有眼,特别是所属长沙电视台 5 个电视频道和长沙人民广播电台 2 个频道的"互动直播",更是把晚会的精彩送进了千家万户。

　　长沙市文化局不仅选调了 20 名干部参与晚会工作,所属歌舞剧院、湘剧院、花鼓剧院和群艺馆亦全力以赴提供晚会所需的灯光、音响设备等,市博物馆更是排除重重困难提供了最好的演出场所,使晚会得以圆满进行。

按 语

　　文章刊于《长沙晚报》2001 年 6 月 27 日，署名本报记者张邦卫。这是一篇关于长沙市广播电视局、长沙市文化局在"革命人永远年轻"文艺晚会上一系列工作的消息。任何大型活动，均需要各方的协同配合，所谓"独木难成林""众人拾柴火焰高"说的就是这个道理。文章标题《同心协力　共襄盛会》从整体上进行了肯定性判断，文章内容分别陈述了长沙市广播电视局、长沙市文化局在推进"革命人永远年轻"文艺晚会过程的工作内容、工作态度与工作效果。从整体上说，"革命人永远年轻"文艺晚会的精彩绽放，绝不是轻而易举的，它离不开幕后单位和个人的辛勤耕耘与默默奉献，这中间最值得大书特书的就是长沙市广播电视局、长沙市文化局。一般观众可能只关注"革命人永远年轻"文艺晚会本身，而作为一个有良知的文化记者，则不能仅限于此，应该更多地关注幕后与过程、细节与全貌、案例与典型。毕竟有深度、有广度、有厚度、有温度的新闻，是需要不断挖掘、不断精进、不断优化的。总之，好新闻，绝不拘泥和止步于事件本身，也许更多的是在事件之外和事件周边，或者说，聚焦必不可少，辐射也不可或缺。

诗吟心声　词唱衷曲

市诗协"庆祝建党 80 周年诗词吟唱会"昨日举行

本报讯　"万里河山歌带砺,九州霖雨润桑麻。"简朴的会议厅挡不住诗人们炽热的情感,悬挂四周的诗词联赋流淌着如诗如画的文化氛围,悠悠的二胡声飘扬着醉人的音符……昨日上午,为庆祝中国共产党建党 80 周年,长沙市诗歌协会在湘华宾馆举行了一场别开生面的老、中、青、少 4 代诗人同堂的"庆祝建党 80 周年诗词吟唱会"。

"诗词吟唱会"以我市老同志、老诗人、老艺术家们自己创作的诗词联赋为主,并演绎了革命领袖的精彩华章,以演唱、吟唱、诵白等多种艺术形式,把革命的政治内容与尽可能完美的艺术形式融合得十分慰心舒心。在会上,长沙市湘剧院院长曹汝龙激情演唱了毛泽东的《沁园春·雪》和江泽民的《登黄山偶感》,声情并茂,文质并重,博得了与会诗人雷鸣般的掌声。省人大常委会原副主任潘基础老人亦字正腔圆地朗诵了自己的长联。此外,老同志万千、廖其才、伏家芬、王聚农、陈玉莲等都踊跃地上台进行了生动感人的吟唱。

按 语

　　文章刊于《长沙晚报》2001 年 6 月 18 日，署名本报记者张邦卫。 这是一篇关于长沙市诗歌协会举行的"庆祝建党 80 周年诗词吟唱会"的消息。 在建党 80 周年之际，长沙市诗歌协会也不甘落后，以一场"诗词吟唱会"向中国共产党的 80 华诞献礼，既别出心裁，也别开生面。《尚书·尧典》有所谓"诗言志，歌永言，声依永，律和声"之说，"诗词吟唱会"确实是一种最能抒情达意的表现形式，诚如文章标题所写的"诗吟心声，词唱衷曲"，传达的是中国共产党建党 80 周年的光辉历程和伟大精神。 从这个角度讲，"庆祝建党 80 周年诗词吟唱会"有着独特的红色基调与品质，加之一大批老同志、老革命、老干部的积极参与，他们满怀热忱用心创作、用情吟唱，既涤心又励志，既生动又感人，既慰心又舒心，这本身就是一道值得铭记的绚丽风景。 所以，诗歌应该更多地为时为事而作，同样，新闻也应该更多地为民为党而写。或者说，任何新闻报道不可能规避政治、党派的介入性传播，毕竟没有立场、态度、情感的新闻只能是"空心新闻"。

"旗帜颂" 颂旗帜

长沙市老干部庆祝建党80周年诗词歌舞演唱会

本报讯 红色的诗词,跃动的歌舞,如火的颂党情怀……昨日上午,由长沙市委宣传部、长沙市委老干部局、长沙市文化局主办,长沙市老干部诗词楹联协会、长沙市群众艺术馆承办的"长沙市老干部庆祝建党80周年诗词歌舞演唱会——旗帜颂"在田汉大剧院举行。出席演唱会的有省级老领导潘基硕、姜亚勋,市领导谭仲池、杨顺初、欧代明、谢建辉等。

演唱会在《没有共产党就没有新中国》的洪亮歌声中拉开序幕,全场观众一同起立齐声高歌,声动剧院;亦歌亦舞的《又唱浏阳河》,描绘了秀美潇湘,咏出了湖湘儿女对毛泽东同志的深深情怀;由廖炳炎、钱康华与吴宗友朗诵的6首湘籍老干部的诗词,字正腔圆,情真意切。市老干部大学和省老干部艺术团表演的歌舞节目,色彩鲜艳红火,节奏明快活泼,颇有"老夫聊发少年狂"的情趣。演唱会还特别朗诵了市长谭仲池的词《虞美人·青山滴翠家园美》和省人大常委会原副主任潘基硕的词《苏幕遮·访苦咨贫》,其文其情其声,给观众留下深刻的印象。

按 语

　　文章刊于《长沙晚报》2001年6月30日，署名本报记者张邦卫。 这是一篇关于长沙老干部举行庆祝建党80周年诗词歌舞演唱会的消息。 一代人有一代人的记忆，一代人有一代人的情愫。 从火热革命岁月中走过来的革命老同志，在中国共产党建设80周年之际，也许是最想向伟大的党表述衷曲的，因为他们有着永不褪色的红色记忆，有着热情满满的革命赤诚。 文章的标题《"旗帜颂" 颂旗帜》传达了一个宏大的主题，而且是那么真真切切、实实在在的主题。 事实上，在建党80周年诗词歌舞演唱会上，湖南省人大常委会原副主任潘基础的词《苏幕遮·访苦咨贫》和长沙市市长谭仲池的《虞美人·青山滴翠家园美》都给观众留下了深刻的印象，这不仅仅在于他们声名显赫的政治身份，更在于他们发自肺腑、饱含热忱的革命华章。 老干部们在位时为国操劳、为党献身、为民谋福，纵使退休让贤，依然不忘初心使命，不失党员本色本真，积极传播中国共产党的伟大精神，这也许就是永远值得年轻一代学习和崇敬的品质吧。

改良京胡奏华章

"京胡圣手"吴汝俊融会贯通

本报讯 "2000年星城音乐会"将于本月15、16日在湖南大剧院举行，这将是新世纪来临之前长沙的一次音乐盛会。届时，旅日著名京胡演奏家吴汝俊将担纲主奏，他将借助一把京胡的"雅拉"张力以及与交响乐、电子乐、轻音乐的"融通和鸣"，充分展示他那包容了技巧性、音乐性、时代性、国际性的京胡表演艺术魅力，让广大星城乐迷"饱听"音乐那种"余音绕梁"的悠扬韵味。

吴汝俊本是京胡科班出身，曾为刘长瑜、李维康等众多京剧名家操琴，有着扎实深厚的专业功底，经验丰富。赴日后，他创造性地改革和发展京胡的演奏技法，借鉴小提琴、二胡的揉弦与运弓技巧，融滚、压、滑于一体，增强了京胡的音乐张力。

还有，吴汝俊凭自己对音乐的领悟看到了作为京剧传统伴奏乐器的京胡，在音色上有"炸"和"跳"的缺陷，不像二胡那么悦耳，作为独奏乐器特别是与交响乐、电子乐、轻音乐合奏时会有音色上的抵触，吴汝俊做了许多改良工作，甚至细微到在琴身上以纸、布之类普通材料装嵌调音，使自己手中的京胡更具内蕴，最终能与各种乐器编配，达到天然和谐的乐感。

此外，吴汝俊的京胡艺术还有着强烈的时代性和国际性，这不仅体现在舞台表演形式上，也体现在演奏内容上。此次在2000年星城音乐会上，他将灵活采用与交响乐、电子乐、轻音乐分别编配的现代技法，演奏中外音乐名家专门为他谱写的新作精品。

按 语

　　文章刊于《长沙晚报》2000年12月5日，署名本报记者张邦卫、通讯员米克。这是一篇关于"京胡圣手"吴汝俊将在"2000年星城音乐会"精彩表演的消息，并刊有米克所摄演出照片一张。吴汝俊，旅日著名京胡演奏家，有"京胡圣手"之誉，曾为刘长瑜、李维康等众多京剧名家操琴，专业扎实，功底深厚，最主要的是他精于京胡但不拘于京胡，创造了一条属于他自己的京胡创新之路。艺术需要不断的创新，而且是永无止境。吴汝俊将京胡与其他乐器"融合互鉴"，让京胡之乐与交响乐、电子乐、轻音乐"融通和鸣"，可以说他又是一位令人敬佩的"京胡改良能手"。文章《改良京胡奏华章》，十分专业地报道了"京胡圣手"吴汝俊的京胡艺术特色，以典型性的宣传、明星式的报道，大大提升了"2000年星城音乐会"的知名度、品牌力。

同小柯一起细数《日子》

小柯,一个不断给很多著名歌手写歌、已经写了上千首作品的"职业音乐人",十分细致地整理了自己 4 年来所写的一些电视剧的歌曲和音乐,并辑成集子,于是便有了用他自己的话说是"出一张大家随便听听"的影视音乐专辑——《日子》。日前,小柯来到长沙做签售,并与记者一起细数那些他在音乐道路上行走的"日子"。

《日子》的 16 首作品中,歌曲和音乐各占一半左右的比例,歌曲基本上都是小柯自己唱的。专辑收录的电视剧音乐有言情剧《将爱情进行到底》里的 2 首歌,沈好放导演的《贫嘴张大民的幸福生活》《二马》,以及今年的贺岁剧《开心就好》中的音乐。

小柯认为,4 部电视剧中《将爱情进行到底》《贫嘴张大民的幸福生活》是听众比较熟悉的。《二马》是 1997 年由老舍先生同名小说改编的,他第一回看就被导演的表现手法吸引,一种很艺术化的感觉。整部剧的剧情、人物对白,以及布景、灯光和演员的表演等都透着一种古朴、凝重的美,让人深受感染。所以小柯在音乐上就用管弦乐作为基调,虽是用古典音乐编制,却也有"北京苍茫冬季那一声清亮的鸽哨焕发的生机"。《开心就好》是一部很精致、精彩的 3 集电视剧,有斯琴高娃、朱茵、李亚鹏、周迅等众多一线影星参演,专辑收录了其中的 3 首曲子。

有业内人士认为,《日子》是一张兼具流行和学院风格的唱片。谈及这张专辑的市场前景,小柯坦言道:"我不太善于考虑一些商业方面的因素。我总害怕'商业'二字的墨体在唱片中印得太深了会销蚀音乐的魅力,毕竟它承载的是音乐,一种人心灵深处流淌的东西。"

在谈到自己目前的创作风格时,小柯归纳说:"我可能始终保持着音乐

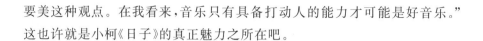

要美这种观点。在我看来，音乐只有具备打动人的能力才可能是好音乐。"
这也许就是小柯《日子》的真正魅力之所在吧。

 按 语

    文章刊于《长沙晚报》2000 年 12 月 15 日，署名张邦卫，系《长沙晚报》"过往名流"专栏文章。写作缘起于知名"职业音乐人"小柯来长沙签售他的最新音乐专辑《日子》。小柯，是一个不断给很多著名歌手写歌、已经写了上千首作品的"职业音乐人"。《日子》是小柯 1997—2000 年影视音作作品精选专辑。这里面包括他为大家非常熟悉的《二马》《贫嘴张大民的幸福生活》《将爱情进行到底》写的歌，还有为 2000 年贺岁片《开心就好》编的音乐。具体来说，《日子》共有 16 首作品，包括《日子》《婆婆丁黄》《悲伤的三重奏》《阳光下的紫禁城》《大雪走了》《茫茫的北京城》《永远在一起》《给你的你不要》《遥望 2000》《二马》《洋人的音乐》《莱茵河畔空无一人》《老马》《客逝》《遥望 1999》《我还能做什么》等。总之，小柯的《日子》有对生活的热爱，有对美好的向往，有动人心扉的旋律，聆听《日子》其实就是同小柯一起细数过往的日子。

佳节又一春　歌舞庆升平

长沙市走进新世纪迎春文艺晚会今晚举行

本报讯　由长沙市委、市政府主办,市委宣传部和市文化局承办的"长沙市走进新世纪迎春文艺晚会"将于今晚在贺龙体育馆隆重举行。昨晚,各演出单位在贺龙体育馆进行了最后一次彩排。

据悉,"走进新世纪迎春文艺晚会"是长沙市"迎接新世纪"三大活动的"压轴戏",可细分为 12 个板块,有 12 个单位积极组织参加。晚会阵容强大、内容丰富,节目新颖,颇有想象力,表现了全市人民欢庆新春佳节的祥和、喜庆、热闹的气氛。晚会由汤灿独唱的《祝福祖国》拉开序幕,再由知名青年歌手万山红领唱、全场合唱的《走进新时代》结束,其中有歌舞、有大合唱、有戏曲、有颇富长沙地方特色的花鼓歌舞,共有 18 个精彩节目奉献给广大观众。晚会是由在省会长沙颇有知名度的梅冬、葛平、盛晴、谢红 4 位主持人联袂主持。

在昨晚举行的彩排中,记者有幸先目睹了省会长沙目前最大的背景大屏幕(长 36 米,高 6 米)。此背景大屏幕在晚会进行时会陆续展现长沙市的全景、城市建设的巨大成就和毛泽东、邓小平、江泽民三位领导人的画像,视觉效果将非比寻常。

按 语

　　文章刊于《长沙晚报》2001 年 1 月 15 日，署名本报记者张邦卫。 这是一篇关于"长沙市走进新世纪迎春文艺晚会"演出的消息，并配有现场照片一张。 文章标题《佳节又一春　歌舞庆升平》，精练形象，诗意盎然，喜庆吉祥。"走进新世纪迎春文艺晚会"是长沙市"迎接新世纪"三大活动的压轴戏。 文章十分简括地介绍了晚会的内容节目、演出阵容、主持队伍以及演出风格等，并且还特别报道了首次使用省会长沙当时最大的背景大屏幕以烘托视觉效果的晚会"卖点"。 可以说，这是一台精心打造、不可不看的"迎春文艺晚会"。 从汤灿独唱的《祝福祖国》开幕，到万山红领唱、全场合唱的《走进新时代》闭幕，这是一种别有意味、别出心裁的艺术串联和文化逻辑，表征着一种美好的祝福和愿望。 告别旧时代，走进新时代，歌舞庆升平，新春胜旧春。

长沙市走进新世纪迎春文艺晚会昨晚举行

星城唱响新世纪"春之声"

张云川等省市领导出席晚会 谭仲池致新春贺词

本报讯 湘水春潮涌,星城节气浓。由长沙市委、市政府主办,市委宣传部、市文化局承办的"长沙市走进新世纪迎春文艺晚会"昨晚在贺龙体育馆隆重举行。省委副书记兼长沙市委书记张云川,省委常委、宣传部部长文选德,副省长唐之享,省政协副主席游碧竹,国防科大政治部副主任李金胜,省武警总队政委王忠兴,市委副书记、市长谭仲池,市委副书记余合泉、欧代明,市人大常委会主任吴梦南,市政协主席简用超,长沙警备区司令员王丹以及省直有关部门、长沙市委、市人大、市政府、市政协、长沙警备区领导同志,驻长部队首长、离退休老同志等出席并观看晚会。晚会之初,谭仲池代表市委、市政府向全市人民做了热情洋溢的新春贺词。

晚会由《祝福祖国》拉开序幕,有 5 个篇章共 18 个精彩的节目:《爱我中华》《在希望的田野上》《咱们工人有力量》《又唱浏阳河》《新世纪钟声》《春天的故事》《太阳,熟透了的苹果》《爱国奉献歌》《湘水春潮涌》《我和我的祖国》《摇太阳》《祖国领》《春风歌》《我们走在大路上》《一根竹竿容易弯》《同一首歌》等。晚会以大合唱、弦歌曼舞、花鼓戏曲等形式,形象地表达了一个主题——只有祖国繁荣富强,广大群众才能过上一个幸福祥和的春节。最后,晚会在全场大合唱《走进新时代》的歌声中结束。从《祝福祖国》到《走进新时代》,这台晚会展现了独特的构思,高扬了主旋律,弘扬了先进文化。

有 12 个单位近 3000 名群众演员参加了晚会的演出,贺龙体育馆的观众席也成为舞台,那高亢激昂、大气飞扬、余音绕梁的合唱歌声,唱出了群众艺术的魅力,表现了新世纪长沙人的别样风采。整台晚会内容丰富,气势磅礴,寓于想象力,有湖湘文化的底蕴,奏响了全市人民欢庆新世纪新春佳节

的祥和、喜庆、热闹、团结的"春之声"。整台晚会从头至尾一直沉浸在观众热烈的掌声之中。

这台晚会由长沙电视台录制,将于近日在其所属各频道播出。

 按 语

文章刊于《长沙晚报》2001年1月16日头版头条,署名本报记者张邦卫、实习生张玲,并刊有周柏平所摄现场照一张。这是一篇关于"长沙市走进新世纪迎春文艺晚会"正式演出的消息,也是一篇十分典型的时政新闻。走进新世纪,唱响"春之声",从《祝福祖国》到《走进新时代》,5个篇章共18个精彩节目,以大合唱、弦歌曼舞、花鼓戏曲等形式,形象地表达了"只有祖国繁荣富强,广大群众才能过上一个幸福祥和的春节"的晚会主题。盛会盛世,有别样的意味,有别样的风采。尽管如此,文章从标题、导语、内容、主题、结构到写法,都是一篇中规中矩的时政新闻。

世界名琴名弦展示演奏会举行

本报讯　为推动湖南省小提琴艺术文化的发展,昨日下午,由湖南省音乐家协会、湖南省音乐家协会弦乐专业委员会和北京联艺乐器有限公司主办,长沙音乐人琴行协办的"2001年世界名琴名弦展示演奏会"在湘江宾馆举行。展示演奏会展示了国产提琴安娜·凯茜和维也纳名弦托马斯提克·茵菲尔德以及德国提琴权威鉴定家、著名提琴制作家瓦尔特·马尔的手工名琴瓦尔特·马尔,瓦尔特·马尔还"现身说琴",引起会场关注。我省青年小提琴演奏者和业余小提琴爱好者纷纷上台试琴。

 按　语

　　文章刊于《长沙晚报》2001年5月23日,署名本报记者张邦卫。 这是一篇关于"2001年世界名琴名弦展示演奏会"在湘江宾馆举行的消息。"展示演奏会",其实有双重意义:一是展示,展示的是名琴名弦,目的是销售产品;二是演奏,演奏的是名曲名乐,目的是音乐和美。 这一点,从主办单位的构成也可看出明显的端倪,就是专业协会与乐行琴行互通款曲,借专业协会的平台扩大乐行琴行的知名度、销售渠道,或者说以艺术之名行商业之实。是耶?非耶?是耶?否耶?每个人都可以有自己的个性化判断。 但是,我们依然需要强调的是,"名琴名弦展示演奏会",它可以展琴,可以说琴,可以试琴,可以卖琴,但最不可或缺的应该是弹琴、拉琴或曰演奏,或者说,唯有音乐之美最不可辜负、最不可缺席。 艺术活动可以有商业的气息、商业的影子,但绝对不是商业活动或者变相的商业活动。 这也许是裹挟着商业气息的艺术活动必须要坚守的立场与底线吧。

湖南省第二届琵琶演奏比赛决赛
暨颁奖大会昨日举行

　　本报讯　由湖南省音乐家协会、湖南省音乐家协会琵琶专业委员会共同主办的"湖南省第二届琵琶演奏比赛决赛暨颁奖大会"于昨日举行。此届比赛共有来自全省各地的 330 多名选手参加，有 30 人获得金奖，70 人获得银奖，60 人获得铜奖。湖南省音乐家协会将于 7 月再次举行选拔赛，推举 4 人参加 8 月底在浙江省宁波市举行的全国琵琶演奏大赛。

按　语

　　文章刊于《长沙晚报》2001 年 6 月 4 日，署名本报记者张邦卫。这是一篇关于"湖南省第二届琵琶演奏比赛决赛暨颁奖大会"的消息。消息虽短，但关涉面很大。毕竟这是一台由湖南省音乐家协会主办的演奏比赛，深受各方瞩目，包括选手本人、选手家庭、器乐界、社会群众等。事实上，当时确实存在许多以艺术之名行市场之实、以选秀之名行收费之实的不伦不类的才艺比赛，可以说是形形色色、林林总总、良莠不齐，挂艺术的羊头卖利益的狗肉，滥竽充数，剑走偏锋，艺术的含金量大打折扣。纵使如此，这样的才艺比赛却依然是"你方唱罢我登场"，在"出名趁早"的诱导下竟然争相追捧。值得一提的是，在我有限的接触中，这样"注水"的才艺比赛，可以说是屡见不鲜、见怪不怪。然而文章所报道的"湖南省第二届琵琶演奏比赛决赛暨颁奖大会"，却似乎褪去了流俗而独守清芳，其专业性、艺术性、广泛性、代表性、权威性值得首肯，毕竟专业协会办专业比赛，绝不等同于所谓的市场化运作或收费比赛，育新选新，推强荐优，既有专业性又有规范性，这既是一种职业操守也是一种使命担当。

泉月相映　情深似海

芭蕾舞剧《二泉映月》福州演出成功

本报讯　据 11 月 14 日《福州晚报》报道，辽宁芭蕾舞团的芭蕾舞剧《二泉音乐》11 月 13 日在榕城福州演出时，借民间艺人阿炳的感人故事、独特的艺术构思、精湛的艺术表演、动人的音乐旋律，赢得了现场观众的满堂喝彩，不仅倾倒了福州的广大观众，也吸引了许多在榕的外国友人前来观看。

在福州，钢琴音乐会和芭蕾舞等高雅艺术的演出深受榕城观众的青睐，成为近几年来福州演出市场的一大卖座亮点。此次《二泉映月》一经推出，就受到榕城社会各界的关注。一位深谙高雅艺术演出市场的业内人士指出：《二泉映月》有四大卖点。一是《二泉映月》这首名曲家喻户晓，很容易引起观众的共鸣；二是该剧将民族名曲与外来的芭蕾艺术融为一体，独树一帜；三是这是国内首次用"足尖舞蹈"这一艺术形式，将民间艺人阿炳的形象搬上芭蕾舞台；四是辽宁芭蕾舞团在国内有很高的知名度。

《福州晚报》以"泉月相映，情深似海"为题，在头版头条报道了辽宁芭蕾舞团在榕城演出的盛况，《二泉映月》在福州的火爆，为高雅艺术的繁荣、城市文化品位的提升注入了一剂难得的催化剂。

按　语

　　文章刊于《长沙晚报》2000 年 11 月 18 日，署名本报记者张邦卫。 这是一篇关于芭蕾舞剧《二泉映月》在福州演出的消息，并刊有周柏平所摄演出剧照。 芭蕾舞剧《二泉映月》是辽宁芭蕾舞团精心打造的精品，有感人的故事，有精湛的表演，有动人的旋律。 芭蕾舞剧《二泉映月》在榕城福州演出成功，是高雅艺术走向市场的成功范例。《长沙晚报》报道芭蕾舞剧《二泉映月》在福州演出的盛况，其实是为芭蕾舞剧《二泉映月》在长沙演出而造势，这也许就是新闻报道中所谓的"软推"吧。 事实上，长沙是一座很有文化底蕴与艺术氛围的城市，对高雅艺术和商业艺术均能兼容并包，而且是一座对经典与高雅从来不曾怠慢的名城。 让像芭蕾舞剧《二泉映月》这样的名曲名舞名剧走进长沙，既是一种情怀，也是一种追求。 毕竟，艺术总是为有艺术之心、艺术之眼的人准备的，艺术的繁荣与昌盛，诚然是一座城市品位的不二表征。

辽宁芭蕾舞团今日抵长

《二泉映月》明晚舞蹁跹

本报讯　辽宁芭蕾舞团今日抵达长沙，他们带来的被誉为继《红色娘子军》《白毛女》之后"中国芭蕾舞剧的第三颗明珠"《二泉映月》，明、后两晚将在湖南大剧院隆重上演。

芭蕾舞剧《二泉映月》由国内颇有知名度的辽宁芭蕾舞团根据民间艺人阿炳的同名二胡名曲创意改编，该团用芭蕾舞这种"足尖艺术"形神兼备地表现了新中国成立前一对恋人的悲剧爱情故事。该剧在辽宁省首演后，有专家曾称之为"芭蕾中国学派的杰作"，还独具慧眼地指出《二泉映月》是融通了"世界形"与"民族魂"的经典芭蕾舞剧。今年6月，《二泉映月》在北京表演时备受首都观众的青睐，并受到江泽民总书记等中央领导同志的赞扬。11月13日，该剧在福州演出时不仅倾倒了福州的广大观众，而且吸引了许多外国友人前往观看。11月16日，该剧在株洲演出，其优美的旋律、精彩的演出、感人的故事，亦深深地感染了在场观众。

按 语

　　文章刊于《长沙晚报》2000 年 11 月 21 日，署名本报记者张邦卫。 这是一篇关于辽宁芭蕾舞团将在湖南大剧院演出芭蕾舞剧《二泉映月》的消息。 作为中国古典二胡经典名曲，《二泉映月》可以说是广为流传。 芭蕾舞剧《二泉映月》是辽宁芭蕾舞团根据民间艺人阿炳的同名二胡名曲创意改编的，被称为"芭蕾中国学派的杰作"，是融通了"世界形"与"民族魂"的经典之作，与《红色娘子军》《白毛女》相提并论，并誉为"中国芭蕾舞剧的第三颗明珠"。 文章介绍了芭蕾舞剧《二泉映月》在辽宁首演、北京上演、福州献演、株洲巡演的精彩盛况，足以说明芭蕾舞剧《二泉映月》的精美绝伦。 事实上，作为"足尖艺术"的芭蕾舞剧，从某种角度上说，是一种高雅、精英、小众的艺术，如何走进大众、走进市场、走向雅俗共赏，始终是一个值得思考的问题。

小荷初露　新人辈出

青少年艺术新人选拔大赛湖南选拔赛结束

本报讯　由长沙市文化局承办的中国青少年艺术新人选拔大赛湖南分赛区选拔赛日前落幕,共评出金奖 95 名、银奖 93 名、铜奖 152 名。

据介绍,此次选拔赛分少儿组、少年组和青年组进行,组委会有关负责人说:"此次选拔赛参加人数多,水平高,是近 10 年来我省最有特色的艺术新人大荟萃,从中涌现了一批颇有潜质的新艺人、好苗子。"组委会将于 6 月 30 日晚举行一台汇报演出,然后将着手组成一支以金牌选手为主、银牌选手为辅的近 100 人的大型进京决赛队。

 按　语

　　文章刊于《长沙晚报》2001 年 6 月 22 日,署名本报记者张邦卫。 这是一篇关于"中国青少年艺术新人选拔大赛湖南选拔赛"的消息。 有道是,艺术需要培育,艺人需要培养,没有新人辈出的艺坛肯定是一潭死水,是没有希望的。 正如梁启超先生在《少年中国说》中所说:"少年强则国强,少年智则国智,少年富则国富,少年独立则国独立,少年自由则国自由,少年进步则国进步。"也正因如此,远离市场惯例、金钱铜臭而旨在推进青少年艺术新人脱颖而出的"中国青少年艺术新人选拔大赛湖南选拔赛"就显得格外难得,这本身就是一件"十年树木,百年树人"的有意义之事,当然也值得像《长沙晚报》这样的主流媒体报道。"小荷初露,新人辈出"是好事,但是如何避免揠苗助长、"伤仲永"式的弊端也是值得深思慎行的。

主旋律和变调的交融

——记"首届星城歌舞音乐模特大赛"

日前,由市文化局等单位主办的"首届星城歌舞音乐模特大赛"已徐徐落幕。本次活动从 4 月 21 日在烈士公园举行广场启动仪式起拉开序幕,历时 4 个月之久,经历了初赛、复赛、半决赛、决赛和总决赛等几个阶段,经过层层选拔,一批颇有潜质的新秀得以脱颖而出。

主旋律

正所谓"风乍起,吹皱一池春水","首届星城歌舞音乐模特大赛"的举行,竟引来 1000 多名俊男靓女报名,加之组委会一系列活动的推出,构成了省会一道亮丽的风景线。

据市文化局有关人士介绍,本次大赛的特点:一是选手众多;二是范围扩大,不限于一种才艺的竞技,舞蹈、声乐、器乐、模特、主持等都被纳入进来;三是形式多样,以广场启动式为起点,中间有在中山百货大楼的风采展示,还有到各地的巡演,最后还有颁奖晚会与文艺汇报演出;四是采用了政府主办、商家操办、市场运作的模式。

变调

由于有几家传媒直接参与,加之别出心裁的广场启动仪式,"首届星城歌舞音乐模特大赛"的宣传还是较有力度的,然而"雷声大,雨点小","三板斧"过后招儿不多;大赛组织工作不尽如人意,使原计划 3 个月的活动不得不延长了 30 多天;加之期间有个别优秀选手的退出,又使整个大赛的水准打了"折扣"。此外,商业化的运作虽是一次可喜的尝试,但"商人重利"的

"趋利情结"难免有损大赛的权威性,不利于"星城歌舞音乐模特大赛"这个品牌的树立。总之,正视一路风景上的"变调",将大大有利于提升以后"星城歌舞音乐模特大赛"的知名度与权威性。

 按 语

　　文章刊于《长沙晚报》2001 年 9 月 4 日,署名本报记者张邦卫。 这是一篇关于"首届歌舞音乐模特大赛"的综合报道。 文章从"主旋律"与"变调"两个维度对"首届星城歌舞音乐模特大赛"进行了亦正亦反的客观报道。 一方面,文章肯定了"首届星城歌舞音乐模特大赛"的政府主办、商家操办、市场运作的创新模式;另一方面也旗帜鲜明地指出了"首届星城歌舞音乐模特大赛"所存在的问题与不足。 诚如文章所说,商业化运作虽然是一次可喜的创新,但不得不承认商业化运作有着与生俱来的逐利性,从而难免会损害大赛的权威性和品牌的含金量。 所以说,在市场经济勃兴的时代,艺术走向市场,借助市场的杠杆扩大传播力、影响力,这肯定是当务之急。 但是,艺术的市场化,不能以牺牲艺术或降低艺术水准为代价而唯市场。 在艺术的功利性与非功利性之间找到最佳契合点,或在艺术与市场之间找到最佳结合点,这也许才是最佳的选择。

画中有史　画外有情

——观"画说新中国"摄影展览

丽日高照，微风拂面，一向凝重肃穆的长沙市博物馆昨天人气颇旺，由中国画报协会、中共长沙市委宣传部、《远东经济画报》社在此举办的"画说新中国——全国画报50年专题摄影回顾展"吸引了众多的长沙观众。

古人说得好，"以史为镜，可以知兴替；以人为镜，可以明得失"。"画说新中国"展览从全国40家画报中精选出一些具有代表性和典型意义的摄影作品，"画中有史"，"画"中更有共和国天翻地覆的变化，堪称描绘中国辉煌发展的壮丽历史长卷。

展览的第一部分"亲切的关怀"陈列着几幅珍贵的照片：毛泽东、邓小平、江泽民神情专注地审视画报以及毛主席为《人民画报》《解放军画报》题写的刊名和邓小平、江泽民在纪念《人民画报》创刊40周年的题词。这些珍贵照片、题字、题词充分表达了党的三代领导人对我国画报事业的关心和期望。

展览的第二部分是"珍贵的历史记录"，前半部记录了我国改革开放前30年的历程，后半部记录了党的十一届三中全会之后我国改革开放的新成就。其中，《土地改革后的农村新气象》《肃清匪特，坚决镇压反革命分子》《不可抗拒的历史潮流》《美国总统尼克松访问中国》《希望的田野——今日向阳村》《二十载春风秋雨，深圳翻天覆地》《领导干部的榜样——孔繁森》《中流砥柱，钢铁长城》《共筑希望工程》《九九归一世纪盛典》等深深地吸引了参观者。尤其是《苦孩子，好战士》《齐白石》《杂交水稻之父袁隆平》等有关湖湘本土杰出人物的摄影作品更让参观者久久伫立、沉思，"惟楚有材，于斯为盛"的自豪感油然而生。

　　"作为过来人,我从这些真实、生动、新鲜的摄影佳作中看到了我们党和国家的伟大。"一位老同志看过展览后对记者说。来自长沙市财经职业中专的李老师认为:"组织学生参观这样的展览就是为了让现在的年轻人了解历史,给他们进行一次爱国主义教育。"一位正在参观的中学生更是动情地对记者说:"这里的每一幅画,都给人回顾历史的眷恋,给人展望未来的信心,给人克服困难的勇气,给人攀登高峰的力量。"

 按　语

　　文章刊于《长沙晚报》2000 年 12 月 6 日,署名本报记者张邦卫。 这是一篇关于"画说新中国——全国画报 50 年专题摄影回顾展"的消息,并刊有周柏平所摄现场照片一张。"画说新中国"展览从全国 40 家画报中精选出一些具有代表性和典型意义的摄影作品,整个展览分两个部分——一是"亲切的关怀",二是"珍贵的历史记录",全面地展现了新中国成立以来全国画报 50 年的文化功绩、艺术成就与爱国爱党爱人民之情。 文章标题《画中有史　画外有情》,准确地概括了"画说新中国"摄影展的主题。

"中国感觉艺术展"前日开幕

探寻艺术的"感觉"

本报讯 "在无感觉中寻找感觉,在感觉当中感受无感觉。"前日下午,在长沙市中山路四维商城举办的"中国感觉艺术展"给广大的星城观众撩开了当代艺术的神秘面纱。

此次联展阵营强大,有省外的 10 位画家和省内的 14 位中青年画家参展。联展以"感觉"为主题,在类型上无画种之分,还增设了装置艺术、录像艺术、摄影艺术、数码艺术、观念艺术等,试图通过形、色、音、气、物的变形容纳探索更广泛的表现空间。

在众多的作品中,有比较先锋的装置艺术,如张卫的《为中国当代艺术续香》,在香雾缭绕中给人一种焚毁传统的感觉。此外,邹建平的《中国灯笼·城市膏药》给人以强烈的现实冲击感。石纲的画兼顾传统与现代的双重意境,在传统中访古,在现代中探幽,其《云林写意》有浓郁的现代写意色彩。何立伟的漫画在"好玩"与"游戏"中不经意地透出文化人独有的感悟。

这是我省第一次举办的大型当代艺术展,也是当代艺术与当代经济互动的结果,整体上其先锋性、实验性、探索性是有目共睹的。其在展出之际虽然遭到了少数观众的非议,如有人认为"看不懂",有人提出"这也是艺术"的疑问,但多数观众肯定了湖南当代艺术主动接触受众的努力,认为"开了当代艺术走近社会与大众,自觉地关注人类的基本生存状态的先河"。据悉,"中国感觉艺术展"将延续到 5 月 15 日。

按 语

　　文章刊于《长沙晚报》2001 年 4 月 30 日，署名本报记者张邦卫。 这是一篇关于"中国感觉艺术展"开展的消息。"中国感觉艺术展"标榜的是"感觉艺术"，这是一个新名词，也是这个展览最大的噱头与卖点。 就一个展览来说，有卖点总比没卖点要好，但无论如何，任何展览都是要有"硬通货"来吸引观众的，否则就徒增笑柄。 当然，"中国感觉艺术展"还是有些作品让人眼前一亮的，如张卫的《为中国当代艺术续香》、邹建平的《中国灯笼·城市膏药》、石纲的《云林写意》以及何立伟的漫画等。 但是，从总体上说，"中国感觉艺术展"所表征的先锋性、实验性、探索性等象征意义远远大于作品本身的艺术之美。 正因如此，"中国感觉艺术展"作为一种事件性、立异化的文化活动，为很多的观众所质疑，也就在所难免了。 诚然艺术不能总是固守一成不变的陈规，它需要创新、需要先锋，但是如何创新、如何先锋始终是一个无法忽略的问题。

影视镜像

第六辑

演绎"钢铁人生"

——小记乌克兰演员安德烈

中央电视台正在播出的 20 集电视连续剧《钢铁是怎样炼成的》塑造了保尔、冬尼娅、丽达、朱赫来等一系列栩栩如生的人物形象。该剧场面恢宏、人物生动、情节动人,是一部思想性和艺术性完美融合的好作品。

因此,一位因成功演绎了"钢铁英雄"保尔的乌克兰演员安德烈·萨米宁正逐渐为人所熟悉。安德烈·萨米宁出生于 1974 年 4 月 26 日,乌克兰人,1994 年毕业于乌克兰卡尔朋科·卡雷戏剧学院表演系,现在该院导演系学习并同时被聘为乌克兰基辅"左岸"剧院演员。刚满 25 岁的安德烈,身高 1.81m,风华正茂,很清瘦,有一头浓密的栗色头发,最吸引人的是他那张脸,眉峰微微隆起,鼻梁挺直,一双橄榄绿的眼睛严肃时显得很沉静很忧郁,欢快时却又闪烁着热情而略带狡黠的光芒,一张大大的嘴倔强在鼻子下面,棱角分明的方下巴,让这张脸平添了几分男子汉特有的沉着和坚毅。

安德烈认为,中国人对拍摄《钢铁是怎样炼成的》感兴趣,这件事本来就不简单,不仅有趣,而且令人感到很亲切。他还认为,只有相互尊重,深入了解彼此的文化,才能真正理解奥斯特洛夫斯基的作品。中国的导演和摄影师努力深入了解他们乌克兰人的心灵、观念以及对事物是非曲直的判断,通过屏幕极其真实地再现了所发生的故事,在创作中努力探寻剧中人物的理念,把一个关于个别国家过去发生的故事上升到体现全人类价值的高度。

对于有机会扮演保尔,安德烈说:"母子之间,兄弟之间,以及恋人之间的亲情关系是超越国界的,能感动不同文化、不同历史时期志趣相同的人们。我感谢命运的安排,使我有机会扮演保尔·柯察金这个具有十分重要意义的角色,有了一次充满深刻内容的生活经历。"并强调说:"保尔是我人生中特殊的良师益友,是我的榜样。"

这是安德烈首次与中国艺术家合作,他对总导演韩刚对每一个镜头一丝不苟的态度和整个拍摄组织工作的严密周到赞叹不已。

 按　语

　　文章刊于《长沙晚报》2000 年 3 月 10 日"橘洲周末",署名维邦,即张邦卫的笔名。 从小说《钢铁是怎样炼成的》到电视剧《钢铁是怎样炼成的》,不管是何种文艺形式,一个英雄的名字——保尔·柯察金,成了一个时代共同的榜样与共同的记忆。 英雄不死,精神永存,由导演韩刚拍摄的 20 集电视连续剧《钢铁是怎样炼成的》,以精美影像与视听语言给我们塑造了一个又一个鲜活生动的形象。 这中间,由乌克兰演员安德烈·萨米宁所扮演的保尔·柯察金给观众留下了深刻的印象,从某种角度说,达到了所谓"形神兼备"的程度,是一种精神传达与生活写照同在的融合表演。

李安：《卧虎藏龙》掌门人

　　正在星城热映的大片《卧虎藏龙》使著名导演李安的名字"旺"了起来。

　　李安，1954 年生于台湾，1978 年移居美国，先后获伊利诺伊州立大学戏剧学学士学位和纽约大学电影制作学硕士学位。他执导过多部华语、英语片，例如华语片《喜宴》《饮食男女》和英语片《理智与情感》《冰风暴》等，都获得了成功，其中《喜宴》获柏林电影节"金熊奖"。

　　李安不像其他的导演一样外向、"威严"，在表面和气质上都比较温和，有一种难能可贵的"儒将"风采，具体表现在他的作品中是一种浓得化不开的文化品位。在谈到《卧虎藏龙》时，他风趣地说："自己打球打得不好，就想看球；自己打架打不好，也就想拍拍武打片。也许，这是一个对自己幻想的满足。当然，我的武打片不同于其他武打片，我会把我的美学理想和意境表现出来。在情节和武打设计上有我自己的讲究。"同时，他承认选择我国 20 世纪 20 年代小说家王度庐的作品，是因为它有"女性化"的因素，还说，不仅片中李慕白这个人物比较女性化，而且影片还可以用女性做主角。

　　作为导演，李安特别看重演员的"银幕形象"，他认为："我比较注重演员的'银幕形象'，能否散发出观众喜欢的信息……'银幕形象'是第一位的。"并直言不讳地道出了选择章子怡是由玉娇龙这个剧中人物所决定的，"玉娇龙又叛逆又可爱，只有 19 岁，年纪大的演员肯定不行。章子怡背景清白，犹如一张白纸，而且她是学舞蹈的，有柔软度。刚开始很辛苦，经过一段时间的调整适应后，越来越好了"。

按 语

文章刊于《长沙晚报》2000 年 11 月 3 日 "橘洲周末"，署名卫子夫，即张邦卫的笔者。 文章配有李安导演近照一张。《卧虎藏龙》不愧是一部经典影片，其在国外国内的火爆让导演李安备受观众与读者的关注。 作为《卧虎藏龙》的掌门人，文章写出了李安的美学思想与执导理念，尤其是他所说的"女性化"以及重视演员的"银幕形象"可以让观众与读者更好地去品位他的得意之作《卧虎藏龙》。 在华语电影圈，李安是一面旗帜，是一个让中国传统文化活化、美化、国际化、经典化的标牌。

"侠之大者"

——电影《卧虎藏龙》观感

毫无疑问,《卧虎藏龙》是一部名副其实的大片。这不仅在于它所拥趸的华人影坛"梦幻组合"——由著名美籍华裔导演李安"掌锅",由当红影星周润发、杨紫琼、章子怡、张震四人联袂主演,更在于它演绎的"江湖情仇"所凸显的文化品位,即脱离了一般武打片的窠臼,并产生由"武"而"侠"与"情"的意蕴价值。

大侠李慕白"铁肩担江湖道义",本欲退出江湖与师妹岳秀莲比翼连理、遁迹山林,却依然放不下师仇,更放不下整个江湖的安宁。因而,这种退隐是痛苦的,而一旦江湖动荡,他又义不容辞地站了出来:诛杀了碧眼狐狸,用真心拉正了玉娇龙向"毒龙"滑坡的轨迹,而自己却为一个"侠"字付出了生命,他使岳秀莲一生的守望与等待成空。

玉娇龙本为大家闺秀,天资聪颖,但任性、负气、叛逆、敢爱敢恨。从武功上说,她师出碧眼狐狸,却是"长江后浪推前浪",连大侠李慕白也只能用"义"字感召她,而不能以武力胁迫她。从情感上说,玉娇龙与半天云罗小虎的爱情更让现代女性乐道:打出来的爱情火花,沙漠里的疯狂激情,出嫁前的出走,以及双双跳崖追寻梦中皈依的涅槃,都展示了一个现代女性大胆率真的情爱观。

相反,岳秀莲却成了中国传统女性古典美的象征。对李慕白的爱炽热,却不敢吐出半个"情"字。痴痴守望李慕白十多年却不敢表露,更不敢越雷池半步。李慕白的一举一动左右了她一生的视线。也许这是一种深挚的爱,但也是一种最悲怆的情怀,是几千年中国妇女文化的积淀。

除人物形象外,《卧虎藏龙》的音乐艺术也颇耐人寻味。提琴声悠扬,贯穿全片,诉说着一个美丽的故事、动人的传说,把遥远的金戈铁马、沙漠风光、江湖风雨、爱恨情仇、悲欢离合,弹拨得观众心仪不已、心醉神驰。特别是主题曲《月光恋人》高昂激越,一种纯中国的琴音,缓缓展开略带伤感而神秘的乐章。个性化的乐器用于展示人物的性情,"发哥"扮演的大侠李慕白出场时的笛音,始终伴随着半天云罗小虎的新疆手鼓,展现了不同侠士的境界。这种中西乐风的融汇,恰如其分地诠释了导演李安"站在中西文化的边缘"拍"走向世界的趋势"的电影理念。

总之,电影《卧虎藏龙》是一部可看更可思可悟的"武侠片"。以"侠之大者",铸就"片之大者"。

按 语

文章刊于《长沙晚报》2000年11月6日"橘洲"专栏,署名张邦卫。这是一篇关于电影《卧虎藏龙》的影评。文章重点评点了《卧虎藏龙》的主题意蕴、人物形象、音乐艺术,最后强调以"侠之大者",铸就"片之大者",影片获得第73届奥斯卡最佳外语片、最佳艺术指导、最佳原创配乐和最佳摄影四项大奖。曾几何时,冲击奥斯卡并有斩获,是中国电影人的梦想,这就如同中国文学人对诺贝尔文学奖的期待一样浓烈。李安导演的华语电影《卧虎藏龙》能在国际顶级颁奖中收获四个大奖,实属不易。从某种角度说,恰恰是吻合了西方人对"东方"的神秘主义、唯美主义的想象。当然,《卧虎藏龙》也传播了中华优秀传统文化,尤其是所谓"武侠文化"。好看的武打故事传递的是"大侠"的精神意蕴。无论何时,我们始终需要的是既叫好又叫座、既有品质又有品位、既可以共享共观又可以交流互鉴的电影作品。

湘人曾剑锋执导申奥贺岁剧

北京申奥：《有我一个》

　　由潇湘电影制片厂知名导演曾剑峰执导、著名编剧杨晓雄等撰写的三集申奥贺岁电视剧《有我一个》日前在北京开机。前日，本报记者就电视剧《有我一个》拍摄的台前幕后情况做了一次"探班"。

湘人曾剑峰畅谈"全民申奥"

　　下午记者与远在北京拍摄现场的曾剑峰导演联系，听说是家乡《长沙晚报》的记者，他爽快地接受了记者的采访。据曾导说，《有我一个》剧主题是全民申奥，至于"贺岁"倒是其次的，其中动人的情节都是来源于现实中的真人真事：一是一位美国女作家来北京搭坐北京首都出租车公司司机孟景山的车，从这个最普通的北京人身上感受到北京人申奥的热情，回国后进行了热情洋溢的报道；二是北京一个小女孩在网上搞了一次"北京申奥"的签名活动，共征集了 160 万人的亲笔签名，然后寄给国际奥委会主席萨马兰奇。他还介绍说，《有我一个》剧中的体育明星都是奥运金牌得主，可以说是地道的实人实事、实地实景。所以他说，《有我一个》这个从剧名就体现了集体意识、参与意识、竞争意识的电视剧最大的特点是"真实"与"适时"。

《有我一个》大曝光

　　昨晚记者与制片主任于忠圆进行了更为详细的访谈。他说，《有我一个》剧被北京广电局列为今年的重点片，由北京电视艺术中心摄制，导演、编剧、摄影、录音、美工、制片等都是国内知名的"腕儿"，加之演员阵容强大，不仅有奥运金牌得主杨凌、陶璐娜、许海峰、孔令辉、王楠、李菊等体育明星，而且有田成仁、唐杰忠、李文华、丁广泉、杨少华等文艺明星加盟，姜昆、刘欢、葛优等也将相继加盟该剧,在演出中,"众星"都以本来面目出演,从而使《有我一个》"星光"闪耀,大有看头。

他还介绍说,剧组把摄制点定在北京一座十分典型的四合院内。《有我一个》讲述的是普通的北京四合院里一位出租车司机家庭、一位工程师家庭和一位外来妹在北京申奥活动中生动有趣的感人故事。该剧主题鲜明、情节动人、诙谐有趣,画面中洋溢着浓浓的北京地域与市井文化色彩。剧中,徐小刚饰出租车司机,刘金山饰热心支持申奥工作的文艺工作者,果静临饰工程师,张大礼大搞"噱头",女主角外来妹由王潭饰演。于忠圆还称,国内贺岁影视片特别多,现今有一定影响的就有 6 部,但《有我一个》剧由于贴近奥运主题,反映了全民申奥的参与意识,肯定会受到广大观众的喜爱。

《有我一个》剧预计在春节期间国际奥委会考察北京申奥工作时与广大电视观众见面,届时为新春佳节"添火"的同时,更为北京申奥"加薪"。

按　语

　　文章刊于《长沙晚报》2000 年 11 月 25 日,署名本报记者张邦卫。 这是一篇以申奥电视剧《有我一个》在北京开机为引子展开的有关知名导演曾剑峰的人物专访。 在 2000 年 7 月 13 日时任国际奥委会主席萨马兰奇宣布"2008 年第 29 届夏季奥林匹克运动会的主办城市——北京"之前,北京申奥是全国人民的宏愿与大事。 为北京申奥出力助力,为北京申奥献计献策,为北京申奥添火加薪,是每一位有志之士的共同心声。 正因如此,潇湘电视制片厂知名导演曾剑峰执导、著名编剧杨晓雄等撰写的三集申奥贺岁电视剧《有我一个》不失时机地在北京正式开机,可以说,这是"楚人多才俊""楚人多担当"的生动诠释。 全民申奥,湖湘子弟岂能落后? 文章标题《北京申奥:〈有我一个〉》,事实上已高度概括了文章的主题,即全民申奥,或者说申奥贺岁剧《有我一个》,首要是"申奥",其次是"贺岁",或者说以娱乐化的"贺岁剧"形式传递严肃化的"申奥情""奥运梦"。 文章通过对《有我一个》的导演曾剑峰、制片主任于忠圆的电话连线专访,披露了《有我一个》许多不为人知的内幕,卖点频频。

再现青年毛泽东

建党 80 周年献礼巨片《毛泽东在 1925》昨在韶山开机

本报讯　昨日上午，潇湘电影制片厂为迎接中国共产党成立 80 周年而组织创作拍摄的献礼巨片《毛泽东在 1925》在韶山的毛泽东故居举行了开机仪式。湖南省委常委、宣传部部长文选德到会并做了热情洋溢的讲话。

据介绍，电影《毛泽东在 1925》将再现毛泽东同志 1925 年回韶山办农民夜校、建立党的农村基层组织、发动农民运动、探索中国革命发展道路的故事，艺术地再现了 70 多年前发生在南方红色土地上的一幅波澜壮阔的历史画卷。影片将以新颖的角度、平实的风格、生活化和个性化的语言、生动的故事情节，塑造一个心忧天下、幽默机智的青年毛泽东形象和以"韶山五杰"为代表的鲜活的农民群像。

该片导演张今标为潇湘电影制片厂一级导演，以拍摄重大题材著称，所拍影片《毛泽东和他的儿子》《刘少奇的四十四天》均获"华表奖"。饰演毛泽东的是中央实验话剧院一级演员王霙，曾在《秋收起义》《开天辟地》《彝海结盟》《杨开慧》《毛泽东与斯诺》等片中有成功表演。片中女主角杨开慧由新近走红的青年女演员娟子饰演。

另悉，《毛泽东在 1925》是新世纪我国第一部开拍的影片，也是我省举全省之力拍摄的重点影片，将作为"献礼巨片"在 7 月 1 日建党 80 周年之际与广大观众见面。

按　语

　　文章刊于《长沙晚报》2001 年 1 月 6 日，署名本报记者张邦卫。 这是一篇关于建党 80 周年献礼大片《毛泽东在 1925》在韶山举行开机仪式的消息。 在建党 80 周年之际，潇湘电影制片厂拍摄以一代伟人毛泽东在 1925 年的一段革命实践为题材的故事片《毛泽东在 1925》，这本身就是一件十分有意义的事。 文章介绍了在韶山出席开机仪式的领导、导演、主要演员及影片的主要故事，以及塑造了心忧天下、幽默睿智的青年毛泽东形象和以韶山"五杰"为代表的农民形象。《毛泽东在 1925》以红色题材，讲述红色故事，传播红色记忆，是湖南省委宣传部及潇湘电影制片厂全力打造的"献礼巨片"。 事实上，《毛泽东在 1925》将火热的人物置于火热的年代，以火热的场面、火热的影调，展现如火如荼的伟大革命，确实能给人以耳目一新的感觉。 也正因如此，影片《毛泽东在 1925》公映后，有专家曾用一个"火"字来点评，可以说是"只著一字、尽得风流"。

《英雄郑成功》期待成功

日前，由潇湘电影制片厂等单位拍摄的大型历史故事片《英雄郑成功》在长沙举行了新片见面会。该片编剧是张冀平，导演是吴子牛，两人曾"合奏"《国歌》，喜获丰收，此次"双剑再次合璧"，自然会给观众"好看"。该片表现了郑成功从反清复明的"一代孤臣"到成为收复台湾的民族英雄的轨迹，塑造了郑成功精忠报国、捍卫民族大业的形象。

"拍出我心中的英雄"

如何把握好郑成功这样一位历史人物的形象，既不失于历史原貌，又要进行艺术形象的再塑造，确实是一个棘手的问题。郑成功所处的时代，正是明、清两个朝代更替和西方殖民主义横行之际，新、旧势力的斗争和中华民族反抗外族入侵的斗争交织在一起，构成了一幅纷繁复杂的历史画卷，这样也就为郑成功提供了一个展示个人魅力的舞台。正如吴子牛所说，要"拍出我心中的英雄"，片中郑成功并没有被单纯处理成抽象的民族英雄，而是活生生的、有血有肉的、卓尔不群的郑成功。他有坚定的理想和信念，在内忧外患的情况下，排除万难打败了荷兰殖民者，收复了台湾；但他同时要承受父子反目、好友反叛、母亲因战乱自杀的痛苦和悲伤。他有爱在深处而又无法释然的酸楚，这体现在他与妻子和义妹的情感上；他也有因其所处的时代而无法避免的局限性，毕竟"反清复明"是他放不下的"心结"。于是，这些纠葛与冲突、悲欢与得失，把一个生动丰满的"国姓爷"与"延平郡王"再现在银幕上。

拍一部好看的电影

早在筹拍之初，吴子牛就确立了一条原则，那就是《英雄郑成功》一定要好看。也许一般观众都会想当然地认为《英雄郑成功》更多的是理性精神，而不是视觉冲击。事实并非如此。《英雄郑成功》是一部英雄与常人、理性与感性、精神与人情等交织的综合体。这是一部战争片，而战争片是广大观众最喜欢的一种艺术形式。值得一提的是，影片为真实地再现300多年前的战争场面，尤其是郑成功指挥郑军与殖民者激战的大量海、陆场面，大规模使用电脑特技，其运用规模和难度已创国产影片之最。其中，郑军200艘战舰进发台湾的海上大景与攻占赤崁城的壮观一幕，可谓大手笔。影片在保持吴子牛恢宏的风格的同时，也兼顾局部细节的武打动作和情感戏的挖掘，这样使其可视性大大增强，也大大地渲染了郑成功的人格魅力。"民族情感＋战争＋武打＋爱情"的融合模式无疑使影片具备了更多的"卖点"。吴子牛表示，《英雄郑成功》在目前的形势下，不可能不让人顿生政治联想，但这是一部真正的"三性统一"的影片，尤其是观赏性，更是考虑了市场的回报。他坦言："市场才是我目前最看重的。"

赵文卓：不恋"江湖"爱"英雄"

据悉，郑成功的扮演者从最初的赵文瑄、梁朝伟到最终锁定赵文卓，其间还牵连到《笑傲江湖》的换角风波。有消息称赵文卓也是《笑傲江湖》的内定人选，而《英雄郑成功》一直锁定梁朝伟。有趣的是梁朝伟"笑不起"也"雄不起"，倒是赵文卓虽"笑不起"却"雄了一回"。作为香港著名影星的赵文卓，外形英俊潇洒，身手飘逸洒脱，有极好的英雄外形条件。此次与吴子牛合作，赵文卓从中体会到对片中人物精神和气质的把握，他表示，不恋"江湖"扮"英雄"的选择将是他演艺人生的转折点。

蒋勤勤："水灵"只是我的另一半

毕业于北京电影学院的蒋勤勤当年被琼瑶相中后，扮演了一大批多情柔弱的小姐角色，琼瑶也特别器重这个看上去轻柔如水、灵气逼人的女孩，并给她取艺名为"水灵"。演惯了古装戏与情感戏的蒋勤勤这次是首次与吴子牛合作，出演为国为民为英雄可以自我牺牲的外表柔弱、内心刚强的女主角薛良。蒋勤勤的表演十分到位，走出了"水灵"式的角色类型，取得了更新形象、超越自我的成功。在《英雄郑成功》中，她虽没"水灵"的靓丽，但比之更经典。所以她表示："'水灵'只是我的另一半。"

"郑成功"成影视热点

在大陆,除了吴子牛执导的《英雄郑成功》外,还有一部反映民族英雄郑成功传统生涯的 20 集电视连续剧《郑成功风云》,该电视剧采用与电影套拍的手法拍摄。在台湾,也有一部有关郑成功的电影,其中郑成功的扮演者是金城武。一些媒体已出现了"金城武、赵文卓大比拼"的文章。"郑成功"将成为影视界追逐的热点。

 按 语

文章刊于《长沙晚报》2001 年 3 月 4 日"文娱周刊"头条,署名本报记者张邦卫、通讯员欧阳翀,并配有马建国所提供的宣传剧照 4 张。 为应对长沙市文娱事业的勃兴,作为党报的《长沙晚报》为适应市场、亲近读者,不失时机地开办"文娱周刊",与"消费周刊"隔周在周日推出。 文章是我作为党报的文化记者转换成所谓"娱记"的第一篇深度报道,这也算是一种见证,一种娱乐时代的印记吧。 作为一名记者,深耕时事要闻、文化热点固然重要,但适当地关注一下市民朋友茶余饭后的谈资也未尝不可。 毕竟像鲁迅先生这样的严肃作家,尚且关注了许多同时代的"花边新闻"与"准风月谈",并将之推向批判的高度。 所以,写什么并不重要,重要的是如何写。 像《英雄郑成功》这样政治性、艺术性、观赏性"三性统一"的影片,确实值得深度挖掘;像《英雄郑成功》这样将"民族情感+战争+武打+爱情"诸多"卖点"融合的影片,确实值得格外关注。

追求所谓的文学性与人文性或许只是黄版《笑傲江湖》一个堂皇的幌子而已——

质疑"江湖掌门人"黄健中

央视版《笑傲江湖》(以下简称《笑》)将于 3 月 26 日播出。一位权威人士在观看了《笑》之后,不由抬捧地说:"只要这部戏一播出,港台的武侠戏就很难进入大陆了。"如此便让《笑》之"掌门人"黄健中难以维持平素的"稳健"与"中庸",有点儿欣欣然地把腰杆挺直了。加之前阵子有位学者十分尖锐地说:"央视用一元钱买下金庸小说《笑》的改编权,这是见利忘义的行为,而且是一种相互利用的利益驱动。导演黄健中不过是捡了一个落地桃子,沾了金庸的光。况且小说与电视剧中充满了打打杀杀,虽有浓郁的视觉冲击,但有磨洗不脱的暴力倾向,恐难登大雅之堂……"受此刺激,"江湖掌门人"在"一统江湖"之后,在《笑》即将与观众"论剑谈侠"之际,禁不住"口技痒痒",有话要说了。

为了抬高央视版《笑》的地位,"傲气十足"的黄健中采取了"曲线救国"的方略。他说,金庸小说能进入大学课堂,而且能进入最高学府北京大学的课堂,能进入国际性的学术研讨会,为什么就不能进入央视?以此来暗示其拍《笑》剧是一种顺理成章的"智者"的选择。并且说,金庸小说不是简单的武打小说,拥有广大的读者群,是华人的共同读物,是高品位的书。当然,黄健中也有他"笑傲"的资本,有人说他是"第四代"的著名导演。为了避免和敏感的"通俗"沾上边,黄健中有意强调《笑》剧的人文性与文学性以求所谓"阳春白雪"式的口碑,他说:"我的震撼来自金庸小说浓郁的人文气氛。我重视的是文学的武侠小说。有一个限制词,必须是文学性的。"并且进一步指出:"我拍《笑》剧就是想拍文学的武侠剧,神奇的想象、迷人的故事、深刻的思想、高雅的格调、浑然大气、诗情画意、通俗而不媚俗,都是我追求的目标,从而最终实现写戏写人写悬念,写景写情写意境,通俗通雅通古今。"

事实上,挟有金庸名气与迎合大众口味的黄版《笑》剧,未能在央视一套播出,而只能退而求其次放在央视八套面世,这已是个不争的事实了。也就是说,《笑》剧亦无力与央视版《水浒传》《三国演义》等相比,这也许是对"傲气十足"的"江湖掌门人"的一种无言的讽刺吧。长沙电力学院中文系谌东飚教授一针见血地指出:"追求所谓的文学性与人文性只是黄版《笑》剧一个堂皇的幌子而已,也许葫芦里卖的其实是武打与男欢女爱两味慰安性的麻醉药。走的是'俗'路,却偏说是'雅'径,这也许是黄健中的'硬伤'吧。"中南大学文学院钟友循教授认为:"小说《笑》很难让人追踪到诗情画意的影子,而黄健中在美国接受记者采访时却一个劲地宣扬自己《笑》剧的'诗情画意',这是一种'妄'。主角令狐冲与众美女上下功夫的'男女之情'是不能与'诗情画意'之'情'相提并论的,这不过是'俗情'与'滥情'而已。"

 按 语

　　文章刊于《长沙晚报》2001 年 3 月 18 日"文娱周刊",署名卫子夫,即张邦卫的笔名。 金庸的小说《笑傲江湖》从某种角度说是武侠小说的经典,但是黄健中的电视剧《笑傲江湖》却难尽如人意,倒是引来纷争不断、议论不已。 尤其是对黄健中所谓"文学的武侠剧",许多专家学者持有不同的看法,像文章所提到的长沙电力学院的谌东飚教授、中南大学的钟友循教授等更是如此。 其实,雅就是雅,俗就是俗,各有审美空间与天地,但像黄健中一样硬要将本是"俗"的东西说成是"雅"的东西,硬要在"俗"的作品身上贴上"雅"的金箔,或者说,走的是"俗"路却偏说是"雅"径,挂的是羊头卖的却是狗肉,这诚然是一种不自信的表现,而且从某种角度上说确实是没有必要的言行不一。 雅有经典,俗也有经典,如果真的能将通俗的"武侠剧"拍成精品、拍成经典,那么黄健中这个"江湖掌门人"的贡献也是值得首肯的,关键是黄版《笑》剧拍好了吗?

华语电影再战戛纳

奥斯卡的余热未尽，角逐戛纳的号角又吹得正响。戛纳电影节从5月9日开幕并以《红磨坊》首映为契机，至今晚将揭晓"最佳男主角""最佳女主角""最佳导演"及"最佳影片"等大奖而"花落人散"。由于此届戛纳电影节有侯孝贤的《蔷薇的名字》和蔡明亮的《你那边几点》两部华语电影作品入围，从而吸引了众多中国影迷的关注。

中国电影人的"戛纳缘"

20世纪80年代至今，中国电影人几乎得遍了包括德国柏林、意大利威尼斯、法国戛纳三大顶级A类奖及瑞士洛迦诺、莫斯科、埃及等其他重要电影节的奖项，甚至世人瞩目的奥斯卡"最佳外语片奖"。这期间，又以戛纳电影节与中国电影人的结缘最多。

提起和戛纳有关的中国影人，陈凯歌是当之无愧的第一位。这不仅仅是因为他获得了中国目前唯一的戛纳最高奖——金棕榈，更多的还是他对戛纳一贯不懈的追求。从1988年开始，他先后用影片《孩子王》《边走边唱》《霸王别姬》《风月》《荆轲刺秦王》多次冲击戛纳电影节。

去戛纳去得最多的要数著名女星巩俐了，至今为止，她也是中国去戛纳参赛影片中出现最多的女主角，她主演的参赛影片有《菊豆》《活着》《摇啊摇，摇到外婆桥》《霸王别姬》《荆轲刺秦王》。1997年更出任了戛纳电影节的评委。

大腕导演张艺谋对戛纳可是又爱又恨。纵然《菊豆》"兵败麦城"，《活着》却获最佳男主角奖和评委会特别大奖，这是中国人的第一次。两年后，《摇啊摇，摇到外婆桥》捧回技术大奖，但《一个都不能少》的"崩溃"却使"老谋子"心恨不已,终究与"金棕榈"擦肩而过。

与张艺谋相反,葛优在戛纳倒是一举成名。电影《活着》对于葛优的意义远远大于张艺谋,戛纳称帝对其表演事业是具有里程碑性质的。此外,称帝戛纳的还有《花样年华》中的梁朝伟。

值得一提的是,王家卫、杨德昌堪称华语导演的戛纳样板。这一港一台的两位华人导演,分别凭《春光乍泄》和《一一》获得过最佳导演奖,而杨德昌今年还被选为评委会成员。

"香港之夜"艳惊戛纳

在今年的第 54 届戛纳电影节上,由香港贸发局举办的"香港之夜"于 14 日在戛纳 Ma-jestie 酒店举行,成龙、刘德华、李连杰、李嘉欣、钟丽缇等演艺名人到场出席,由此可知华人对戛纳的重视。

今年角逐戛纳的华语电影有侯孝贤的《蔷薇的名字》和蔡明亮的《你那边几点》两部作品。目前《蔷薇的名字》在巴黎试映,不少法国影坛中人对该片赞不绝口。《蔷薇的名字》导演侯孝贤被当地影评人预测有机会夺大奖。角逐戛纳电影节"最佳女主角"的该片主角舒淇因对手实力强劲而一直不被看好,目前由于该片的试映而被注意,有人认为舒淇极有可能爆冷。角逐戛纳电影节影后的还有妮歌洁曼、法国影后依莎贝尔、日本纯情玉女夏川结衣等人。另外,香港影星周星驰的新作《少林足球》也参加了戛纳影展,王家卫的短片《花样年华》2001 年也在影节期间试映。

正视中国电影人的"国外获奖情结"

随着全球化的不断拓展,电影艺术必须走出国门参与国际竞争,树立中国电影的形象,角逐戛纳电影节无疑是一条积极的路子。尽管以前国人对中国电影人挥之不去的"国外获奖情结"略有非议,并有"媚外"与"崇洋"的批评,但多次的胜利说明成功并非偶然,中国电影确实达到了一定的艺术高度。但正确运用中国作风与中国气派,以及民族题材与民族性格,不迷失自己,不哗众取宠,也是中国电影人需正视的一个问题。

按 语

　　文章刊于《长沙晚报》2001 年 5 月 20 日 "文娱周刊"，署名本报记者张邦卫。 原文配舒淇、周星驰的剧照各一张。 华语电影走出去，参加国际顶级电影节，这不仅是一种展示，也是一个平台，如果能够斩获大奖，那则更是一种象征资本。 事实上，华语电影有两个值得重视的现象：其一，影片是专为电影节或专为获奖而拍的；其二，华语电视人有着浓郁的 "国外获奖情结"，追求的是 "墙里开花墙外香，墙外香了墙内香"。 这中间确实有着 "媚外" 与 "崇洋" 的后殖民主义文化心态，换言之，认为西方他者的认同与首肯，才是华语电影成功与否的重要标准。 所以，讲好中国故事，拍好中国电影，适当地借鉴西方电影的先进技术与高超艺术，做到洋为中用，或曰鲁迅先生所谓 "拿来主义" 确实是华语电影需要科学践行的路径。 但是，华影电影在融入西方电影美学体系之际，绝不能迷失自己、哗众取宠、拾人牙慧，中国作风与中国气派依然是不能轻易抛弃的。

好莱坞劲吹复古风

不可否认,好莱坞影片一直是影迷心中挥之不去的情结,大牌导演、知名影星如过江之鲫,在星光灿烂之余,更以宏大的制作与精湛的演技征服了全球的影迷。近期,好英坞影片又成了人们谈论的焦点,搜索时下的好莱坞影片,我们就能发现许多有趣的现象,特别是以战争文艺科幻片经典重现为龙头的"复古风",复古中透出新意,是值得我们深思的一个文化现象。

"旧瓶装新酒":题材类似,内容不同

老片重拍在影视界可谓不胜枚举,一向喜欢"旧瓶装新酒"的好莱坞电影业对于成功的经典作品更是不会轻易放过,非得拍续集或是找类似的题材再予以"添油加醋",毕竟好的题材就是"摇钱树",因而最近老片重拍的风气更是一波波吹进好莱坞。

例如,"二战"中发生的"珍珠港事件"就成为众多好莱坞人"掘金"的题材。1970 年的经典珍珠港战争片《虎!虎!虎!》是由知名导演深作欣二与理查德·弗莱彻、舛田利雄联合执导的,内容糅合了日军与美军双方的观点。30 年后,今年 6 月下旬即将与观众见面的《珍珠港》同样取材"珍珠港事件",不过不同于旧片,这部电影将拍成爱情动作片,并完全以美国的观点来呈现这段历史。尽管还未公演,但《珍珠港》已在美国本土及全球各地炒得热火朝天。

"更上一层楼":剧本一样,质感翻番

这一类好莱坞影片,在剧本上并无太大的动作与改动,而是运用了最新的电影技术,从而在质上比以前的影片精进许多。

事实上,今年的好莱坞影片《决战猩球》就是对 1968 年《浩劫余生》的重拍,《甜蜜的十一月》是 1968 年《寂寞小阳春》的翻制,《瞒天过海》是 1960 年

《十一罗汉》的重拍。

如以《浩劫余生》为"蓝本"的科幻片《决战猩球》，化妆、特效也随着时代进步而展现惊人成果。《决战猩球》与《浩劫余生》改编自同一本原著，不过导演、编剧、演员全都不一样。因此除了剧情相同，其他方面，尤其是科幻片卖的"技术"都大不相同。《决战猩球》采用电脑特效，片场多达 500 位饰演猿人的专业演员让场面甚为浩大。果然今年的《决战猩球》不但再度引爆美国人的"猿人热"，日本人也爱死这部"未演先轰动"的电影。

<h2 style="text-align:center">"求全求美求好看"：整修门面，公开完整版</h2>

此类好莱坞影片的新版与旧版之间有较强的延续性，新版是对旧版的一种完善。如《大法师：公开完整版》是对 1973 年《大法师》的完善，新版《现代启示录》是对 1979 年《现代启示录》的补充，明年上映的《外星人 E.T.：公开完整版》是对 1982 年《外星人 E.T.》的修复。

去年加入数码特效的《大法师：公开完整版》打着"历史上最令人毛骨悚然的电影重现影坛"的口号，果然刮起一阵惊悚片旋风，再次证明老的经典电影经过重新包装仍很有卖相。今年夏天，经典战争片《现代启示录》也将补上将近 1 个小时的片段重新推出。史蒂文·斯皮尔伯格 1982 年执导的《外星人 E.T.》也要推出公开完整版，目前已如火如荼进行数码特效修补工作，定于 2002 年 4 月与影迷见面。

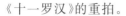 **按 语**

　　文章刊于《长沙晚报》2001 年 6 月 3 日 "文娱周刊"，署名卫杰，即张邦卫的笔名，并刊电影海报照片 6 张。 好莱坞电影是全球电影的领头雁、风向标与定盘星，所以好莱坞的任何动态与趋势都将影响全球电影行业。 文章明确指出好莱坞电影的 "复古风"，并精准梳理了三种复古路径：一是 "旧瓶装新酒"，题材类似，内容不同；二是 "更上一层楼"，剧本一样，质感翻番；三是 "求全求美求好看"，整修门面，公开完整版。 复古不是目的，复古也是一种创新，或者说是创新性复古。 从电影产业的角度看，旧题材、旧故事、旧影片，从本质上说是 IP 开发的 "金矿"，如何最大限度地挖掘这些 "金矿"，满足老影迷的记忆期待，在原市场份额的基础之上进一步拓展新的市场份额，诚然也是一种值得重视的产业策略。

上海国际电影节离 "世界著名" 还有多远

一年一度的上海国际电影节于 6 月 9 日举行,到今晚闭幕。据说,本届上海国际电影节首次尝试与世界著名电影节接轨,并朝着世界著名电影节的方向努力。那么,上海国际电影节离世界著名电影节还有多远呢?

虽有 A 级之名,却无"世界著名"之誉

全世界 A 级电影节共有 11 个,它们分别是德国柏林国际电影节、法国戛纳国际电影节、捷克卡罗维法利国际电影节、俄罗斯莫斯科国际电影节、加拿大蒙特利尔国际电影节、意大利威尼斯国际电影节、西班牙圣塞巴斯蒂安国际电影节、日本东京国际电影节、阿根廷马塔布拉塔国际电影节、埃及开罗国际电影节、中国上海国际电影节。

相比之下,上海国际电影节创办时间晚,至今才有短短的 9 个年头,再则其权威性与国际知名度较小,不仅不能与柏林国际电影节、戛纳国际电影节相比,甚至与同是发展中国家的埃及的开罗国际电影节亦有一段不小的距离。有趣的是,我们的名导、明星们携得意之作到国外电影节参展拿奖更是盛行,如陈凯歌、巩俐、葛优、张艺谋、梁朝伟、侯孝贤、王家卫、杨德昌等,都有一种挥之不去的国外获奖情结,但对本土的电影节似乎重视不够。有报道说,本届上海国际电影节"星光暗淡",捧场的导演亦缺乏当红大腕级人物,唯一的亮点是"千呼万唤始出来"的国际明星苏菲·玛索。

所以,如果说德国柏林、意大利威尼斯和法国戛纳电影节是 A 类顶级电影节的话,那么上海电影节只能算是 A 类末流电影节。从末流到顶级,尚有无数台阶要上,尚有很远的路要走。

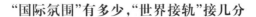

"国际氛围"有多少,"世界接轨"接几分

仔细搜索一下上海国际电影节,虽有"冷冷清清"之虞,但我们依然可以透过冷清的表面发现潜在的希望。从评委的组成来看,便可以看出评委会搭建了"国际化"的框架。本届上海国际电影节的评委,除了评委会主席朱永德和唯一的女性评委潘虹是中国人外,其余5位均是外籍人士。

除此之外,与开罗电影节结盟,也是本届电影节的一大手笔。据悉,双方将在3个方面进行合作,即经验的交流、电影的交流和人才的交流。电影节副秘书长陈晓萌介绍:"本届电影节敲定双方合作,是两节发展史上的大事。"

还有,与美国电影市场组织(简称 AFMA)联姻也是一件可喜可贺的事。AFMA 是美国电影事业最重要的机构之一,拥有 16 个国家的 170 个会员单位,专门负责电视、电影的制作、发行和投资,和美国电影协会组织同属美国两大电影组织。此次上海国际电影节与 AFMA 签署合作,无疑架起了好莱坞与上海之间的桥梁,打开了一扇文化繁荣之门。

搭建高层次的平台

诚然,加强上海电影节与开罗电影节、AFMA 的合作,对提升上海电影节的品位是有利的,但这些合作与交流如何落到实处、怎样为我所用,才是至关重要的。

值得一提的是,在此届上海国际电影节上,国产影片备受冷落不能不说是"当头棒喝"。据统计,电影节期间,满座的展映影片共有 37 部,其中美国影片 23 部,韩国影片 3 部,而国产新片只有《我的兄弟姐妹》这 1 部,其中最受欢迎的是法国影片《卢浮魅影》。占有"天时地利人和"的国产片,尚不能与"欧风美雨""韩流"争先,由此可见国产片的捉襟见肘。事实上,一国影片水平的高低,是决定该国电影节高下荣辱的关键因素。

培育全新的观众群与市场营运机制,也是十分重要的。著名导演谢飞认为,国产影片的票房不好,大多数新片都收不回成本,这是不争的事实,所以他长叹说:"反正也没有观众,拍电影没有人看,再拍又有什么意思呢?"诚如此,本国难有精品佳作,而国外送来的又多是二三流片子,那么,这国际电影节是否有"片荒"之虞就很难说了。

看来,把上海国际电影节这个国内唯一的国际电影节更好地推向世界,并办成世界著名的电影节,搭建自己的高层次平台是不容忽视的。

按 语

　　文章刊于《长沙晚报》2001年6月17日"文娱周刊"，署名本报记者张邦卫。 原文配有第五届上海国际电影节现场照、《我的兄弟姐妹》剧照、《卢浮魅影》的女主角法国影星苏菲·玛索的近照。 上海国际电影节，为全世界11个A级电影节之一，但从第五届上海国际电影节整体效果来看，虽有A级之名，却无"世界著名"之实，与德国柏林国际电影节、意大利威尼斯国际电影节、法国戛纳国际电影节等相去甚远。 一是"星光黯淡"，缺乏大腕级导演的捧场；二是本土的知名导演、知名影星的参与度与追捧度不高；三是参展影片的品质不高，国内只一部影片《我的兄弟姐妹》，国外多是二三流影片，唯一的亮点就是法国影片《卢浮魅影》；四是"国际氛围"不够，"国际接轨"不深。 所以，作为一个品牌的"上海国际电影节"，尽管已举办5届了，但其"国际化""电影性"以及"本土主体性"相当单薄，离"世界著名"还有很长的路要走。 尽管如此，我们还是想说：路再远，只要在走，总有抵达的时候；山再高，只要在爬，总有登顶的时候。

荧屏流行"婚外恋"

时下的荧屏,除了武侠片、枪战片、警匪片外,最红火的要数"婚外恋剧"了。君不见《牵手》《罪证》《危险真情》和《让爱作主》等剧,广受关注和最为招眼之处,与其说是强大的演员阵容与精湛的表演,不如说是"婚外恋"这一敏感的社会问题与"三角甚至多角的爱情游戏"。

事实上,荧屏婚外恋题材的盛行,是社会现实的折射,因为婚外恋以及由此导致的家庭解体是近年来最引人关注的社会现象之一。从社会学的角度来看,国人对婚外情抱着一种日益理智与宽容的态度,不再像以前那样闻之色变。于是乎,三角甚至多角的情爱关系几乎成了电视剧的"最爱",敏感的电视人更是争先恐后,甚至把那中国传统伦理道德所不齿的"婚外情""多角恋"演绎得"如诗如画""如泣如诉",不知道这是社会的进步还是人性的退化?

这不能不让人反思。当充斥荧屏的"婚外恋剧"把男女之恋俗化为"寻常儿戏"时,是否是在有意无意宣扬游戏人生?尤其是,"让爱做主"的荧屏,迷失于"感情至上"的言情模式,把感情滥化俗化不说,最大的拙劣就在于美化婚外情与多角恋,并把婚外情视为"放飞情恋的梦乡"。所以,有些反对荧屏婚外恋的人提出了他们的担心,过多的"婚外恋剧"是否会给本已出现危机的一些家庭以"示范"与"导向"作用。

此外,"婚外恋剧"还有一个现象值得注意:"红杏出墙"的一般都是男主人公,年轻漂亮的女性无一例外地处在"第三者"的位置,妻子不是贤淑温良的主妇,就是事业型的女强人,这真是一个意味深长的公式。例如一度火爆的《罪证》便是如此,常远扮演的情人无疑是一个烦人的角色,成为毁灭一个家庭的罪魁祸首;王姬扮演的妻子被嫉妒和猜疑折磨,最终铸成大错;而陈宝国扮演的男主人公反倒成了最让人同情的人，似乎他做的一切都是"身不由己"。这岂不是成了偷情不错、插足不错，而"为家为业"却大错特错了吗？

因此，笔者不禁想质问向我们提供这些故事的人，在"婚外恋剧"这个真真假假、虚虚实实、亦真亦幻的艺术空间，"众大师"向观众提供的是真情，是美丽，还是一种危险的游戏？！

 按 语

文章刊于《长沙晚报》2001 年 4 月 1 日"文娱周刊"，署名卫子夫，即张邦卫的笔名。这是一篇关于荧屏流行"婚外恋"题材电视剧的杂论。"婚外恋"，本是一种畸形的男女之恋，但是众多的电视剧如《牵手》《罪证》《危险真情》和《让爱作主》等，却在有意无意将这种畸形的、不道德的婚恋美化、抒情化、合理化，这不能不让人忧虑，电视剧不能为了市场与眼球而不顾最基本的社会伦理道德，不能以牺牲情感正义来获取最大的收视率。否则这样的电视剧越是火爆，对社会正义的伤害与腐蚀就会越大。

《珍珠港》昨晚首映星城

本报讯　被称为具有"大制作大场面大轰炸"的影片《珍珠港》昨晚在湖南大剧院进行了入湘的首映式,近三个小时的放映让所有观众大饱"眼福",过足了"瘾"。

影片以"二战"中"日本空袭珍珠港"这一著名历史事件为背景,讲述了两位优秀英俊的美国飞行员与一位美丽的战地女护士之间的爱情故事,展示了爱情的美丽、战争的残酷与胜利的辉煌。整部影片气势磅礴,构图精美,特别是长达45分钟的惊心动魄的战争场面,给观众无与伦比的震撼。影片融汇了爱情纠葛、战争场面、历史真实等众多要素,吸引了不同文化层次、不同年龄的观众,尤其是该片规模宏大、惊心动魄的战争场面基本上采用了包括战舰、飞机等军事装备实物拍摄,极具震撼力和观赏性。

影片结束之后,有观众认为"影片场景音效都很有气势,值得一看",还有观众认为"《珍珠港》有震撼力,让人目不转睛。战争的全局和细微部分都抓得很巧妙,不沉闷"。

按 语

　　文章刊于《长沙晚报》2001 年 8 月 7 日，署名本报记者张邦卫。 原文有配图。 这是一篇关于影片《珍珠港》在湖南省会长沙首映的新闻报道。 文章比较精准地概述了影片《珍珠港》的内容及其特色，包括它的"大制作、大场面、大轰炸、大气势"，以及观众的代表性观感。 文章虽短，但足以勾起爱影人士的观影冲动，这是十分难得的。 曾几何时，进影院看电影是人们最喜欢的文化消费方式，而一部内容精美、艺术精湛、思想精深的优秀影片则更是观众们争相追捧的对象。 在大多数国产片难以满足高品位观众的审美欲求的情况之下，一部又一部译制的好莱坞大片便成了止渴的首选，影片《珍珠港》便是其中之一。 类似《〈珍珠港〉昨晚首映星城》这样的新闻，除了本身所具备的文化新闻性之外，也许更多的是想向观众传递一种"奇影共赏析"的诉求吧。

《蓝猫淘气 3000 问》获吉尼斯
最长动画片纪录

　　本报讯　在"第三届国际卡通博览会"将于 8 月 8 日开幕之际,记者从有关部门了解到,湖南三辰影库卡通节目发展有限公司制作的大型国产动画片《蓝猫淘气 3000 问》获得世界最长动画片吉尼斯纪录。对此,国家广播电视总局副局长赵实特致电祝贺。

　　《蓝猫淘气 3000 问》大量运用三维动画技术,极大地增强了国产卡通形象的艺术感染力和视觉冲击力。该片已完成 730 集,经上海吉尼斯总部确认,该片已成为全世界最长的动画片。吉尼斯纪录先前认定的世界最长动画片是 1986 年美国制作出品的《辛普森》,总长度为 242 集。

　　另悉,《蓝猫淘气 3000 问》将从 9 月 1 日起在中央电视台第七套"东方儿童"栏目亮相,每天 2 集,连播 365 天,也将创中央电视台节目播出延续时间与播出集数的最高纪录。

按　语

　　文章刊于《长沙晚报》2001 年 8 月 7 日,署名本报记者张邦卫。 这是一篇关于《蓝猫淘气 3000 问》获吉尼斯最长动画片纪录的新闻报道。 在 21 世纪初,无论是动画片还是吉尼斯纪录,都是十分夺人眼球的新鲜事、高频词。 文章标题《〈蓝猫淘气 3000 问〉获吉尼斯最长动画片纪录》将这两个热门词汇和"最长"两字横向组合,可以说是高度凝练、清晰明白、掷地有声、先声夺人,也可以说是一语中的、一目了然,诚然有着后来所谓"标题党"的味道。 还有,文章所写的新闻事件,确实是值得大书特书、广为传播的,事实上,一定时期直至当下,"蓝猫"早已成为国产卡通的标牌,一个自带市场效应、产业价值的品牌,其艺术感染力、视觉冲击力、文化内蕴力以及审美张力在国产卡通与数字艺术领域屈指可数。

第二届 "金鹰节" 主体活动出炉

本报讯　昨日,第二届中国金鹰电视艺术节商务推广会在湖南国际影视会展中心举行。在会上,记者了解到,将于 11 月 1 日开幕的"第二届中国金鹰电视艺术节"的主体活动已经基本确定,历时三天四晚的节庆活动共由八大主体活动构成。

据介绍,八大主体活动分为开幕式晚会、经典音乐会、明星演唱会、金鹰奖颁奖典礼、金鹰论坛、明星面对面、金鹰节颁奖晚会和闭幕式等八项。拟邀请国内外知名的影、视、歌明星到场,并力争把节目办得更丰富、更精彩,而且在节庆时间、活动内容、活动规模、精彩程度上突破第一届"金鹰节"。

🖋 按　语

文章刊于《长沙晚报》2001 年 8 月 9 日,署名本报记者张邦卫、姚毅、陈礼宏。 这是一篇关于第二届"金鹰节"主体活动的预告性新闻。"金鹰节",全称"中国金鹰电视艺术节",由中国文学艺术界联合会、湖南省人民政府、中国电视艺术家协会、湖南省广播电视局联合主办,湖南广电传媒股份有限公司承办,以中国电视金鹰奖的评选颁奖为主要活动内容的艺术节,每年(后改为每两年)固定在湖南省长沙市举办。"金鹰节"在"合作、创新、沟通、共享"的宗旨下,致力于实现荧屏内外电视与观众的共舞狂欢,实现繁荣艺术、倡导时尚、沟通大众、服务生活、展示成就、探索未来的活动目标,从而推动 21 世纪电视与人的和谐发展。 在 2000 年 10 月第一届"金鹰节"成功举办之后,"金鹰节"的活动价值与品牌价值日益彰显。 值得一提的是,"金鹰节"一次又一次在湖南长沙的成功举办与精彩绽放,无疑大大推进了长沙"电视之都""娱乐之都""文化之都""综艺之都"的形象建构以及湖南卫视的品牌传播。

文化纵横

第七辑

北京《茶馆》飘香星城

——新《茶馆》在长"开张纳客"

本报讯　由北京人民艺术剧院演出的老舍经典话剧《茶馆》经全新打造后昨晚在湖南大剧院与星城的戏剧迷们见面了。现场"茶客"满座，文化气息浓郁，幕间掌声不断。

老舍的《茶馆》是 20 世纪中国戏剧史上的彪炳之作，它借旧北京"裕泰茶馆"这小小的"窗口"演绎了百态人生，见证了以维新变法、军阀混战、抗战胜利后国民党统治时期为代表的 19 世纪末到 20 世纪中叶的历史风云，再现了老北京人的生存沉浮与世事变化，那种流溢着浓浓的京腔京韵的对白艺术所展示的独特的市井风俗文化曾让几代人心醉不已。

《茶馆》由北京人民艺术剧院在 1958 年首演，此次再演的新《茶馆》由林兆华导演，濮存昕、梁冠华和杨立新主演，其中濮存昕饰王利发、杨立新饰秦仲义。北京人民艺术剧院此次在长沙"开"的"茶馆"要到 11 月 18 日晚才"关门打烊"。

按 语

　　文章刊于《长沙晚报》2000 年 11 月 16 日"文化新闻"版，署名本报记者张邦卫。 这是一篇关于北京人民艺术剧院新《茶馆》在长沙湖南大剧院演出的消息。 中国现代文学史有所谓"鲁郭茅巴老曹"的说法，其中老舍的《骆驼祥子》《茶馆》都堪称经典。 我们知道，经典的魅力是可以穿透历史帷幕的。 话剧《茶馆》由北京人民艺术剧院在 1958 年首演后，2000 年重演并在全国各地巡演。 新《茶馆》在湖南大剧院演出，确实盛况空前。 值得一提的是，为了新《茶馆》顺利演出，湖南大剧院还对舞台进行了改造，以达到舞美与道具的最佳效果。 观看由林兆华导演与濮存昕、梁冠华、杨立新主演的新《茶馆》，这也是笔者平生所观看的最高档次、最高水平的话剧，至今忆起犹感幸运。

这话剧有些像综艺节目

《吊带时代的萤火虫》演出引发争议

本报讯 6月24日晚,由湖南文体频道推出的媒体实验话剧《吊带时代的萤火虫》,在田汉大剧院演出,但该剧的实验性引发各方争议。

该话剧剧情比较简单,通过城市青年小虫的故事来表现城市化意象与城市化主题,并有明显的实验性,即将电视人办综艺节目的技法注入话剧之中,并且还大量使用了现代的声电光技巧,把传统经典话剧的艺术形式消解得令人惊讶。演出结束后,有观众认为这种实验性话剧有些新鲜。但也有观众认为,这样的话剧带有明显的电视综艺色彩,从一定角度来说是亵渎了话剧。一些前来观看演出的年轻观众坦言说,他们是冲着那些有些名气的主持人来的。

✎ 按 语

　　文章刊于《长沙晚报》2001年6月26日,署名本报记者张邦卫。 这是一篇关于实验话剧《吊带时代的萤火虫》演出的消息。《吊带时代的萤火虫》是湖南文体频道推出的实验话剧,其创新性值得肯定,其实验性也无可厚非。但是当把话剧等同于综艺节目,并且以此作为卖点与噱头的话,这已经大大超出了人们对话剧艺术的固有认知,引发各方争议也就在所难免了。 事实上,话剧就是话剧,综艺就是综艺,每一种艺术形式均有属于它自己的独特的艺术品质,跨界融合、交叉融合不是不可以,但如果将话剧弄得不是话剧而是综艺节目了,那么就是本末倒置、主次不分、邯郸学步了。 文章的标题十分明确地陈述了观点,文章主体没有直接叙述话剧演出本身,而是把焦点对准演出后观众的观感与评论。 这是一篇有态度、有立场的新闻,但态度与立场却极好地融注在观众的议论之中。 所以,凡是有倾向性的好新闻,必须坚守"借他人之口,说记者想说的话"的写作原则。

"花明楼"呼唤大家之作

刘少奇纪念馆面向海内外征集诗文书画楹联佳作

本报讯 在刘少奇同志 102 周年诞辰前夕,宁乡花明楼刘少奇纪念馆拟用半年时间诚邀天下名流,撰写以"花明楼"为母题的诗文书画楹联佳作。

刘少奇纪念馆所在地"花明楼"地以楼名,但以前一直没有"楼"。1998 年,刘少奇家乡人民为了推崇名胜,弘扬优秀文化传统,丰富刘少奇故里的旅游观光资源,择地修建了一座古朴典雅、气势恢宏、高 33.02 米、上下 5 层、总建筑面积 1730 平方米的"花明楼"。至此,花明楼才有了名副其实的"楼",并拟在 2001 年国庆前夕对游人正式开放。为了把该楼建设成为芙蓉国里的又一座文化名楼和又一"江南名楼",该馆此次特面向海内外征集诗文书画楹联佳作。

据刘少奇纪念馆馆长萧普刚同志介绍,此次征稿要求应征作品内容能高度概括"花明楼"浓厚的文化底蕴和鲜明的地域特色。该馆已委托湖南省文联约请专家学者组成评委会,将从应征作品中选出一、二、三等奖若干名,一等奖奖金高达 1 万元。

据悉,全国政协原副主席赵朴初先生已为"花明楼"题写楼名,全国人大常委会教科文卫副主任、《人民日报》原总编辑范敬宜,著名诗人林从龙,著名作家"巴蜀奇才"魏明伦,均应约撰稿。

按 语

　　文章刊于《长沙晚报》2000 年 11 月 26 日，署名本报记者张邦卫、通讯员唐益人。这是一篇关于刘少奇纪念馆面向海内外征集诗文诗画楹联佳作的消息。宁乡花明楼，乃是刘少奇同志的故里，也是刘少奇纪念馆的所在地。之前，虽曰"花明楼"，或地以楼名，但一直没有"楼"。为此弥补"缺楼"遗憾，丰富旅游观光资源，刘少奇家乡人民斥资修建了一座古朴典雅、气势恢宏的"花明楼"。至此，花明楼才有了名副其实的"楼"，或曰地楼同一。文章详尽介绍了"花明楼"的缘起，呼唤大家之作的动因与要求，以及力争打造湖南省内又一"江南名楼"的愿景。"花明楼"，本身就是一道建筑风景，一种地域文化，但如有高水平的诗文书画楹联辅之，那必将是画龙点睛、锦上添花。诚如文章所透露的，有赵朴初先生的楼名题写以及范敬宜、林从龙、魏明伦等的诗文，我们有理由相信花明楼一定会更加精彩夺目、璀璨耀眼。

行吟泽畔诵盛世

"走进新世纪——潇湘诗会"昨日"吹风"

本报讯 "走进新世纪——潇湘诗会"又掀星城儒雅风。昨日下午,由长沙市委宣传部、长沙市文联主办,长沙市作协、《东方新报》、田汉大剧院承办,巨州酒店协办的"走进新世纪——潇湘诗会"举行了新闻发布会,宣布将于2001年1月6日晚在田汉大剧院举行以诗歌朗诵为主体,兼容音乐、舞蹈、伴唱等其他艺术形式的独特的综艺晚会。

据悉,誉满中外的著名老诗人臧克家先生将为此次"潇湘诗会"亲笔写下贺词。"战士诗人"郭小川的儿子、北京大学著名教授郭小林也将朗诵其父的诗歌。青年二胡演奏家宋飞亦将到场助兴。

此次"潇湘诗会"分序、上篇、中篇、下篇和尾声5个部分共25首有名的诗歌。其中有代表性的诗歌包括毛泽东的《沁园春·雪》、田汉的《重返劫后长沙》、郭小川的《乡村大道》、未央的《驰过燃烧的村庄》,还有"诗人市长"谭仲池的《老人与海》及本土诗人的佳作。

按 语

　　文章刊于《长沙晚报》2000 年 12 月 23 日，署名本报记者张邦卫。 这是一篇关于"走进新世纪——潇湘诗会"举行新闻发布会的消息。"潇湘诗会"，是湖湘大地的知名文化标牌。 从 1986 年创办，中有间断，至 2001 年重启，可以说表征了湖南人尤其是湖南诗人对诗歌的坚守。 事实上，三湘四水，湘楚大地，素称"诗""骚"之地，也是屈贾之乡，诗性文化源远流长。 文章标题《行吟泽畔颂盛世》，话语之中已暗含了屈原行吟之风，包括他的《湘君》《湘夫人》《涉江》等作品的古典意蕴，而"颂盛世"又寄寓了"走进新世纪""歌颂新时代"的当代气象。 文章十分精练地介绍了"走进新世纪——潇湘诗会"的晚会形式、节目内容、重量嘉宾、代表作品等，可以说让读者对"走进新世纪——潇湘诗会"有了一个全面的了解，这也许就是新闻发布会所要达到的传播效果吧。

夜醉长沙诗

"走进新世纪——潇湘诗会"昨晚举行

本报讯 由长沙市委宣传部、长沙市文联主办的"走进新世纪——潇湘诗会"昨晚在田汉大剧院隆重举行,这是我市新世纪一次重大的颇具儒雅之风的文化活动。

在诗会上,长沙市委副书记欧代明做了简明扼要的致辞。中国作协党组成员、书记处书记高洪波,沈阳市文联常务副主席、《诗潮》主编周永诗等对此次"潇湘诗会"的举行做了很高的评价。在诗会上,还宣读了著名老诗人臧克家先生的贺信,以及各地一些文联与诗会的贺电。

此次"潇湘诗会"从诗歌内蕴与情境上分为"序""深深的眷恋""浓浓的乡情""世纪的跨越""尾声"5个部分,一批在各个时期有代表性的诗歌得到吟咏,例如《关雎》《春江花月夜》《沁园春·雪》《驰过燃烧的村庄》《乡村大道》《乡愁》《湖南大雪》《老人与海》等。此次诗会规模大,演员阵容强,结构有新意,艺术形式更是大胆突破了诗会单纯朗诵诗的传统模式,形成以诗歌朗诵为主体,融合音乐、舞蹈、伴唱、和声、配音等其他艺术形式的综合表演体系。据有关专业人士介绍,"走进新世纪——潇湘诗会"有新的尝试,新的突破,是一场艺术水平比较高的诗会。

按 语

　　文章刊于《长沙晚报》2001年1月7日，署名本报记者张邦卫。这是一篇关于"走进新世纪——潇湘诗会"举行的消息。南宋著名诗人陆游有诗云："挥毫当得江山助，不到潇湘岂有诗。"可见潇湘大地不缺诗情画意，不缺名诗华歌。"潇湘诗会"从1986年5月创办，至1990年共举办5届，中断10年后，又于2001年恢复，在田汉大剧院举办第六届"潇湘诗会"，即"走进新世纪——潇湘诗会"，这是长沙市委宣传部、长沙市文联共同打造的文化品牌，由知名诗人胡述斌率头组织、创意策划，既有赓续传承，又有创新拓展。从2001年至今，"潇湘诗会"一直弦歌不断，可以说"潇湘诗会"见证了湖南人尤其是湖南诗人对诗歌的坚守和态度。文章标题《夜醉长沙诗》，既有诗情又有气象。文章还特意报道了长沙市委副书记欧代明的致辞，中国作协党组成员、书记处书记高洪波和《诗潮》主编周永诗的讲话，以及著名老诗人臧克家先生的贺信，无非暗示了"走进新世纪——潇湘诗会"非同一般、卓尔不群。总之，"走进新世纪——潇湘诗会"承前启后，守正拓新，力证了湖南诗歌界对诗歌本真的坚守与钟情。

长沙精心打造文化标牌　潇湘诗会再度兴会湘江

　　新世纪的长沙,越来越具有浓厚的文化意蕴。在长沙市政府向全国招标、征集长沙市文化产业发展规划最佳方案的时候,最先传递长沙文化发展信息的,是一次充满诗情画意的"潇湘诗会"。

　　这对长沙市民来说,也是一个惊喜。因为,"潇湘诗会"在1994年之前曾举办过5届,在国内曾产生过不小的影响,后来出于种种原因难以为继,便停办了。在新世纪的文化发展春潮中,长沙的文化部门首先想到了"潇湘诗会",他们提出,要把"潇湘诗会"打造成湖南文化界的一个标牌。于是,中共长沙市委宣传部和长沙市文联决定,共同主办"走进新世纪——潇湘诗会"。据有关负责人介绍,这是希望通过此次以新世纪为契机的大型诗会,丰富广大市民的文化生活,并使颇具学院色彩的高雅艺术之一的诗歌走向群众,为营造长沙"精神净地"发光发热,同时,对"潇湘诗会"如何适应市场经济做一些有益的尝试,探索一条复兴诗歌等高雅艺术的路子。

　　长沙市的领导很重视这次"潇湘诗会",表示要"倾全市之力"大力支持。这样,主办者更有信心,他们要通过这次诗会展现湖湘学人们"铁肩担道义"的湖湘文化传统,以及长沙人对高雅艺术(主要是诗歌)的精心呵护和耐心培育。

　　著名诗人臧克家在致"潇湘诗会"的贺词中写道:"古今的优秀诗歌,是民族的瑰宝,文化的象征,社会文明的标志。湖南汨罗江乃中国诗歌的源头,长沙乃光耀中国的历史名城。长沙如期举办盛会,既是对精神文明的大力弘扬,又是建设文化名城的重要举措,同时也是迎接新世纪的隆重典礼。"

　　此次"潇湘诗会"从诗歌内蕴与情境上分为"序""深深的眷恋""浓浓的乡情""世纪的跨越""尾声"5个部分共25首佳作,运用了"内结构"的划分法,从线性诗史中择取大框架与大流程,再按每首诗歌所外现的"诗性""诗韵"分为三大母题:"深深的眷恋""浓浓的乡情""世纪的跨越"。以此为经,一批在各个时期有代表性的诗歌都得到了吟咏,例如《关雎》《春江花月夜》《沁园春·雪》《驰过燃烧的村庄》《乡村大道》《乡愁》《湖南大雪》《老人与海》等。

此次"潇湘诗会"一个很大的特点是由一个社会活动一变而为颇有审美价值的融诗歌朗诵、艺术表演于一体的综合演出,这种探索性在吸引观众与听众上无疑是"良药一剂"。此次诗会规模大,演员阵容强,结构有新意,艺术形式更是大胆突破了诗会单纯朗诵诗的传统模式,形成以诗歌朗诵为主体,融合音乐、舞蹈、伴唱、和声、配乐等其他艺术形式的综合表演体系。据有关专业人士介绍,"走进新世纪——潇湘诗会"有新的尝试,新的突破,创造了一种让诗歌走向大众的新的范式,是一场艺术水平比较高的新型诗会。

此次"潇湘诗会"结束后,有关方面及时组织研讨、总结经验。大家认为,诗会作为高雅艺术市场的新力军,此次冲击市场还是第一次,但仍然是以赠票为主的,所以培养观众对待诗会等高雅艺术的兴趣与接受能力,是一个长期的系统工程,需要久久为功。长沙市湘剧院院长、"德艺双馨奖"得主曹汝龙说:"我认为经济愈是发达,则高雅艺术愈是受人瞩目。假以时日,'潇湘诗会'在艺术与市场的双重收获将必定可期。"

 按 语

　　文章刊于《文艺报》2001年3月3日,署名张邦卫。 这是一篇关于"走进新世纪——潇湘诗会"的综合报道。 作为《长沙晚报》的记者,聚力报道长沙市委宣传部与长沙市文联联合打造的"走进新世纪——潇湘诗会",既是任务也是职责,故陆续在《长沙晚报》上刊发了《行吟泽畔诵盛世:"走进新世纪——潇湘诗会"昨日"吹风"》《夜醉长沙诗:"走进新世纪——潇湘诗会"昨晚举行》等多篇消息。 为进一步扩大"走进新世纪——潇湘诗会"的影响,应长沙市委宣传部胡述斌先生的嘱托,我撰写了这篇《长沙精心打造文化标牌　潇湘诗会再度兴会湘江》的综合报道,经胡述斌先生审阅之后直接投稿《文艺报》编辑部并得以刊发。

诊脉潇湘诗会

在新世纪的第一春,由市委宣传部和市文联主办的"走进新世纪——潇湘诗会"落下帷幕已近月余。在这喧哗之后的寂静时分,作为全方位见证诗会的记者,有些想法,以供读者参考。

本届诗会,从整体上说是成功的,但从高雅艺术的本体角度和市场的角度来讲,还有一些症结和尚待解决的问题。

其一,作品的选题相对较窄。据了解,选诗侧重新诗,而相对忽略了支撑中国诗歌传统文化长河的古典诗词,而新诗的选择又考虑了时代的文化导向与现实的社会功利性,这有点儿削弱"诗美",给此次诗会留下了遗憾。据了解,这次诗会选题的原则是湘籍诗人的作品占 1/3,外省的占 1/3,海外华人的占 1/3。有关人士还强调说,"潇湘诗会是湖南文化界的一个标牌,当然得以湘籍诗人为主体以弘扬'文化湘军'的实力",而且还指出,这将作为一种宗旨保留下去。值得注意的是,诗会精选了余光中、洛夫、纪弦、蔡欣、彭邦桢、向明等台湾及海外华人的代表作,确实让诗会出彩不少,也体现了主办者的别样深意和独到眼光,但湘籍诗人的作品过多,以及其艺术美的参差不齐,又引起了观众的异议。

其二,佳作的"缺席"。对于全部 25 首与会诗歌,某位青年作家认为:"整台晚会只有五首半好诗。《诗经·关雎》、杜甫的《发潭州》、张若虚的《春江花月夜》、余光中的《乡愁》、洛夫的《湖南大雪》与田汉的《重返劫后长沙》。"所谓"五首半诗",虽是个人观点,却也或多或少道出了部分"品诗者""听诗者"的心声。

其三,形式的突破与度的把握。此次诗会在艺术形式的突破上可以说是有目共睹的,也给人耳目一新之感,但太多的歌舞表演与伴奏和声似乎有

"喧宾夺主"之嫌,可视性确实是增强了,也迎合了时下一般观众的欣赏口味,但却让诗歌那种独特的语言魅力在舞榭歌台的曼妙舞姿与众声喧哗之中被削弱了。对于表演形式,有不少观众认为,诗歌朗诵会只有两点是重要的,即好诗和优秀朗诵艺术家,伴舞等综合表演形式虽有充实舞台空白的作用,但度的失衡,倒使诗会的重心偏移了。湖南省话剧院著名表演艺术家廖炳炎认为:"诗歌朗诵是代言心志、开掘内涵、抒情剖美、为诗谱曲等的语言艺术。作为一名朗诵者应把握诗内在的言、志、情、曲、声等,而且要把诗朗诵和音乐、舞蹈、舞美背景等做到有机结合,配合协调,切忌中心旁落或失落。"廖炳炎指出,在这点上,有些诗是有出入的。

其四,诗会演出市场有待挖掘。在长沙,高雅艺术演出市场在《长沙晚报》等新闻媒体,湖南大剧院、田汉大剧院和一些本地演出单位的共同扶植下,还是很有起色的,但仍有许多待完善的地方。而诗会作为高雅艺术市场的新力军,此次冲击市场还是第一次,但仍以赠票为主。培养观众对诗会等高雅艺术的兴趣与接受能力,是一个长期的系统工程。有人认为:"高雅艺术是深刻的,但不是大众的。它并不拒绝大众,它所达到的境界便是与大众之间的鸿沟。"看来,潇湘诗会要达到的境界便是在提升自己的品位的同时达到与大众的沟通。高雅艺术尚未完全走进市场,以市场化的"游戏规则"进行操作。长沙市湘剧院院长曹汝龙认为:"经济愈是发达,则高雅艺术愈是受人瞩目。"

总之,潇湘诗会离一些全国性的诗歌活动还是有一定距离的。我们期望在以后这种距离会越来越小,并最终把"潇湘诗会"办成真正的"爱诗人"的诗会。

按 语

　　文章刊于《长沙晚报》2001 年 2 月 19 日，署名本报记者张邦卫。这是一篇关于"走进新世纪——潇湘诗会"的评论性深度报道。文章标题《诊脉潇湘诗会》，事实上已清晰地道出了这篇文章的立场与立意。文章虽然整体上肯定了"潇湘诗会"的成功，但花了更多的篇幅剖析了"潇湘诗会"所存在的病症，主要包括四点：一是作品的选题相对较窄；二是佳作的"缺席"；三是形式的突破与度的把握不准；四是诗会演出市场有待挖掘。诚如文章所说，潇湘诗会离全国性的诗歌活动有一定的距离。但尽管如此，作为湖南文化界的一块标牌，办好"潇湘诗会"、擦亮"潇湘诗会"、传播"潇湘诗会"，是每一个有诗性情怀的"爱诗人""悦诗人""品诗人"的共同指归与心声。《诊脉潇湘诗会》也许只是一孔之见，也许只是片面之词，但诚如古人所说的"兼听则明，偏听则暗"，有病治病、没病健身，讳疾忌医肯定行不通。换言之，"诊脉"潇湘诗会，是为了疗救潇湘诗会，也是为了更好地助推潇湘诗会走向更高的台阶。一味地"捧"或者一味地"踩"，一味地"扬"或者一味地"抑"，一味地"吹"或者一味地"批"，都不是一个有职业精神、文化情怀的文化记者的新闻立场与价值判断。从这个角度讲，做一个有判断力的"吹哨人"，做一个有鉴别力的"破窗人"，做一个点破"皇帝的新衣"的"纯真小孩"，也许不是任何一个新闻记者都能做到的吧。

"五一"，我们接触文情史韵

"五一"长假昨日开始，今年的"五一"节节日气氛中带着浓郁的文化气息。记者昨日在我市各大文化场所采访时发现，许多人在休闲、度假时，不忘利用假日让自己接受文化的熏陶。

翰墨丹青好韵致

在湖南省国画馆展出的"山东·湖南八人书画联展"是今年"五一"节我市一道别致的文化风景线。前来展厅观摩、研讨的观众特别多，还有从外地特意赶来的。湖南师范大学艺术系一名学生说，将南北两地不同文化背景与地域色彩的书画作品同时展出，让人们在对比中观摩、品味，这种展览形式很为普通观众着想，也有利于书画同行的学习交流，在"五一"节参观这样高水平的画展，一举多得，比凑热闹外出旅游要强许多倍。

喜爱当代艺术作品的观众则充分利用假期到"中国感觉艺术展"中找感觉，由于该展在四维商城举行，因此有许多观众一边逛商店，一边找艺术的感觉，过了一个精神物质双丰收的"五一"节。

书海墨香让人醉

昨日，在长沙市博物馆特价书市、湖南图书城、定王台书市和袁家岭新华书店，记者真切地感受了一番书如海、人如潮的节日气氛。

长沙市博物馆的特价书市展厅里人头攒动、水泄不通。一位手里已经拎了两大包书，还在选购的老人告诉记者，他一大早就从汽车南站赶过来，准备大采购，买些平时舍不得买的"高价书"。定王台书市也让"五一"购买精神食粮的市民流连忘返，许多人全家出动，兼品书、读书、淘书于一体。袁家岭新华书店"五一"特地准备的"十万种图书音像大汇展"和 2 万余种图书 5 折销售活动,同样赢得了极旺的人气,而该店下午举办的畅销书《推销奇谋》作者李东赫签售活动则让该店的人气达到高潮。

文史博物动人心

"五一"节日期间,在长沙举办的各种文史博物展览也吸引了大量的观众,其中最具吸引力的便是在省博物馆举办的"红岩魂"大型展览。在展厅,一位带着孩子参观的妈妈非常动情地对记者说:"我的心难以平静,孩子也仿佛一下子长大了许多,'红岩精神'是每个人都应该学习的宝贵财富。"

长沙丰富的文史博物资源吸引了众多的外地游客,马王堆汉墓出土文物陈列、长沙走马楼三国吴简及历年出土文物精品展都令外地游客惊叹不已。

莺歌燕舞乐陶陶

"五一"佳节,湖南大剧院、田汉大剧院准备了丰富多彩的音乐、歌舞、戏曲演出,等着人们"享用"。

昨日上午,湘琴"五一"专场音乐会在田汉大剧院举行,湘琴艺术学校的百名师生共同表演了扬琴齐奏《龙船》、小提琴齐奏《祝你生日快乐》、二胡齐奏《光明行》等 20 多个节目。孩子们穿着漂亮的演出服,与兴高采烈的家长们欢聚一堂,共度佳节。2001 年湖南省首届"涉外杯"歌唱比赛昨日在省会长沙音乐人艺术学校拉开了帷幕。一位参赛歌手对记者说,参赛主要是展示自己的才华,向优秀选手学习。此外,在"五一"节赛歌、放歌,其实也就是向广大劳动者表达敬意。

按 语

　　文章刊于《长沙晚报》2001 年 5 月 2 日，署名本报记者田芳、杜巧玲、张邦卫，田芳、杜巧玲也是《长沙晚报》文体部的记者，这是三人唯一一次联手的深度报道。这是一篇关于 2001 年"五一"长假期间多彩文化、文情史韵的深度报道。作为《长沙晚报》文体部的记者，在"五一"长假，可关注的点应该是很多的，但是如何立足"五一"，报道一个不一样的有文化味的"五一"却是考验。整篇文章聚焦"五一"节的"文情史韵"，分路采访，分块书写，共有 4 块，即"翰墨丹青好韵致""书海墨香让人醉""文史博物动人心""莺歌燕舞乐陶陶"，从整体上呈现了一个别样的"文化长沙""文化五一"。所以，"五一"节，不仅仅是"吃喝玩乐"，还有"琴棋书画"，更有"文情史韵艺致"。客观地说，当更多的市民朋友走进书院、走进书店、走进展厅、走进剧院、走进博物馆，既亲密接触，又赓续传承，这充分展示了广大劳动者从物质文明走向精神文明的文化自觉，以及一座文化古城生生不息的文化血脉。

不朽的红岩

——记"红岩魂"大型展览

　　"从来壮烈不贪生，许党为民万事轻""愿以我血献后土，换得神州永太平""为了免除下一代的苦难，我们愿意把这牢底坐穿"……这就是红岩英烈的铮铮铁骨，这就是生生不息的红岩精神，这也是正在湖南省博物馆举行的"红岩魂"大型展览所诠释的主题。

　　从 4 月 27 日一直延续到 5 月 24 日的"红岩魂"大型展览是由湖南省委讲师团、共青团湖南省委与湖南省博物馆共同举办的。展览展线全长 100 米，配有 600 多幅资料图片，100 多件历史文物，分为"禁锢的世界""血与泪的嘱托""狱中斗争""烈火中永生"等 8 个部分。

　　"红岩魂"展览以大量的史实，揭露了国民党在重庆歌乐山建立"中美合作所"——白公馆、渣滓洞关押、迫害革命志士并制造震惊中外的"11·27"大屠杀的罪行，再现了革命志士为新中国、为人民"愿把牢底坐穿"的英雄气概与同敌人进行不屈不挠斗争的大无畏精神，歌颂了共产党人的坚定信念、崇高气节与高尚情操。

　　展览组织者介绍："《红岩魂》是一次别开生面的'精神展览'，旨在在建党 80 周年之际配合'三讲'重现革命年代的风雨历程，弘扬共产党人的精神传统。"据悉，"红岩魂"大型展览已在北京、上海等城市进行了巡展，引起了社会各界人士的强烈反响。

　　一位正在参观展览的国防科大学员告诉记者："人要有点精神，社会要有正气。像'红岩魂'所展现的'红岩精神'正是和平年代里某些人所缺少的精神钙片，寻找我们的精神源头，这是我们必须要做的。"一位正看展览的老同志说："展览给我最大的感受是革命成果来之不易，我们今日的幸福和平是烈士们用鲜血换来的。回首历史,重温悲壮,革命的意志与革命的精神在任何情况下都不能丢!"长沙电力学院中文系一位带队参观展览的老师说:"这是进行革命传统教育、爱国主义教育、理想信念教育的形象教材。"

 按 语

　　文章刊于《长沙晚报》2001 年 5 月 1 日,署名本报记者张邦卫。 这是一篇关于"红岩魂"大型展览的深度报道,并配有我拍摄的现场照片 1 张。"红岩精神"是中国共产党的精神之源,包括坚持真理、坚守理想,践行初心、担当使命,不怕牺牲、英勇斗争、对党忠诚、不负人民等。 在中国共产党建党 80 周年之际,在湖南长沙举办"红岩魂"大型展览,既恰逢其时,又恰适其地。"红岩魂"大型展览主题突出、思想鲜明,600 多幅资料图片、100 多件历史文物,以及饱含血色悲壮、有血有肉的展览词,都在充分地诠释生生不息的"红岩精神"。 历史不容遗忘,精神不容断裂,像"红岩魂"大型展览这样饱含血色的"精神展览",在和平年代依然需要赓续延展,毕竟中国共产党的精神、中国共产党的魂在任何时候都不能丢。

伟大的旗帜　光辉的历程

"纪念中国共产党成立 80 周年大型展览"昨日开展

本报讯　为庆祝中国共产党成立 80 周年,由湖南省委办公厅、省委组织部、省委宣传部、省委统战部、省委党史研究室、省文化厅主办,省文物局、省博物馆具体承办的"伟大的旗帜　光辉的历程——纪念中国共产党成立 80 周年大型展览"昨日在省博物馆新陈列大楼正式开展。

展览依据江泽民总书记关于党在 80 年间做了"三件大事"的论述精心进行布展,选用了 380 多张精美图片和 60 多件珍贵文物,反映党的历史进程和光辉业绩;内容分为"夺取新民主主义革命的胜利""确立社会主义制度""开创建设有中国特色社会主义的道路"和"按'三个代表'要求建设党"4个部分。此外,展览还选用了 60 多张图片和 40 多件文物,展示了湖南党组织在革命斗争中的历史作用。不少参观者激动地说:这是一部生动的教科书,能让人重温党的历史,沐浴党的光辉。

据悉,此次展览将持续到 7 月 15 日。

按　语

文章刊于《长沙晚报》2001 年 6 月 27 日"文化新闻"版,署名本报记者张邦卫。 这是一篇关于"伟大的旗帜　光辉的历程"大型展览的文化新闻。从整体上看,主标题思想性、概括性强,副标题陈述性、指向性强,内容精练平实,要素齐全周到,并借参观者的原话传达了举办"纪念中国共产党成立80 周年大型展览"的意义,即"重温党的历史,沐浴党的光辉",换言之,就是为了更加坚定地举旗,更加成功地阔步新时代与迈步新征程。

重现"第一所党校"的风貌

"湖南自修大学"革命纪念展"七一"前开展

本报讯　昨日,记者从长沙市文化局文物考古研究所获悉,为庆祝中国共产党建党 80 周年,"中国共产党第一所干部学校——湖南自修大学"革命纪念展正在积极筹备布展中,预计在 7 月 1 日前开展。

据市文物考古研究所负责人宋少华介绍,湖南自修大学是中国共产党第一所培养党的干部的学校,通俗地讲,就是我党的"第一所党校"。据载,1921 年,毛泽东、何叔衡等在建立中共湖南支部的同时,为了培养党的干部和掩护革命活动,利用船山学社的社址和经费创办了湖南自修大学。学校采取以自学为主,兼以共同研究、教师辅导的新型教学方法,注重引导学生学习马克思主义,研究中国革命的实际问题,并号召学生直接参与社会革命实践。毛泽东、何叔衡、李达、李维汉、夏曦、郭亮、夏明翰、罗学瓒、毛泽民、毛泽覃等曾在自修大学学习和工作过。"第一所党校"在校人数最多时达 200 余人,为党培养了一批革命干部,成了湖南革命的大本营。

按 语

　　文章刊于《长沙晚报》2001 年 6 月 20 日，署名本报记者张邦卫。 这是一篇关于"中国共产党第一所干部学校——湖南自修大学"革命纪念展的预告性消息。 湖南自修大学，是中国共产党第一所培养党的干部的学校，可以说是中国共产党的"第一所党校"。 文章较为详细地介绍了湖南自修大学的缘起、创办人、教学内容、教学方法以及曾在此学习和工作过的革命先辈。 在建党 80 周年之际，让更多的人了解湖南自修大学那段峥嵘岁月和光辉历史，不忘初心使命，不忘 80 年党的风雨征程，这不得不说是此次革命纪念展最有党史价值与时代意义的所在。 所以，我们坚持认为，作为定位于党报的长沙市委机关报的《长沙晚报》，就应该把党史学习、党史教育、党史传播等担在肩上、记在心里、落在笔下，从而真正做到"学史明理，学史增信，学史崇德，学史力行"，或者说"学思悟践"。 这也许就是文章《重现"第一所党校"的风貌——"湖南自修大学"革命纪念展"七一"前开展》最值得肯定的新闻价值吧。

"长沙市爱国主义教育基地联展"昨日开幕

本报讯 为隆重庆祝中国共产党建党 80 周年，由长沙市委组织部、宣传部，长沙市文化局等单位隆重推出的"长沙市爱国主义教育基地联展"昨日上午在长沙市博物馆开幕。出席开幕式的有湖南省文物局局长谢辟庸，长沙市领导杨顺初、欧代明、谢建辉、张伟玦等。

此次联展以长沙市博物馆为中心展场，以长沙市的革命纪念地为分展场，形成一种辐射式"互动联展"。主展场的展览分为"湘区丰碑——中共湘区委员会纪实""星沙风云——长沙市爱国主义教育基地巡礼"两大专题。展览通过 400 余件珍贵的文物与图片展示了建党初期中共湘区委员会所开展的革命活动，全景式地再现了以毛泽东为代表的湘籍共产党人的革命精神与历史功绩，以及谭嗣同、黄兴、郭亮、何叔衡、杨开慧、刘少奇、李富春、徐特立、雷锋等"长沙人杰"的爱国情操。此次联展的分展场主要有中共湘区委员会旧址、刘少奇纪念馆、何叔衡故居、秋收起义文家市会师旧址、雷锋故居和雷锋纪念馆、新民学会旧址、湖南省立第一师范学校、湖南自修大学旧址、八路军驻湘通讯处旧址、李富春故居纪念馆、谭嗣同故居、黄兴故居、望城县郭亮墓、杨开慧故居和徐特立故居等，各革命纪念地都推出了各具特色的陈列展览。

据悉，此次"长沙市爱国主义教育基地联展"从"七一"开始，到"十一"结束。

按　语

　　文章刊于《长沙晚报》2001年7月2日，署名本报记者张邦卫，并配有周柏平所摄照片。这是一篇关于"长沙市爱国主义教育基地联展"开幕的消息。作为历史文化名城，长沙钟灵毓秀、地灵人杰，不仅有着丰富的历史文化资源、革命英雄的遗迹，更有着丰富的爱国主义教育资源，如何在中国共产党建党80周年之际充分用好用活用足这些宝贵资源，"长沙市爱国主义教育基地联展"就是一个好创设、好举措、好践行。文章精要地介绍了"长沙市爱国主义教育基地联展"的"互动联展"特点、两大专题以及遍布长沙各地的分展场，既具知识性，又具引导性。文章虽短，却能助推散落在星城各地的纪念地、纪念馆、故居、旧址等走进广大市民群众的视野，引导市民参观体悟，这不得不说是一件值得骄傲的事情。毕竟爱国主义教育需要共同参与，作为党报的《长沙晚报》更应该扛起新闻报道、信息共享、宣传引导的神圣职责。

国家新闻出版署向宁乡县图书馆赠书

本报讯 日前,一辆满载 1 万册新版图书的大卡车从北京不远万里驶抵刘少奇的故乡——宁乡县图书馆,这是国家新闻出版署向革命老区赠书以推动"文化扶贫""科技扶贫"的具体举措之一。据悉,这 1 万册新版图书包括科技图书 5000 册、社科图书 2000 册、中小学生用书 2000 册、文学书籍 1000 册。宁乡县图书馆是 1998 年文化部授予的国家一级图书馆。现在该馆馆藏图书已由 5 年前的 7 万册增加到了 16 万册。

 按 语

　　文章刊于《长沙晚报》2001 年 3 月 14 日,署名本报记者张邦卫、特约记者张铁山。 这是一篇关于国家新闻出版署向宁乡县图书馆赠书的消息。 书籍,是人类进步的阶梯;赠书,是输智启智的最好形式。 国家新闻出版署向宁乡县图书馆一次性捐赠 1 万册图书,在当时不得不说是一件颇有意义的文化事件,因为从本质上说这是国家新闻出版署面向革命老区"文化扶贫""科技扶贫"的具体举措。 这既是优势输出,又是特色扶贫。 况且宁乡是老一辈无产阶级革命家刘少奇、何叔衡、谢觉哉以及陶峙岳、欧阳钦、甘泗淇、谢飞等的故乡,其意义也就非同小可了。 事实上,宁乡除名人辈出之外,其境内风景名胜和文物古迹如沩山、千佛洞、灰汤温泉、炭河里遗址、炭河古城等也是盛名在外。 值得一提的是,文章中提到的宁乡县图书馆,作为县级图书馆在当时藏书已达 16 万册,而且在 1998 年就被文化部列为国家一级图书馆,书香文脉文运县运由此可见一斑。

打造湖湘文化品牌

"文艺湘军百家文库"硕果丰盈

　　本报讯　昨日下午,大型丛书"文艺湘军百家文库"出版总结会在毛泽东文学院举行。全国政协副主席毛致用,湖南省委原书记熊清泉,省委常委、宣传部部长文选德和百余名文艺家出席了总结会。

　　为总结半个世纪以来湖南的文艺事业,集中展示湖南的文艺成果,建立一个完整的"文艺湘军"作品档案库,省文联从去年3月份启动"文艺湘军百家文库"这项跨世纪的文化工程,历时1年,终结硕果。"文库"分小说、散文、诗歌、评论、儿童文学、音乐、戏剧、影视、曲艺与民间文艺及"红叶"等10个方阵,共94卷,近2000万字。

　　会上,张家界黄龙洞股份有限公司负责人向我省31个贫困县的图书馆赠送了全套"文库"。

按 语

　　文章刊于《长沙晚报》2001 年 5 月 29 日，署名本报记者张邦卫。 这是一篇关于大型丛书"文艺湘军百家文库"出版总结会的消息。"文艺湘军百家文库"是一项跨世纪的文化工程，由湖南省文联主持，分小说、散文、诗歌、评论、儿童文学、音乐、戏剧、影视、曲艺与民间文艺及"红叶"等 10 个方阵，共 94 卷，近 2000 万字，集中展示了湖南 50 年来的文艺成果。 所谓"无湘不成军"，"文艺湘军百家文库"恰恰印证了"文艺湘军"实至名归与名副其实。 这是一次集中展示、重点推介、闪亮登场，充分说明了"文艺湘军"的实力与实绩。 也正因如此，出席会议的领导有全国政协副主席毛致用、湖南省委原书记熊清泉、湖南省委宣传部部长文选德，单就这一点来说，已是分量十足，其层级和受重视程度绝非一般的文化艺术活动可以比拟。 诚如文章标题所写的"打造湖湘文化品牌"，这不仅是深耕湖湘大地的广大文艺工作者的愿望，也是服务湖湘大地的众多主政者的愿景。 湖湘文化源远流长，总是在不同的时代创造不同的辉煌，"文艺湘军百家文库"名家云集、硕果丰盈、品质精美，不能不说是 21 世纪之初最大的文艺辉煌。

文艺湘军百家文库走进高校图书馆

本报讯　昨日上午，在毛泽东文学院二楼会议室，湖南省文联主席谭谈代表"文艺湘军百家文库"编委会向省内各大高校图书馆赠送了有各个作家亲笔签名的"文艺湘军百家文库"首期佳作。

据介绍，入选此套文库的作者，除一部分德高望重、成果丰硕的老文艺家外，大多是我省当前较有影响、十分活跃并且颇有潜力的中青年文艺家。这套文库，与《当代湖南作家作品选》《当代湖南戏剧作家选集》《当代湖南文艺评论家选集》一起，构成了当代湖南文坛艺苑蔚为壮观的整体风景。此次首期馈赠的"文艺湘军百家文库"的佳作包括评论、小说、散文、戏剧、儿童文学、红叶方阵的 56 位作家、评论家的精品以及湖南影视现象卷，预计还将有摄影、绘画、音乐、戏曲等其他体裁类的力作陆续进入省内高校图书馆，满足当代大学生们对文艺的渴望。

据悉，2001 年 1 月 8 日，湖南省文联还将组织到郴州把"文艺湘军百家文库"捐赠给三峡移民新村，打造"作家爱心书屋"。

按 语

　　文章刊于《长沙晚报》2000 年 12 月 13 日，署名本报记者张邦卫。 这是一篇关于"文艺湘军百家文库"编委会向湖南省内各大高校图书馆捐赠的消息。"文艺湘军百家文库"是湖南省文联重点打造的文化工程，集中展示新中国成立以来湖南 50 年文学艺术的辉煌成果，是全面检阅湖南省文艺队伍的大型丛书，由湖南文艺出版社出版。 文章简要报道了湖南省文联主席代表"文艺湘军百家文库"编委会向湖南省内各大高校图书馆捐赠有各个作家亲笔签名的精品佳作，这是十分有意义的活动。 一是"文艺湘军百家文库"是一种集体亮相、集中展示；二是结集出版不是最终目的，书尽其用、为人所学，才是最终目的。 向高校图书馆捐赠"文艺湘军百家文库"，是扩大阅读量、发挥最大影响力的公益性举措。 事实上，高校图书馆最不缺的是书，最缺的也是书，"文艺湘军百家文库"走进高校图书馆，一句话，就是"得其所哉"！

湖南爱心艺术团有新行动

作家爱心书屋落户三峡移民新村

　　本报讯　岁末年初，湖南省文联爱心艺术团的作家、画家和摄影家们专门为从三峡迁移到郴州市苏仙区塘溪乡龙潭村过第一个新年的移民们拍全家福、写春联、作画装饰新家，同时捐献了 5000 多册图书，在那儿建立第三座"作家爱心书屋"。

　　对这种"艺术下乡""知识下乡"的活动，湖南省文联主席、著名作家、"作家爱心书屋"倡议者谭谈对记者说："知识是致富的金钥匙，希望乡亲们能从书本中获取知识，靠知识兴家兴村，靠知识把三峡移民的新家园建设得更好。"

按　语

　　文章刊于《长沙晚报》2001 年 1 月 6 日，署名本报记者张邦卫。　这是一篇关于"作家爱心书屋"落户三峡移民新村的消息。　三峡水利工程举世瞩目，功盖千秋；三峡移民精神广为传颂，可歌可泣。　从 1919 年孙中山先生设想兴建三峡工程，到 1992 年开工，2009 年竣工，历时 90 年。　兴建长江三峡工程带来百万三峡移民。　完成这项世界一流的工程，移民是关键。　三峡移民工作从 1993 年正式开始，到 2009 年结束，历时 16 年。　20 世纪末至 21 世纪初的这场三峡百万大移民行动，可谓绝无仅有，堪称"世界级难题"。　能够成功破解这一难题，正是百万移民顾全大局、人心归向的真实写照，同时也是他们同心许国、攻坚克难的伟大壮举。　正因如此，湖南省文联组织作家、画家、摄影家专门走进郴州市苏仙区塘溪乡龙潭村三峡移民新村，既搞艺术服务，又建"作家爱心书屋"，这既是一种"艺术下乡""知识下乡"，又是一种"艺术赋能""知识兴村"。

心头情海　笔底春潮

曹振怡"儿女前程"三部曲问世

　　本报讯　新年伊始,文学湘军向新世纪又献硕果。近日,我省作家曹振怡历时 5 年潜心创作的长篇小说"儿女前程"三部曲(包括《柳湖梦》《云山情》和《桃花泪》)问世。这是我省反映社会主义现实容量最大的三部曲,也是业余文学创作的一项重要成果。

　　据悉,曹振怡是一位业余作家,湖南益阳人,现任湖南师范大学副校级督导员,其"儿女前程"三部曲由北岳文艺出版社出版发行。面世之初,省委宣传部文艺处有关负责人认为:"小说塑造了一系列鲜明的艺术形象,讴歌了新中国社会的巨大发展变迁;主题鲜明,脉络清晰,生活蕴含丰富,地域氛围浓郁,涉及社会生活的诸多方面,可读性较强,具有一定的艺术价值和现实教育意义。"我省著名文艺评论家龙长吟认为:"小说题材很有意义,特别是关于林业与教育的部分。语言流畅有节奏感,心理描写细腻,主人公泰永松和围绕着他的几个女性之间的爱情或亲情尤其写得精彩动人。"

按　语

　　文章刊于《长沙晚报》2001 年 1 月 11 日，署名本报记者张邦卫、傅舒斌。 这是一篇关于知名作家曹振怡长篇小说"儿女前程"三部曲问世的消息。 曹振怡，时任湖南师范大学副校级督导员，曾经是我在湘潭师范学院读大学时的老师，由于他当时任湘潭师范学院的校长助理，故同学们均亲切地称他为"曹助理"。 "曹助理"工作十分认真，而且平易近人，经常驻校走寝，与学生倾心长谈，既是谦谦师者，也是蔼蔼长者。 只是那时由于师生身份的阻碍，我尚不知"曹助理"有如此浓郁的文学情怀与文学创作的实力。 直到我在《长沙晚报》做文化记者，辗转收到"曹助理"由北岳文艺出版社出版的长篇小说"儿女前程"三部曲（包括《柳湖梦》《云山情》《桃花泪》），留给作者的不仅是震惊、震撼，更多的是敬重、敬佩。 先不说作品质量如何，但仅就历时 5 年潜心创作、篇幅长达 150 多万字而言，它就足以傲视"三湘文坛"。 所以，曹振怡及其"儿女前程"三部曲，不仅是文学湘军的标兵，也是后辈晚生的榜样。

向中国共产党 80 华诞献礼

长篇小说《关山重重》昨日首发

　　本报讯　由我市著名作家柳炳仁创作的长篇小说《关山重重》首发式昨日下午举行。市委副书记欧代明，市委常委、宣传部部长谢建辉，省委宣传部、省新闻出版局的有关领导及省会部分文艺评论家参加了首发式。

　　《关山重重》叙述了几名志愿军战士在接受了血与火的洗礼后，所发生的生死友谊、忠贞爱情和执着奋斗的感人故事。小说气势恢宏，时空跨度大，感染力强，文化品位高，细节描写真实，情节曲折，结构紧凑，人物矛盾错综复杂，是我市近年来文艺创作中的精品，也是我市作家为中国共产党 80 华诞倾情献上的一份厚礼。作者柳炳仁是我市颇具实力的著名作家，现任中国人民解放军国防科技大学政治学院中文系副教授。

 按 语

　　文章刊于《长沙晚报》2001 年 6 月 29 日，署名本报记者张邦卫。　这是一篇关于柳炳仁长篇小说《关山重重》首发式的新闻报道。　柳炳仁，是一名颇具实力的军旅作家，其《关山重重》是一部向中国共产党建党 80 周年献礼的作品，也是一部十分难得的主旋律作品。　正因如此，该作获得了洪学智上将的书名题写，参加首发式的领导、专家也是阵容非凡。　在 21 世纪初世俗化书写、欲望化书写、官场小说、职场小说大行其道的文化语境下，柳炳仁的主旋律写作确实给人一种久违的慷慨激昂的英雄之气，让读者再一次重温血与火的峥嵘岁月，是一部战争与人性的审美观照之作。《关山重重》绝不仅是一部所谓的应景之作，即使应景，那也是发自肺腑的挚爱与执着，是用心用情书写的一部鲜活的革命史、精神史，思想精深、艺术精湛，终是湖南当代文学史、中国当代文学史、中国军旅文学史永远不会遗忘的精品佳作。

胡述斌的诗集《香格里拉》面世

　　本报讯　长沙市作协理事、诗人胡述斌的诗集《香格里拉》日前出版面世。胡述斌当过编辑，办过报纸，已出版诗集《情系古道河》。诗集《香格里拉》共分"古河道觅踪""疗伤田园""青青枫叶""守望诺言""历史星空"和"寻觅净土"等六辑。我省著名诗人于沙为《香格里拉》作序说："他不离却又不拘泥于传统的实践，是令人欣喜的！在不俗的前提下，做到不晦、不怪、不玄，尽可能让读者'懂'却不浅薄……"《香格里拉》写出了诗人胡述斌的目之所见、身之所历，也写出了诗人心之所思，语言清新质朴，有浓郁的乡土气，流溢着幽深与神奇的理想诗性。

🖊 按　语

　　文章刊于《长沙晚报》2001 年 7 月 7 日，署名本报记者张邦卫。 这是一篇关于胡述斌诗集《香格里拉》面世的消息。 胡述斌，笔名凡溪，是一位诗人，当时也是长沙市委宣传部的一名机关干部。 他在繁重的行政工作之余，依然拥有浓郁的诗性情怀，笔耕不辍，先后出版了《情系古道河》《香格里拉》等多部诗集。 胡述斌的诗乡土气息浓，是"新乡土诗派"的代表诗人。 胡述斌的诗清新质朴，诚如著名诗人于沙所说，"不晦、不怪、不玄，尽可能让读者'懂'却不浅薄"。 事实上，胡述斌还是一位多面手，不仅有诗，而且有小说，有歌曲，还是潇湘诗会的召集人、总策划。 从诗集《情系古道河》至《香格里拉》，这是诗人的心路历程，也是诗人的价值追求，更是胡述斌走向成熟的坐标。

赞骄杨丽质　颂英烈忠魂

纪念杨开慧烈士100周年诞辰"骄杨杯"全国征文大赛举行

本报讯　为纪念杨开慧烈士100周年诞辰,进一步弘扬"开慧精神",由长沙市委宣传部、市文联、《长沙晚报》社、杨开慧100周年诞辰纪念活动筹备小组办公室联合主办,长沙市作协承办,湖南燕京啤酒公司全力赞助的"骄杨杯"全国征文大赛昨日在长沙市博物馆举行新闻发布会,通报有关情况。

今年11月6日是杨开慧烈士100周年诞辰纪念日,为此,朱镕基总理为征文活动亲笔题词——"骄杨丽质,英烈忠魂"。此外,杨开慧烈士的儿媳邵华、湖南省委副书记兼长沙市委书记张云川等担任了大赛顾问。

据介绍,此次"骄杨杯"全国征文活动要紧紧围绕和突出"女性情怀"这个主题,歌颂杨开慧烈士,歌颂新世纪的女性榜样无私奉献和敢于自我牺牲的精神,抒发对祖国母亲的深情厚谊。此次征文文风不限、体裁不限,力争百花齐放、多出精品。征文至8月底截稿,所有参赛的优秀作品,除颁发证书、奖金外,还将由长沙市作协编辑成书公开出版发行,并将在11月6日举行的"骄杨颂"文艺晚会上颁奖。

按 语

　　文章刊于《长沙晚报》2001 年 7 月 26 日，署名本报记者张邦卫。 这是一篇关于纪念杨开慧烈士 100 周年诞辰"骄杨杯"全国征文大赛的消息。 在杨开慧烈士 100 周年诞辰之际，在全国范围内举行"骄杨杯"征文大赛，这是很有意义的。 文章标题《赞骄杨丽质 颂英烈忠魂》，很好地借用了当时朱镕基总理的题词"骄杨丽质，英烈忠魂"，仅仅加了一个"赞"字、一个"颂"字，便生动地概括了"骄杨杯"征文大赛的主题思想，即所谓的歌颂开慧烈士、弘扬开慧精神。 作为伟人之妻，毛泽东曾有三首词提及杨开慧，分别是《虞美人·枕上》(1921)、《贺新郎·别友》(1923)、《蝶恋花·答李淑一》(1957)，尤其是《蝶恋花·答李淑一》："我失骄杨君失柳，杨柳轻飏直上重霄九。 问讯吴刚何所有，吴刚捧出桂花酒。 寂寞嫦娥舒广袖，万里长空且为忠魂舞。 忽报人间曾伏虎，泪飞顿作倾盆雨。"该词以革命浪漫主义情怀歌颂了为国赴死的忠烈，并缅怀了自己的革命伴侣，可以说是脍炙人口。 于是乎，在中国共产党的光辉进程中，"骄杨"成了杨开慧烈士的代称与专指。"骄杨"已逝，但精神不死，办好"骄杨杯"征文大赛，从而书写"骄杨颂"的精彩华章，这是新世纪每个共产党人所应有的政治担当与文化自觉。

"出版湘军"春城热身

本报昆明专电 "湖南人能吃辣椒会出书"。昨天上午,第十二届全国书市开幕之前,在四季如春的春城昆明,素有"出版湘军"之誉的湖南代表团举行了引人关注的新闻发布会。

湖南代表团团长,湖南省新闻出版局党组书记、局长刘鸣泰在会上做了"湖南出版劲风满帆"的主题发言。他介绍说,湖南代表团由湖南省新闻出版局和湖南出版集团联合组成,包括24家出版社和音像制作单位,全省100余家新华书店销售店和20余家集体、个体二级批发单位,正式代表300余人,非正式代表500余人,参展单位和参展人数为历届之最;有3200余种各类出版物参展,其中新品种1900余种,占62%,参展新品种亦为历届之最;此外,预订展台数量亦为历届之最。

相比往年,"出版湘军"在本届书市的宣传营销上有不少改变,不仅在形象宣传、展台布置方面使出了绝活,在营销理念上也有所突破,销售环节开始向读者积极渗透,突出了品牌营销与品牌传播。

按　语

　　文章刊于《长沙晚报》2001 年 9 月 15 日，署名本报记者张邦卫。 这是一篇关于在第十二届书市开幕之前湖南代表团召开新闻发布会的消息，也是一篇外派专访的新闻稿。 文章重点报道了湖南代表团团长刘鸣泰的主题发言，写出了三个"最"，即参展单位和参展人数为历届之最、参展新品种为历届之最、预订展台数为历届之最。 在 21 世纪之初，湖南出版行业发展迅速、业绩骄人，在业界素有"出版湘军"之美誉，所谓"湖南人能吃辣椒会出书"，虽有些许豪横却也是不争的事实。 事实上，在当时的湖南省，文化事业蓬勃发展，除有所谓"出版湘军"外，还有所谓"电视湘军""文学湘军"，在全国都是响当当、硬邦邦的。 作为《长沙晚报》的文化记者，外派跟团采访报道，首先是一种重任，其次也是一种福利。 在我的记者生涯中，这是唯一一次外派跟团采访报道，而且地点还是春城昆明，那是我读研三年所在的美丽城市，魂牵梦萦的不仅仅是云南大学及至尊校门、会泽院、致公堂、银杏大道，还有翠湖、滇池、石林、金殿、圆通寺等，还有在云南大学认识的人、读过的书、上过的课、经历的事。 往事历历，情丝缕缕，从 1997 年夏天泪别昆明至 2001 年秋天重返昆明，见了想见的人，诉了想诉的情，放了想放的执，总算了却了积压在内心深处的愧疚与思念。 往事如烟，彼此珍重，各自幸福，相约前行不回头，这也许是我 2001 年参加第十二届全国书市的另一种别样的收获吧。

第十二届书市上

湘书香溢丽江

本报昆明今晨专电　小桥流水,寻常巷陌,麻石小径,古朴民居,处处映垂柳,家家挂彩灯,还有远处雾霭缥缈的玉龙雪山和余音绕梁的大研古乐……9月18日上午,第十二届书市之丽江分会场举行了隆重的开幕式。有关部门的领导和来自各地的书商们兴致勃勃地出席了仪式。

据悉,第十二届书市除了昆明主会场之外,尚有大理、玉溪、丽江、西双版纳等分会场,丽江便是其中之一。这也体现了主办第十二届书市的云南省人民政府"以书市带动旅游"的构思。据丽江新华书店的一位负责人透露,由于借了书市的"东风",该店的日销售量上升了五六倍,湖南的"湘版图书"在这里十分走俏。

在书市现场,一个个身着"出版湘军"文化衫的湖南人,如"过江之鲫",煞是红火。而且书架上岳麓书社、湖南文艺出版社、湖南科技出版社推出的"湘版图书"备受广大纳西族读者的关注与青睐。一位来自丽江某中学的女学生说:"岳麓书社的'古典名著白话系列'编得很好,通俗易懂,有利于丰富课外知识。"一位来自湖南出版集团的负责人解释说:"出版湘军不仅要弄潮于书市,红火于城市,也应把科技文化知识的结晶献给广大的边疆民族地区。"

按　语

　　文章刊于《长沙晚报》2001 年 9 月 20 日，署名特派记者张邦卫。这是一篇写"湘版图书"参加第十二届全国书市丽江分会场的新闻。在 2001 年全国第十二届书市召开之际，应湖南省出版集团邀请，我被《长沙晚报》社特派至云南昆明、丽江做专题报道。这是我第一次到丽江古城，古城风貌、玉龙雪山、大研古乐、纳西文化、风土人情等给我留下了深刻的印象，诚然是新闻报道、边地采风、民情体察都不耽误，真是何其有幸也。从长沙到昆明再到丽江，一路奔波，这是我的记者生涯中唯一一次跨省采访，虽有劳累辛苦，却是兴致盎然、满怀新奇。丽江之行，有两点印象颇深：一是"出版湘军"的超群，"湘版图书"香溢丽江备受青睐；二是丽江政府"以书市带动旅游"的睿智，"多彩云南"享誉华夏备受钟爱。丽江之行，见诸报端的文字不多，但留下的文化记忆却毕生难忘。

订货码洋 6560 万元

全国书市"出版湘军"位列全国第二

本报昆明今晨专电　尽管为期 10 天的第十二届全国书市要到 25 日才闭幕,但各参展代表团的订货工作已于 18 日下午全部结束。湖南代表团的成员已于 18 日、19 日两天陆续返回长沙。在此届书市上,"出版湘军"继续保持去年的强大优势,总订货码洋达到 6560 万元,跻身于全国第二名,仅次于北京代表团。

据省新华书店总经理傅剑华透露,省新华书店担纲了本届书市湖南展团的总代理。在书市上,共有展台 20 个,参展品种总数为 1.2 万种,其中湘版图书 3200 种,新版湘书 1900 种。经过各个代表的不懈努力,今年书市的订货码洋为 6560 万元,而去年书市的订货码洋为 5860 万元,净增 700 万元,在总共 35 个参展代表团中,湖南代表团仅次于北京代表团,位列全国第二名,而上届书市是第三名,比起去年来说,又上了一个关键性的台阶,实现了一个实质性的飞跃。他还介绍说,第十二届全国书市的总成交额是 7.2 亿元,前三甲除了北京代表团与湖南代表团之外,第三名是吉林代表团。

对此,湖南代表团团长、省新闻出版局局长刘鸣泰认为:"由于参展单位齐心协力,整体实力强大,加之营销观念的转变和形象宣传的加强,以及参展品种齐全、特色突出,'出版湘军'再次弄潮于书市,展示了'出版湘军'的骄人风采。"

按　语

　　文章刊于《长沙晚报》2001 年 9 月 21 日，署名本报特派记者张邦卫。文章以精要的数字报道了"出版湘军"在第十二届书市的出色表现，包括码洋 6560 万元、排位全国第二以及"出版湘军"的体量实力。　事实上，参加第十二届全国书市，这是我在《长沙晚报》社做记者、编辑时唯一的外派采访，而且是在素有"春城"美誉的昆明。　昆明，那是我在云南大学攻读研究生、游学三年的城市，虽说寒窗凄苦但也曾留下了一段段美好的记忆。　故地重游，虽有物是人非的感触，但总算在繁忙的采访之余见了想见的人、游了想游的地、喝了想喝的酒。　昆明之行，诚然不虚此行，绝不仅仅是几篇见诸报道的新闻。

中文网络才子云中君夸口:
"二十年无人出我右"

本报昆明今晨专电　曾经创作过《我一定要找到你》《数字化精灵》等长篇网络小说而在网络文坛上声名大噪的作家云中君携新作《兵书与宝剑》来到第十二届书市。日前,这位号称"中文网络第一才子"的云中君在书市现场进行了签名售书并接受了记者们的采访。

《兵书与宝剑》由湖南少年儿童出版社出版,是云中君的最新作品,是网络小说走向成熟的最新标志。作品通过孙膑与庞涓斗智斗勇的故事,展示了战国时代气势恢宏的政治、经济和军事斗争场面。作品文采飞扬,尽显中文的独特气质和汉文学的非凡魅力,借古人之口展示现代人的生存感受。

当记者问到云中君如何看待他的"中文网络第一才子"这个"第一"时,他显得很自信,认为自己是实至名归,并放言:"二十年无人出我右。"他还认为,网络将成为文学的一种载体,网络文学也将向传统靠近并归附;明年的网络文学将变得严肃而趋向于传统文学,但传统文学将吸收现有部分网络文学中轻松、随意的因素。

按　语

　　文章刊于《长沙晚报》2001 年 9 月 20 日，署名本报特派记者张邦卫。这是一篇写中文网络才子云中君的专访。 在第十二届全国书市上，号称"中文网络第一才子"的云中君携新作《兵书与宝剑》进行签名售书，这是较早的将网络作品进行传统出版、签名售书的 IP 行为。 事实上，从 1998 年网络文学元年到 2001 年第十二届全国书市，中国网络文学也就历经了短短的 3 年时间。 当时，更多的主流媒体关注的是传统作家，也许是缘于文化惯例与偏见，对网络作家几乎不太关注。 我所在的《长沙晚报》也难以免俗，这是《长沙晚报》首次报道网络作家，不是出于先见之明，而是缘于湖南少年儿童出版社出版的《兵书与宝剑》在全国第十二届书市的闪亮登场。 这次采访网络作家云中君，确实也是我生平第一次在线下、在现场与网络作家面对面交流。 也正因如此，文章的标题就拟得特别网络化、口语化，《中文网络才子云中君夸口："二十年无人出我右"》诚然有博眼球之嫌，这也许就是早期"标题党"的一个典型案例吧。

定王台、晓园、朝阳三大音像
市场即将被关闭

本报讯　记者昨日从省文化厅有关部门了解到,为打击非法音像制品经营活动,并以专项治理的实际行动迎接文化部检查验收,省文化厅近日向有关部门发出通知,要求抓紧完成长沙定王台音像市场、晓园音像市场、朝阳音像市场和邵阳邵东音像市场、常德桥南音像市场等 5 家音像制品集中经营场所的关闭和经营转向工作。

据悉,根据文化部的统一部署,为进一步整顿和规范文化市场秩序,省文化厅向各地有关部门下达了正式通知。省文化厅同时要求各地文化管理部门对文化市场进行一次全面清理整顿,加大管理和执法力度,坚决查禁游商游贩和"黑市交易"。据介绍,省文化厅要求以上 5 家音像市场于 8 月 31 日前完成关闭工作,至于今后我省音像制品的经营方向,将由集中经营转向分散经营,以便于执法部门的宏观与微观管理。

按　语

　　文章刊于《长沙晚报》2001 年 7 月 25 日，署名本报记者张邦卫。 这是一篇关于长沙市三大音像市场即将关闭的消息。 在湖南省文化厅的统一部署下，长沙市定王台、晓园、朝阳三大音像市场面临关闭和经营转向工作。 由于事涉众多经营户的"饭碗"问题，在推进这项工作的进程中，工作人员就必须注意以下几点：一是整顿不是整死，二是清理不是清除，三是关闭不是关死。 换言之，关闭三大音像市场不能简单粗暴，不能一关了之，而是要"清理市场重新请客、重新开张、重新搞好"。 关闭不是目的，而是在更高层次上完成腾笼换鸟、凤凰涅槃、浴火重生，或者说，关闭是为了更好地经营、更好地搞活。 所以，从这个角度来讲，做好"关停并转"的前期宣传与舆论引导，就显得十分重要了。 这也许就是作为长沙市委党报的《长沙晚报》必须要履行的责任和担当吧。 想群众之所想，报群众之想知，应该是每个新闻从业者的本职吧。

长沙三大音像市场将往何处去？

"销售正版"是唯一出路

本报曾于 7 月 25 日以《定王台、晓园、朝阳三大音像市场即将被关闭》为题报道了长沙市三大音像制品集中经营场所将于 8 月 31 日前关闭的消息，后在社会上引起了很大的反响，不仅消费者极为关注，上述三大音像市场的经营业主们更是重视，纷纷来电询问有关事宜。

为此，记者昨日走访了市文化局负责同志。市文化局局长易肇沅说，关闭我市三大音像市场是文化部的统一部署、省文化厅正式行文的大事。至于如何关闭与关闭后怎样重新启动我市音像市场，市文化局将协同各市场管理部门做好善后工作。此外，市文化局主管文化产业的负责人也认为，将音像市场关闭，并不意味着将我市所有卖音像制品的商店都关闭，如新华书店等地方的音像店仍然可以营业。至于三大音像市场关闭后，经营业主们若还要从事音像制品交易，可以三种方式进行：一是建立"音像超市"，进行大规模的正版音像制品交易活动；二是建立电子商务；三是开正版的音像制品连锁店。

在采访中，一些行内专业人士告诉记者，长沙市三大音像市场从一定角度来说，不能不说是我市文化产业的一块"标牌"，但一段时间以来，部分经营业主为利益所驱，出售盗版音像制品，扰乱了正常的文化市场秩序，为关门整顿埋下了"苦果"。在谈到定王台、晓园、朝阳三大音像制品市场的前景时，他们一针见血地指出，不管主管部门如何重新"洗牌"，也不管经营业主们采取哪种方式来经营，重新构建我市音像制品市场新格局的唯一出路只能是"销售正版"，而不是"杀鸡取卵"的"销售盗版"。

按 语

　　文章刊于《长沙晚报》2001 年 8 月 3 日，署名本报记者张邦卫。 这是一篇关于长沙市三大音像市场未来发展的深度报道。 文章标题采用设问句的形式，一问一答，事实上也道出了文章的核心思想，那就是"长沙三大音像市场将往何处去？'销售正版'是唯一出路"。 不可否认，在 20 世纪 90 年代至21 世纪初，不管是音像制品市场还是图书出版市场甚至是电脑软件市场，确实存在着盗版横行、假货肆虐的怪相与病症。 之所以如此，一是因为盗版便宜、正版昂贵，商家卖盗版利润多，消费者买盗版花钱少，卖家买家均有利可图，有着心照不宣的默认；二是知识产权保护的意识尚未深入人心，也没有全社会共同的行为指令和严谨的制度体系；三是政府部门的监管不到位，一定程度上存在着"睁一只眼闭一只眼"和听之任之的懒政行为。 在文化部的统一部署、省文化厅的大力推进下，长沙市文化局痛下决心整顿长沙定王台、晓园、朝阳三大音像制品市场，备受社会方方面面的关注，尤其是那些以此作为生计的中间商与经营户。 正因如此，文章对症下药、指明出路、提供路径、转换方式，也就显得十分及时、十分必要。

六大步骤确保安全稳定

三大音像市场关闭方案确定

本报讯　为贯彻执行文化部和省文化厅有关文件精神，并切实做好我市定王台、朝阳、晓园三大音像市场的关闭工作，8月2日晚，市委、市政府"整顿和规范市场经济秩序领导小组"主持召开了"关闭三大音像市场的工作协调会"。出席会议的领导有市领导梁建强、谢建辉、张伟玦等，以及文化、工商、税务、公安各职能部门的负责人。经过与会同志的广泛讨论研究决定，我市定王台、朝阳、晓园三大音像市场的关闭整顿方案已经确定。

据悉，三大音像市场中，晓园音像市场将实行"引导经营转向"，定王台、朝阳音像市场则在整顿后实行"规范音像超市"。具体工作分以下几步走：一是进行广泛的宣传动员，然后由市政府正式下发通告；二是各职能部门联合行动，收缴三大音像市场各经营户的有关证照，基本原则是"谁发证谁主管谁负责"；三是从大局出发，切实做好三大音像市场经营户、物业管理单位宣传、动员工作；四是为经营户着想，对那些异地经营和转向经营的经营户将按有关规定优先办理证照；五是做好定王台、朝阳两大音像市场的"规范音像超市"工作与晓园音像市场的"引导经营转向"工作；六是进行大规模的执法检查活动，凡是音像市场中出现的违规行为将给予严厉打击。另悉，所有工作的进行都必须贯彻市委、市政府"安全稳定"的原则，并于8月31日前完成三大音像市场的关闭与再定位工作，以崭新的形象迎接上级主管部门的检查。

按　语

　　文章刊于《长沙晚报》2001 年 8 月 4 日，署名本报记者张邦卫。 在 20 世纪 90 年代，长沙有定王台、朝阳、晓园三大音像市场。 在特定的市场经济语境下，三大音像市场在振兴市场、繁荣文化上确实做出了许多贡献，但也确实存在盗版泛滥、无序竞争等问题。 正因如此，如何由乱而治、由无序到有序，长沙市政府本着"壮士断腕""刮骨疗毒"的毅力进行大力整治、全力整顿。 文章标题十分清晰地传达了三个重要的信息：一是三大音像市场关闭方案确定，二是关闭工作分六步实施，三是关闭工作要确保安全稳定。 从整体上说，文章要素齐全、要点突出，又不失简洁明了，最大限度地迎合了广大市民的关切。

收缴证照 净化市场

我市三大音像市场关闭工作"动真格"

本报讯 在市政府下发了关于关闭定王台等三大音像制品集中经营场所的通告并做了大量的前期宣传动员工作之后，昨日上午，由市文化局牵头，公安、工商、税务等部门参加的针对三大音像市场的"收缴证照 净化市场"联合行动正式开始，我市关闭三大音像市场由此进入实质性阶段。

在昨日的联合行动中，检查人员对于依然开门营业的经营户的音像制品零售经营许可证和工商营业执照进行了现场收缴。有部分经营户闻风关门躲避收缴。对此，市文化局有关人士告诉记者，所有音像制品经营户手中的音像制品零售经营许可证有效期到 2001 年 8 月 1 日止，而且公安、工商、税务等部门颁发的相关证照同时废止，即使不上缴也是废纸一张。在没有换发新的音像制品经营许可证之前，是不能从事音像制品经营活动的。

在昨天的联合行动中，检查人员还查缴了部分经营户的盗版、非法音像制品。市文化局负责人称，关门之前也必须净化市场，保证规范经营，绝不允许"浑水摸鱼"现象发生。

在行动过程中，三大音像市场开门营业的经营户还是比较理解、比较配合关闭工作的，许多经营户一看到执法人员便主动把证照交出来。市文化稽查队一位负责人说："整个行动比预想得要好。"

按 语

　　文章刊于《长沙晚报》2001 年 8 月 10 日，署名本报记者张邦卫。 这是一篇写长沙市关闭三大音像市场联合行动的新闻。 在 20 世纪 90 年代，长沙市的文化市场十分勃兴，并且形成了以定王台、黄泥街、车站路为龙头的音像制品集中经营场所。 这些经营场所，诚然在服务百姓、活跃市场、繁荣文化上有着不可磨灭的贡献，但是出于商人逐利的本性，许多经营户都在以半公开的方式经营着盗版书籍、盗版软件、盗版磁带、盗版光碟等，这既干扰了正常的经营活动，也滋生了盗版泛滥的乱象。 正因如此，从中央到地方，从省到市，轰轰烈烈地开展了刮骨疗毒、凤凰涅槃的整顿市场、净化市场的"文化行动"。 整顿市场、净化市场，绝不是一关了之，而是为了长久地开、更好地开。

净化文化环境　规范音像产业

关闭三大音像市场联合行动初见成效

本报讯　对定王台、朝阳、晓园三大音像市场的联合执法行动已初见成效。据市文化局负责人介绍,通过 9 日、10 日的联合行动,三大音像市场内的音像经营户的音像制品零售经营许可证和工商营业执照在各部门的通力协作下,已基本收缴完毕。

继 9 日执法人员在定王台查封了一家无证经营、出售盗版光碟的经营门面之后,昨日,在晓园音像市场,执法人员亦当场查封了一家经营非法与盗版光碟的门面。对此,市文化市场稽查队的负责人说,凡是发现违法违规的坚决查处,凡是销售盗版光碟达到 100 张以上的坚决予以取缔。这位负责人解释说,三大音像市场内所有音像经营户的音像制品零售经营许可证已于 8 月 1 日到期,在 8 月 1 日至 31 日之间依然允许经营户销售音像制品,这体现出政府在为经营户着想,同时也希望各经营户支持政府行动的意图。

据悉,三大音像市场关闭后,经营户可以转向经营,也可以分散经营,但今后的音像制品经营将采取百货超市、音像连锁、正版音像超市和电子商务等形式进行,其前提条件是必须取得新颁发的音像制品零售经营许可证和工商营业执照。

据透露,在三大音像市场中,晓园与定王台音像市场的关闭工作会有些许阻力,但朝阳音像制品市场的关闭工作进展得比较顺利,可能会在 8 月 30 日提前整体关闭并提前进行音像超市转向经营。

按　语

　　文章刊于《长沙晚报》2001 年 8 月 11 日，署名本报记者张邦卫。 这是一篇关于长沙市关闭三大音像制品市场联合行动初见成效的新闻报道。 不得不说，关闭定王台、朝阳、晓园三大音像制品市场是一场硬仗，一边是政府要净化文化环境、规范音像产业而想"关"，一边是经营户要赚钱吃饭、做活做大生意而想"开"，这样就不可避免地出现了矛盾。 如何破解，这成了考验政府部门社会治理、市场管理能力与水平的试金石。《长沙晚报》作为长沙市委机关报，在舆论上疏导、引导，是其当仁不让的职责与担当。 从这个角度来说，党报确实有必要向包括所有经营户在内的读者讲明政策、解析思路、指明出路。 在这一点上，文章《净化文化环境　规范音像产业》写得还是十分到位的。 文章明确告诉了读者三点：一是关闭三大音像市场是必须的，没有商量余地；二是关闭三大音像市场不是目的，关闭是为了规范地开、优质地开、更好地开；三是给出了今后如何开的答案，包括在"双证齐全"的前提下转向经营、分散经营以及采取百货超市、音像连锁、正版音像超市、电子商务等形式。 当然，文章也没有回避矛盾与阻力，而是直面现实与困境，一是一、二是二，客观报道、理性叙述，这恰恰是党报所应该具备的新闻立场与新闻态度吧。

长沙三大音像制品市场如期关闭

本报讯　由市文化局、芙蓉区政府组织实施的"8·31集中关闭三大音像制品市场行动"昨日开始。由于前期工作到位,三大音像市场的关闭工作十分顺利。

除朝阳音像市场提前重新组建新的朝阳音像超市已正式开业外,定王台音像市场和晓园音像市场几乎都是"货尽楼空",各经营户都主动配合执法人员检查。在昨日的行动中,定王台有98家、晓园有38家、朝阳有80家音像制品经营门面被统一关闭,加之以前主动经营转向的,共200多家经营门面被关闭。

 按　语

　　文章刊于《长沙晚报》2001年9月1日,署名本报记者张邦卫。 这是一篇关于长沙三大音像制品市场如期关闭的新闻报道。 文章很短,但事很大。 在长沙,如何整顿定王台、晓园、朝阳三大音像制品市场,如何平稳地如期关闭定王台、晓园、朝阳三大音像制品市场,是摆在长沙市文化局面前的大事要事,这不仅事关政府公信力,也事关许多个体工商户的饭碗与生计,还事关市场繁荣与社会稳定。 正因如此,文章标题直白明了,内容简括精要,短短的"如期关闭"四个字传递了许多信息、了却了许多关切,足以让许多悬着的心缓缓落下,足以让无数读者如释重负。 事实上,在市场经济从"乱"到"治"的进程中,平衡方方面面的关系、维护底层群众的利益、做好平稳过渡并不容易,或者说,"稳定压倒一切"的语境下,关停并转、脱胎换骨、凤凰涅槃、向死而生绝非易事。 其既需要霹雳手段也需要怀柔举措,既需要刚性法治也需要柔性人情,既要从市场的未来发展着眼也要从百姓的当下民生着手,毕竟整顿市场、净化市场、优化市场终究是为了服务群众、让群众满意嘛。

澳门书画家向湖南省博物馆捐赠作品

本报讯 6月22日，在湖南省博物馆马王堆汉墓陈列馆举行了澳门著名书画家苏树辉、霍志钊书画作品捐赠仪式。苏树辉先生捐赠了他的得意行书楹联——"老子本将龙作性，楚人原以凤为歌"，霍志钊先生捐赠了他的山水画《激流》。在捐赠仪式上，苏树辉、霍志钊两位先生表达了他们的作品能被享誉中外的湖南省博物馆收藏的欣喜之情；湖南省文化厅、湖南省博物馆有关负责人向苏树辉、霍志钊两位先生颁发了馆藏证书，并高度赞扬了两位书画家在澳湘文化交流上所做的突出贡献，还希望以此次捐赠作品为契机进一步扩大澳湘文化交流与合作。

 按 语

　　文章刊于《长沙晚报》2001年6月27日，署名本报记者张邦卫。这是一篇关于澳门著名书画家苏树辉、霍志钊两位先生向湖南省博物馆捐赠作品的消息。消息虽短，但新闻价值不小。其一，捐赠者是澳门两位著名书画家；其二，捐赠作品艺术水平高、湖湘味足，特别是苏树辉先生的行书楹联——"老子本将龙作性，楚人原以凤为歌"更是意味深长；其三，受赠单位是湖南省博物馆，作为国内一流的博物馆，不是一般人一般作品能够入馆收藏的，非一流作品恐难入其"法眼金柜"；其四，作品捐赠与馆藏，表征的是澳湘文化交流，其象征意义远不止于捐赠与馆藏本身。所以，作为《长沙晚报》的文化记者，见证捐赠仪式，报道捐赠仪式，既是职责也是荣幸。

贾谊故居寻回"补柑精舍石盆"

　　本报讯　贾谊故居管理处于昨日邀请部分专家和对长沙的典籍故旧颇有研究的老人齐聚一堂,对日前所寻回的石盆进行了初步鉴定,基本确定石盆是贾谊故居的"补柑精舍石盆"。

　　石盆约一米见方,圆形,呈粉墨色,有明显的斑驳痕迹。据素有"长沙通"之称的已故黄曾甫老先生生前回忆,贾太傅祠从前曾有两件颇有价值的文物,一是石床,一是石盆,但在20世纪50年代左右便下落不明了。易仲威老先生向记者介绍说:"原太傅祠长怀井畔有石栏杆,并石床、石盆各一。床系贾谊小憩之所,盆备濯足、浣衣、储水之用。修复后,此两物均杳若冥鸿。"现在面世的石盆是清代修复太傅祠时的旧物,而这种类似的石盆在长沙市的许多寺庙中都有,只是此石盆因与太傅祠的渊源而颇有文史价值。据贾谊故居管理处的负责人介绍,此石盆在20世纪50年代失落民间,几经波折,后从高桥大市场友谊村中寻回。此盆目前正在全面修复修饰之中,不久将与游人见面。这位负责人还告诉记者,"太傅石盆"虽已寻回,但"太傅石床"依然下落不明,管理处将不惜人力物力全力寻找"太傅石床"的下落。

按　语

　　文章刊于《长沙晚报》2001年7月3日，署名本报记者张邦卫、任波。任波是《长沙晚报》副刊部的责任编辑，虽学历不高，但谦逊好学、吃苦耐劳、质朴勤奋，最是勤能补拙、后学充盈。　这是一篇关于贾谊故居寻回"补柑精舍石盆"的消息。　贾谊故居是西汉初年著名政治家、文学家贾谊在长沙任长沙王太傅时居住的房子，距今已有2100多年。　唐人刘长卿有《长沙过贾谊宅》，诗曰："三年谪宦此栖迟，万古惟留楚客悲。　秋草独寻人去后，寒林空见日斜时。　汉文有道恩犹薄，湘水无情吊岂知。　寂寂江山摇落处，怜君何事到天涯。"贾谊故居为祠宅合一，祠匾为赵朴初先生墨迹，祠两边均是清代历任湖南巡抚所写。　贾谊故居共有三进，包括贾太傅祠（供奉贾谊铜像及其著作）、太傅殿（有贾谊生平及思想介绍）、寻秋草堂、古碑亭、碑廊（陈列《古今名人咏贾诗选刻》及明清历次重修故居碑文）以及太傅井、补柑精舍石盆或曰太傅石盆等，可以说贾谊故居是湖湘文化的源头之一，是历史文化名城长沙最具代表性的名胜古迹。

不负历史文化古城美名

专家共商"地上文物"保护

本报讯　昨日,长沙市博物馆召集部分文史专家和通晓长沙街道巷陌的老人以及对长沙典籍故旧颇有研究的知名人士汇聚一堂,共商保护长沙这座历史文化古城的"地上文物"的对策与方案。

在会上,与会人士一致提出,长沙之所以号称历史文化古城,不仅是因为其有着丰富的"地下文物",也是因为其有着丰富的"地上文物"。多年来,长沙市的文物保护一直存在着一个误区,即重视"地下文物"的挖掘与保护,而相对忽视了"地上文物"的保护,或者说对"地上文物"保护不力。随着长沙现代化城市建设的不断推进,"地上文物"的量正在逐步减少。与会人士从自己所掌握的原始材料出发指出了我市"地上文物"的方位、地点、名称与种类,也明确了我市现有的"地上文物"主要是指城区的老旧建筑艺术,包括旧街老道、公馆富宅、门楼亭榭、雕梁画栋、石雕石刻、麻石小巷、水井作坊、古店旧铺、瓦舍招牌、老街木屋、名人故居以及各个历史时期有代表性的标志性建筑等。

据长沙市博物馆的负责人介绍,他们将在广泛征求意见的基础上,先确定我市"地上文物"的保护对象,再制定切实可行的"地上文物"保护方案,上报有关主管部门批准实施。而时下急切要做的是配合市里的"拆棚"搞好前期调查,将视具体情况对"拆棚"区内的"地上文物"进行原址保护、搬迁保护和构件收藏保护。

按 语

　　文章刊于《长沙晚报》2001 年 7 月 7 日，署名本报记者张邦卫。 这是一篇关于长沙市博物馆召开"地上文物"保护座谈会的消息。 长沙，是一座驰名中外的历史文化名城，这既包括"地下文物"，也包括"地上文物"。 长期以来，文物保护确实存在重视"地下文物"而忽视"地上文物"的误区和偏差。 正因如此，商讨"地上文物"保护，凝聚共识，拿出切实可行的方案与对策，也就显得很有必要了。 文章重点报道了两点：一是"地上文物"是什么的问题，所谓"地上文物"是指城区老旧建筑艺术，包括旧街老道、公馆富宅、门楼亭榭、雕梁画栋、石雕石刻、麻石小巷、水井作坊、古店旧铺、瓦舍招牌、老街木屋、名人故居以及各个历史时期有代表性的标志性建筑等。 二是"地上文物"保护与推进"棚改"的协同问题，包括对拆棚区内的"地上文物"进行原址保护、搬迁保护和构件收藏保护。 换言之，推进"棚改"是大势所趋，保护"地上文物"也是时不我待。 一个有深厚文化底蕴的古城长沙，绝不能以牺牲"地上文物"为代价来推进"棚改"，否则就会成为历史的罪人，因为"地上文物"也是一种稀缺的不可再生资源。 这也许就是长沙市博物馆召开"地上文物"保护座谈会的意义吧。

"文物鉴赏知识讲座"红火星城

　　本报讯　为规范长沙市的文物市场,并使之有序而健康地发展,日前,长沙市博物馆以专题讲座的形式举行了一系列的面向社会、面向文物市场、面向文物经营户与收藏者的"文物鉴赏知识讲座",从而为我市文物经营户与收藏者开启了一扇"知识之门"。

　　时下的文物收藏界流行着这样一句话——"馆藏文物在北京,地下文物在西安,流散文物在长沙"。近几年来我市的文物市场虽有较大起色,但由于经营者文物知识的参差不齐,市场上鱼龙混杂,加之真品赝品难辨,亦阻碍了我市文物市场的更大发展。鉴于此,长沙市博物馆充分利用现有的馆藏文物制成幻灯片、图片等感性材料,并邀请湖南省文物鉴定委员会的权威专家主讲鉴赏理论,深入浅出,有的放矢,受到了广大文物经营户与文物收藏爱好者的好评。据介绍,作为系统工程的"文物鉴赏知识讲座"将延续到年底,如今已开设瓷器专题,还将开设字画、玉器、钱币、邮票、票证和杂件等专题,每周六上午在长沙市清水塘的"大铙古乐茶艺中心"开讲。

按　语

　　文章刊于《长沙晚报》2001 年 7 月 13 日，署名本报记者张邦卫。 这是一篇关于长沙市博物馆举行一系列"文物鉴赏知识讲座"的消息。 长沙，是一座历史文化名城，有着丰富的文物资源，诚如业界所说，"馆藏文物在北京，地下文物在西安，流散文物在长沙"。 如何推进长沙市文物市场的规范有序和健康发展，这是摆在长沙市相关部门的重任主责。 文物市场无非三大要素，一是文物，二是市场，三是经营者。 其中文物是根本，市场是重点，经营者是关键。 所以，拓宽经营者对文物的知识面，提高其认知度、鉴别力，是规范文物市场的第一要务，也是繁荣文物市场的第一推力。 打好基本功，才有可能练就绝世功；做好普及文章，才有可能书写繁华彩章。 正因如此，长沙市博物馆举办公益性的"文物鉴赏知识讲座"，包括瓷器、字画、玉器、钱币、邮票、票证、杂件等系列专题，这本身就是一件值得宣传和报道的文化新闻，因为这中间有着舍我其谁的担当与使命，以及"为他人作嫁衣"的培育与奉献，这尤其值得点赞。

小吴门考古发现千块人骨

本报讯　昨日下午,我市小吴门一处施工工地上挖出了千余块人骨,有关部门当即进行了精心保护。

据悉,这些骨块零散地埋在土里,人骨有千余块,其中有人的头盖骨,除此之外,尚未有其他重大的发现。同是在这块施工工地上,半个月前,曾挖掘出一堵石墙,石墙上刻有"古墓"和"砌石保固永禁毁伤""城脚叠葬白骨如鳞"等楷体大字。有关人士认为,这千余块人骨似乎与"古墓""城墙"有关,特别是与"城脚叠葬白骨如鳞"相互印证,莫非这千余块人骨与城墙之间有一个沧桑而辛酸的故事;但市文物考古工作队宋少华队长告诉记者,这些人骨与同处小吴门的古墓关系不大,而可能与古城墙有关。至于事实究竟怎样,目前还是一个待解之谜。

按 语

　　文章刊于《长沙晚报》2001 年 7 月 28 日，署名本报记者张邦卫。这是一篇关于长沙市小吴门考古发现千余块人骨的消息。文章对小吴门考古发现的时间、地点、内容及可能性价值指向进行了十分简括的报道。事实上，在长沙的考古界，流传着这样一句话，"古城长沙的每一块土地下都会有文物乍现的惊喜"。此次小吴门挖出千余块人骨，这本身也许没有太大的文物价值，但如果联系同一块工地上发掘的石墙以及"砌石保固永禁毁伤""城脚叠葬白骨如鳞"的漫漶文字，则似乎又暗含了某个历史事件的存在与召唤。事实上，任何考古的重大发现，都是在无数的文物碎片不断累积、不断拼接的进程中实现全景式呈现的。就考古工作者而言，挖掘整理那些文物碎片已是相当不易，而去解读那些文物碎片背后的故事、还原那些文物背后的历史，不能不说是一种呕心沥血的艰苦付出。所以，在《长沙晚报》担任文化记者多年的我，其间与长沙市文物考古工作队、湖南省文物考古工作队常有工作上的交道，久而久之，心中难免对像宋少华这样的文物考古工作者心生敬意。时至今日，昔日在工作中所滋生的敬意并没有因为脱离记者职业而有所淡化，而是不减反增、非淡却浓。文物考古工作者是平凡的，但也是伟大的，他们一次又一次地挖掘文物，其实就是在考证历史、还原历史，更是在书写历史、赓续文明。

星城又现汉墓

本报讯　记者昨日从长沙市文物考古工作队了解到，27 日下午，我市王家垅的一处建筑工地上发现了一处汉墓，市文物考古队及时保护与挖掘，至 28 日已全部挖掘完毕。据悉，从这个墓穴中出土了两件颇有历史文物价值的汉代陶罐和其他一些有一定价值的文物。

据具体负责这次发掘工作的长沙市文物考古队考古部黄朴介绍，这是一座砖石墓，墓主人地位不高，可能是一般的墓葬，已确定为我国东汉时期，具体年代尚未考证。从中发掘的两件陶罐对研究我国东汉时期的历史、文化和东汉时期长沙郡地域文化将有较大的文物价值。长沙市文物考古队队长宋少华说："这一东汉汉墓的发掘，又是一次重大的文物资料的积累，将有助于以后的综合研究。"

按　语

　　文章刊于《长沙晚报》2001 年 8 月 29 日，署名本报记者张邦卫。 这是一篇关于长沙市文物考古队发现一座汉墓及初步发掘工作的新闻报道。 长沙是一座历史文化古城，地上地下、已发现未发现的文物不知几许。 有人曾经戏谑地说：在古城长沙，一锄头下去，一掘机下去，就极有可能有几千年的文物出土。 作为《长沙晚报》负责"跑文化新闻"的记者，经常会因文物发掘而惊喜不断，也会因文物发掘而焦虑不安，因为你根本不知道文物发掘的意外和惊喜会在何时、何处出现。 在媒体竞争趋于白热化的年代，先发新闻、独家新闻是媒体传播力、影响力的重要构成。 事实上，在当时媒体内部还有一条不成文的规定，"漏新闻"是一种工作事故。 在地下文物资源十分丰富的古城长沙"跑文化新闻"，最怕的就是突然某日某地发掘文物，而自己却出于种种原因没有及时报道甚至是没有报道，可其他的媒体又以重大新闻的形式报道了，那么这样的"漏新闻"一旦坐实，总编室一般都会将其纳入记者个人的负面清单，口头批评、书面质询当然在所难免，年底业绩考核肯定也受影响。 所谓"压力就是动力，批评就是激励"，广泛地建立属于自己的信息渠道其实就是记者的第一本领，千方百计、想方设法地固化深化与相关部门及关键人的联系也是记者的必要素养。 坦诚地说，写作《星城又现汉墓》以及采访经历，最大的收获就是让我充分认识了信息源、信息渠道的重要性以及与信息单位、信息人打交道的必要性。 总之，一句话："要想新闻早，渠道不可少；要想新闻好，交流不可少。"

国际简帛学百年盛会相约星城

本报讯　昨日,记者从有关方面获悉,"长沙三国吴简暨百年来简帛发现与研究"国际学术研讨会将于 8 月 16 日至 20 日在长沙召开。

本次研讨会由中国社会科学院历史研究所、中国史学会、长沙市人民政府共同举办,由长沙市文化局、长沙市文物考古研究所承办,北京大学、清华大学、文物出版社、湖南省文物局等 11 个单位协办。这是近年来国际简帛学界规模最大、规格最高的国际学术会议,将有来自美国、英国、日本、加拿大、韩国等国家及中国香港、台湾地区的专家学者 150 人与会。会议的主要议题是向国内外学术界介绍长沙走马楼三国吴简的发现、整理和研究情况,回顾和总结百年来国际简帛发现与研究的重大成果,展望新世纪国际简帛学的发展方向和广阔前景。

按 语

　　文章刊于《长沙晚报》2001 年 7 月 31 日，署名本报记者张邦卫。 这是一篇关于"长沙三国吴简暨百年来简帛发现与研究"国际学术研讨会将在长沙举办的预告性消息。 文章十分简括地介绍了国际简帛学百年盛会召开的时间、地点、主办单位、承办单位、协办单位、大会规模、专家阵容、大会议题和大会预期等。 信息要素十分齐全，有助于读者全面地把握国际简帛学百年盛会的整体面貌。 值得一提的是，简帛学是一门有着深厚底蕴的学科，也是具有中国特色、中国气派的学科，它体现了中华文明悠久的文化渊源和厚重的文化根脉。 此次会议的重要议题就是长沙走马楼三国吴简的发现、整理和研究情况，这是"百年简帛会"的重点、要点、亮点。 毕竟专家云集，鸿儒毕至，媒体聚焦，社会关注，必将大大推进深藏于长沙简牍博物馆的"长沙走马楼三国吴简"走出长沙、走出中国、走向世界。 从某种角度说，"长沙走马楼三国吴简"既是专有专属的，又是共有共享的。 我们有理由相信，高大上的"百年简帛会"作为一种文化载体，本身也是一种别有意味的传播媒介，这样的盛会必将备受地方政府、业界专家及读者朋友的瞩目。

简帛专家星城开讲

"长沙三国吴简暨百年来简帛发现与研究"研讨会今天开幕

本报今日讯 今日上午,"长沙三国吴简暨百年来简帛发现与研究"国际学术研讨会在长沙开幕。此次研讨会由中国社会科学院历史研究所、中国史学会、长沙市人民政府主办,长沙市文化局、长沙市文物考古研究所承办,北京大学、清华大学、文物出版社、湖南省文物局等协办。

出席今天开幕式的领导有中国社会科学院秘书长朱锦昌,中国史学会副会长李学勤,中国社会科学院历史研究所所长陈祖武,省有关部门领导谢辟庸和市领导谭仲池、欧代明、谢建辉、张菊萍、张伟玦、韩轶凡等。此外,还有来自中国、美国、英国、日本、韩国、比利时、加拿大、瑞士等国的中外专家学者150余人,共同出席了此次盛会。

开幕式由中国社会科学院历史研究所副所长辛德勇主持,陈祖武致开幕词,市委副书记、市长谭仲池致欢迎词,朱锦昌宣读了中共中央政治局委员、中国社会科学院院长李铁映的书面讲话,谢辟庸宣读了国家文物局局长张文彬的书面讲话。与会专家代表北京大学裘锡圭教授、香港中文大学名誉教授饶宗颐、台湾"中央研究院"历史语言研究所研究员邢义田、英国剑桥大学鲁惟一教授、日本东京大学池田知久和韩国国立汉城大学李成珪教授也做了发言。

此次研讨会将全面检阅5年来长沙三国吴简的整理与研究成果,系统回顾简帛学百年发展历程,全面展示古城长沙灿烂的历史文化。会议历时4天,除进行学术探讨及参加"中国(湘、鄂、豫)出土简帛特别展"外,还将举行其他活动。

按 语

　　文章刊于《长沙晚报》2001 年 8 月 16 日，署名本报记者张邦卫，是"东方红杯头条新闻"之一。这是一篇关于"长沙三国吴简暨百年来简帛发现与研究"国际学术研讨会的新闻报道，也可以说是一篇比较典型的会议新闻。此次会议非同一般，故该报道刊于 2001 年 8 月 16 日《长沙晚报》的头版头条，作为文化类新闻上党报的头版头条，这是比较少见的。之所以如此，有几个方面的原因：一是主办单位层级高，二是出席领导级别高，三是与会专家分量重，四是会议内容独特丰富。尤其是中共中央政治局委员、中国社会科学院院长李铁映同志和国家文物局局长张文彬同志的书面讲话，不仅直接提升了会议的档次，也彰显了党和国家领导人对三国吴简和简帛学的高度重视，以及在传承文化、保护文物方面的国家意志。事实上，出席这次会议的专家如李学勤、陈祖武、裘锡圭、饶宗颐、邢义田、鲁惟一、池田知久、李成珪等，在中国的史学界都是响当当的顶级专家，像李学勤、陈祖武、裘锡圭、饶宗颐、鲁惟一、池田知久还先后参加了岳麓书院的"千年学府论坛"，其知名度、美誉度和影响力由此可见一斑。此次会议，长沙市政府高度重视，市委副书记、市长谭仲池致欢迎词，这本身就是一个有意味的形式，一个有深厚文化积淀的城市的当家人对本土文化遗产的格外推崇与推介，这是值得表扬的文化事件。总之，守住历史的根脉，擦亮历史的标牌，三国吴简不仅属于古城长沙，也属于三湘大地，更属于古老中国乃至世界。

百年简帛盛会徐徐垂幕

权威人士认为它是一个重要的里程碑

本报讯　为期 4 天的"长沙三国吴简暨百年来简帛发现与研究"国际学术研讨会,于昨日下午在完成了各项议程后圆满闭幕。

这次简帛会集中了中国、美国、英国、日本、韩国、比利时、加拿大、瑞士等国的知名专家学者 150 余人,代表了当今国际简帛学研究的最高水准。会议期间,除参观了"中国(湘、鄂、豫)新出简帛特别展"和"千年学府"岳麓书院,李学勤主讲"千年学府论坛",裘锡圭、鲁惟一、池田知久、丁原植、张光裕进行"岳麓书院会讲"外,各位专家学者重点就"长沙三国吴简"和"百年来简帛发现与研究"进行了充分的研讨。大会共收到学术论文近百篇,内容涵盖了战国至三国两晋时期的哲学、政治、经济、文化、军事等各个领域取得的丰硕成果。有关权威人士认为,此次"百年简帛盛会"是国际简帛学史上一个重要的里程碑,将对国际简帛学的发展产生深远的影响。

按　语

　　文章刊于《长沙晚报》2001 年 8 月 20 日，署名本报记者张邦卫。 这是一篇关于"长沙三国吴简暨百年来简帛发现与研究"国际学术研讨会闭幕式的新闻报道。 文章缘于闭幕式，却不聚焦闭幕式，而是对"百年简帛会"进行了精要简洁的总结性概述，包括会期、参与人员、专业学者、会议议题、学术收获以及会议影响，即"百年简帛会"是国际简帛学史上一个重要的里程碑，其深远影响不仅仅在当下，更在于未来。 值得一提的是，作为高大上、高精尖、厚重深的学术研讨会，一般读者可能不太感兴趣，但是围绕着"百年简帛会"所开展的两个独特的文化活动，即在素有"千年书院"之称的岳麓书院举办的李学勤的"千年学府论坛"以及裘锡圭、鲁惟一、池田知久、丁原植、张光裕的"岳麓书院会讲"，却让古城长沙广大市民朋友争相追捧、津津乐道。 毕竟自有岳麓书院以来，能在岳麓书院开坛讲学者其实寥寥，既非常事，亦非常人，其象征意义早已超出讲学本身了。 谒大师，聆宏论，观盛会，涤心胸，人生短短几个秋，这样的机缘又有几次欤?!

"三国吴简"：打造星城名片

"好风凭借力，送我上青云。"1996 年在长沙走马楼出土的"三国吴简"，随着"长沙三国吴简暨百年来简帛发现与研究"国际学术研讨会于 2001 年 8 月 16 日至 20 日在长沙的隆重召开，不仅成为与会专家学者研讨的热点，也成为广大市民与读者关注的热点。

不可小觑的"三国吴简"

简帛是我国古代使用笔墨书写的有文字的竹、木简牍和绢帛的总称。在大规模使用纸张以前，简帛是重要的书写载体，时代上起战国早期（公元前 5 世纪），下至魏晋（公元 4 世纪），前后近千年。简牍材料的鲜活性、真实性极大地丰富了战国至魏汉时期的研究资料，使原本资料缺乏的这段历史得到了极大的补充。无论研究该时代的政治、经济、思想文化还是科技、社会，简帛都成了不可缺少的材料。20 世纪发现的简帛以战国秦汉为主，大部分分布在长沙以北，特别是西北地区，总数在 10 万枚左右。1996 年 10 月 17 日发现的长沙走马楼"三国吴简"则以其内容完整、系统和数量惊人而为世人瞩目。

从目前已整理出来的资料来看，这些资料为探讨三国孙吴时期乡里制度、户籍制度、赋税制度、仓库管理、司法制度、家庭规模等问题提供了丰富的第一手资料，其学术价值令国内外专家学者叹为观止。

在 2001 年 7 月 30 日"长沙三国吴简暨百年来简帛发现与研究"国际学术研讨会的新闻发布会上，全国政协委员、中国史学会副会长、"夏商周断代工程"首席科学家李学勤先生曾说，历史文化名城长沙在简帛资源上特别丰富，除 1942 年首次发现的我国第一件帛书、杨家山竹简、马王堆汉墓竹简外,仅长沙走马楼 17 万余片"三国吴简"就超过了 20 世纪所发现简牍的总和,数量之大,令人惊叹。他说:"国际简帛学百年盛会选择在中国湖南长沙召开,长沙是当之无愧的。"

日前,记者采访中国社会科学院历史研究所所长陈祖武先生时,他也同样肯定地说:"三国吴简"数量惊人,填补了简帛史上"三国吴简"的国内空白,是当之无愧的重大发现。他深情地告诉记者:"'三国吴简'是长沙这座历史文化名城最灿烂、最骄人的文化标牌。"

"目前 17 万余片吴简的整理工作尚未完成,所接触到的只是很少的一部分,但它已经向我们展示了许多鲜为人知的历史画面,为我们打开了一座极其丰富的历史宝库。"长沙市文物考古研究所所长宋少华如是说。依照宋少华所长的观点,"三国吴简"厚重的历史底蕴,吸引了国内外众多专家学者,成为长沙的文化标志和城市名片是当之无愧的。

"三国吴简"的保护与整理至关重要

"皮之不存,毛将焉附",正如一位文物专家所言,文物的最大价值,就在于它的存在。文物毁坏了,文物可供研究的历史、文化、艺术价值也就破坏了,文物所传递的信息随之消失。对于文物,"抢救为主、保护第一"的方针是非常正确的。所以,当 5 年前 17 万余片"三国吴简"脱离庇佑了它 1000 多年的潮湿古井后,抢救与保护便变得尤为重要。

据长沙市文物考古研究所的肖静华介绍,最初出土的简牍是结成板块状的,而且有厚厚的泥,可以说是满身泥泞污渍,所以对出土吴简首先要做的工作就是进行剥取和清洗,其过程非常复杂,也十分精细。肖静华说,每剥取、清洗 1 枚吴简,需要 40—50 分钟,共使用 30 多种工具,须经过剥取、粗洗、中洗、精洗、脱色、脱水等多道工序,尽管如此,还得高度绷紧神经,小心翼翼,绝不能对吴简上的字迹造成任何损伤。

据长沙市文物考古研究所一位知情人士透露,1999 年 9 月 18 日,部分已清洗入库的竹简上出现黄斑——一种特殊的菌种在吞噬着竹简。工作人员及时发现了这种情况,当时却无人知晓该如何抵制这种被称为"S 菌"的特殊菌种。后来还是中国文物研究所的专家胡东坡赶赴长沙,经过反复试验,最终采取注入"霉敌",以及塑料袋盛药水的方法,使袋内竹简与外部空气隔离,并采取在库房内安置红外线等方法,才彻底战胜"S 菌",保障了国宝"三国吴简"的安全。

显然,在"三国吴简"的保护与整理过程中注入现代高科技技术是必要的,也是迫切的。

中国社会科学院简帛研究中心谢桂华主任接受记者采访时表示,由于出土后吴简脱离了原先潮湿的环境,保存成了现在亟待攻克的最大难题。他解释道,时下,像"三国吴简"这样的简牍只能采取"在水中放药水保存"和"在脱水后保存"这两种方法,但这两种方法时下都不完善,前者有水蚀的隐患,后者有风化的危险,都难以达到长久传承的理想效果。

作为长沙走马楼"三国吴简"保护小组的负责人,文物专家胡继高对吴简的保护研究更有一番感慨。他说,走马楼"三国吴简"不仅数量大,而且保护工作难度大,尤其是技术要求严格。以脱色为例,简牍脱色不能脱得太白,否则一旦与外界空气接触,加之本身已是徒有其表的腐化简牍,很快就会变成絮状,彻底毁坏。简牍清洗、脱色后,还需照相、编号、释文、编成集册。到目前为止,考古工作室已清洗出简牍 11.6909 万枚,完成了整体清洗工作量的 60% 以上,其他的简牍也将在 2 年内清洗完毕。但是,在整理工作上,除已公布的 2400 枚木简外,目前只完成 1 万余枚竹简的释文。因而,现在简牍的保护技术较之以前虽有不少改进,但整个"三国吴简"的保护与整理工作仍面临一些困难。

据介绍,17 万余片"三国吴简"目前全部存放在长沙市博物馆的地下库房中,工作人员对其的清理也是在比较简陋的房间里进行的,尽管简牍目前仍旧完好无损,但是过于简单的存放环境已经严重影响到文物工作者对于"三国吴简"的进一步整理和研究。

古文物将入住现代博物馆

令人欣慰的是,长沙即将有全国首家简牍保护研究中心。

正如长沙市文化局简牍办刘主任所说,同为历史文化名城,北京有故宫,西安有兵马俑展馆,长沙也应有一个吴简馆。如果有了固定的保护研究场地,那么其将广泛而深入地推动简牍的研究、整理,加强国内外学者间的交流和沟通。不久的将来,国内外人士一提到吴简,自然就想到长沙,就像人们把西安与兵马俑、北京与故宫相提并论一样。这对长沙影响力和知名度的提升是巨大的。

已于今年 6 月 9 日正式动工的长沙简牍保护研究中心(博物馆)位于天心阁东北侧,西邻建湘路,东接白沙路,与长沙市的标志性建筑物——天心阁隔街相望。据介绍,博物馆一楼为保护库房,主要用于对吴简的脱水、保护和保存;二楼为展示厅,展示已经整理出来并做出释文的简牍和近年来在长沙附近出土的其他文物;三楼为研究中心。

长沙市文化局简牍办刘主任表示,这一全国首家简牍保护研究中心采用了智能系统控制及红外线等现代科技,有利于简牍的保存与研究。明年4月底全面建成后,将成为简牍保护、研究、展示和教育基地,以及明年8月在长沙举办的"中国首届文物节"的主场馆。除此之外,简牍馆还将对外开放,成为长沙的又一个旅游景点。

中国社会科学院历史研究所所长陈祖武先生表示,"三国吴简"的发现代表着古代长沙辉煌的文化成就,今天要做的就是将历史文化的继承与现代文化的提升融合起来,使"三国吴简"成为长沙的文化标牌。

基于这一目的,长沙简牍保护研究中心(博物馆)一改原规划中沿建湘路明代城墙遗址一线设置具有传统建筑风貌的古文化带的构想,而为现在的带状"绿色博物馆",从而用现代感的设计衬托出历史文物的真正价值。据长沙市文化局简牍办刘主任介绍,简牍博物馆紧扣"竹"字创意设计:外部种植不同品种的竹子,使整个建筑掩映其间;内部庭院则通过竹与建筑材料的对比配合,烘托多样化的氛围;在建筑主体和黑色磨光花岗岩表面,将嵌入若隐若现的墨竹,这样,文化之竹(墨竹)、自然之竹、文化载体竹简三者相得益彰,一展博物馆的深层文化底蕴。

据介绍,整个博物馆主体为10.5米高的简单矩形,墙面设计只使用黑与白两种颜色。简单、低矮的造型与隔街相望、高耸雄奇的天心阁相衬,并将周围有关景点如白沙古井、明代城墙、杜甫江阁等连接成为历史文化带。

刘主任强调,简牍博物馆最突出的特点还在于其突破了传统博览建筑相对单一的信息传播功能,在内容上引进了文化休闲、文化消费及文化辐射的功能,从而使其有望走上自身运营的可持续发展的轨道,所得盈利也有助于对简牍研究的投入。

按 语

　　文章刊于《长沙晚报》2001 年 8 月 20 日，署名本报记者张邦卫、杨云龙。这是一篇关于"三国吴简"的深度报道，并附有照片 2 张，与消息《百年简帛盛会徐徐垂幕》在《长沙晚报》同日刊出，形成了相互烘托之势。文章深入挖掘了长沙走马楼"三国吴简"的文物价值、保护与整理的现状及构想、长沙简牍保护研究中心（博物馆）的建设现状与设计理念及功能定位，从而整体传递了深度报道的主题，即文章标题《"三国吴简"：打造星城名片》。作为一篇有价值的深度报道，绝不是为报道而报道，而是要为报道的对象——"三国吴简"的抢救、保护、传承服务，要为拥有得天独厚、数量惊人、价值不菲的简牍文物的古城长沙服务，即全力推进长沙走马楼"三国吴简"成为历史文化名城——长沙的文化名片与文化标牌。

简帛文物迎嘉宾

"中国（湘、鄂、豫）新出简帛特别展"昨日开展

　　本报讯　由中国社会科学院历史研究所、中国史学会、长沙市人民政府共同主办的"中国（湘、鄂、豫）新出简帛特别展"昨日下午正式开展，并迎来了"长沙三国吴简暨百年来简帛发现与研究"国际学术研讨会的 150 余名简帛学专家学者。

　　特别展共展出了湖南、湖北、河南三省最近几年新出土的简帛文物，其中有湖南的慈利楚简、沅陵虎溪山汉简、长沙走马楼三国吴简、长沙马王堆汉墓帛书与竹简、长沙杨家山竹简，有河南的温县盟书，还有湖北的江陵县张家山 247 号汉墓竹简。按载体性质的不同，可以分为帛书、木简、竹简、石简和玉简等。

　　在所有简帛文物中，长沙走马楼三国吴简是最受关注的，举办者展出了"吴户籍类竹简"和"吴嘉禾吏民田莂"。这些竹简保存完整，面长体大，文字较为清晰，填补了我国简牍研究史上三国吴简的空白。在特别展上，长沙马王堆汉墓帛书竹简按简帛文字的内容分为遣策、医简《合阴阳》、养生方、周易六十四卦、式法、出行占和春秋事语等展出，深深地吸引了诸位专家学者的目光。许多专家在参观后，情不自禁地表示：中国是一个有着悠久文化传统的国度，而物华天宝的潇湘热土，不仅有灿烂的湖湘文化，而且其所拥有的众多文物资源与人文资源是得天独厚的。还有一些专家认为，这样的简帛展，不仅是对过去学术研究的一种验证，也是对将来学术研究的一种推进。

按 语

　　文章刊于《长沙晚报》2001年8月17日，署名本报记者张邦卫，并配有周柏平所摄书法笔会照片一张、张邦卫所摄展览照片一张。这是一篇关于"中国（湘、鄂、豫）新出简帛特别展"开展的消息。文章简要介绍了"中国（湘、鄂、豫）新出简帛特别展"的主办单位，湖南、湖北、河南三省新出简帛的地点、类型，以及重点介绍了长沙走马楼三国吴简、长沙马王堆汉墓帛书竹简。古城长沙，有着得天独厚的简帛文物资源，尤其是三国吴简和马王堆汉墓简帛，凭实力让国际简帛学百年盛会落户古城长沙，并吸引来自全球各地的顶级专家学者，一句话就是"得其所哉"。尽管如此，我们依然希望有着丰富简帛资源的古城长沙，有责任、有义务、有担当、有梦想地打造国际简帛学的第一重镇与第一高地，切不可再出现像所谓"敦煌在中国，敦煌学在日本"这样的吊诡之事，否则就辜负了老祖宗给我们留下的宝贵的简帛文物。我们真切期待"简帛在长沙，简帛学在中国长沙"早日实现。

出版共盛会互动 首发与研讨并进

《中国简牍集成》(标注本)首发式在长沙举行

本报讯 为纪念简帛发现暨简帛学 100 周年,中国简牍集成编辑委员会和甘肃五凉古籍整理研究中心等学术机构组织国内数十位专家学者经数年编纂完成的一部跨世纪宏伟工程——《中国简牍集成》(标注本),于昨晚在湖南宾馆举行首发式。

《中国简牍集成》(标注本)的首发,无疑因"借"了"简帛会"的"东风"而备受国内外专家学者的关注。出席昨晚首发式的领导有甘肃省文化厅副厅长兼甘肃省文物局局长马文治,中国社会科学院历史研究所研究员、"夏商周断代工程"首席科学家李学勤以及裘锡圭、谢桂华、宋少华等 60 多位专家学者。

此次首发的是《中国简牍集成》(标注本)第一辑 12 册,还将陆续出版第二辑和第三辑,其中第三辑主要是湖南卷。该书内容广博,以图文形式囊括了 20 世纪百年间国内发掘并发表的全部简牍,是目前国内外集简牍之大成的唯一巨编;它不仅是十分珍贵的第一手资料,同时弥补了史书、文献的不足,具有十分重要的科研和学术价值。有专家称之为"史学、考古学、古文字学、文献学、简牍学领域又一辉煌的研究成果"。

此外,《中国简牍集成》(标注本)编委会还向"简帛会"组委会赠书,长沙市文物考古研究所宋少华代表组委会接受了这份珍贵的礼物。

按 语

　　文章刊于《长沙晚报》2001 年 8 月 18 日，署名本报记者张邦卫。 这是一篇关于《中国简牍集成》(标注本)首发的消息。 俗话说"盛世修史"，在国际简帛学百年盛会之际，作为一部跨世纪文化工程的《中国简牍集成》(标注本)闪亮首发，不能不说是百年简帛盛会的"重磅炸弹"，是目前国内外集简牍之大成的唯一巨编，弥补了史书、文献的不足，诚然让人惊叹赞奇。 简帛学的长远发展，需要有翔实丰富的简帛资料作为基础，这是毋庸置疑的。所谓"基础不牢，地动山摇"，说的就是这个道理。 从这个角度说，《中国简牍集成》(标注本)的史料性、文献性也就不言自明了，故而有专家称之为"史学、考古学、古文字学、文献学、简牍学领域又一辉煌的研究成果"。《中国简牍集成》(标注本)借"百年简帛盛会"的"东风"，诚然实现了文章标题所概括的"出版共盛会互动，首发与研讨齐进"文化景观，实现了"一会多唱，一举多得"的传播效果。

简帛专家设坛千年书院

本报讯 素有"道南正脉""学达性天"之誉的"千年学府"岳麓书院于18日下午再次开坛。全国政协委员、中国史学会副会长、中国社会科学院研究员、"夏商周断代工程"首席科学家李学勤发表了题为"'夏商周断代工程'与文明探源"的演讲。他以雄辩的事实证明了：夏王朝建立于约公元前2070年，中国的上古史即夏商周三代有了一个较为完整的年表。

李学勤说，从20世纪开始，不少外国学者和部分国内学者对"夏王朝建立于公元前21世纪"的说法提出了怀疑，鉴于此，在20世纪90年代中期，国家将"夏商周断代工程"列入"九五"重点科技攻关项目。以李学勤为首的近200多名学者，从古书中关于"夏商周"的记载、传世文献中有关"夏商周"的天文现象的记录与现代天文学的比照、考古学所发现的材料以及物理学的碳14年代测定等先进科技手段入手，不仅证实了夏王朝的存在，也确定了其建朝年代约为公元前2070年，而且给"夏商周"一个较为完整的年表。该项目去年已通过了国家级鉴定与验收，并获得了"九五"重大科技成果奖。

李学勤说，"夏商周断代工程"为整个中国古代文明研究建立了一个年代学的标尺，也为自然科学与人文社会科学的未来研究开创了一条"多学科研究"的新路。该成果已汇编成书，共30册，不久将陆续出版。

此次"千年学府论坛"还请来了北京大学裘锡圭教授、英国剑桥大学鲁惟一教授、日本东京大学池田知久教授、台湾辅仁大学丁原植教授、香港中文大学张光裕教授等6位简帛学权威做了题为"简帛与中国传统文化"的"会讲"，这是"千年学府论坛"首次响起外国学者的声音，开了外国学者在岳麓书院开坛讲学的先河。

按　语

　　文章刊于《长沙晚报》2001年8月19日，署名本报记者张邦卫，并配有周柏平拍摄的现场照片。这是一篇关于著名历史学家李学勤先生在岳麓书院开坛讲学的专题报道。我们知道，讲学不足为奇，在岳麓书院讲学有点奇了，以电视直播、网络直播的形式报道在岳麓书院讲学就诚然是20世纪末具有轰动效应的媒介事件了。毕竟岳麓书院是中国四大书院之一，不仅因其山门的一副对联"唯楚有材，于斯为盛"驰名中外，而且因它是"湖湘学派"的标牌。在历史上，能够在岳麓书院开坛讲学的人绝非泛泛之辈，据说朱熹、张栻、周敦颐等都曾讲学于此。在1999年下半年，湖南电视台旗下湖南经济电视台与岳麓书院合作开展"千年学府论坛"大型直播活动，地点设在"道南正脉"的大厅，讲者不是大家就是大师，加上湖南经视的现场直播、红网与星辰在线的网络直播，一时备受瞩目。比如，余秋雨、张朝阳、厉以宁等的讲座，火爆异常、星城空巷，不能不说是文化热点事件。"千年学府论坛"以不定期的形式开展了好几年，文章所报道的著名历史学家李学勤先生的"'夏商周断代工程'与文明探源"演讲，便是其中最有历史意味的传道解惑、寻根探源。现在回想，这是我唯一一次在"千年学府"岳麓书院的现场聆听大家高论，久违的膜拜感让人似乎触摸到弦歌不断的"湖湘学派"的文化密码。

湖南省博物馆 53 件铭刻文物在港展出

本报讯 近日,记者从湖南省博物馆了解到:湖南省博物馆与香港中文大学文史馆于 9 月 7 日至 10 月 28 日在香港中文大学文史馆联合举办"中国古代铭刻文物展",湖南省博物馆所提供的 53 件铭刻文物受到参观者的关注,引起很大的反响。据介绍,此次展览共展出中国历代铭刻文物 80 件,年代跨度从西周至明末清初,而展品有铜戈、铜镜、玺印、竹简、帛书、封泥、漆器、陶器、瓷器等珍贵铭刻文物。"中国古代铭刻文物展"将于 2002 年初"移驾"湖南省博物馆展厅展出。

✎ 按 语

文章刊于《长沙晚报》2001 年 9 月 17 日,署名本报记者张邦卫。 这是一篇关于湖南省博物馆 53 件铭刻文物在香港中文大学文史馆成功展出的消息。 湖湘文化源远流长,山川名胜、文物古迹众多,像南岳衡山、韶山、张家界、洞庭湖、岳阳楼、凤凰古城、洪江古商城、岳麓书院、芷江抗日受降纪念坊等都是湖南的文化标牌,但最能体现湖湘文化深厚积淀的还数湖南省博物馆。 湖南省博物馆的馆藏品不胜枚举,其镇馆之宝如辛追墓 T 形帛画、西汉直裾素纱禅衣、人物龙凤图、马王堆汉墓古尸、商皿方罍等,都是稀世珍品、世所瞩目。 它们不仅代表湖南,更代表中国,是中华民族的象征,是中华文化中璀璨的明珠。 文章所报道的在香港举办的"中国古代铭刻文物展",总共展出中国历代铭刻文物 80 件,而湖南省博物馆就独占 53 件之多,包括铜戈、铜镜、玺印、竹简、帛书、封泥、漆器、陶器、瓷器等,从中可以看出湖南省博物馆在铭刻文物的搜集、挖掘、整理、展览等方面的独特优势或"执牛耳"的馆界地位。 作为《长沙晚报》的文化新闻记者,我有幸一次又一次地走进湖南省博物馆,在完成一次又一次采访报道任务之余,也一次又一次地参观文物、膜拜文明、涵化素养,这不能不说是难得的机缘和珍贵的记忆。

民间剪纸艺术家樊晓梅将来长签售

本报讯　陕西省民间艺术家樊晓梅将于 5 月 4 日在袁家岭新华书店举行剪纸表演及签名售书《樊晓梅：一个安塞姑娘的剪纸故事》。樊晓梅自小学习剪纸，其作品题材广泛，造型圆润饱满，技法丰富娴熟，在陕北剪纸传人中独树一帜。1997 年，其作品《农家生活》在迎香港回归民间美术作品大赛中获优秀奖。另据知情人士透露，樊晓梅此次签名所售之书《樊晓梅：一个安塞姑娘的剪纸故事》由湖南美术出版社出版，是湖南美术出版社精心策划、重点打造、隆重推出的精品力作。

 按　语

文章刊于《长沙晚报》2001 年 5 月 8 日，署名维邦，即张邦卫的笔名。这是一篇关于陕西民间剪纸艺术家樊晓梅将来长沙签售的预告性消息。文章十分精要地介绍了樊晓梅剪彩纸艺术的个性化特点，如题材广泛、造型圆润饱满、技法丰富娴熟，既独树一帜，又卓尔不群。剪纸艺术是民间艺术，也是非遗文化，让更多的人了解剪纸艺术，这也许就是湖南美术出版社推出《樊晓梅：一个安塞姑娘的剪纸故事》的最大愿景吧。事实上，在当时出版市场竞争日益激烈的时代，签名售书已是常态化的市场运作。各式各样、花样百出的签名售书争奇斗艳、各领风骚，为的就是扩大销售、加大码洋。作者、出版社、书店出于共同的目的，形成了一荣俱荣、一损俱损的利益共同体，这样作者写书、出版社出书、书店卖书，虽说是一种文化传播的线性流程，但本质上却是商业运作甚至是商业炒作，或者说，多卖才是真本事，赚钱才是硬道理。从这个角度说，签名售书是无可厚非的，也不可横加干涉、乱加指责。尽管如此，在签名售书之风不断浪涌的时代，我们还是想真诚地说一句：签名售书，靠的不是所签之名，靠的是所售之书。

人物写真

第八辑

小湘妹荣登国际奥赛领奖台

——访第十届国际生物学奥林匹克竞赛金牌得主彭晓聿

7月10日,在瑞典的文化古城乌普萨拉,一名中国姑娘自豪地登上了第十届国际生物学奥林匹克竞赛领奖台,她以137分的总成绩在36个国家和地区的134名参赛中学生中名列第一而摘取了此次竞赛的金牌。她,就是我省长沙市长郡中学年仅18岁的高三学生彭晓聿!7月16日,这位名扬海内外的小湘妹已被北京大学破格录取为北京大学生命科学院生物科学系的新生载誉归来,受到省领导和社会各界的热烈欢迎。许多人不禁要问,彭晓聿是如何走上国际奥赛领奖台的呢?

晓聿说她的人生格言是:"不到最后一刻,你都不要放弃"

考试是紧张的,而像这种国际性的奥林匹克竞赛更为紧张。据介绍,此次生物学奥赛分为实验和理论两大块。第一天,比试各选手的实验动手能力,分为4类:植物生理学、动物行为学、微生物和生物技术以及遗传学。4场实验在一个上午做完,每场70分钟。第二天休息,选手自由安排。第三天进行理论测试,从早上8点到中午12点半,共有长达98页的试题。回想起这场强手如林、竞争激烈的国际大赛,晓聿至今记忆犹新。她说,此次竞赛内容多而且广泛、信息量大,侧重动手能力和对最新生物科技的掌握以及灵活运用的能力。她笑着告诉记者:"比赛十分紧张也十分辛苦,但由于我平素好动手实验和关注最新的科技文献,在竞赛中比较主动,最终取得了好的成绩,为国争了光,心里十分高兴。"

但许多人不知道,她的愉快和高兴里又掺杂着一种淡淡的苦涩和挥之不去的思念。就在晓聿出国之前,她的祖母由于患癌症住院治疗,生命垂危。两地万里迢迢,情深意切的祖孙俩互相牵挂。就在彭晓聿于奥赛中顽强拼搏之际,病魔缠身的老祖母为了等候孙女的佳音,凭着坚强的意志和毅力与癌魔抗争,同样也是不到最后一刻都没有放弃。7月10日新华社的捷报抵家,老祖母笑了,两天后便安然而去。对于90多岁的老人来说,晓聿的礼物可以说是她一生中最有价值的一份。

从感兴趣到潜心探索生物学的奥秘,晓聿走上了
一条与常人不同的求知之旅

晓聿的父亲彭建恩是湖南省粮食学校的教师,母亲在该校人事处工作。也许正是这种浓浓的书香气使晓聿从小养成了淡泊宁静却又执着求知的个性。

走近晓聿,实际上也是在走近一个学子孜孜求知的故事。在谈到自己的生物专业时,本来多少有点儿腼腆的晓聿变得能说会道了。晓聿从小就特别喜欢小动物和各种花草树木,比如小猫、小狗、小刺猬、小松鼠等。很小的时候,出差到长白山的父亲给她带回了一只可爱的小松鼠,她精心呵护和喂养,有时还经常抱着一起玩和睡觉,也许正是这只可爱的小松鼠在她幼小的心灵里留下了深深的印迹和美好的回忆,她与生物科学结下了不解之缘。3年前,妈妈给她买了一只可爱的狮毛狗,现在,这只狮毛狗成了她形影不离的伙伴,也成了彭家的一员。

初三毕业后,晓聿以优异成绩被保送进长郡中学。也正是这一年,她被选为该校生物奥林匹克比赛活动小组成员。1996年暑假期间,学校组织生物奥赛的同学们到美丽的西双版纳搞野外夏令营。美丽的版纳风光,动人的傣家气息,让她如醉如痴,但更让她沉迷的是那蕴藏着无穷奥秘的动物王国和植物王国,她不停地看,不停地问,不停地记,不停地采集标本,饥渴地想把这动植物王国的一切奥秘都装进自己的脑海。

1997年,晓聿参加湖南省生物奥林匹克竞赛获第一名,从此她开始崭露头角,并义无反顾地选择了生物学这门不是高考科目却又与人类的文明和进步息息相关的学科。其后晓聿进了省集训队,进了国家集训队并最终成为国家队的成员,获得了国际生物学奥赛的冠军。晓聿的路,是靠汗水和勤奋开拓出来的。

晓聿绝对不是一个"书痴",她把她的知识用到了生活中。有一次,一家人到某大酒店吃饭,要了一份"淡水大闸蟹",价格是每公斤320元。待菜上

到桌上时,她看到这种蟹没有绒毛,便断定这是老板在"移花接木",是海洋蟹而非淡水蟹,专业名称是鲟。晓聿的伯父找来老板一问,果然如此,老板口服心服,承认这种蟹每公斤只值 140 元。

晓聿的父亲说:晓聿的成长得益于三湘名校长郡中学老师们的培养

长郡中学建于 1904 年,至今有 90 多年的历史,曾出了像李立三、任弼时、萧劲光、郭亮等著名人物,曾三所题"朴实沉毅"的校风可谓名副其实。长沙市人都知道,长郡不仅有较好的"硬件",更主要的是有很好的"软件",即有一大批全面重视素质教育的优秀园丁。

仅就生物教学来说,该校的校领导注重从跨世纪的角度来培养生物学科的后备人才,重视该学科的投入。它们的生物教研组是长沙市优秀教研组,有诸如匡志诚、常立新、陈启同等这样兢兢业业的好老师。正因如此,他们的得意门生彭晓聿才一路过关斩将攀上了生物奥赛的领奖台。

匡老师在介绍他的经验时说,首先要指导思想明确,培养学生不是仅仅为了拿奖,而是应着眼学生的综合素质与能力;其次是不能局限于书本,应强调实验操作和动手能力;此外还要提高学生的身体和心理素质,树立本专业的远大目标等。最后匡老师和常老师都对晓聿提出了殷切期望,希望晓聿进北大以后好好学习,北大不应该成为她求知的终点,而是一个加油站和驱动器,百尺竿头,更进一步!

这也是我们的期望,是三湘人民的期望!

按 语

　　文章刊于《湖南科技报》1999 年 7 月 31 日，署名维邦、任琼瑶、杨石莲。维邦是张邦卫的笔名，任琼瑶、杨石莲是报社的实习生。这是一篇对第十届国际生物学奥林匹克竞赛金牌得主彭晓聿同学的人物专访。曾几何时，"奥赛"是一个含金量极高的热门词汇，它不仅是一种荣誉，更是直通国内外名校的途径。一般来说，能够在省级奥赛中获奖的学生已是同辈翘楚，能够在国家级奥赛中获奖的学生则是凤毛麟角，能够在国际级奥赛中获奖的学生更是屈指可数。也正因如此，作为长郡中学高三学生的彭晓聿能够在第十届国际生物学奥林匹克竞赛中荣获金牌并被北京大学直接破格录取，这不能不说是一个轰动三湘高中教育的大事件，有着不可替代的新闻价值。当然，获奖仅仅是一种结果，写作一篇人物专访，我们更应该关注的是彭晓聿登顶获奖的过程。在这个世界上，绝没有无缘无故的失败，也没有轻而易举的成功，唯有辛苦耕耘才会有骄人收获，诚如文章中所写：走近晓聿，实际上也是在走近孜孜求知的故事；晓聿的路，是靠汗水和勤奋开拓出来的。总之，"学霸"之所以异于常人，无非多了许多执着，多了无数付出而已。换言之，"学霸"是在汗水、苦水、血水中炼出来的。当然，彭晓聿也是幸运的，因为她有一个好的书香门第、好的百年名校、好的指导老师，加上她自己的聪慧与拼搏，这所有的一切终于聚合为一朵璀璨的"奥赛之花"，可以推崇的"奥赛之星"。

抚今追昔走长沙

俗话说"吃水不忘挖井人",8月5日下午,记者来到长沙市干休所,采访了50年前亲身经历了湖南和平解放的地下党员熊飞和南下干部徐万夫。

熊老是一位老地下党员,长沙县人,他给我们讲述了当年他目睹长沙和平解放的情景。他说,当年8月5日晚上8点钟左右,中国人民解放军46军138师从小吴门进城,然后分三路向市中心开进。一路从小吴门口,经中山路、蔡锷路至黄兴南路;一路由经武路,绕到蔡锷路;一路沿车站路,经居士林。三路于南门口外会合后出市区宿营。解放军所到之处,古城万人空巷,夹道欢迎,人声鼎沸,彩旗飘扬,鞭炮声、锣鼓声、欢呼声⋯⋯回荡在湘水和麓山之间。

徐万夫老人祖籍山东。1938年,年仅14岁的他就在山东省冠县参加了革命,戎马倥偬,转战南北,最后随南下部队进驻湖南直至现在。面对记者的采访,徐老深情地说:"50年了,每年一到湖南和平解放的纪念日,总让人情不自禁地想起自己牺牲的战友们,因为只有军事上的节节胜利,才会有长沙兵不血刃的和平解放。"

在谈到湖南特别是长沙这50年的变化时,两位老人不约而同地说:"那可是发生了天翻地覆的变化。"熊老说,新中国成立前,古城长沙由于历经兵劫,政局动荡,特别是1938年11月12日的"文夕大火",把长沙城烧得千疮百孔,满目疮痍。徐老回忆当年进驻长沙时,只见房屋大部分是竹木结构的平房,市区道路仅有5条马路,其余均为狭窄的麻石街巷,所谓"道路不平,沟渠不通,饮水不洁,电灯不明",便是当年长沙城的真实写照。

熊老说,东屯渡原来没有大桥,解放军渡河靠的是小木船拼起来的浮桥;从马王堆直至火车站、省军区这一带原来全是丘陵、稻田菜地;长沙原来最高的楼房是国货陈列馆,原有 8 层,后由于"文夕大火"烧了尖塔和旗杆,只剩下 5 层;中山西路那一片都是低矮的棚户区,识字岭是个荒凉的小山包……而现在,湘江大桥连接湘江两岸,往来通途;"三纵三横"的市内道路格局已基本形成,加之环线的拓展,长沙城的交通可以说是四通八达;高楼大厦更是鳞次栉比,放眼皆是,商业网点遍布市区,居民小区井然有序;晚上各街道灯火阑珊,繁华如昼。

半个世纪过去了,两位老人一致认为,长沙已由当年衰落破败、积贫积弱的一座古城发展成了今天欣欣向荣、气象万千的现代化新城市。城区面积已由 1949 年的 6.7 平方千米扩大到现在的 124 平方千米,人口由当年的 38 万增长到 160 万。

采访完以后,记者陪同徐老重游了当年解放军入城的最后一站——天心阁。旧时的天心阁是一座城隍庙,城楼之下坟茔遍地,一片死寂,加之 1938 年烧了 5 天 5 夜的大火也殃及天心阁,楼台亭榭化为一片灰烬,园林景象萧瑟荒凉,不堪目睹。如今的天心阁则早已是旧貌换新颜了,登临其上,但见湘江北去,岳色南来,云麓屏开,橘洲浮翠,使人心旷神怡。俯瞰四周,高楼鳞次栉比,人来人往,车水马龙……

抚今追昔,老少两代都感受到"今日星沙呈异彩,民安盛世景空前"的繁荣景象……

✎ 按 语

　　文章刊于《湖南科技报》1999 年 8 月 14 日,署名张邦卫、任琼瑶,任琼瑶是报社的实习生。 这是一篇人物专访。 在湖南和平解放 50 年之际,《湖南科技报》对两位亲历者进行采访。 一位是本土老共产党员熊飞,一位是南下干部徐万夫。 两位老人的讲述重现了当年解放军入城的空前盛况,以及 50 年前的长沙城旧貌和 50 年后的长沙城新貌。 诚如文章标题所写:抚今追昔走长沙。 字里行间既有一股浓烈的英雄气,也有一种浓郁的自豪感。 盛世如斯,美好生活,繁华星城,岁月静好,所有的一切都是前辈们的血汗浇铸,像熊老和徐老一样的前辈们是永远值得我们年轻一代敬重、记忆和膜拜的。 历史是一面镜子,现实也是一面镜子,任何时候,我们都需要铭记我们的初心使命和走过的路。 唯有精神不死,繁华才能依旧;唯有不忘英雄,盛世才能依旧。

田志祥：与共和国一同成长

1949年8月，一个湘西伢子呱呱坠地。无论是他的父母还是周围的邻居，当时做梦也没有想到，50年后，这位湘西孩子会走出大山，走出边地小镇，成为省城一名颇有成就的高级工程师，成为一名与共和国一同成长的科技工作者。

（一）

田志祥，出生于以"一纸降书"名噪海内外的芷江。他家兄妹7人，刚解放时，生活相当艰辛，尤其是父亲早逝，家庭唯一的收入来源断了，从此，本来就困难的家庭更是雪上加霜。因此，田志祥初中毕业后，便辍学在家，为生计而奔波和辛苦。

但是，尽管远离了教室，远离了课堂，远离了老师和同学，但他没有远离书本、远离知识，而是怀着10倍的饥渴去追求文化知识，充分利用一切可以利用的空余时间进行自学。他四处借来了左邻右舍的旧课本，一页页地学，一题题地做。有时他对有些问题弄不明白，便大老远地跑到自己上初中时的一位老师家中去请教。有一次，大雪飘飘，原野里到处是白茫茫一大片，冷风在一个劲儿地刮，他那一双草鞋里套着一双母亲手工做的布鞋，揣着一本旧得发黄的练习本前往一位数学老师家，去请教一个很复杂的高等数学题目。由于雪深路滑，他不慎跌进了路边的水沟里，弄得裤脚全湿了，可怜的布鞋也湿透了，左腿划破流了许多血，冷风一吹，身子一个劲儿地打抖。此时他真想回家去烤火，但转念一想，也许只有这样的天气老师才会在家，所以他干脆咬牙狂跑以此来驱寒。真有效，出了一身大汗后就没有那么冷、那么痛了。那次，他硬是扎扎实实地向老师学了3个小时才冒雪夜归……

（二）

一分耕耘，一分收获。1976年他成为芷江县饲料厂的一名工人。他工作勤奋肯钻研，先后研制出"多因素生物饲料调制剂"，为厂里创造了较大的效益。有一次，他在看中央电视台的新闻时，听到国内计算机正处于起步阶段，许多计算机均是进口的，而国内汉字输入还没有理想的输入法。从那时起，好强的他便开始涉足计算机这个当时还少有人问津的行业。很难想象，在一个资料缺少、信息十分闭塞的小县城，这需要何等的毅力和勇气。

1980年，他用十分微薄的工资创办了我国第一份中文信息研究学刊——《信息处理学报》，后更名为《信息世界》。现在许多有名的计算机研究专家都曾在这块小小的园地里发表过他们的处女作。他创立了"词字二分法"汉字输入方案，在北京举行的首届中文计算机成果比赛中，被评为唯一的"优秀普及型方案"。因此，他被湖南省计算技术研究所破格录用，上调省会长沙。从此他如鱼得水，发表论文100多篇，涉及信息科学、符号学、数学、语言文字、中医学、工程学、生物学等多个领域。申请专利200余项，部分专利取得重大的经济效益，1992年被授予"湖南省有突出贡献的十大发明家"称号。中年以后，又进军科普创作，成绩斐然，现有作品100多篇。记者采访时，他拿出自己最近出版的《古陆沉镜》，这篇作品试图用科学家的眼光去探寻未来世纪外星人在高科技环境中的生存状态。记者随意一翻，便觉一种厚重感扑面而来。高端的科技在他的笔下变得生动、形象。他告诉记者："时下科普创作不太景气，皆因为搞科幻小说的人都是搞文学的，科学知识不够，难进门内；搞科学的文学功底又不扎实或者不善于进行科幻小说创作。我现在想做到两者结合，希望能成一家之言，为我国的科普教育尽一份绵薄之力。"听此豪言壮语，记者不禁为之喝彩。

按 语

　　文章刊于《湖南科技报》1999 年 9 月 30 日，署名张邦卫。 这是一篇在新中国成立 50 周年之际所写的人物专访。 诚如标题所写"田志祥：与共和国一同成长"，田志祥，出生于以"一纸降书"名噪海内外的芷江，几乎与共和国是同时诞生。 他既是大山的儿子，也是农民的儿子，由于家境贫寒，初中毕业后便辍学为生计打拼。 然而田志祥又是一个不会被逆境与困境轻易打倒的有志之人，所谓"艰难困苦，玉汝于成"，他靠锲而不舍的自学终于成材，成为一名颇有成就的高级工程师，成为一名与共和国一同成长的科技工作者，成为一名著述丰富的科普作家。 从这个角度说，与共和国一同成长的田志祥是一个值得敬佩的贤达。 我之所以能够采访田志祥，是因为我们同为芷江乡党，以及与他的科普大作《古陆沉镜》结缘，在为数不多的交往中更被他的励志经历、拼搏精神所折服。 我比田志祥晚生了近 20 年，虽说幸运地读了大学本科、硕士研究生，但内心深处有着对励志成才者的无限钦佩，以及对寒门出名人的惺惺相惜。 拒绝混迹，拒绝躺平，每个人都可以以自己的方式拒绝平庸、不断攀爬，拼搏更是每个人都需要秉承的品质，毕竟"爱拼才会赢"嘛。

"你不能改变环境,你不能改变别人对你的看法,但你可以改变你自己。"
她是这样想的,也是这样做的——

寒门才女潘箐:苦读双硕士

一个仅有职业高中文化的女孩,通过 6 年的刻苦自学,竟先后拿下了 1 个专科文凭、2 个本科文凭,现在又在攻读 2 个硕士学位!11 月 1 日,记者在麓山脚下的"千年学府"——湖南大学采访了这位创造奇迹的"寒门才女"潘箐。

"树争一层皮,人争一口气"

提起 6 年来的自学考试生涯,潘箐不禁感慨不已。她说:"从 1993 年走上自考这条路以来,有风雨,有失败,有成功,更有一种对生活与人生的感悟与体验。"

1992 年 7 月,16 岁的潘箐从长沙商业职业高中毕业,渴望用自己稚嫩的双肩替爸爸分担一点家庭负担。但是事与愿违,不但想找一份稳定工作的希望成为泡影,就是想找一份打工的工作也未能遂愿。

每次到一些公司、工厂去应聘时,"有大专文凭吗?会英语吗?懂电脑吗?"一连串的问题把她仅存的一点自信心撕得粉碎,面试官的冷眼和不屑更让她无地自容。一次次应聘,一次次落聘,促使潘箐暗下决心一定要拿个像样的文凭,否则落聘的残酷现实会时时光顾自己。有一次,老同学聚会,许多在大学读书的同学,一个个意气风发,高谈阔论,而她只有伤心的份。她默默地坐在角落里,独自黯然神伤,同时也暗暗地想:决不能再做平庸的人了。从那以后,不管什么聚会,什么活动,她都婉言谢绝。她清楚,那份精彩,那份快乐,那份轻松与惬意,是不属于她这样的人的。就这样,倔强的潘箐走上了为自己争气、跟命运较劲的自考之路。

"书山有路勤为径,学海无涯苦作舟"

1993 年 10 月下旬,潘箐首次参加自学考试,专业是汉语言文学专业,想不到第一次考试 4 门功课都达标过关了,这给了她极大的信心。其后,在 1994 年底,她就如愿以偿地拿到了中文大专文凭。她告诉记者,拿到文凭的那天晚上,她真的想好好地乐一乐,大吼几句,高唱几声,但是她没有,她把那份兴奋和喜悦埋在心底,在夜色沉沉之际,独自体味那份久违的甜蜜。1995 年 4 月,潘箐再次闯进自考的大军中,这次她的目标是英语本科。

1995 年 6 月,在长沙市某区政府做了几十年科长的父亲面临退休,便向单位提出解决女儿工作的最后要求。单位答应了把潘箐暂时招为临时工。父母亲似乎觉得一副重担可以放下来了,但潘箐此时正在长沙铁道学院旁听英语课程。是马上参加工作,了却父母亲心愿,还是继续读书? 她面临着一个艰难的选择。但她最终选择了读书。俗话说:"人无远虑,必有近忧。"时至今日,潘箐笑着说:"当时确实是一个机会,也许我一辈子也就那么一次机会。但现在想起来,我的选择是对的。要不然,我今天面临的也许是'下岗'了。"

潘箐当日有岗不上,有工不做,无异于一石激浪。许多亲戚朋友不理解,慈祥耿直的父亲也气得大骂:"你怎么这么认死理啦,没有工作将来怎么办嘛!"母亲也对她不理不睬达一月之久。潘箐的眼泪在眼眶里打转,倔强的她还是忍住没掉一滴泪。她暗暗地告诫自己一定要搞出个名堂、学出个样子来,否则就愧对双亲了。"你不能改变环境,你不能改变别人对你的看法,但你可以改变你自己。"她是这样想的,也是这样做的。

"宝剑锋从磨砺出,梅花香自苦寒来"

购书、买资料、听课、报名、考试都需要钱。钱,成了最现实最直接的东西。自强的潘箐不想加重家里的负担,她一边学习一边打工挣钱。她摆过地摊,卖过报纸杂志,卖过小商品,做过小工,糊过纸箱,当过售货员,做过幼教,当过保姆,卖过田螺,反正只要能为清贫的家减少负担,再苦再累她也心甘情愿。1996 年 1 月的一个下午,天气十分寒冷,潘箐收拾好用一个破旧板车做的报摊,便急匆匆地赶回家,因为晚上要和父亲、妹妹在家门口摆夜摊卖田螺、炒粉、臭豆腐等。田螺又光又滑,在清洗时,她的手指被田螺划了一个大口子,鲜血直冒,她随便包扎了一下,扒了几口饭,又急急忙忙地前往湖南师范大学听课。下课后几经转车至五一广场,已没车可搭,便步行回家,北风一个劲儿地狂吹,吹得伤口剧痛。一不小心,还"嗵"地摔了一跤,伤口又受重创。懂事的潘箐还是咬牙帮年迈的父亲收好夜宵摊点,一切完毕以后,已是深夜了,但潘箐依然坚持再学习 2 个小时才上床睡觉。这样的生活,这样的故事,一天一天地重复……

皇天不负有心人。1995 年 6 月,潘箐在国家英语六级考试中考出了 90 分的好成绩;1996 年底参加托福考试,亦得了 630 分的高分。日语二级更是她"霸蛮"从繁忙中挤出来的。1996 年 6 月和 1997 年 6 月,潘箐分别获得湖南师范大学新闻学本科文凭和长沙铁道学院英语本科文凭,成为地道的"双学士"。多少个日日夜夜的勤学苦读,终于结出了令人欣慰的成果。此时许多单位纷纷向她伸出了热情的双手,但潘箐再次拒绝了高薪的工作岗位,依然选择了进一步深造的读书之路。1996 年 9 月,潘箐以在职研究生的身份攻读中国人民大学经济学硕士学位,1997 年 9 月,又凭着扎实的英语语言文学功底,考取了湖南大学外国语言专业的国家计划内硕士研究生,凭意志、毅力、实力闯进了素有"千年学府"之称的湖南大学。潘箐成为该校少有的"双硕士",而像她这样靠自学渡过茫茫学海的"湘女",则更是屈指可数了。

如今已是研究生二年级学生的潘箐,诚实睿智,朴实厚道,不像一位长沙妹子,倒像一位地道的农家姑娘,毫无娇、骄二气。最后,潘箐告诉记者:"失学仅仅只是离开了校园,并没有离开书本和知识,成功的门总是向那些自强不息的人敞开的;读书是一种快乐,是一种享受,一生与书为伴,这是我人生最终的选择。"与书为伴,与知识为侣,多么朴实无华的心声啊!

按 语

　　文章刊于《湖南科技报》1999 年 11 月 18 日，署名张邦卫、欧阳高飞。这是一篇关于寒门才女潘箐的人物专访。潘箐，一个只有职业高中文化起点的长沙妹子，通过 6 年的自学考试，竟然先后拿到了 1 个专科文凭、2 个本科文凭、2 个硕士学位，这是怎样的毅力与锲而不舍的追求呀！我们知道，通向成功的路不仅仅是读书，展示能力也不仅仅是文凭，但读书可以改变许多东西，文凭背后所积聚的知识与能力可以助推我们高飞。当时，教学资源相对匮乏，入学率相对较低，不是每个人都有机会进入大学深造的，这样自学考试就成了许多无法圆梦大学的失学者淬炼本领的不二选择。诚如潘箐所说："失学仅仅只是离开了校园，并没有离开书本和知识，成功的门总是向那些自强不息的人敞开的；读书是一种快乐，是一种享受，一生与书为伴，这是我人生最终的选择。"潘箐与书为伴，与知识为侣，在艰难困苦与寒窗苦读中完成一次又一次的蝶变，这样的才女与学霸是值得敬佩和尊重的，也是值得年轻人追捧和学习的。所谓"书山有路勤为径，学海无涯苦作舟""宝剑锋从磨砺出，梅花香自苦寒来"，这不仅是寒门才女潘箐的生动写照，也是学海学霸潘箐的品质浓缩。所以，感动我们的不仅是潘箐的朴实无华，还有她的平凡与不平凡、寻常与不寻常。

最好的机会已经错过

——访中国男篮主帅王非

"巧妇难为无米之炊",在外界认为新一届男篮处在历史上硬件条件最好的时期时,身为主帅的王非又是如何看待的呢? 昨晚,率军来长沙参加"华人杯"中美男篮对抗赛的王非在其下榻的酒店,接受了本报记者的独家专访。

中国男篮错过了最好的机会

对目前的中国男篮是历届男篮自身条件最好的一届这一说法,王非认为:"不能用昔日的眼光来看现在的中国队,有人说现在的中国队整体素质是历来最好的,这是不了解情况的一面之词。其实,悉尼奥运会是中国男篮取得突破的最好时机,可惜我们错过了。"他解释说,"悉尼奥运会我们有三大中锋,外线也比较好,而且队员都正当年。现在我们的目标是 2004 年奥运会,球队面对新的形势,虽然内线与三分问题不大,但其他位置的问题都比较大,而且现在许多主力球员再过 4 年将是另一个样子,而国人期望值又高。"

亟待新人迅速成长

在王非的 17 人国家队阵容中,只有张成、莫克、杜锋、郭士强和胡雪峰在上一次王非担任国家队主教练时不在队中。王非分析道:"队员主要是30 岁左右的老将和 20 岁上下的新兵,中间有断层。现在中国男篮最大的问题就是队伍面临新老交替时期,年轻队员还需要精雕细琢。到 2004 年奥运会现在队中的老将能否披挂上阵还是个问题,解决这个问题的主要办法就是新人要迅速成长。"

王非介绍说,为了促使新人尽快成长,篮管中心要求即将举行的东亚运动会多用年轻人。所以,在东亚运动会上中国男篮将会是一支"新队伍"。但王非同时强调,老队员在队中的作用仍非常重要。

CBA 和 NBA 的最大区别在于体制

"大郅虽然已经在 NBA 打球,并且有较好的发挥和表现,但这并不意味着中国的篮球水平可以与 NBA 相提并论。CBA 只是中国的 CBA,它与 NBA 的差距就同字母'C'与'N'之间相差的字母数一样。"言及自己的爱徒,王非没有过多的赞美之辞。王非说,CBA 与 NBA 最大的区别在于体制,其次是环境。因此,大郅要想在 NBA 争得一席之地的话,要学的、要突破的还有很多,其中最关键的是篮球理念问题。

 按 语

　　文章刊于《长沙晚报》2001 年 5 月 7 日,署名本报记者郑以仁、张邦卫。郑以仁是《长沙晚报》当时专跑体育线的记者,与我同属《长沙晚报》文体部,这也是我们唯一一次合作,也是我唯一一次跨线报道。这是一篇关于中国男篮主帅王非的人物专访。作为中国男篮的主帅,王非对中国男篮和中国篮球运动的现状及未来有着十分清醒的认识,如"中国男篮错过了最好的机会""亟待新人迅速成长""CBA 和 NBA 的最大区别在于体制",在这一点上,文章很好地进行了实录。事实上,当时的中国男篮应该是正处于上升期并备受国人关注:一是 2000 年悉尼奥运会上中国男篮取得了突破;二是中国男篮主力王治郅挺进美国 NBA 打球;三是姚明作为一名新星正在强势崛起。也正因如此,社会上普遍认为,当时的中国男篮处于硬件条件最好的时期。然而,作为中国男篮的主教练,王非既不盲目乐观,也不妄自菲薄。他知道自己手中的牌,也知道如何去打好手中的牌,他更知道 CBA 和 NBA 的差距,而且理智地指出这种差距源于体制与环境。在整体采访中,王非谦逊和蔼、睿智健谈,不摆架子,不说套话,颇有"儒帅"之风。采访结束后,王非欣然为《长沙晚报》题写了寄语——"向《长沙晚报》的读者和支持中国篮球的球迷问好",后寄语与专访一并刊发,受到了广大读者和球迷的热烈追捧与真切关注。

共叙篮球情

中国男篮球迷见面会昨晚举行

本报讯 昨晚 8 时，中国男子篮球队球迷见面会在金源大酒店举行。主教练王非及其麾下姚明、巴特尔、巩晓彬、刘玉栋、胡云峰、张劲松、李晓勇、李楠、范斌、郭士强、杜锋、莫克、张成、章文琪等共 17 人参加了球迷见面会。

见面会在一种轻松、热烈的气氛中拉开帷幕。在游戏投篮中，去年 CBA 的"三分王"李楠与"亚洲第一中锋"姚明都跑了靶，倒是几位小球迷"技高一筹"。一位年仅 9 岁的小球迷当场书写"壮志凌云"送给国家队，表达了广大球迷对中国篮球队的敬佩与期望。

在与球迷对话时，主教练王非把篮球上的人际关系解释为："真正的篮球场上没有'友谊'，有的只是斗智斗勇。"他还点评了正在美国 NBA 闯荡的王治郅："王治郅挺进 NBA 是一件好事，也说明中国篮球在向前发展，同时我希望更多的王治郅能到 NBA 打球。"

按 语

　　文章刊于《长沙晚报》2001 年 5 月 7 日，署名本报记者张邦卫。 这是一篇关于中国男篮球迷见面会的消息。 任何一项体育运动，都有属于自己的爱恨交加、相爱相杀的拥趸与粉丝。 在中国男子三大球中，中国男篮在广大球迷心目中的地位和形象似乎要好于中国男足、中国男排。 也正因如此，在长沙贺龙体育馆参加"华人杯"中美篮球对抗赛的有限空档，在有关部门的精心安排下，中国男篮球迷见面会在金源大酒店得以隆重举行。 球迷见面会，球员与球迷面对面交流、互动、畅谈、对话，对球迷来说是一种福缘，对球员与球队而言是一次形象建构的契机。 从某种程度上讲，任何球队都需要有忠实的球迷、铁杆的球迷，球迷的大力支持将会是球队阔步前行的不竭动力。 在中国男篮球迷见面会上，主教练王非、"亚洲第一中锋"姚明、"三分王"李楠等的表现是可圈可点的，给现场的球迷留下了很好的印象，也给我留下了难忘的记忆。 所以，文章《共叙篮球情》，虽聚焦于中国男篮球迷见面会，但从深层面上讲，却是在为中国男篮的市场意识、社会形象、体育精神喝彩。

幻彩传情　引人入胜

——访湖南现代工笔画家孙健林

早就听说过"湖南现代工笔大师"孙健林的名号，只是无缘相识。日前，又听几位画界的朋友说，孙健林将于 7 月 30 日至 8 月 12 日在香港举行个人画展——"幻彩传情·孙健林艺术精品展"，据说所展作品均是孙健林近 4 年来的呕心沥血之作，亦代表了他这 4 年来现代工笔画的造诣。所以，记者心中那份暗暗滋长的仰慕之情又摇曳起来，几经周折，才于 7 月 28 日上午如愿采访了他。

掩不住的画家风度

孙健林已届孔子所说的"六十而耳顺"之年，一头披肩长发，以及随意的穿着和略有点木讷的谈吐，让人感觉到他身上所散发出来的浓郁的艺术家气质与风度，甚至让人想起一个既现代又时髦的词汇——"另类"。

走进孙健林的家，首先进入你视线的是一幅水彩画《葡萄》，这使那略有点儿狭小的客厅有"陋室生辉"之妙，也让人想起刘禹锡《陋室铭》的名句"斯是陋室，惟吾德馨"。步入孙健林的画室，只见纸、笔、水彩很随意地占据着各个角落，墙上、架上有着大大小小的画作，乍一看，你会觉得这有点儿凌乱，但细细思量，你会一下子生出别有一番天地的感触……

不断在画艺上攀高的画家

孙健林，1942 年生于长沙，早年毕业于湖南省艺术学校，现为湖南省中国画艺术委员会委员。13 岁开始习画，青年曾尝试各种绘画形式，中年致力于中国画的开拓，以传统为根基，并化而反之，跳出传统之旧框，巧妙地结合了中国民间美术、西洋艺术等多种表达形式,融入现代意识与现代技法,形成了不泥古人、不类洋人的现代工笔画风。作品多次参加中国和新加坡、韩国、印度、马来西亚、日本、加拿大等国家的大型展览,特别是曾先后在日本和中国香港举办个人画展,此次是孙健林第二次在香港举办个人画展。他出版有《孙健林画集》,还将于10月份出版第二本个人画集。

香港著名画家郭浩满认为:"在当代优秀的中国画家群中,孙健林是颇受瞩目的一位,看过他作品的人都会有深刻难忘的印象。"他还这样评价孙健林的作品:"他往往以行云流水、如诗如歌般富有韵律感的线条,结合彩蝶般缤纷的色彩,编织成一幅幅引人入胜的画面。"

大自然是灵感的源泉

据悉,此次孙健林香港个人画展的大部分作品是西双版纳绚烂的色彩在画纸上的再现与表现。像《心语》《拾叶》《老井》《小鸟天堂》《祈福》《幽梦共珠飞》《孔雀姑娘》等一幅幅作品是自然之旅,是静态之中的动态感悟,是繁华绽放的艺术之旅,更是生命之旅。正如孙健林所说:"我喜欢动物、花、鸟、流水,更喜欢绿色的大自然。大自然是我灵感的源泉,大自然遭破坏就会导致灵感的枯竭,危及着人类的生存。"用自己的彩笔留住那一抹抹动人的绿色,写意出大自然的无穷魅力,展现现代工笔画的美感,是孙健林的毕生追求。

 按 语

文章刊于《长沙晚报》2001年7月31日,署名本报记者张邦卫。 这是一篇对湖南现代工笔画家孙健林的人物专访。 孙健林,湖南省知名画家,擅长中国画,有《孙健林画集》面世,创作上不泥古人、不类洋人,讲究线条的韵律感、色彩的缤纷感。 其因在香港举办个人画展而声名鹊起,备受三湘画坛与媒体的格外瞩目。 正因如此,遂有了《幻彩传情 引人入胜》的人物专访。 事实上,曾几何时,文艺界有一个怪现状:那就是 "墙外香了墙内才香" "域外说好了域内才好" "洋大人说好了国人才说好" "港澳台认可了大陆才认可",这也许就是所谓 "文化不自信" 导致的文艺的 "崇洋与媚外" 吧,从本质上说是 "后殖民主义心态" 在作祟。 张艺谋的电影是如此,李安的电影是如此,宋祖英的 "金色大厅" 演唱是如此,谭盾的音乐是如此,郎朗的钢

按 语 ----------------------------------

琴演奏是如此，莫言的小说是如此，孙健林的中国画也是如此。当然，无论是文化还是艺术，东西互通、中外互鉴是十分有必要的，但如果"走向世界"与"华流出海"，被异化成一种单向度的"唯洋是崇"，则似乎不是我们所需要的。如果"中国画"的艺术造诣还需要域外他者的确认，那么这本身就是窃喜中有淡淡的悲哀。孙健林在香港举行个人画展，这本身是一件好事，也是湖南画坛的骄傲，尽管如此，我却有一种芒刺在背的隐忧。时至今日，我们似乎可以更加理解党和政府要大力提倡"文化自信"的有的放矢和高瞻远瞩了。

"三国吴简"是长沙的文化标牌

——中国社会科学院历史研究所所长陈祖武访谈录

日前,在"长沙三国吴简暨百年来简帛发现与研究"国际学术研讨会的新闻发布会上,记者有幸认识了中国社会科学院历史研究所所长、研究员、博士生导师陈祖武。对于即将于 8 月 16 日至 20 日在长沙召开的"简帛会",他结合自己的"学术之长"剖析了长沙"三国吴简"的"文史之性"。

陈祖武是地道的湖南人,言语中有熟悉的湘音,在与记者的交谈中,不时流露出对湖湘文化的眷恋、垂注与炽爱,特别是在谈到长沙的"三国吴简"时,更饱含着一位学者的敏锐与睿智。他指出,长沙"三国吴简"数量惊人,填补了简帛史上"三国吴简"的国内空白,是当之无愧的重大发现,为后人研究三国时期的吴国提供了一个全新的认识窗口,尤其是"三国吴简"本身自成体系,其完整性十分鲜明。他深情地说:"'三国吴简'是长沙这座历史文化名城最灿烂、最骄人的文化标牌。"

除此之外,陈祖武还向记者介绍了"三国吴简"的一些基本情况。他说,"三国吴简"是 1996 年 10 月 17 日在长沙市走马楼西南侧的一口古井内发现的,从目前整理的情况来看,简牍所记年号最早为东汉献帝建安二十五年(公元 220 年),最晚为三国吴孙权嘉禾六年(公元 237 年),目前已清理出 12 万枚,总数估计在 15 万枚以上,超过了 20 世纪所发现简牍的总和。从内容上看,大体可分为钱券、交纳赋税的记录、官府仓库的出入账簿、吏民的名籍、官方往来的文书、司法审讯文书以及名刺、信札、礼单等。这为探讨以往仅凭文献难以涉及的孙吴的乡里制度、户籍制度、赋税制度、仓库的管理、官府对百姓的控制方式、司法制度、官府文书的运转、家庭规模等问题提供了丰富的一手资料。最后他说:"长沙应充分利用'三国吴简'这块文化标牌，努力把长沙这一历史文化名城建设得更好。"

按　语

　　文章刊于《长沙晚报》2001 年 8 月 15 日，署名本报记者张邦卫。这是一篇关于中国社会科学院历史研究所所长陈祖武先生的人物专访。作为国内知名的简帛学专家，陈祖武先生是"长沙三国吴简暨百年来简帛发现与研究"国际学术研讨会特别邀请的重磅专家。在"简帛会"的头一天，我十分有幸地采访了他，并请他对长沙走马楼的"三国吴简"谈了谈他的史家之评与专家之论。从报道中，我们既可以感觉到"三国吴简"无法替代的史料价值，以及对古城长沙深厚文化积淀的附魅，又能感受到一位真正的学者对"三国吴简"的"文史之性"的尊重与膜拜。作为文献史料的"三国吴简"需要挖掘，作为文化遗产的"三国吴简"需要传承。"三国吴简"不应该只是专家学者的案头专利，而应该更多是古城长沙人民共同守护的文化血脉，前人的文化馈赠不可辜负，借助大众传媒让"三国吴简"走近寻常百姓、普通大众也许是后人的召唤。事实上，当时在湖南除了长沙走马楼的"三国吴简"之外，还有龙山里耶的"秦简"也是享誉国内外的，据说它们是当时国内简帛界的"双璧"。为了更好地保护与传播"三国吴简"，在长沙市政府和学界专家共同努力下，长沙简牍博物馆应运而生，它建在长沙市天心区白沙路上，距天心古阁不过百步之遥，集简牍收集、保护、整理、研究和展示于一体，今已成为长沙一处重要的文化景观和对外开放的窗口。

"三国吴简"可成为一门独立的学科

——中国社会科学院简帛研究中心主任谢桂华访谈录

谢桂华是此次"简帛会"的秘书长,记者一直未有机会聆听谢桂华对中国简帛学,特别是"三国吴简"的高见,直到昨天晚上,在《中国简牍集成》的首发式上才终于有机会"逮"住了他进行访谈。

作为中国社会科学院简帛研究中心主任、研究员的谢桂华是地道的湖南人,其老家是湖南新化。在交谈中,谢桂华言语中所流露出来的浓重的"新化腔",让记者备感亲切。

在谈到"三国吴简"的价值时,他说:"三国吴简"的发掘与发现不仅填补了我国简帛史三国时期吴国的空白,而且其本身所蕴藏的文史价值更是不可估量的;"三国吴简"的价值不能以现已公布的木简为限,因为还有未被整理出来的"无底洞"。

国内外有许多专家学者正在不遗余力地研究"三国吴简",除长沙市文物考古研究所之外,日本有"长沙吴简研究会",日本京都大学有"三国吴简研讨班"。当记者问到这些专门的研究机构与学术团体的涉足,是否预示着"三国吴简"将成为一门类似于"敦煌学"一样的独立学科时,谢桂华肯定地说:"'三国吴简'肯定能成为一门独立的简帛学学科。"他解释说,"三国吴简"可以用来探讨三国孙吴的乡里制度、户籍制度、赋税制度、仓库的管理、官府对百姓的控制方式、司法制度、官府文书的运转、家庭规模等,而这些都是丰富的第一手资料。相对而言,以前我们研究三国时期吴国的主要依据是晋时陈寿的《三国志》以及后人的注释,但《三国志·吴书》的记载却十分简括,难有见微知著之妙,而"三国吴简"的文字要比《三国志·吴书》长得多,详细得多,牢靠得多,因为这是三国时期吴国的原始笔录,这是最权威的。他举例说，仅现有的"吏民田家莂券"，我们就可以对吴国时的田赋制度有一个全新的认识，就不再拘泥于"斗"与"升"的争论了，实际上这要复杂得多。

最后，谢桂华说，有诸如日本的富谷至、窪添庆文等颇有实力的专家们的加盟，以及有一批致力于把"三国吴简"学扎根于中国、中兴于中国的专家学者的不懈努力，"三国吴简"成为一门独立的学科是指日可待的，但值得注意的是，绝不能让"敦煌在中国，敦煌学在日本"和"敦煌在中国，敦煌学在世界"的现象在"三国吴简"上重演，中国人应当成为"三国吴简"学领域的"老大"。

 按　语

　　文章刊于《长沙晚报》2001 年 8 月 18 日，署名本报记者张邦卫。这是一篇对中国社会科学院简帛研究中心主任谢桂华的人物专访。文章有鲜明的问题意识，并就问题进行了一层又一层、一环套一环的深度访谈。一是"三国吴简"的价值何在，二是"三国吴简"学是否可能，三是"三国吴简"学的注意事项。特别是文章中谢桂华所说的，绝不能让"敦煌在中国，敦煌学在日本"和"敦煌在中国，敦煌学在世界"的现象在"三国吴简"上重演，这既是一位学者的赤诚与担当，也是一家党报的关切与忧患。

传统与现代文明交相辉映的城市

——东西方学者眼中的古城长沙

"这里有古色古香的千年书院,也有耸入云霄的摩天高楼,有数量惊人的三国吴简,更有好吃的臭豆腐,长沙真是一座令人着迷的城市。"全球闻名的汉学家、英国剑桥大学教授鲁惟一先生谈起长沙,既饱含感情,又不忘幽默。

仿佛是历史的约定,长沙这座世界上出土简牍最多的城市,在 2001 年的盛夏迎来了国际简帛学的百年盛会。作为简帛学界的权威专家,78 岁的鲁惟一先生飞越重洋,从英国来到中国最有名的"火炉"。与他一起来此间参加简帛学盛会的,还有来自中国、日本、韩国、加拿大、比利时等国的 150 余名国际简帛学家。

27 年前,鲁惟一先生第一次来到长沙时,他见到的是无数戴着毛主席像章、踩着自行车去上班的人。"他们似乎很疲惫,面有菜色。"鲁惟一说,"这次我在岳麓书院讲学的时候,发现下面的听众充满了快乐的神情,每个人都很健康。"

与鲁惟一先生不同,来自北京的李学勤先生对长沙的了解更丰富、更深入。这位中国社会科学院的研究员,身材清瘦,学富五车,40 多年来一直关注长沙的考古发现,经常来此间进行学术交流。李先生与古城长沙结下了不解之缘。

这些年来长沙城市面貌的变化令李学勤先生连连称奇。他说:"没有积极进取的精神,城市就会失去希望。"作为中国古文字学界的权威,李学勤先生的眼光显得独特而又意味深长。

近年来,长沙市委、市政府在城市建设和经营上颇费苦心,相继对五一路、解放路和芙蓉路等主要交通干道进行了扩建,一批高楼大厦也如雨后春笋般出现。随着"五城会"主会场的动工兴建,这座湘江之滨的古城都市风情日益浓厚,现代化步伐令人注目。李学勤先生认为,深厚的历史积淀将有助于推动长沙的全面发展。

"这么热的天,我们为什么来长沙开会? 就因为长沙的吴简、长沙的历史和文化具有无穷的魅力。"李学勤先生道出了与会学者的心里话。

台湾"中央研究院"的林素清女士这几天逛了长沙的几个公园,她说,长沙的公园免费开放,各阶层的人士都在里面游玩,晚上还有快乐的露天舞会,这体现出一个城市的开放意识。

长沙市区的三个大型市民广场也使日本学者激动不已。一下飞机,日本学者影山辉国就感受到了长沙的绿意。这位专门研究中国古代哲学史的教授很关注环保事业,他说:"长沙是一座绿色之城,处处芳草茵茵,我就像回到自己的家乡一样。"这是他第二次来到长沙,首次来长沙是 6 年前。这次来长沙给他的印象太深刻了,最大的印象是路宽多了,车子多了,高层建筑多了,绿色多了。

在长沙开会、研讨的这几天,影山辉国教授抽空去了平和堂商厦。这个商厦所在的地点,1700 年前曾是古城的中心区,1996 年,出土了 17 万枚"三国吴简",为研究三国历史提供了丰富的实物资料,震动了世界。"长沙的传统和现代文明在这里交相辉映,我在琳琅满目的商场里,看到了 1700 年前的古井,我依然能感受到那个时代人们平静的呼吸。"

影山辉国昨天离开长沙,乘飞机回国,他在临行前对记者说:"漂亮的长沙给我留下了深刻的印象,我要将充满魅力的长沙介绍给我在日本国内的亲友。"

按语

　　文章刊于《长沙晚报》2001年8月22日"要闻"版头条，署名新华社记者明星、本报记者张邦卫。明星是新华社湖南分社的记者，与我是怀化老乡，我们在一些重大新闻采访中常有交流互通，在私下里也常有互帮互助，这是我们唯一一次做共同报道，也算是友谊的见证吧。从整体上说，这是一篇以国际简帛学会百年盛会为新闻由头而写古城长沙新变化、新面貌、新气象的深度报道。文章写来自全球各地的四位专家眼中的古城长沙的新变化、新面貌、新气象，这四位专家分别是英国剑桥大学的鲁惟一教授、中国社会科学院的李学勤研究员、台湾"中央研究院"的林素清女士、日本学者影山辉国教授，文章写出了他们的所见所闻、所感所思，换言之，就是"东西方学者眼中的古城长沙"，从而建构了古城长沙是"传统与现代文明交相辉映的城市"的形象，叙述平实，指向明确，既水到渠成又顺理成章。总之，这是一篇颇有生活化、日常化色彩的深度报道。

后 记

公元 2022 年的岁末,在气温骤降与落叶缤纷之际,长达三年的新冠疫情似乎终于接近了尾声。然而,从"社会面清零"到"非必要不核酸",从"国家帮我们防控"到"我们自己做健康的第一责任人",一切似乎来得太突然了,那种一下子放开的不适与慌乱在全社会蔓延。当身边的朋友、同事纷纷"中招""阳过"之后,人们焦虑的已不再是"守住绿码",而是"晚阳"或者"不阳"。于是乎,"能不外出就不外出""能不聚集就不聚集""能线上就不线下"似乎成了一种心照不宣的共识。这样,本来需要坐班的我也就有了比较集中的时间来整理、完善自己的个人新闻作品集《却寻残梦——纸媒时代的文化记忆》,使其基本达到出版社的交付要求。所谓"祸兮,福之所倚",新冠疫情的蔓延与肆虐,给我们带来了许多艰辛与困苦,但对我来说却可以安坐书斋,做一点自己喜欢的事,这也许是新冠疫情给我的意外收获吧。

在岁月的长河中,每个人都有属于自己的文化记忆。人在旅途,记忆的碎片不知几许,但总是会在某个特殊的节点被串联成一个怀旧的花环,这也许就是一种寻梦。从最初涉猎媒体行业从事新闻采编,到离开媒体行业从事传媒研究,一路走来,总有许多美好值得珍惜,也有许多经历值得铭记。虽说往事如烟,但我想说的是往事未必如烟。我始终坚信,所有的经历都不会白费,它总是会以另一种方式回馈于你,或早或晚,但是一定有用。时至今日,我依然感谢和怀念我在《湖南科技报》社、《长沙晚报》社的从业经历。二十多年前,正是纸媒无比繁华的时代,也是自己意气风发、梦想丛生的时候,"无冕之王"的荣光诱使我先后在《湖南科技报》周末副刊部、《长沙晚报》副刊部和文体部从事编辑记者工作。素有新闻情怀和记者梦的我,特别珍惜那份来之不易的工作。虽说这份工作当时仅仅是我的一份兼职,我的本职是长沙电力学院中文系的教师,但我特别看重,从中所得到的锻炼、馈赠,影响至今。做编辑、做记者确实锤炼人,无论是社会观察、主流站位,还是为人处世,甚至是写作能力、编校功夫,都得到了全方位的提升。人的一生,匆匆走过,从"而立之年"到"知天命之年",我的"媒体经验""编辑生活"和"记者生涯"依然是我弥足珍贵的人生财富。这也许就是我后来在浙江大学攻读博士学位时在徐岱先生的指导下毅然选择"媒介诗学"的学位论文选题,以及长期以来从事"媒介与文学互动关系"学术研究的文化基因吧。从这个角度说,《却寻残梦——纸媒时代的文化记忆》是我个人对自己过往"媒体生活"的追忆、总结,甚至是一种别样的献祭或救赎。

当然,《却寻残梦——纸媒时代的文化记忆》怀念的除了个人的"媒体生活",还有时代的"媒体革命""媒体故事",简言之,就是纸媒时代,即报纸、杂志、书籍最受推崇的时代。不能不说,20世纪80年代到90年代,既是思想自由的时代,也是纸媒的黄金时代。作为一名有着浓厚的文字情结与文学情怀的知识分子,能够跻身《湖南科技报》社、《长沙晚报》社从事文字书写和新闻报道工作,这不能不说是一种幸运和福缘,毕竟每个知识分子的内心深处都隐藏着"立德""立功"以及"立言"的渴望与诉求。时至今日,纸媒的繁荣早已不再,纸媒的轰动早已不再,纸媒的迟暮已是无法否认的事实,失去轰动效应之后的纸媒彰显的是一种文字的疲软与图像的狂欢,甚至是一种视听的癫狂。在当下的媒介文化语境之下,网媒无处不在,移动无处不在,数媒无处不在,"看的方式"取代了"读的方式"。尽管如此,纵使是在当下的融媒时代,内容生产与文字表达依然是第一位的。本着这样一种信念,捡拾当年的断章残篇并进而整理成集,这肯定是一件有意义的文化行动,从文化碎片和文化遗存中赓续纸媒时代的文化记忆,既是总结过往,也是缅怀时代。从这个角度说,《却寻残梦——纸媒时代的文化记忆》传递的是一种信念、一种执着,致敬的是那个虽然落幕或失宠,但永远不会退场、永远不会缺席的纸媒时代及其专属的时代精神。

值得一提的是,《却寻残梦——纸媒时代的文化记忆》的整理成集最应感谢的是我的父亲——韦家桥大人。当年,我在报纸上每发表一个"豆腐块",他都会欣喜地将相关报纸收藏,直到我完全投身学术研究领域。在长沙金盆岭的陋室里,我的父亲将一篇又一篇的文章剪下来,并做好报纸名、发表日期的备注,然后小心翼翼地粘贴至一个硕大的笔记本里。彼时彼景,至今依然历历在目。我从中感觉到的是一个老农民对庄稼的呵护和对粮食的珍重,也许在他的心目中,这些"豆腐块"就是他儿子可以养家糊口、安身立命的"粮食"吧;我也从中感觉到一个庄稼汉对"豆腐块"的膜拜与敬畏。后来,尽管我多次辗转搬家、迁徙他乡,但对于那个粘贴有我个人新闻作品的笔记本,我总是格外留心,生怕有所遗失,徒增遗憾。2019 年 9 月,先父不幸因病逝世,丧亲之痛时时在心中暗涌。几年来,每每走进书房,打开书柜,翻阅保存完好的笔记本,我总会睹物思亲。遥想陌上青冢,虽有心香瓣瓣奉上,但思亲之情仍是不断。如今,《却寻残梦——纸媒时代的文化记忆》的出版,也算是对先父的一种祭奠和跪谢吧。

在我从事编辑记者工作的那段岁月,即 20 世纪 90 年代末到新世纪初,电脑的普及率还不是很高,电脑书写也才刚刚起步,电子存储的技术不像现在这样发达,电子存储的意识也不强。尽管我有文献和资料保存的习惯,但也不过是将刊发文章的报纸、杂志进行收藏而已,根本就没有进行电子存储,更遑论数字化存储了。在将一篇篇纸质版的文章转化为 Word 文档的过程中,我的研究生王依民、崔倩娴、刘怡辰、王志元、王雅琪、叶铭做了细致的录入、编校工作,人均编校字数在七万左右。从某种角度讲,他们的编校恰恰是作为新闻与传播硕士研究生专业素养的证明。正是因为他们的录章成篇、拾遗补阙以及细心编校,《却寻残梦——纸媒时代的文化记忆》才得以跨越障碍而顺利结集。在此,特致谢忱。

当然,最需要感谢的是在古稀之年给我赠序的谌东飚先生,正是他在担任长沙电力学院中文系系主任时所秉承的开明、包容、呵护的办学理念,让我有机会在教学之余在《湖南科技报》社、《长沙晚报》社做兼职,从而在兼职中锻炼自己、充实自己、提升自己。需要感谢的还有在百忙之中给我赠序的傅舒斌先生,他是我的大学同班同宿舍同学、《长沙晚报》社的同事、可以推杯换盏的兄弟,有"《长沙晚报》第一才子"之雅号,他的佳序《新书与旧梦》,显然让拙著顿然生辉、蝶变出彩。我还要感谢《湖南科技报》社、《长沙晚报》社的领导和同事们,以及《文艺报》《湖南日报》《三湘都市报》《深圳法制报》《台港文学选刊》《演讲与口才》《长沙电力学院学报》《雁城银讯》等媒体的编辑朋友们,他们的扶持、关爱、把关是值得感恩的,虽然时隔二十多年,天各一方、物是人非,脑海中许多人的相貌与名字模糊,联系也大多中断,但他们当年的关怀却让我终生难忘。最后,还要感谢浙江工商大学出版社的任晓燕女士,正是她的辛苦付出才使本书顺利出版。

是为记。

张邦卫

2022 年 12 月于杭州云水苑